ANALFABETEN SOM KUNDE RÄKNA

Anmäl dig till Pocketförlagets nyhetsbrev
nyhetsbrev@pocketforlaget.se
eller besök
www.pocketforlaget.se

JONAS JONASSON

Analfabeten

SOM KUNDE RÄKNA

Pocketförlaget

Av Jonas Jonasson:
Hundraåringen som klev ut genom
fönstret och försvann (2009)

Pocketförlaget

www.pocketforlaget.se
info@pocketforlaget.se

ISBN 978-91-7579-029-9

Originalutgåvan utgiven av Piratförlaget
Omslag: Eric Thunfors
Omslagsfoto (detalj): Iconica/Getty Images
Tryckt i Danmark hos Nørhaven, 2014

MIX
Papper från
ansvarsfulla källor
FSC® C104608

D en statistiska möjligheten att en analfabet i sjuttiotalets Soweto ska växa upp och en dag finna sig instängd i en potatisbil tillsammans med svenske kungen och statsministern är en på fyrtiofem miljarder sjuhundrasextiosex miljoner tvåhundratolvtusen åttahundratio.

Allt enligt nämnda analfabets egna beräkningar.

DEL 1

Skillnaden mellan dumhet och genialitet är att
genialiteten har sina begränsningar.

OKÄND TÄNKARE

Kapitel 1

Om en flicka i ett skjul och den man
som efter sin död förde henne därifrån

P Å SÄTT OCH vis var de lyckligt lottade, latrintömmarna i
Sydafrikas största kåkstad. De hade ju både arbete och
tak över huvudet.

Däremot hade de statistiskt sett ingen framtid. De flesta av
dem skulle gå bort tidigt i tuberkulos, lunginflammation, diar-
réer, tabletter, alkohol eller en kombination av alltihop. Något
enstaka exemplar kunde få uppleva sin femtioårsdag. Som till
exempel chefen på ett av latrinkontoren i Soweto. Men han var
både sliten och sjuklig. Hade börjat skölja ner alldeles för många
värktabletter med alldeles för många öl alldeles för tidigt om
dagarna. Som en konsekvens av det hade han råkat fräsa åt en
utsänd representant för Johannesburgs kommuns sanitetsavdel-
ning. En kaffer som tog sig ton. Saken rapporterades hela vägen
upp till avdelningschefen i Johannesburg som till förmiddags-
fikat tillsammans med medarbetarna dagen därpå meddelade
att det var dags att byta ut analfabeten i sektor B.

En ovanligt trevlig förmiddagsfika, förresten. Det bjöds på
tårta för att välkomna en ny sanitetsassistent. Han hette Piet du
Toit, var tjugotre år och det här var hans första jobb efter studi-
erna.

Det var den nye som fick ta sig an Sowetoproblemet, för så
var det upplagt på Johannesburgs kommun. Senast anställd till-
delades analfabeterna, för att liksom härdas i jobbet.

Huruvida Sowetos alla latrintömmare verkligen var analfabeter var det ingen som visste, de fick heta så ändå. De hade i alla fall inte gått i skolan någon av dem. Och de bodde i skjul allihop. Och hade förtvivlat svårt att begripa vad man sa till dem.

* * *

Piet du Toit kände sig illa till mods. Det här var hans första besök hos vildarna. Hans pappa konsthandlaren hade för säkerhets skull skickat med livvakt.

Tjugotreåringen trädde in på latrinkontoret och kunde inte låta bli att omedelbart ondgöra sig över lukten. Där, på andra sidan skrivbordet, satt latrinchefen, han som nu skulle få gå. Och intill honom en liten flicka som till assistentens förvåning öppnade munnen och svarade att bajs ju hade den tråkiga egenskapen, att det luktade.

Piet du Toit funderade i en sekund över om flickan varit raljant, men det kunde inte vara möjligt.

Han släppte det. I stället sa han till latrinchefen att denne inte längre kunde ha kvar sitt jobb för så var det bestämt från högre ort, men att han hade tre månadslöner att vänta om han till kommande vecka i gengäld plockade fram lika många kandidater till den tjänst som just blivit vakant.

– Kan jag få återgå till jobbet som ordinarie latrintömmare och tjäna mig lite pengar den vägen? undrade den just avskedade chefen.

– Nej, sa Piet du Toit. Det kan du inte.

En vecka senare var assistent du Toit och hans livvakt tillbaka. Den avskedade chefen satt bakom sitt skrivbord, för sista gången fick man förmoda. Intill honom stod samma flicka som förra gången.

– Var har du dina tre kandidater? sa assistenten.

Den avskedade beklagade att två av dem inte kunde närvara. En hade kvällen innan fått halsen avskuren i ett knivslagsmål. Var nummer två höll hus kunde han inte säga. Eventuellt handlade det om återfall.

Piet du Toit ville inte veta vilken typ av återfall det kunde röra sig om. Däremot ville han komma därifrån.

– Och vem är din tredje kandidat då? sa han argt.

– Ja, det är allt flickan här vid min sida. Hon har hjälpt mig med både det ena och det andra i ett par år redan. Hon är duktig, måste jag säga.

– Jag kan väl för fan inte ha en tolvåring som latrinchef? sa Piet du Toit.

– Fjorton, sa flickan. Och jag har nio år i jobbet.

Stanken trängde sig på. Piet du Toit var rädd att den skulle sätta sig i kostymen.

– Har du börjat knarka än? sa han.

– Nej, sa flickan.

– Är du gravid?

– Nej, sa flickan.

Assistenten var tyst i några sekunder. Ville verkligen inte återvända hit oftare än nödvändigt.

– Vad heter du? sa han.

– Nombeko, sa flickan.

– Nombeko vad då?

– Mayeki, tror jag.

Herregud, de visste inte ens vad de hette.

– Du får väl jobbet då, om du kan hålla dig nykter, sa assistenten.

– Det kan jag, sa flickan.

– Bra.

Och så vände sig assistenten till den avskedade.

– Vi sa tre månadslöner för tre kandidater. Alltså en månads-
lön för en kandidat. Minus en månadslön för att du inte orkade
plocka fram något annat än en tolvåring.

– Fjorton, sa flickan.

Piet du Toit sa inte adjö när han gick. Med livvakten två steg
bakom.

Flickan som just blivit chef över sin egen chef tackade honom
för hjälpen och sa att han omedelbart var återanställd som hen-
nes högra hand.

– Men Piet du Toit då? sa den före detta chefen.

– Vi byter bara namn på dig, jag är säker på att assistenten
inte kan skilja en neger från en annan.

Sa fjortonåringen som såg ut som tolv.

* * *

Den nyutnämnda chefen för latrintömningen för Sowetos sektor
B hade aldrig fått gå i skolan. Det berodde på att hennes mamma
haft andra prioriteringar, men också på att flickan kommit till
världen i just Sydafrika av alla länder, dessutom på tidigt sextio-
tal då den politiska ledningen ansåg att barn av Nombekos slag
inte räknades. Premiärministern på den tiden gjorde sig berömd
på den retoriska frågan om varför svartingarna skulle gå i skola
när de ändå inte var till för annat än att bära ved och vatten.

I sak hade han fel eftersom Nombeko bar bajs, inte ved eller
vatten. Likväl fanns ingen anledning att tro att den späda flickan
skulle växa upp och umgås med kungar och presidenter. Eller
skrämma slag på nationer. Eller påverka världsutvecklingen i
största allmänhet.

Om hon nu inte varit den hon var.

Men det var hon ju.

Bland mycket annat var hon ett flitigt barn. Redan som fem-åring bar hon latrintunnor lika stora som hon själv. På latrintun-netömmandet tjänade hon precis så mycket som hennes mamma behövde för att varje dag kunna be dottern inhandla en flaska thinner. Mamman tog emot flaskan med ett "tack, kära flicka", skruvade av korken och satte igång att bedöva den eviga smärta det innebär att inte kunna ge sig själv eller sitt barn en framtid. Nombekos pappa hade inte funnits i sin dotters närhet sedan tjugo minuter efter befruktningen.

I takt med att Nombeko blev äldre fick hon fler latrintunnor tömda under en dag, pengarna räckte till mer än bara thinner. Därför kunde hennes mamma komplettera lösningsmedlet med tabletter och sprit. Men flickan, som såg att det inte kunde fort-sätta på det viset, sa till sin mamma att hon hade att välja på att sluta eller dö.

Mamman nickade och förstod.

Begravningen var välbesökt. I Soweto fanns vid denna tid gott om folk som ägnade sig åt i huvudsak två saker: att långsamt ta livet av sig själva och att ta ett sista farväl av dem som just lyck-ats. Mamman gick bort när Nombeko var tio år, och någon pappa fanns som sagt inte tillgänglig. Flickan övervägde att ta över där mamman slutat, att på kemisk väg bygga ett permanent skydd mot verkligheten. Men när första lönen efter mammans död kom bestämde hon sig för att köpa sig något att äta i stället. Och när hungern var stillad tittade hon sig omkring och sa:

— Vad gör jag här?

Samtidigt förstod hon att hon inte hade något omedelbart alternativ. Den sydafrikanska arbetsmarknaden sökte inte tio-åriga analfabeter i första hand. Eller i andra. Och i denna del av Soweto fanns just ingen arbetsmarknad alls, eller för den delen överdrivet många arbetsföra.

Men tarmtömningen fungerar i allmänhet även för de eländigaste människoexemplaren på vår jord, så Nombeko hade något att tjäna lite pengar på. Och när mamman var död och begraven fick hon behålla lönen för egen del.

För att slå ihjäl tiden medan hon kånkade och bar hade hon redan som femåring börjat räkna tunnorna:

– En, två, tre, fyra, fem...

I takt med att hon blev äldre krånglade hon till övningarna för att de skulle vara fortsatt utmanande:

– Femton tunnor gånger tre turer gånger sju som bär plus en som sitter och gör ingenting eftersom han är för full... det blir... trehundrafemton.

Nombekos mamma hade inte lagt märke till mycket runt omkring sig mer än den egna thinnerflaskan, men hon upptäckte faktiskt att dottern kunde lägga till och dra ifrån. Därför började hon under sitt sista år i livet att kalla på henne varje gång en sändning med tabletter i olika färger och med olika styrka skulle fördelas mellan skjulen. En flaska thinner är ju en flaska thinner. Men när tabletter på femtio, hundra, tvåhundrafemtio och femhundra milligram ska delas ut efter begär och finansiell förmåga – då gäller det att kunna skilja på räknesätten. Och det kunde tioåringen. Så till den grad.

Det hände till exempel att hon råkade vara i sin närmaste chefs närhet medan han kämpade med att sammanställa månadens vikt- och mängdrapport.

– Nittiofem gånger nittiotvå, alltså, mumlade chefen. Var är räkneapparaten?

– Åttatusen sjuhundrafyrtio, sa Nombeko.

– Hjälp mig att leta i stället, flicka lilla.

– Åttatusen sjuhundrafyrtio, sa Nombeko igen.

– Vad är det du säger?

– Nittiofem gånger nittiotvå är åttatusen sjuhund...

– Och hur vet du det?

– Tja, jag tänker att nittiofem är fem från hundra, nittiotvå är åtta från hundra, om du spegelvänder och drar ifrån blir båda åttiosju. Och fem gånger åtta är fyrtio. Åttiosjufyrtio. Åttatusen sjuhundrafyrtio.

– Varför tänker du så? sa den häpne chefen.

– Det vet jag inte, sa Nombeko. Kan vi återgå till arbetet nu?

Från den dagen var hon upphöjd till chefens assistent.

Men analfabeten som kunde räkna kände med tiden en allt större frustration över att hon inte förstod vad överhögheten i Johannesburg skrev i alla de dekret som hamnade på chefens skrivbord. Chefen hade själv svårt med bokstäverna. Han stakade sig igenom varje text på afrikaans och bläddrade parallellt i ett engelskalexikon för att åtminstone få det obegripliga presenterat för sig på ett språk som gick att begripa.

– Vad vill de den här gången? kunde Nombeko fråga.

– Att vi fyller säckarna bättre, svarade chefen. Tror jag. Eller att de tänker lägga ner en av renlighetsanläggningarna. Det är lite oklart.

Chefen suckade. Assistenten kunde inte hjälpa. Därför suckade hon också.

Men så hände sig det turliga att trettonåriga Nombeko blev antastad av en sliskig gubbe i duschen i latrintömmarnas omklädningsrum. Den sliskige hann inte komma just någonstans innan flickan fick honom på andra tankar genom att sätta en sax i låret på honom.

Nästa dag sökte hon upp gubben på andra sidan latrinraden i sektor B. Han satt i en campingstol med bandagerat lår utanför sitt grönmålade skjul. I knät hade han... böcker?

– Och vad vill du då? sa han.

– Jag tror att jag glömde min sax i farbrors lår i går och nu skulle jag vilja ha den tillbaka.

– Den har jag slängt, sa gubben.

– Då är du skyldig mig en sax, sa flickan. Hur kommer det sig att du kan läsa?

Den sliskige hette Thabo och var halvt tandlös. Han hade väldigt ont i sitt lår och kände inte för att konversera den argsinta flickan. Å andra sidan var det första gången sedan han kom till Soweto som någon tycktes intressera sig för hans böcker. Han hade skjulet fullt av dem och kallades för den skull Tokige Thabo av sin omgivning. Men flickan framför honom hade slagit an en avundsjuk ton snarare än en hånfull. Det kunde han kanske dra nytta av?

– Om du vore lite medgörlig i stället för våldsam bortom alla gränser kunde det tänkas att farbror Thabo i gengäld berättade. Han kanske till och med lärde dig hur man tyder bokstäver och ord. Om du vore lite medgörlig, alltså.

Nombeko hade inte en tanke på att vara mer medgörlig med den sliskige än hon varit i duschen dagen innan. Så hon svarade att hon till all lycka hade ännu en sax i sin ägo, att hon gärna ville behålla den i stället för att sätta den i farbror Thabos andra lår. Men om farbror bara skötte sig – och lärde henne läsa – skulle lår två kunna få behålla hälsan.

Thabo förstod inte riktigt. Hade flickan just hotat honom?

* * *

Det syntes inte på utsidan, men Thabo var förmögen.

Han föddes under en presenning i hamnen i Port Elizabeth i Östra Kapprovinsen. När han var sex år tog polisen hans mamma och lämnade aldrig tillbaka henne igen. Pappan tyckte pojken var gammal nog att klara sig själv trots att han för egen del hade problem med detsamma.

– Var rädd om dig, var faderns samlade livsråd innan han klappade sonen på axeln och for till Durban för att bli ihjälskjuten i ett illa planerat bankrån.

Sexåringen levde på att tjuva sådant han kom åt i hamnen och var förmodad att i bästa fall växa upp, därpå åka fast och så småningom låsas in eller bli ihjälskjuten som sina föräldrar.

Men i slummen bodde sedan flera år också en spansk sjöman, kock och poet som en gång kastats överbord av tolv hungriga matroser som menade att de behövde mat till lunch, inte sonetter.

Spanjoren simmade iland, hittade ett skjul att krypa in i och levde sedan den dagen för egna och andras dikter. När han med tiden började se allt sämre skyndade han sig att fånga in unge Thabo och tvingade på honom konsten att läsa i utbyte mot bröd. Därpå fick pojken mot ännu lite mer bröd idka högläsning åt gubben som inte bara blivit helt blind utan också halvt senil och själv inte spisade annat än Pablo Neruda till frukost, lunch och middag.

Matroserna hade haft rätt i att det inte går att leva på poesi allena. Gubben svalt nämligen ihjäl och Thabo bestämde sig för att ärva alla hans böcker. Någon annan brydde sig ändå inte.

Läskunnigheten gjorde att pojken kunde hanka sig fram i hamnen på diverse ströjobb. Om kvällarna läste han poesi, skönlitteratur – och framför allt reseskildringar. I sextonårsåldern upptäckte han det motsatta könet som två år senare upptäckte också honom. Det var nämligen först när han var arton som Thabo hittade en fungerande formel. Den bestod av en tredjedel svårslaget leende, en tredjedel påhittade berättelser om allt han varit med om under de resor över kontinenten han dittills inte företagit annat än i fantasin, samt en tredjedel direkt ljug om hur evig hans och hennes kärlek skulle vara.

Riktig framgång nådde han dock inte förrän han lade litteraturen till leendet, berättandet och lögnen. Bland arvegodset hittade han en översättning som den spanske sjömannen gjort av Pablo Nerudas *Tjugo kärleksdikter och en förtvivlad sång*. Den förtvivlade sången rev Thabo bort, men de tjugo kärleksdikterna praktiserade han på tjugo olika unga kvinnor i hamnkvarteren och fick uppleva tillfällig kärlek nitton gånger om. Det hade nog blivit en tjugonde också om bara inte idioten Neruda fått till en rad om att "jag älskar henne inte längre, det är sant" mot slutet av en dikt som Thabo inte hann upptäcka förrän det var för sent.

Ett par år senare visste de flesta i kvarteren vad Thabo gick för, möjligheterna till ytterligare litterära upplevelser var små. Det hjälpte inte att han började ljuga värre om allt han varit med om än kung Leopold II gjort på sin tid när han sa att infödingarna i Belgiska Kongo hade det bra, medan han lät hugga av händer och fötter på alla som vägrade arbeta gratis.

Nå, Thabo skulle få sitt straff (precis som den belgiske kungen, för övrigt, som först blev fråntagen sin koloni, sedan slarvade bort pengarna på sin fransk-rumänska favoritglädjeflicka och därefter dog). Men först sökte han sig bort från Port Elizabeth, rakt norrut och hamnade i Basutoland där det sades att kvinnorna med de rundaste formerna fanns.

Där fann han skäl att bli kvar i flera år, bytte by när omständigheterna så krävde, hittade tack vare sina läs- och skrivkunskaper alltid jobb, blev så småningom till och med chefsförhandlare för alla de europeiska missionärer som önskade tillgång till landet och dess oupplysta befolkning.

Basothofolkets hövding, Hans excellens Seeiso, såg inte värdet i att låta kristna sitt folk, men förstod att landet behövde freda sig från alla boer i omgivningarna. När missionärerna på Thabos initiativ lockade med vapen i utbyte mot rätten att dela ut biblar nappade hövdingen därför direkt.

Så kom det sig att det vällde in präster och diakoner för att frälsa basothofolket ifrån ondo. Med sig hade de biblar, automatvapen och en och annan trampmina.

Vapnen höll fienden på håll medan biblarna eldades upp av frusna bergsbor. De kunde ju ändå inte läsa. När den saken gick upp för missionärerna bytte de strategi och uppförde på kort tid en lång rad kristna tempel.

Thabo tog olika jobb som prästassistent och utvecklade en egen form av handpåläggning, som han praktiserade selektivt och i det fördolda.

På kärleksfronten gick det illa bara en gång. Det var när det i en bergsby uppdagades att kyrkokörens ende manlige deltagare lovat evig trohet till åtminstone fem av de nio unga flickorna i kören. Den engelske pastorn på plats hade hela tiden misstänkt vad Thabo haft för sig. Sjunga kunde han nämligen inte.

Pastorn kontaktade de fem flickornas fäder som bestämde att traditionsenligt förhör skulle hållas med den misstänkte. Det skulle gå till som så att Thabo under fullmåne stacks med spjut från fem olika håll medan han satt med naken stjärt i en myrstack.

I väntan på att månen skulle komma i rätt position låstes Thabo in i en hydda som pastorn hade ständig uppsikt över, ända tills han fick solsting och i stället gick ner till floden för att frälsa en flodhäst. Pastorn lade försiktigt sin hand på djurets nos och sa att Jesus var beredd att…

Längre kom han inte innan flodhästen öppnade gapet och bet av honom på mitten.

Med pastorn tillika fängelsechefen borta lyckades Thabo med Pablo Nerudas hjälp få den kvinnliga fångvaktaren att låsa upp så att han kunde fly.

– Du och jag då? ropade fångvaktaren efter honom när han sprang så fort han kunde ut på savannen.

– Jag älskar dig inte längre, det är sant, ropade Thabo tillbaka.

Visste man inte bättre kunde man tro att Thabo stod under Herrens beskydd, för han mötte varken lejon, geparder, noshörningar eller annat under sin två mil långa, nattliga promenad till huvudstaden Maseru. Väl framme sökte han jobb som rådgivare hos hövding Seeiso som kom ihåg honom från förr och välkomnade honom tillbaka. Hövdingen förhandlade med de högfärdiga britterna om självständighet, men gjorde inga framsteg förrän Thabo anslöt och sa att om herrarna tänkte fortsätta trilskas på det viset övervägde Basutoland att söka hjälp av Joseph Mobutu i Kongo.

Britterna stelnade till. Joseph Mobutu? Mannen som just meddelat världen att han övervägde att byta namn till Den Allsmäktige Krigaren Som Tack Vare Sin Uthållighet Och Obändiga Vilja Att Vinna Går Från Seger Till Seger Och Lämnar Eld I Sitt Spår?

– Just han, sa Thabo. En av mina närmaste vänner, faktiskt. För att spara tid kallar jag honom Joe.

Den brittiska delegationen begärde enskild överläggning under vilken man kom överens om att vad regionen behövde var lugn och ro, inte någon allsmäktig krigare som ville heta det han hade fått för sig att han var. Britterna återvände till förhandlingsbordet och sa:

– Ta landet då.

Basutoland blev Lesotho, hövding Seeiso blev kung Moshoeshoe II, Thabo blev den nye kungens absolute favorit. Han behandlades som en medlem av familjen och tilldelades en påse oslipade diamanter från landets viktigaste gruva, värda en förmögenhet.

Men en dag var han bara borta. Och han fick ointagliga tjugo-fyra timmars försprång innan det gick upp för kungen att hans lillasyster och ögonsten, den sköra prinsessan Maseeiso, var med barn.

Den som var svart, smutsig och vid det laget halvt tandlös i sex-tiotalets Sydafrika smälte på intet vis in i de vitas värld. Efter den oturliga incidenten i före detta Basutoland skyndade därför Thabo vidare till Soweto så fort han växlat in den obetydligaste av sina diamanter hos närmaste juvelerare.

Där hittade han ett ledigt skjul i sektor B. Han flyttade in, stoppade sina skor fulla med sedlar och grävde ner ungefär hälf-ten av diamanterna i det stampade jordgolvet. Den andra hälften fick plats i olika håligheter i hans mun.

Innan han satte igång att lova för mycket till så många kvinnor som möjligt målade han sitt skjul vackert grönt, sådant imponerade på damerna. Och han köpte linoleummattor att täcka jordgolvet med.

Förförandet företogs i samtliga Sowetos sektorer, men efter en tid utelämnade Thabo sin egen för att mellan varven kunna sitta och läsa utanför sitt skjul utan att bli besvärad mer än nöd-vändigt.

Vid sidan om läsandet och förförandet ägnade han sig åt att resa. Kors och tvärs genom Afrika, två gånger om året. Det gav både livserfarenhet och nya böcker.

Men han kom alltid tillbaka till sitt skjul, så ekonomiskt oberoende han nu ändå var. Inte minst därför att halva hans för-mögenhet fortfarande låg på tre decimeters djup under lino-leummattan, Thabo hade ännu sin nedre tandrad i alldeles för gott skick för att allt skulle få plats i munnen.

Det tog några år innan det började mumlas bland skjulen i Soweto. Var fick den där token med böckerna alla sina pengar ifrån?

För att skvallret inte skulle få för mycket fäste bestämde sig Thabo för att ta sig ett jobb. Närmast till hands låg att bli latrintömmare några timmar i veckan.

Bland kollegorna fanns nästan bara unga, alkoholiserade män utan framtid. Men också enstaka barn. Bland dem en trettonårig flicka som satte en sax i låret på Thabo, bara för att han råkat välja fel dörr till duschen. Eller rätt dörr egentligen. Det var flickan det var fel på. Alldeles för ung. Inga former. Inget för Thabo annat än till nöds.

Hugget med saxen hade gjort ont. Och nu stod hon där utanför hans skjul och ville att han skulle lära henne läsa.

– Jag hade hemskt gärna hjälpt dig om det inte varit för att jag ska iväg på en resa i morgon, sa Thabo och tänkte att det kanske var lugnast om han gjorde det han just påstått att han skulle göra.

– Resa? sa Nombeko som aldrig varit utanför Soweto i hela sitt trettonåriga liv. Vart ska du då?

– Norrut, sa Thabo. Sedan får jag se.

* * *

Under den tid som Thabo var iväg blev Nombeko ett år äldre och befordrad. Och hon tog snabbt för sig som chef. Genom ett sinnrikt system där hennes sektor delades in i områden baserat på demografi i stället för geografisk storlek eller rykte blev utplaceringen av torrdass mer effektiv.

– En trettioprocentig förbättring, berömde hennes företrädare.

– Trettio komma två, sa Nombeko.

Utbudet mötte efterfrågan och tvärtom, och det blev pengar över i budgeten till fyra nya tvätt- och renlighetsanläggningar.

Fjortonåringen var fantastiskt verbal med tanke på språkbruket bland männen i hennes dagliga umgänge (alla som någon gång fört samtal med en latrintömmare i Soweto vet att hälften av orden inte lämpar sig i tryck och den andra hälften inte ens i tanke). Förmågan att formulera ord och meningar var delvis medfödd. Men det fanns också en radiomottagare stående i ett hörn på latrinkontoret och den hade Nombeko allt sedan hon var liten sett till att slå på så fort hon var i dess närhet. Hon rattade alltid in pratkanalen och lyssnade intresserat, inte bara till det som sades utan också till hur det sades.

Det var radions veckomagasin *Utblick Afrika* som gav henne en första insikt om att det fanns en värld utanför Soweto. Den var inte nödvändigtvis vackrare eller mer löftesrik. Men den var utanför Soweto.

Som när Angola just fått sin självständighet. Frihetspartiet PLUA hade slagit sig samman med frihetspartiet PCA för att bilda frihetspartiet MPLA, som tillsammans med frihetspartierna FNLA och UNITA gjorde att den portugisiska regeringen ångrade att man någonsin upptäckt den delen av kontinenten. En regering som för övrigt under de fyrahundra år man styrt där inte lyckats bygga ett enda universitet.

Analfabeten Nombeko hängde inte fullt ut med i vilken bokstavskombination som uträttat vad, men resultatet tycktes i alla fall ha blivit *förändring* och det var tillsammans med *mat* det finaste ordet Nombeko visste.

En gång råkade hon tycka inför sina medarbetare att det där med förändring kunde vara något för dem alla. Men då klagade de på att chefen stod där och pratade politik. Räckte det inte med att de var tvungna att bära skit hela dagarna, skulle de behöva lyssna på det också?

Som chef för latrintömningen tvingades Nombeko inte bara hantera alla hopplösa latrinkollegor, utan också assistent Piet du Toit från Johannesburgs kommuns sanitetsavdelning. Första gången han var där efter att han utnämnt henne, lät han meddela att det inte alls skulle bli fyra nya renlighetsanläggningar utan bara en, på grund av det svåra budgetläget. Nombeko hämnades på sitt eget lilla vis:

– Från det ena till det andra: Hur ser herr assistenten på utvecklingen i Tanzania? Håller inte Julius Nyereres socialistiska experiment på att kapsejsa, eller vad tror assistenten?

– Tanzania?

– Ja, spannmålsunderskottet närmar sig väl en miljon ton vid det här laget. Frågan är vad Nyerere skulle ha tagit sig till om det inte vore för internationella valutafonden. Eller assistenten ser kanske valutafonden som ett problem i sig?

Sa flickan som aldrig gått i skolan och aldrig varit utanför Soweto. Till assistenten som tillhörde makten. Som gått på universitet. Och som inte hade en aning om den politiska situationen i Tanzania. Assistenten var vit redan från början. Blev kritvit av flickans resonemang.

Piet du Toit kände sig förnedrad av en fjortonårig analfabet. Som nu dessutom underkände hans dokument rörande sanitetsanslagen.

– Hur tänker förresten herr assistenten här? sa Nombeko som lärt sig tyda siffror på egen hand. Varför har han multiplicerat målvärdena med varandra?

En analfabet som kunde räkna.

Han hatade henne.

Han hatade dem allihop.

* * *

Några månader senare var Thabo tillbaka. Det första han upptäckte var att flickan med saxen blivit hans chef. Och att hon inte var lika mycket flicka längre. Hon hade börjat få former.

Det startade en inre strid hos den halvt tandlöse mannen. Å ena sidan instinkten att lita på sitt numera ihåliga leende, sin berättarteknik och Pablo Neruda. Å andra sidan det här med chefskapet. Plus minnet av saxen.

Thabo bestämde sig för att avvakta, men inta position.

– Nu är det väl ändå hög tid att jag lär dig läsa, sa han.

– Jättebra! sa Nombeko. Låt oss börja direkt efter arbetet i dag. Vi kommer till ditt skjul, jag och saxen.

Thabo var riktigt duglig som magister. Och Nombeko en läraktig elev. Redan dag tre kunde hon rita alfabetet med pinne i leran utanför Thabos skjul. Utifrån det stavade hon sig fram till hela ord och meningar från dag fem och framåt. Först blev det mer fel än rätt. Efter två månader mer rätt än fel.

I pauserna mellan studierna berättade Thabo om sådant han upplevt under sina resor. Nombeko förstod strax att han i det blandade två delar dikt med högst en del verklighet, men det tyckte hon var lika bra. Hennes egen verklighet var eländig nog som den var. Mycket mer av samma sort klarade hon sig utan.

Nu senast hade han varit i Etiopien för att avsätta Hans kejserliga majestät, Lejonet av Juda, Guds utvalde, konungarnas konung.

– Haile Selassie, sa Nombeko.

Thabo svarade inte, han talade hellre än lyssnade.

Historien om kejsaren som från början hette Ras Teferi som blev rastafari som blev en hel religion, inte minst i Västindien, var så mustig att den hade Thabo sparat till dagen då det var dags att sätta in en stöt.

Nu hade grundaren alltså jagats bort från sin kejserliga tron och runt om i världen satt förvirrade lärjungar och rökte på medan de undrade hur det kunde komma sig att den utlovade Messias, inkarnationen av Gud, plötsligt blivit avsatt. Att avsätta Gud?

Nombeko aktade sig för att fråga om den politiska bakgrunden till denna dramatik. Hon var nämligen ganska säker på att Thabo inte hade en aning, och för många frågor kunde få underhållningen att komma av sig.

– Berätta mer! uppmuntrade hon i stället.

Thabo tänkte att det här artade sig väl (tänk så fel man kan ha). Han flyttade ett steg närmare flickan och fortsatte med att han på hemvägen svängt förbi Kinshasa och där hjälpt Muhammad Ali inför "The Rumble in the Jungle" – tungviktsmötet med den oövervinnerlige George Foreman.

– Gud vad spännande, sa Nombeko och tänkte att det som berättelse betraktat ju ändå var det.

Thabo log så stort att hon kunde se att det glittrade inne bland de tänder han fortfarande hade kvar:

– Jo, egentligen var det Den oövervinnerlige som ville ha min hjälp, men jag kände att..., började Thabo och slutade inte förrän Foreman var knockad i åttonde ronden och Ali tackat sin innerlige vän Thabo för ovärderligt stöd.

Alis fru hade förresten varit förtjusande.

– Alis fru? sa Nombeko. Du menar väl inte att...

Thabo skrattade så att det skramlade i truten på honom innan han blev allvarlig igen och flyttade sig ännu närmare.

– Du är väldigt vacker, Nombeko, sa han. Mycket vackrare än Alis fru. Tänk om du och jag skulle slå oss ihop? Flytta någonstans tillsammans.

Och så lade han sin arm om hennes axel.

Nombeko tänkte att "flytta någonstans" lät ljuvligt. Vart som helst, faktiskt. Men inte tillsammans med den sliskige. Dagens lektion tycktes vara över. Nombeko satte en sax också i Thabos andra lår och gick därifrån.

Nästa dag återvände hon till Thabos skjul och sa att han underlåtit att komma till arbetet utan att meddela sig.

Thabo svarade att han hade för ont i båda sina lår, speciellt det ena, och att fröken Nombeko nog visste vad det berodde på.

Jo, och ondare skulle det komma att göra, för nästa gång tänkte hon inte sätta saxen i vare sig det ena eller det andra låret utan någonstans där emellan, om farbror Thabo inte började uppföra sig.

— Dessutom både såg och hörde jag i går vad du har i din fula trut. Om du inte sköter dig från och med nu lovar jag att berätta det för så många som möjligt.

Thabo blev alldeles till sig. Han visste alltför väl att han inte skulle leva i många minuter efter det att hans diamantförmögenhet kommit till allmän kännedom.

— Vad vill du mig egentligen? sa han med ynklig röst.

— Jag vill kunna komma hit och stava mig igenom dina böcker utan att behöva ha med mig en ny sax varje dag. Saxar är dyra för oss som har munnen full av tänder i stället för annat.

— Kan du inte bara gå härifrån? sa Thabo. Du får en av diamanterna om du lämnar mig i fred.

Han hade mutat sig fram förr, men inte den här gången. Nombeko sa att hon inte gjorde anspråk på några diamanter. Det som inte tillhörde henne tillhörde inte henne.

Långt senare, i en annan del av världen, skulle det visa sig att tillvaron var mer komplicerad än så.

* * *

Ironiskt nog var det två kvinnor som ändade Thabos liv. De hade växt upp i Portugisiska Östafrika och försörjt sig på att ha ihjäl vita farmare för att därpå stjäla deras pengar. Verksamheten gick bra så länge inbördeskriget pågick.

Men i och med självständigheten och namnbytet till Moçambique fick de farmare som fortfarande fanns kvar fyrtioåtta timmar på sig att lämna landet. Kvinnorna hade då inget annat val än att slå ihjäl välbärgade svarta i stället. Det var som affärsidé betraktat mycket sämre, för nästan alla svarta med något värt att stjäla tillhörde det numera styrande marxist-leninistiska partiet. Det dröjde alltså inte länge förrän kvinnorna var efterlysta av staten och jagade av det nya landets fruktade polis.

Det var därför de gett sig av söderut. Och hittat hela vägen till det utmärkta gömstället Soweto, utanför Johannesburg.

Om fördelen med Sydafrikas största kåkstad var att man försvann i mängden (för såvitt man var svart), var nackdelen den att varje enskild vit farmare i Portugisiska Östafrika nog hade större tillgångar än samtliga åttahundratusen invånare i Soweto tillsammans (Thabo undantagen). Kvinnorna stoppade ändå i sig några tabletter i olika färger och gav sig av på mördarstråk. Efter ett tag hittade de till sektor B och där, bakom raden med latriner, fick de syn på ett grönmålat skjul bland de övriga rostbrungrå. Den som målar sitt skjul grönt (eller i vilken färg som helst) har säkert för mycket pengar för sitt eget bästa, tänkte kvinnorna, bröt sig in mitt i natten, satte en kniv i bröstet på Thabo och vred om. Mannen som krossat så många hjärtan fick sitt eget skuret i bitar.

När han var död letade kvinnorna efter hans pengar bland alla förbannade böcker han staplat överallt. Vad var det för dåre de haft ihjäl den här gången?

Till sist hittade de i alla fall en bunt med sedlar i offrets ena sko, och en till i den andra. Och satte sig oförståndigt nog utanför skjulet för att dela upp dem. Just den blandning tabletter de svalt tillsammans med ett halvt glas rom gjorde att kvinnorna tappade uppfattningen om tid och rum. Sålunda satt de fortfarande där de satt, med varsitt flin över läpparna, när polisen för ovanlighetens skull dök upp.

Kvinnorna greps och förvandlades till en trettio år lång kostnadspost i sydafrikansk kriminalvård. Sedlarna de försökt räkna försvann tidigt i den polisiära hanteringen. Liket efter Thabo fick ligga kvar till kommande dag. Inom den sydafrikanska poliskåren var det sport att om möjligt låta nästa pass ta hand om varje död neger.

Nombeko hade redan på natten vaknat av oväsendet på andra sidan latrinraden. Hon klädde på sig, gick dit och förstod på ett ungefär vad som hänt.

När poliserna gett sig av med mördarna och Thabos alla pengar, gick Nombeko in i skjulet.

– Du var en hemsk människa, men du ljög på ett underhållande sätt. Jag kommer att sakna dig. Eller åtminstone dina böcker.

Därpå öppnade hon Thabos mun och plockade ut fjorton oslipade diamanter, precis det antal som fick plats i håligheterna efter alla hans tappade tänder.

– Fjorton hål, fjorton diamanter, sa Nombeko. I jämnaste laget, eller hur?

Thabo svarade inte. Men Nombeko lyfte bort linoleummattorna och började gräva.

– Tänkte väl det, sa hon när hon hittade det hon sökte.

Så hämtade hon vatten och en trasa och tvättade av Thabo, drog ut honom ur skjulet, offrade sitt enda vita lakan att täcka kroppen med. Lite värdighet förtjänade han trots allt. Inte mycket. Men lite.

Nombeko sydde genast in Thabos alla diamanter i sömmen till sin enda jacka och så gick hon och lade sig igen.

Latrinchefen gav sig själv sovmorgon dagen därpå. Hon hade mycket att bearbeta. När hon sent omsider trädde in på kontoret var alla latrintömmarna där. I chefens frånvaro var de inne på sin tredje förmiddagsöl och hade sedan den andra prioriterat bort arbetet till förmån för att tillsammans sitta och döma ut indierna såsom varande en underlägsen ras. Den kaxigaste av männen var i färd med att berätta historien om han som försökt laga en läcka i taket till sitt skjul med wellpapp.

Nombeko avbröt verksamheten, plockade undan de ölflaskor som ännu inte hunnit tömmas och sa att hon misstänkte att kollegorna inte hade annat i huvudet än innehållet i de latrintunnor de var satta att tömma. Var de verkligen så dumma att de inte begrep att dumheten var rasneutral?

Den kaxige sa att chefen tydligen inte kunde förstå om man ville ta sig en öl i lugn och ro efter morgonens första sjuttiofem tunnor, utan att samtidigt behöva lyssna till prat om att vi var så jävla lika och jämlika allihop.

Nombeko övervägde att som svar kasta en toalettrulle i pannan på honom, men bestämde sig för att det skulle vara synd på rullen. I stället beordrade hon återgång till arbetet.

Så gick hon hem till sitt skjul. Och sa det där till sig själv igen:
– Vad gör jag här?
Nästa dag skulle hon fylla femton.

* * *

Nombeko hade på sin femtonde födelsedag ett sedan länge inplanerat budgetsamtal med Piet du Toit på Johannesburgs kommuns sanitetsavdelning. Den här gången var han bättre förberedd. Han hade gått igenom räkenskaperna i detalj. Nu skulle tolvåringen få.

– Sektor B har dragit över budgeten med elva procent, sa Piet du Toit och tittade på Nombeko över de läsglasögon han egentligen inte behövde, men som gjorde honom äldre än han var.

– Det har sektor B inte alls gjort, sa Nombeko.

– Om jag säger att sektor B dragit över budgeten med elva procent så har den det, sa Piet du Toit.

– Och om jag säger att assistenten räknar som han har förstånd till så gör han det. Ge mig några sekunder, sa Nombeko, ryckte Piet du Toits kalkyl ur handen på honom, tittade snabbt igenom hans siffror, pekade på rad tjugo och sa:

– Rabatten jag förhandlade mig till här fick vi ju i form av överleverans. Om han värderar den till det rabatterade de facto-priset i stället för ett inbillat listpris ska han se att hans elva spökprocent inte längre finns. Dessutom har han blandat ihop plus och minus. Om vi räknade som assistenten vill skulle vi ha *underskridit* budgeten med elva procent. Lika fel det, för övrigt.

Piet du Toit blev röd om kinderna. Förstod inte flickan sin position? Hur skulle det se ut om vem som helst fick definiera rätt och fel? Han hatade henne mer än någonsin, men kunde inte hitta något att säga. Så han sa:

– Vi har talat en del om dig på kontoret.

– Jaså, sa Nombeko.

– Vi känner att du har svårt att samarbeta.

Nombeko förstod att hon var på väg att få sparken precis som sin företrädare.

– Jaså, sa hon.

– Jag är rädd att vi måste förflytta dig. Tillbaka till ordinarie arbetsstyrka.

Det var faktiskt mer än företrädaren erbjudits. Nombeko tänkte att assistenten måtte vara på gott humör just denna dag.

– Jaså, sa hon.

– Är "jaså" det enda du har att säga? sa Piet du Toit argt.

– Nja, jag kunde förstås tala om för herr du Toit vilken idiot herr du Toit är, men att få honom att förstå det vore nog snudd på hopplöst, det har åren bland latrintömmarna lärt mig. Här finns också idioter ska herr du Toit veta. Bättre att bara gå härifrån så att man slipper se herr du Toit mer, sa Nombeko och gjorde just det.

Det hon sagt sa hon i sådan fart att Piet du Toit inte hann reagera förrän flickan slunkit honom ur händerna. Och att nu ge sig in att leta bland skjulen var inte att tänka på. Hon kunde för hans vidkommande fortsätta gömma sig bland bråten tills tuberkulosen, knarket eller någon av de andra analfabeterna tog livet av henne.

– Tvi, sa Piet du Toit och nickade åt den livvakt pappa betalade.

Dags att återvända till civilisationen.

Det var förstås inte bara tjänsten som chef som gick upp i rök i det där samtalet med assistenten, utan också jobbet som sådant. Och för den delen Nombekos slutlön.

Ryggsäcken med hennes obetydliga tillhörigheter var packad. Det var ett ombyte med kläder, tre av Thabos böcker och de tjugo stänger med torkat antilopkött hon just inhandlat för sina sista slantar.

Böckerna var redan lästa, och hon kunde dem utantill. Men det var något sympatiskt med böcker, deras blotta existens. Som med latrintömmarkollegorna, ungefär. Fast tvärtom.

Det var kväll och kyligt i luften. Nombeko tog på sig sin enda jacka. Lade sig på sin enda madrass och drog sitt enda täcke över sig (det enda lakanet hade just gått åt till liksvepning). Nästa morgon skulle hon ge sig av.

Och plötsligt visste hon vart.

Hon hade läst om det i tidningen dagen innan. Hon skulle till 75 Andries Street i Pretoria.

Nationalbiblioteket.

Det var såvitt hon visste inte förbjudet område för svarta, med lite tur skulle hon komma in. Vad hon därpå kunde göra mer än att andas och njuta av utsikten visste hon inte. Men det räckte till en början. Och hon kände att litteraturen skulle leda henne vidare.

Med den vissheten somnade hon för sista gången i det skjul hon fem år tidigare fått ärva av sin mamma. Och hon gjorde det med ett leende.

Det hade hon aldrig gjort innan.

När morgonen kom gav hon sig av. Det var ingen liten sträcka hon hade framför sig. Hennes livs första promenad utanför Soweto skulle bli nio mil lång.

Efter drygt sex timmar, efter tjugosex av de nittio kilometerna, hade Nombeko kommit till centrala Johannesburg. Det var en annan värld! Bara en sådan sak som att de flesta runt omkring henne var vita och slående lika Piet du Toit allihop. Nombeko tittade sig intresserat omkring. Det var neonskyltar, trafikljus och ett allmänt larm. Och blänkande nya bilar av modeller hon aldrig sett förut. När hon vred sig ett halvt varv för att upptäcka mer, såg hon att en av dem var på väg mot henne i full fart på trottoaren.

Nombeko hann tänka att bilen var fin.

Men hon hann inte röra sig ur fläcken.

* * *

Ingenjör Engelbrecht van der Westhuizen hade tillbringat efter-
middagen i baren på Hilton Plaza Hotel på Quartz Street. Nu
satte han sig i sin nya Opel Admiral och styrde färden norrut.

Men det är inte och har aldrig varit lätt att köra bil med en
liter konjak i kroppen. Ingenjören kom inte längre än till nästa
korsning innan han och Opeln vinglade upp på trottoaren och –
jävlar! – körde han inte över en kaffer?

Flickan under ingenjörens bil hette Nombeko och var före
detta latrintömmerska. Femton år och en dag tidigare hade hon
kommit till världen i ett plåtskjul i Sydafrikas största kåkstad.
Omgiven av sprit, thinner och tabletter var hon förmodad att
leva en stund och därpå dö i leran bland latrinerna i Sowetos
sektor B.

Just Nombeko av alla var den som bröt sig loss. Hon läm-
nade sitt skjul för första och sista gången.

Och så kom hon inte längre än till centrala Johannesburg
innan hon låg förstörd under en Opel Admiral.

"Var det här allt?" tänkte hon innan hon försvann in i med-
vetslösheten.

Men det var det inte.

Kapitel 2

Om hur det i en annan del av världen
gick till när det blev tvärtom med allting

N OMBEKO BLEV ÖVERKÖRD dagen efter sin femton-
årsdag. Men överlevde. Det skulle bli bättre. Och
sämre. Framför allt annorlunda.

Bland alla de män hon framöver skulle drabbas av ingick inte
Ingmar Qvist från Södertälje, Sverige, niohundrafemtio mil där-
ifrån. Men hans öde kom likväl att träffa henne med full kraft.

Det är svårt att säga exakt när Ingmar förlorade förståndet
eftersom det kom smygande. Klart är att det hela tagit god fart
redan hösten 1947. Och att varken han själv eller hans hustru
ville förstå hur det var fatt.

Ingmar och Henrietta gifte sig medan det fortfarande var krig i
nästan hela världen och flyttade till ett torp i skogarna utanför
Södertälje, drygt tre mil söder om Stockholm.

Han var lägre tjänsteman, hon strävsam sömmerska med
verksamhet i det egna hemmet.

De träffades första gången utanför sal 2 i Södertälje tingsrätt
där en dispyt mellan Ingmar och Henriettas pappa avhandlades
sedan den förstnämnde en natt råkat måla "Länge leve kon-
ungen!" med en meter stora bokstäver längs ena väggen till Sve-
riges kommunistiska partis medlemslokal. Kommunism och
kungahus går ju i allmänhet inte hand i hand, så det blev förstås
ett herrans liv redan i gryningen dagen därpå när kommunister-

nas starke man i Södertälje – Henriettas pappa – upptäckte det hela.

Ingmar fångades snabbt in, extra snabbt eftersom han efter tilltaget lagt sig att sova på en parkbänk inte långt från polishuset, med färg och pensel i famn.

I domstolen hade det uppstått elektricitet mellan svaranden Ingmar och åskådaren Henrietta. Lite var det väl att hon drogs till förbjuden frukt, men framför allt det att Ingmar var så... full av liv... till skillnad från fadern som bara gick omkring och väntade på att det skulle gå åt skogen med allting så att han själv och kommunismen kunde ta över, åtminstone i Södertälje. Fadern hade alltid varit revolutionär, men blev i tillägg till det bitter och full av mörka tankar sedan han den 7 april 1937 låtit teckna det som visade sig bli landets radiolicens nummer niohundranittioniotusen niohundranittionio. Dagen därpå firades en skräddare i Hudiksvall trettiotre mil därifrån för att ha tecknat den miljonte licensen. För det fick skräddaren inte bara berömmelse (han fick vara med i radion!) utan också en minnespokal i silver till ett värde av sexhundra kronor. Detta medan Henriettas pappa inte fick någonting mer än lång näsa.

Den händelsen kom han aldrig över, han tappade sin (redan begränsade) förmåga att se det humoristiska i någonting, allra minst i tilltaget att hylla kung Gustaf V längs väggen till kommunistiska partiets lokal. Han förde på egen hand partiets talan i domstolen och yrkade på arton års fängelse för Ingmar Qvist som dömdes till femton kronor i böter.

Det var ingen hejd på motgångarna för Henriettas pappa. Först det där med radiolicensen. Och den relativa missräkningen i Södertälje tingsrätt. Och dottern som därpå föll i kungaälskarens armar. Och så förstås den förbannade kapitalismen som hela tiden tycktes landa på fötterna.

När Henrietta dessutom bestämde att hon och Ingmar skulle

gifta sig *i kyrkan*, bröt Södertäljes kommunistledare med sin dotter en gång för alla, varpå Henriettas mamma bröt med Henriettas pappa, träffade en ny karl på Södertälje station, en tysk militärattaché, flyttade med honom till Berlin strax före krigsslutet och hördes aldrig mer av.

Henrietta ville ha barn, helst så många som möjligt. Det tyckte Ingmar i grunden var en bra idé, inte minst uppskattade han själva produktionsprocessen. Tänk bara den där allra första gången i Henriettas pappas bil två dagar efter rättegången. Det hade varit grejor det, fast till priset av att Ingmar fått gömma sig i sin fasters källare medan blivande svärfar letade igenom Södertälje efter honom. Ingmar borde inte ha glömt kvar den använda kondomen i bilen.

Nåja, gjort var gjort och det var ändå en välsignelse att han kommit över den där kartongen med amerikanska soldatkondomer, för saker och ting behövde tas i rätt ordning för att det inte skulle bli fel.

Med det avsåg Ingmar något annat än att göra karriär och skapa trygg familjeförsörjning. Han jobbade på posten i Södertälje, eller *Kungliga postverket* som han själv alltid sa. Hans lön var ordinär och hade alla förutsättningar att förbli det.

Henrietta tjänade nästan dubbelt så mycket som maken, för hon var skicklig och snabb med både nål och tråd. Hon hade en stor och stadig kundkrets; familjen skulle ha levt gott om det inte vore för Ingmar och hans förmåga att i stigande grad försnilla allt Henrietta lyckats spara ihop.

Gärna barn, som sagt, men först hade Ingmar att hantera sin livsuppgift och den krävde fokus. Innan uppgiften var fullbordad fick det inte förekomma några ovidkommande sidoprojekt.

Henrietta protesterade mot makens språkbruk. Barn var livet och framtiden, inte några sidoprojekt.

– Ska det vara på det viset kan du ta din kartong med ameri-
kanska soldatkondomer och sova på soffan i köket, sa hon.

Ingmar skruvade på sig. Han hade förstås inte menat att barn
var ovidkommande, det var bara det att... ja, men Henrietta
visste redan. Det var ju det här med Hans majestät konungen.
Han bara *måste* få den saken ur vägen först. Det skulle inte
behöva ta en evighet.

– Snälla, rara Henrietta. Kan vi inte sova tillsammans i natt
också? Och kanske öva lite inför framtiden?

Henriettas hjärta smälte förstås. Som så många gånger förr
och många gånger som ännu skulle komma.

Det Ingmar kallade sin livsuppgift var att få trycka den svenske
kungens hand. Det hade börjat som en önskan, men utvecklats
till en målsättning. Exakt när det övergick i ren besatthet var
som sagt inte enkelt att säga. Lättare att veta när och var det hela
startade.

Lördagen den 16 juni 1928 fyllde Hans majestät konungen
Gustaf V sjuttio år. Den då fjortonårige Ingmar Qvist följde med
mamma och pappa till Stockholm för att först vinka med svensk
flagga utanför slottet och därpå gå på Skansen – där de hade
björn och varg!

Men planerna fick ändras något. Det visade sig vara alldeles
för trångt vid slottet, i stället ställde sig familjen längs kortege-
vägen några hundra meter därifrån, där det sades att kungen
och hans Victoria skulle komma förbi i öppen landå.

Och så blev det. Varpå allt utvecklades bättre än vad Ingmars
mamma och pappa ens kunnat föreställa sig. För strax intill
familjen Qvist stod ett tjugotal elever från Lundsbergs internat-
skola, de var där för att överräcka en blomsterkvast till majestä-
tet och tacka för det stöd skolan upplevde inte minst genom
kronprins Gustaf Adolfs engagemang. Det var bestämt att lan-

38

dån skulle göra ett kort stopp, att majestätet skulle stiga ner, ta emot kvasten och tacka barnen.

Allt gick som planerat, kungen fick sina blommor, men när han vände för att kliva upp igen fick han syn på Ingmar. Och stannade till.

– Vilken vacker gosse, sa han och tog två steg fram till pojken och rufsade honom i håret. Vänta, här ska du få, fortsatte han och plockade ur innerfickan upp en karta med jubileumsfrimärken, just utgivna med anledning av kungens bemärkelsedag.

Han räckte över frimärkena till unge Ingmar, log och sa att "dig med lite smör på" och så rufsade han pojken i håret en gång till innan han klev upp till den ilsket blängande drottningen.

– Tackade du ordentligt, Ingmar, sa hans mamma när hon hämtat sig från händelsen att Hans majestät konungen vidrört hennes son – och gett honom en present.

– Nä-ä, stammade Ingmar där han stod med frimärkskartan i hand. Nä, jag sa ingenting. Han var liksom… för fin för det.

Frimärkena blev förstås Ingmars allra käraste ägodel. Och två år därpå började han på posten i Södertälje. Först som lägsta tänkbara tjänsteman på kamerala avdelningen för att sexton år senare ha klättrat absolut ingenstans.

Ingmar var oändligt stolt över den långe och ståtlige monarken. Varje dag tittade Gustaf V majestätiskt snett förbi honom från alla de frimärken undersåten hade anledning att hantera i tjänsten. Ingmar tittade underdånigt och kärleksfullt tillbaka där han satt i det kungliga postverkets kungliga uniform, fast det inte alls behövdes på kamerala avdelningen.

Det var bara det där med att kungen tittade *förbi* Ingmar. Det var som om han inte såg sin undersåte och därför inte kunde ta emot dennes kärlek. Ingmar skulle så oändligt gärna vilja möta kungens blick. Be om ursäkt för att han inte sagt tack den där gången när han var bara fjorton år. Förkunna sin eviga lojalitet.

Oändligt gärna var ordet. Det blev viktigare och viktigare…
önskan om att se i ögonen, tala med, ta i hand.

Viktigare och viktigare.

Och viktigare.

Majestätet blev ju hela tiden äldre. Snart skulle det vara för
sent. Ingmar Qvist kunde inte längre bara vänta på att kungen en
dag skulle skrida in på postkontoret i Södertälje. Det hade varit
hans dröm i alla år, men han var på väg att vakna upp ur den nu.

Kungen skulle inte söka upp Ingmar.

Återstod för Ingmar att söka upp kungen.

Sedan skulle han och Henrietta göra barn, det lovade han.

* * *

Familjen Qvists från början torftiga tillvaro blev hela tiden allt
torftigare. Det pengarna försvann på var Ingmars försök att
komma kungen inpå livet. Han skrev rena kärleksbrev (med
onödigt många frimärken på), han ringde (utan att komma
längre än till en stackars hovsekreterare, förstås), han skickade
presenter i form av svenskt silversmide som var det bästa
kungen visste (och försörjde på så sätt den inte helt hederlige
fembarnspappa som hade i uppdrag att registrera alla inkom-
mande kungliga gåvor). Vidare besökte han tennistävlingar och
snart sagt alla arrangemang det kunde tänkas att kungen skulle
närvara på. Det blev många dyra resor och entrébiljetter, ändå
var det aldrig riktigt nära att Ingmar kom åt sitt majestät.

Familjeekonomin stärktes inte heller av att Henrietta i oron
kring allting började göra som nästan alla andra på den tiden –
nämligen röka ett eller ett par paket John Silver om dagen.

Ingmar hade en chef på postens kamerala avdelning som var
så trött på allt prat om den förbannade monarken och dennes

företräden att han varje gång den lägre tjänstemannen Qvist
äskade ledighet beviljade densamma redan innan Ingmar hunnit
formulera färdigt sin ansökan.

– Jo, kamreren, tror kamreren att han skulle kunna tänka sig
att ge mig två veckors ledighet nu i det närmaste? Jag ska näm-
ligen…

– Beviljat.

Ingmar hade börjat kallas efter sina initialer i stället för
namn. Han blev "IQ" bland chefer och kollegor.

– Jag önskar IQ lycka till med vad det än är för idioti han
tänker företa sig den här gången, sa kamreren.

Ingmar brydde sig inte om att man drev med honom. Till
skillnad från de andra på postverkets huvudkontor i Södertälje
hade han ju ett mål och en mening med sitt liv.

Det tog ytterligare tre betydande ansträngningar från Ingmars
sida innan det blev ungefär tvärtom med just allting.

Först att han begav sig till Drottningholms slott och ställde
sig i sin postverketuniform och ringde på.

– Goddag. Mitt namn är Ingmar Qvist, kommer från det
kungliga postverket och råkar ha ärende till Hans majestät själv.
Skulle ni vilja vara vänlig och meddela honom? Jag väntar här,
sa Ingmar till grindvakten.

– Har ni en skruv lös eller vad är det frågan om? sa vakten i
retur.

En fruktlös dialog tog vid, där Ingmar till sist ombads att
genast ge sig iväg, annars skulle vakten se till att herr posttjän-
stemannen buntades ihop, paketerades och skickades tillbaka
till det postkontor varifrån han kom.

Ingmar blev stött och råkade i hastigheten beskriva den för-
modade storleken på grindvaktens könsorgan varpå han fick
springa därifrån med vakten efter sig.

Han kom undan, dels för att han var lite snabbare än vakten, men framför allt för att den sistnämnde hade order om att aldrig lämna sin grind och därför fick vända tillbaka.

Därefter smög Ingmar omkring i två hela dagar utanför det tre meter höga staketet, utom synhåll för drummeln vid grinden som vägrade begripa kungens bästa, innan han gav upp och återvände till det hotell han haft som bas för hela operationen.

– Ska jag förbereda räkningen? frågade receptionisten som sedan länge misstänkte att just den här gästen inte tänkte göra rätt för sig.

– Ja, tack, sa Ingmar och gick till sitt rum, packade sin väska och checkade ut genom fönstret.

Den andra betydande ansträngningen innan det blev tvärtom med allting började med att Ingmar läste en notis i Dagens Nyheter medan han satt på toaletten på jobbet för att hålla sig undan. I den stod att kungen befann sig på Tullgarn för några dagars avkopplande älgjakt. Ingmar frågade sig retoriskt var det fanns älgar om inte i Guds fria natur, och vem hade tillgång till Guds fria natur om inte... alla! Såväl kungar som enkla tjänstemän på det kungliga postverket.

Ingmar spolade för syns skull klosetten och gick för att begära ny tjänstledighet. Kamreren beviljade densamma med den uppriktiga kommentaren att han inte märkt att herr Qvist redan var tillbaka från den förra.

Eftersom Ingmar sedan länge inte var betrodd med att hyra bil i Södertälje fick han först ta bussen ända till Nyköping där hans ärliga uppsyn räckte till en bättre begagnad Fiat 518. Därpå gav han sig av mot Tullgarn i den hastighet de fyrtioåtta hästkrafterna tillät.

Men han kom inte mer än halvvägs innan han fick möte av en svart Cadillac, V8, 1939 års modell. Kungen, förstås. Färdigjagad. På väg att ännu en gång slinka Ingmar ur händerna.

Ingmar vände snabbt som ögat på sin lånade Fiat, hade tur med några nedförsbackar på rad och hann ifatt den hundra hästkrafter starkare kungabilen. Nästa steg fick bli att försöka köra om och kanske fingera motorstopp mitt på vägen.

Men den nervöse kungachauffören ökade farten för att slippa utstå kungens förmodade vrede över att ha blivit omkörd av en Fiat. Tyvärr tittade han mer i backspegeln än framåt, och när vägen svängde råkade chaufför med Cadillac, kung och sällskap fortsätta rakt fram, ner i ett vattenfyllt dike.

Gustaf V och de övriga klarade sig oskadda, men det kunde inte Ingmar veta där han satt bakom sin ratt. Första tanken var att hoppa ut och hjälpa och samtidigt trycka kungens hand. Men andra tanken var: Tänk om han haft ihjäl den gamle mannen? Och tredje tanken: trettio års straffarbete, det var kanske ett väl högt pris för ett handslag. Speciellt om handen ifråga satt på ett lik. Ingmar trodde inte heller att han skulle bli populär i nationen. Kungamördare blev sällan det.

Alltså vände han.

Hyrbilen ställde han utanför kommunisternas lokal i Södertälje i förhoppning om att svärfar skulle få skulden. Därifrån gick han hela vägen hem till Henrietta och berättade att han eventuellt just haft ihjäl den kung han älskade så högt.

Henrietta tröstade med att det säkert gått bra där i kungens kurva och att det hur som helst skulle vara gott för familjefinanserna om hon hade fel.

Nästa dag meddelade pressen att kung Gustaf V hamnat i diket under en hastig bilfärd, men klarat sig oskadd. Henrietta tog emot nyheten med blandade känslor, tänkte att maken ändå kanske fått sig en avgörande läxa. Och så frågade hon hoppfullt om Ingmar nu jagat färdigt.

Det hade han inte.

Den tredje betydande ansträngningen innan det blev tvärtom med allting gick ut på att Ingmar skulle ta sig till franska Rivieran, till Nice, där Gustaf V, åttioåtta år gammal, alltid tillbringade senhöstarna som lindring mot sin kroniska luftrörskatarr. Kungen hade i en sällsynt intervju berättat att han om dagarna satt på terrassen till sin paradvåning på Hotel d'Angleterre när han inte företog sin dagliga promenad i långsamt mak längs Promenade des Anglais.

Den informationen räckte för Ingmar. Han skulle bege sig dit, möta upp under kungens promenad, stega fram och presentera sig.

Vad som därpå kunde ske gick inte att veta. De båda männen kanske stod och språkade en stund och om stämningen blev god kunde Ingmar till kvälls bjuda kungen på en drink på hotellet. Och varför inte ett parti tennis dagen därpå?

– Den här gången kan inget gå fel, sa Ingmar till Henrietta.

– Så bra då, sa hans fru. Har du sett mina cigarretter?

Ingmar liftade sig ner genom Europa. Det tog en hel vecka, men väl i Nice räckte det med två timmar på en bänk längs Promenade des Anglais innan han fick syn på den långe, ståtlige gentlemannen med silverkäpp och monokel. Gud, vad han var fin! Han närmade sig långsamt. Och han var ensam.

Det som följde var något Henrietta långt senare kunde redogöra för i detalj, eftersom Ingmar ältade det under återstoden av hennes liv.

Ingmar hade rest sig från sin bänk, gått fram till majestätet, presenterat sig som den lojale undersåte på kungliga postverket han var, öppnat för möjligheten till en gemensam drink och kanske ett parti tennis – och avslutat med att föreslå ett handslag männen emellan.

Kungens reaktion hade dock blivit en annan än den Ingmar

förväntat. Han vägrade för det första att ta den okände mannens hand. För det andra bevärdigade han honom inte med en blick. I stället tittade han snett förbi Ingmar bort i fjärran som han redan gjort på de tiotusentals frimärken Ingmar haft anledning att hantera i tjänsten. Och så sa han att han på inga villkors vis tänkte beblanda sig med en budpojke från posten.

Egentligen var kungen för majestätisk för att säga vad han tyckte om sina undersåtar. Ända sedan gängliga barnsben hade han drillats i konsten att visa sitt folk den respekt folket i gemen naturligtvis inte förtjänade. Men dels hade han nu ont överallt, dels hade det kostat på att hålla igen i ett helt liv.

— Men Ers majestät, ni förstår inte, försökte Ingmar.

— Om jag inte varit ensam skulle jag ha bett mitt sällskap förklara för gynnaren framför mig att jag visst förstått, sa kungen och undvek på så sätt att ens tilltala den olycklige undersåten.

— Men, sa Ingmar och kom inte längre innan kungen slog sin silverkäpp i pannan på honom med ett "Seså!".

Ingmar drattade på ändan och gav på köpet sitt majestät fri lejd. Undersåten satt kvar på marken medan kungen promenerade iväg.

Ingmar var förkrossad.

I tjugofem sekunder.

Sedan reste han sig sakta och tittade långt efter sin kung. Och tittade lite till.

— Budpojke? Gynnare? Du ska få för budpojke och gynnare. Och så hade det blivit tvärtom med allting.

45

Kapitel 3

Om ett strängt straff, ett missförstått land
och tre mångsidiga flickor från Kina

ENLIGT ENGELBRECHT VAN der Westhuizens advokat
hade den svarta flickan varit på väg rakt ut i gatan, och
advokatens klient hade inget annat val än att väja.
Olyckan var sålunda flickans fel, inte hans. Ingenjör Westhuizen
var ett offer, inget annat. Dessutom hade hon ju gått på en trot-
toar avsedd för vita.

Flickans tilldelade advokat gick inte i svaromål för han hade
glömt dyka upp till domstolsförhandlingen. Och flickan själv sa
helst ingenting, framför allt därför att hon hade en käkfraktur
som inte uppmuntrade till samtal.

I stället var det domaren som tog Nombeko i försvar. Han
påtalade för herr van der Westhuizen att denne haft åtminstone
fem gånger så mycket alkohol i blodet än som var tillåtet i trafik,
samt att svarta visst fick gå på just den trottoaren även om det
inte kunde anses passande. Men om flickan nu vinglat ut i gatan
– och på den punkten fanns ingen anledning att tvivla eftersom
herr van der Westhuizen gått ed på att så var fallet – låg likväl
större delen av skulden på henne.

Domen blev femtusen rand i psykiskt skadestånd till herr van
der Westhuizen plus ytterligare tvåtusen rand för bucklorna
flickan åstadkommit på hans bil.

Nombeko hade råd både med böter och med kostnaderna för
hur många bucklor som helst. Hon skulle ha råd med en ny bil

till honom också för den delen. Eller tio nya bilar. Hon var nämligen i allra högsta grad välbärgad, något ingen i rättegångssalen, eller någon annanstans, hade anledning att anta. Att diamanterna fanns kvar i sömmen till jackan hade hon kontrollerat redan på sjukhuset med hjälp av sin enda fungerande arm.

Men det var inte frakturen i käken i första hand som fick henne att hålla tyst om saken. Diamanterna var ju i någon bemärkelse stulna. Från en död man, förvisso, men ändå. Och de var just diamanter, inte reda pengar. Om hon plockade fram en av dem skulle hon bli frånplockad dem alla och i bästa fall låsas in för stöld, i sämsta fall för medhjälp till både rån och mord. Situationen var kort sagt inte enkel.

Domaren studerade Nombeko och läste in något annat i hennes bekymrade min. Han sa att flickan inte såg ut att ha några tillgångar att tala om och att han kunde döma henne till att betala av skulden i herr van der Westhuizens tjänst, om ingenjören ansåg ett sådant arrangemang lämpligt? Dylikt upplägg hade ju domaren och ingenjören redan praktiserat en gång och det fungerade väl tillfredsställande?

Engelbrecht van der Westhuizen rös åt minnet av hur det gått till när han fått tre gulingar i sin tjänst, men nu gjorde de viss nytta och för all del, en svarting i tillägg till gulingarna kunde kanske pigga upp. Även om just det här eländiga exemplaret, med brutet ben, bruten arm och trasig käke kanske mest skulle vara i vägen?

– Till halv lön i så fall, sa han. Domaren ser ju hur hon ser ut.

Ingenjör Engelbrecht van der Westhuizen bestämde ersättningen till femhundra rand i månaden minus fyrahundratjugo rand för kost och logi. Domaren nickade bifall.

Nombeko blev nästan full i skratt. Men bara nästan eftersom hon hade ont överallt. Det tjockisen till domare och lögnaren till ingenjör just föreslagit var att hon skulle arbeta gratis åt ingenjören i över sju år. Detta i stället för att betala böter som trots orimligheten i skäl och nivå knappt skulle utgöra en mätbar del av flickans samlade förmögenhet.

Men arrangemanget var kanske lösningen på Nombekos dilemma? Hon kunde väl flytta in hos den där ingenjören, låta läka sina sår och bara avvika den dag hon kände att national-biblioteket i Pretoria inte längre kunde vänta. Hon var ju på väg att dömas till hushållstjänst, inte fängelse.

Hon övervägde att acceptera domarens förslag, men köpte sig några sekunders extra betänketid genom att bråka lite, den värkande käken till trots:

– Det skulle ge åttio rand i månaden netto. Innan jag betalat tillbaka allt jag är skyldig har jag fått jobba hos ingenjören i sju år, tre månader och tjugo dagar. Kan inte domaren tycka att det vore ett väl strängt straff för den som råkat bli överkörd på en trottoar av någon som med tanke på alkoholintaget inte borde ha kört ens på gatan?

Domaren blev alldeles häpen. Inte nog med att flickan ytt-rade sig. Och formulerade sig väl. Och ifrågasatte ingenjörens edsvurna händelsebeskrivning. Hon hade dessutom räknat ut straffets omfattning innan någon annan i lokalen varit i närheten av att göra detsamma. Han borde näpsa flickan, men... han var för nyfiken på om hon faktiskt räknat rätt. Därför vände han sig till domstolsbiträdet som efter ett par minuter bekräftade att "jo, det kan nog – som sagt – röra sig om sju år, tre månader och... ja... kanske tjugo dagar eller så".

Engelbrecht van der Westhuizen tog en klunk ur den lilla bruna flaska med hostmedicin han alltid hade med sig i sammanhang där man inte kunde dricka konjak hur som helst. Han förklarade klunken med att chocken kring den förfärliga olyckan måtte ha förvärrat hans astma.

Men medicinen gjorde honom gott:

– Jag tycker vi rundar av neråt, sa han. Sju år prick kan räcka. Bucklorna på bilen går trots allt att knacka ut.

Nombeko bestämde sig för att några veckor eller så hos den där Westhuizen var bättre än trettio år på anstalt. Synd, förstås, att biblioteket fick vänta, men dit var det fortfarande en rejäl promenad och sådana företog man inte gärna med brutet ben. Förutom allt det andra. Inklusive det skoskav som uppstått under de inledande tjugosex kilometerna.

En liten paus kunde alltså inte skada, givet att ingenjören inte körde över henne en gång till.

– Tack, det var generöst av er, ingenjör van der Westhuizen, sa hon och bekräftade därmed domarens utslag.

"Ingenjör van der Westhuizen" fick räcka. Kalla honom "baas" tänkte hon inte göra.

* * *

Nombeko hamnade direkt efter rättegången i passagerarsätet bredvid ingenjör van der Westhuizen som styrde norrut med ena handen och halsade en flaska Klipdrift konjak med den andra. Konjaken var i både doft och färg identisk med den hostmedicin Nombeko sett honom tömma under rättegången.

Detta skedde den 16 juni 1976.

Samma dag tröttnade en massa skolungdomar i Soweto på regeringens senaste idé, den att den redan undermåliga undervisningen framgent skulle ske på afrikaans. Därför gick ungdomarna ut på gatorna och ventilerade sitt missnöje. De menade att det var lättare att lära sig något om man förstod vad den som lärde ut sa. Och att en text blev mer tillgänglig för läsaren om texten ifråga gick att tyda. Därför – sa ungdomarna – borde utbildningen även fortsatt hållas på engelska.

Polisen på plats lyssnade intresserat på ungdomarnas resonemang och argumenterade därefter för regeringens sak på den sydafrikanska ordningsmaktens speciella vis:

Genom att öppna eld.

Rakt in i demonstrationståget.

Tjugotre demonstranter dog tämligen omgående. Till nästa dag utvecklade polisen argumentationsutbytet med helikoptrar och pansarfordon. Innan röken var skingrad hade ytterligare några hundra människoliv släckts. Johannesburgs kommuns utbildningsförvaltning kunde därför revidera ner budgetanslagen gällande Soweto, åberopande elevbrist.

Allt detta slapp Nombeko uppleva. Hon hade ju förslavats av staten och var på väg i bil till sin nye herres hus.

– Är det långt kvar, herr ingenjören? frågade hon mest för att ha något att säga.

– Nej, inte speciellt, sa ingenjör van der Westhuizen. Men du ska inte prata i onödan. Det räcker med att du svarar på tilltal.

Ingenjör Westhuizen var en hel del. Att han var en lögnare lärde sig Nombeko redan i rättegångssalen. Att han var alkoholiserad förstod hon i bilen på väg därifrån. Dessutom var han en yrkesmässig bluff. Han behärskade inte sitt arbete, men höll sig kvar på toppen med hjälp av ljug och utnyttjande av folk som faktiskt begrep.

Det där kunde ha varit en parentes i det stora hela om ingenjören bara inte haft ett av världens hemligaste och mest dramatiska uppdrag. Det var han som skulle göra Sydafrika till en kärnvapennation. Allt orkestrerades från forskningsanläggningen Pelindaba en dryg timme norr om Johannesburg.

Om detta visste Nombeko förstås ingenting, men hon fick en första känsla av att sakerna inte var fullt så okomplicerade som hon i förstone trott när de närmade sig ingenjörens kontor.

Lagom till det att Klipdriften var slut kom hon och ingenjören fram till anläggningens yttre vakt. Efter legitimering kunde de fortsätta genom grindarna förbi ett tre meter högt stängsel, elektrifierat med tolvtusen volt. På det följde en femton meter lång sträcka bevakad av dubbla vakter med hund innan det var dags för den inre grinden och nästa tre meter höga stängsel med samma antal volt. Runt hela anläggningen, på marken mellan tremetersstängslen, hade någon dessutom kommit på att lägga ett minfält.

– Det är här du ska sona ditt brott, sa ingenjören. Och här ska du bo så att du inte ger dig iväg.

Elektrifierade stängsel, vakter med hund och minfält var parametrar Nombeko inte beaktat i domstolen ett par timmar tidigare.

– Ser hemtrevligt ut, sa hon.

– Nu pratar du i onödan igen, sa ingenjören.

* * *

Det sydafrikanska kärnvapenprogrammet startade 1975, året innan ingenjör van der Westhuizen i fyllan och villan råkade köra över en svart flicka. Det fanns två skäl till att han då suttit på Hilton Hotel och hävt i sig konjak tills han blivit milt avvisad därifrån. Det ena var det där med alkoholismen. Ingenjören behövde minst en helflaska Klipdrift om dagen för att hålla mekanismen igång. Det andra var det dåliga humöret. Och frust-rationen. Ingenjören hade just blivit pressad av premiärminister Vorster, som klagade på att det ännu efter ett år inte gjorts några framsteg.

Ingenjören försökte hävda motsatsen. På det affärsmässiga planet hade utbytesverksamhet startat med Israel. Förvisso ini-tierat av premiärministern själv, men nu gick ju uran i riktning Jerusalem, medan tritium kommit i retur. Två israeliska agenter var till och med permanent stationerade på Pelindaba för projektets skull.

Jo, premiärministern hade inga klagomål på samarbetet med Israel, Taiwan och andra. Det var i själva hantverket det haltade. Eller som premiärministern uttryckte det:

– Ge oss inte en massa förklaringar till det ena och det andra. Ge oss inte ännu fler samarbeten till höger och vänster. Ge oss en atombomb, för fan, herr van der Westhuizen. Och ge oss sedan fem atombomber till.

* * *

Medan Nombeko bodde in sig bakom de dubbla stängslen på Pelindaba satt premiärminister Balthazar Johannes Vorster och suckade i sitt palats. Han hade ett sjå från tidig morgon till sen kväll. Det som brann mer än något annat på hans skrivbord var ärendet med de sex beslutade atombomberna. Tänk om den där lismande Westhuizen inte var rätt man för jobbet? Han pratade och pratade men levererade inte.

Vorster muttrade för sig själv om det jävla FN, om kommunisterna i Angola, om Sovjet och Kuba som skickade horder av revolutionärer till södra Afrika, och om marxisterna som redan tagit över i Moçambique. Och så det förbannade CIA som alltid lyckades ta reda på vad som var på gång, och sedan inte kunde hålla käften med det de visste.

– Nä, fy fan, ansåg B J Vorster om världen i allmänhet.

Hotet mot nationen var *nu*, inte när ingenjören behagade få tummen ur röven.

Premiärministern hade tagit den långa vägen till makten. I slutet av trettiotalet, som yngling, intresserade han sig för nazismen. Vorster tyckte att de tyska nazisterna hade intressanta tillvägagångssätt när det gällde att skilja folk från folk. Detta förmedlade han också till alla som ville lyssna.

Så blev det världskrig. Oturligt nog för Vorster tog Sydafrika rygg på de allierade (del av Brittiska imperiet som man ju var) och nazister som Vorster låstes in i ett par år tills kriget var vunnet. Väl utsläppt igen gick han försiktigare fram; nazistiska idéer har varken förr eller senare mått bra av att kallas för det de är.

På femtiotalet ansågs Vorster rumsren. Våren 1961, samma år som Nombeko föddes i ett skjul i Soweto, avancerade han till posten som justitieminister. Året därpå lyckades han och hans poliser fånga in den fulaste fisken av dem alla – ANC-terroristen Nelson Rolihlahla Mandela.

Mandela dömdes till livstid, förstås, och skickades till en fängelseö utanför Kapstaden, där han skulle få sitta tills han ruttnade bort. Vorster trodde det kunde gå rätt snabbt.

Medan Mandela påbörjade det förmodade bortruttnandet fortsatte Vorster själv att klättra i karriären. Det sista avgörande steget fick han hjälp med när det slog över för en afrikan med en alldeles speciell problematik. Mannen var av apartheidsystemet klassad som vit, men det hade eventuellt blivit fel, för han såg snarare färgad ut och passade därför inte in någonstans. Lösningen på mannens inre plågor fick bli att leta rätt på B J Vorsters företrädare för att sticka en kniv i magen på honom – femton gånger.

Han som var både vit och något annat spärrades in på psykiatrisk klinik där han blev sittande i trettiotre år utan att någonsin bli klok på vilken ras han tillhörde.

Därefter dog han. Till skillnad från premiärministern med de femton knivhuggen som å ena sidan var helt säker på att han var vit, men å andra sidan dog direkt.

Nationen behövde sålunda en ny premiärminister. Helst någon med lite hårda nypor. Och strax satt den tidigare nazisten Vorster där.

Inrikespolitiskt var han nöjd med vad han och nationen åstadkommit. Med den nya terroristlagstiftningen kunde regeringen kalla vem som helst terrorist, låsa in honom eller henne hur länge som helst angivande vilka skäl man ville. Eller inga skäl alls.

Ett annat lyckat projekt var att skapa hemländer till de olika stammarna – ett land till varje sort, utom till xhosa för de var så många att de fick två. Det hade bara varit att samla ihop en viss sorts svartingar, bussa dem till utsett hemland, ta ifrån dem det sydafrikanska medborgarskapet och ge dem ett nytt i hemlandets namn. Den som inte längre är sydafrikan kan ju inte hävda sydafrikansk rätt. Enkel matematik.

Utrikespolitiskt var det på många sätt tjurigare. Världen utanför missförstod oavbrutet landets ambitioner. Det klagades till exempel alldeles förfärligt över att Sydafrika agerade utifrån den enkla sanningen att den som inte är vit en gång för alla inte är det.

Den före detta nazisten Vorster kände ändå viss tillfredsställelse över samarbetet med Israel. De var visserligen judar, men i många stycken lika missförstådda som Vorster själv.

– Nä, fy fan, ansåg B J Vorster för andra gången.

Vad höll klåparen Westhuizen på med?

* * *

Engelbrecht van der Westhuizen var nöjd med den nya passopp försynen försett honom med. Redan när hon haltade fram med uppstagat vänsterben och fortfarande hade högerarmen i mitella hade hon fått en del gjort. Vad hon nu hette.

Till en början kallade han henne för "kaffer 2" för att skilja henne från den andra svarta kvinnan i omgivningarna, hon som städade i yttre vakten. Men när det tilltalet blev känt för biskopen i den lokala reformerta kyrkan fick ingenjören sig en åthutning. De svarta förtjänade bättre respekt än så.

Kyrkan hade redan drygt hundra år tidigare släppt in svarta till samma nattvardsgemenskap som de vita, om än att de förstnämnda fick vänta på sin tur längst bak tills de blev så många att det var lika bra att bygga egna kyrkor åt dem. Biskopen menade att det inte gick att lasta reformerta kyrkan för att svarta ynglade av sig som kaniner.

– Respekt, upprepade han. Tänk på det, herr ingenjören.

Engelbrecht van der Westhuizen tog intryck av sin biskop, men Nombekos namn var för den skull lika omöjligt att lägga på minnet. Därför fick hon i direkt tilltal heta "vaddunuheter" och i indirekt tilltal... fanns det i allt väsentligt inga skäl att relatera till hennes person.

Premiärminister Vorster hade varit på besök två gånger redan, hela tiden vänligt leende men med det underförstådda budskapet att om de sex bomberna snart inte var på plats kunde det hända att ingenjör Westhuizen inte heller var det.

Inför det första premiärministermötet hade ingenjören först tänkt låsa in hon vadhonnuhette i städskrubben. Det var visserligen tillåtet att ha svarta och färgade hjälpredor på området så länge de aldrig fick permission, men ingenjören tyckte det såg smutsigt ut.

Nackdelen med att ha henne i en skrubb var emellertid den att hon då inte kunde vara i ingenjörens närhet, och han hade tidigt kommit på att det inte var så dumt att ha henne just där. Av skäl som inte gick att förstå hände det hela tiden saker i den där flickhjärnan. Hon vadhonnuhette var förvisso långt mer näsvis än vad som egentligen kunde tillåtas och hon bröt mot så många regler hon kunde komma åt. Bland det fräckaste hon företagit sig var att utan lov vistas i forskningsanläggningens bibliotek och till och med bära med sig böcker därifrån. Ingenjörens omedelbara instinkt var att stoppa verksamheten och koppla in säkerhetsavdelningen för vidare utredning. Vad skulle en analfabet från Soweto med böcker till?

Men så märkte han att hon faktiskt *läste* i det hon plockat med sig. Det gjorde saken än mer anmärkningsvärd – läskunnighet var ju inget betydande drag hos nationens analfabeter. Sedan såg ingenjören vad det var hon läste och det var *allt*, inklusive avancerade saker i matematik, kemi, elektroteknik och metallurgi (det vill säga det ingenjören själv borde ha fördjupat sig i). När han vid ett tillfälle tog henne på bar gärning med näsan i en bok i stället för skurande golv, kunde han se hur flickan satt och log inför ett antal matematiska formler.

Tittade, nickade och *log*.

I sanning provocerande. Ingenjören hade för egen del inte sett glädjen i att studera matematik. Eller något annat. Han fick turligt nog toppbetyg ändå på det universitet fadern var främste donator till.

Ingenjören visste att man inte behövde kunna allt om allt. Det var lätt att ta sig till toppen med bra betyg, rätt pappa och grovt profiterande på andras kompetens. Men för att hålla sig kvar gällde i det här fallet att ingenjören levererade. Ja, inte han rent bokstavligt, men de forskare och tekniker han sett till att anställa och som nu stretade dag och natt i hans namn.

Och arbetslaget tog verkligen sakerna framåt. Ingenjören var säker på att de inom en inte alltför avlägsen framtid skulle ha löst de få tekniska konflikter som återstod innan kärnvapentesterna kunde komma igång. Forskarchefen var ingen dumskalle. Däremot var han besvärlig i det att han envisades med att redovisa minsta utvecklingssteg i arbetet, och på det förväntade sig ingenjörens reaktion.

Där kom hon vadhonnuhette in i bilden. Genom att låta

henne bläddra fritt i böckerna på biblioteket hade ingenjören öppnat den matematiska dörren på vid gavel och hon sög i sig allt som fanns kring algebraiska, transcendenta, imaginära och komplexa tal, kring Eulers konstant, differentiala och diofantiska ekvationer, och kring ett oändligt (∞) antal andra komplexiteter, mer eller mindre obegripliga för ingenjören själv.

Nombeko skulle med tiden ha kommit att kallas chefens högra hand om hon bara inte varit en hon och framför allt inte haft fel färg på huden. Nu fick hon behålla den vaga titeln "pass-opp", men var den som parallellt med städandet läste forskarchefens alla tegelstenstjocka problembeskrivningar, testresultat och analyser. Det vill säga det ingenjören inte orkade göra själv.

— Vad handlar den här skiten om? sa ingenjör Westhuizen en dag och tryckte ännu en bunt papper i handen på sin städerska.

Nombeko läste och återkom med besked.

— Det är en analys av konsekvenserna av de statiska och dynamiska övertrycken vid olika mängd kiloton på bomb.

— Tala så man begriper, sa ingenjören.

— Ju kraftigare bomben är, desto fler byggnader flyger i luften, förtydligade Nombeko.

— Det fattar väl vilken bergsgorilla som helst? Är jag *bara* omgiven av idioter? sa ingenjören, hällde upp en konjak och bad sin städerska försvinna.

* * *

Såsom fängelse betraktat tyckte Nombeko att Pelindaba var snudd på enastående. Egen säng, tillgång till vattenklosett i stället för ansvaret för fyratusen torrdass, två mål mat om dagen och frukt till lunch. Och eget bibliotek. Eller: eget var det förstås inte, men ingen mer än Nombeko intresserade sig för det. Och det var inte speciellt omfattande, långt från den klass hon föreställde sig att det i Pretoria höll. Och somligt i hyllorna var gammalt eller irrelevant eller både och. Men ändå.

Hon fortsatte därför att tämligen sorglöst avtjäna straffet för det dåliga omdömet att ha låtit sig bli överkörd av en redlöst berusad man på en trottoar den där vinterdagen i Johannesburg 1976. Det hon nu upplevde var i alla delar bättre än latrintunnetömmandet på världens största mänskliga soptipp.

När tillräckligt många månader passerat var det dags att börja räkna år i stället. Visst ägnade hon en tanke eller två åt hur hon skulle kunna trolla sig ut från Pelindaba i förtid. Det var en utmaning så god som någon att forcera stängslen, minfältet, vakthundarna och larmet.

Gräva tunnel?

Nej, den tanken var så dum att den lade hon ner direkt.

Tjuvlifta?

Nej, varje tjuvliftare skulle upptäckas av vaktstyrkans schäferhundar och då var det bara att hoppas att första hugget tog i strupen så att resten inte blev för jobbigt.

Muta?

Tja, kanske… men hon finge bara en chans och den hon prövade idén på skulle nog på sydafrikanskt vis ta diamanterna och ange henne.

Stjäla annans identitet, då?

Ja, det skulle i och för sig kunna gå. Svårare att stjäla annans hudfärg.

Nombeko bestämde sig för att ta paus i tankarna på flykt. Eventuellt var det ändå som så att enda chansen var att förvandla sig själv till osynlig och förse sig med vingar. Bara vingar räckte inte, då skulle hon bli nerskjuten av de åtta vakterna i de fyra tornen.

Hon var drygt femton när hon stängdes in innanför de dubbla stängslen och minfältet, och var på god väg att fylla sjutton när ingenjören högtidligt meddelade att han ordnat med giltigt, sydafrikanskt pass till henne trots att hon var svart. Utan ett sådant kunde hon nämligen inte längre få access till alla de korridorer den bekväme ingenjören ansåg att hon borde ha tillgång till. Det var den sydafrikanska säkerhetstjänsten som utfärdat reglerna och ingenjör Westhuizen visste vilka strider man skulle ta och inte.

Han förvarade passet i sin skrivbordslåda och eftersom han hade ett aldrig sinande behov av att få sätta sig på folk gjorde han väsen av att han var tvungen att ha det inlåst.

– Det är för att du vaddunuheter inte ska få för dig att rymma. Utan pass kan du inte lämna landet och då hittar vi dig alltid, förr eller senare, sa ingenjören och flinade fult.

Nombeko svarade att dethonnuhette stod i passet om ingenjören var nyfiken samt att hon sedan länge på ingenjörens uppdrag var ansvarig för hans nyckelskåp. Vilket inkluderade nyckeln till skrivbordslådan.

– Och inte har jag rymt för det, sa Nombeko och tänkte att det snarare var vakterna, hundarna, larmen, minfältet och de tolvtusen volten i stängslen som höll henne kvar.

Ingenjören blängde på sin städerska. Nu var hon så där näsvis igen. Det var så man kunde bli tokig på henne. Och det att hon hela tiden hade rätt.

Jävla människa.

Tvåhundrafemtio personer arbetade på olika nivåer i det hemligaste av alla hemliga projekt. Nombeko hade tidigt kunnat konstatera att högste chefen var talanglös i det mesta utom i konsten att sko sig själv. Och så hade han tur (ända till en dag då han inte hade det längre).

Under en period i utvecklingsarbetet var ett av de mer svåröverstigliga problemen det ständiga läckaget i försöken med uranhexafluorid. Ingenjör Westhuizen hade en svart tavla på väggen på sitt kontor där han drog streck och ritade pilar, fumlade med formler och lite annat för att det skulle se ut som om han tänkte. Ingenjören satt i sin fåtölj och mumlade "vätebärgas", "uranhexafluorid", "läckage" varvat med svordomar på både engelska och afrikaans. Nombeko borde kanske ha låtit honom mumla bäst han ville, hon var där för att städa. Men till slut sa hon ändå:

— Nu vet inte jag så mycket om vad vätebärgas är för något, och jag har knappt hört talas om uranhexafluorid. Men jag ser ju på ingenjörens lite svårtolkade försök på väggen att han har ett autokatalytiskt problem.

Ingenjören sa ingenting, men han tittade förbi hon vadhonnuhette mot dörren till korridoren för att säkerställa att där inte stod någon och lyssnade när han nu, för vilken gång i ordningen, var på väg att bli uppsnurrad av den här besynnerliga varelsen.

— Ska jag tolka ingenjörens tystnad som att jag har hans tillåtelse att fortsätta? Han brukar ju annars önska att jag svarar på tilltal och inget annat.

— Ja, så prata då! sa ingenjören.

Nombeko log vänligt och sa att det för hennes vidkommande liksom inte spelade någon roll vad de olika problemdelarna hette, det gick att göra matematik av dem ändå.

— Vätebärgas kallar vi A, uranhexafluorid blir B, sa Nombeko.

Och så gick hon bort till tavlan på väggen, suddade ut ingenjörens trams och ritade dit hastighetsekvationen för en autokatalytisk reaktion av första ordningen.

När ingenjören bara tittade tomt på tavlan förtydligade hon sitt vidare resonemang med att rita en sigmoidal kurva.

När hon var klar med den insåg hon att ingenjör van der

Westhuizen inte begrep mer av vad hon skrivit än vad vilken latrintömmare som helst skulle ha gjort i samma situation. Eller för den delen en assistent på Johannesburgs kommuns sanitets-avdelning.

– Snälla ingenjören, sa hon. Försök nu förstå, jag har golv att skura. Gasen och fluoriden trivs inte med varandra och vantriv-seln blir galopperande.

– Vad är lösningen på det? sa ingenjören.

– Det vet jag inte, sa Nombeko. Det har jag inte hunnit fun-dera på. Jag är som sagt städerska här.

I det ögonblicket trädde en av ingenjör van der Westhuizens alla kvalificerade medarbetare in genom dörren. Han hade skickats dit av forskarchefen för att meddela den glada nyheten att arbetslaget kommit på att problemet var autokatalytiskt, att resultatet blev kemiska föroreningar i filtren i processmaskinen och att man strax skulle kunna presentera en lösning.

Inget av det behövde medarbetaren säga, för strax bakom kaffern med svabben såg han vad ingenjören tecknat på sin tavla.

– Jaha, chefen har redan räknat ut det jag kom för att berätta. Då ska inte jag störa, sa medarbetaren och vände i dörren.

Ingenjör van der Westhuizen satt tyst bakom sitt skrivbord, hällde upp ett nytt dricksglas Klipdrift.

Nombeko sa att det där väl hade varit turligt? Nu skulle hon strax lämna honom i fred, hon hade bara ett par frågor. Den för-sta var om ingenjören fann det lämpligt att hon levererade en matematisk beskrivning av hur arbetsgruppen kunde öka kapa-citeten från tolvtusen SWU:s per år till tjugotusen med bibehål-len haltbestämning av 0,46 procent?

Det gjorde ingenjören.

Den andra frågan gällde om ingenjören kunde vara vänlig och beställa en ny skurborste till kontoret eftersom hans hund tuggat sönder den gamla.

Ingenjören sa att han inte lovade någonting, men att han skulle se vad han kunde göra.

När hon nu ändå var inlåst utan möjlighet till annat tyckte Nombeko att hon lika gärna kunde bejaka ljuspunkterna i tillvaron. Det skulle till exempel bli spännande att se hur länge bluffen Westhuizen klarade sig.

Och allt som allt hade hon det ganska gott. Hon läste sina böcker när helst ingen såg, skurade några korridorer, tömde några askkoppar, läste forskarteamets analyser och återgav dem så förenklat hon kunde för ingenjören.

Fritiden tillbringade hon tillsammans med de övriga hjälpredorna. De tillhörde en för apartheidregimen mer svårplacerad minoritet, de var enligt regelverket "övriga asiater". Mer exakt kineser.

Kineserna hade som ras hamnat i Sydafrika snart hundra år tidigare, i en tid när landet behövde billig arbetskraft (som dessutom inte klagade så förbannat) till guldgruvorna utanför Johannesburg. Det där var historia nu, men de kinesiska kolonierna bestod och det egna språket frodades.

De tre kinesflickorna (lillasyster, mellansyster och storasyster) var om kvällarna inlåsta tillsammans med Nombeko. Till en början höll de sig avvaktande, men eftersom mahjong spelas så mycket bättre om man är fyra i stället för tre kunde det ju vara värt att prova, speciellt när Sowetoflickan inte verkade vara så dum som de hade skäl att tro när hon nu inte var gul.

Nombeko var gärna med och strax hade hon lärt sig det mesta om pong, kong, chow och alla möjliga vindar åt alla tänkbara håll. Hon gynnades av att hon kunde memorera alla de hundrafyrtiofyra stenarna, därför vann hon tre partier av fyra och lät någon av flickorna vinna det fjärde.

Kinesflickorna och Nombeko hade också varje vecka en

stund tillsammans där den sistnämnda berättade vad som hänt i
världen sedan förra gången, enligt vad hon lyckats snappa upp
här och där i korridorer och genom väggar. Nyhetsrapporte-
ringen blev å ena sidan inte heltäckande, å andra sidan ställde
inte publiken alltför höga krav. Som till exempel när Nombeko
kunde berätta att Kina just beslutat att Aristoteles och Shakespe-
are inte längre skulle vara förbjudna i landet och flickorna sa att
det säkert skulle göra dem båda glada.

Via nyhetskvällarna och spelet blev olyckssystrarna vänner.
Brickornas alla tecken och symboler inspirerade dessutom flick-
orna att lära ut sin kinesiska dialekt till Nombeko, varpå alla
skrattade gott åt hennes läraktighet och åt systrarnas inte lika
lysande försök med den isixhosa Nombeko fått från sin
mamma.

De tre kinesflickorna hade historiskt sett en mer tvivelaktig van-
del än Nombeko. De hamnade i ingenjörens våld på ungefär
samma sätt som hon, fast på femton år i stället för sju. Det
hände sig att de träffade ingenjören på en bar i Johannesburg,
han lade an på dem alla tre samtidigt, men fick veta att de
behövde pengar till en sjuk släkting och därför ville sälja... inte
sina kroppar, men väl en värdefull släktklenod.

Ingenjören var i första hand kåt, men anade i andra hand att
han kunde göra ett klipp så han följde med flickorna hem där
han förevisades en gås i mönstrat lergods från Handynastin
cirka år hundra före Kristus. Flickorna ville ha tjugotusen rand
för gåsen, ingenjören insåg att den måste vara värd minst tio
gånger mer, kanske hundra! Men flickorna var inte bara flickor,
de var kineser också, så han erbjöd dem femtontusen kontant
utanför banken nästkommande morgon ("femtusen var, annars
får det vara!") och idioterna gick med på affär.

Den unika gåsen fick hedersplats på en piedestal på ingenjörens kontor ända till ett år senare då en israelisk Mossadagent, tillika deltagare i kärnvapenprojektet, tog sig en närmare titt på pjäsen och på tio sekunder dömde ut den som skräp. Den utredning som följde, ledd av en ingenjör med mord i blick, visade att gåsen inte alls var producerad av hantverkare i Zhejiangprovinsen under Handynastin cirka år hundra före Kristus, utan snarare av tre unga kinesiska flickor i en förort till Johannesburg, under ingen dynasti alls cirka år ettusen niohundrasjuttiofem *efter* Kristus.

Dock hade flickorna varit oförsiktiga nog att förevisa gåsen i det egna hemmet. Därför fick ingenjören och det legala systemet tag i alla tre. Av de femtontusen randen återstod bara två, därav att flickorna nu var inlåsta på Pelindaba i minst ytterligare tio år.

– Oss emellan kallar vi ingenjören för 鹅, sa en av flickorna.

– Gåsen, översatte Nombeko.

Det kinesiskorna mest av allt önskade var att återvända till kinakvarteren i Johannesburg och fortsätta producera gäss från tiden före Kristus, men bara sköta det lite elegantare än förra gången.

I väntan på det gick det lika lite nöd på dem som på Nombeko. Bland deras arbetsuppgifter ingick att servera ingenjören och vaktpersonalen mat samt hantera inkommande och utgående post. Inte minst utgående. Allting, stort och litet, som var möjligt att stjäla utan att någon skulle sakna det för mycket, adresserades helt enkelt till flickornas mamma och lades i utkorgen. Mamman tog tacksamt emot och vidareförsålde, nöjd med att hon en gång investerat i att låta flickorna lära sig att läsa och skriva på engelska.

Att de var slarviga och risktagande i sättet ställde med ojämna mellanrum till det. Som den där gången en av dem blandade ihop adresslapparna så att självaste utrikesministern ringde ingenjör Westhuizen och undrade varför han fått åtta stearin-ljus, två hålslag och fyra tomma pärmar i paket – samtidigt som kinesflickornas mamma tagit emot och genast eldat upp en fyra-hundra sidor tjock teknisk rapport om svagheterna i att använda neptunium som bas i en fissionsladdning.

* * *

Det irriterade Nombeko att det tog henne så lång tid att inse hur illa ute hon var. Såsom sakerna utvecklats hade hon i praktiken inte alls dömts till sju år i ingenjörens tjänst. Hon var där på livs-tid. Till skillnad från de tre kinesflickorna hade hon full insyn i det som var världens hemligaste projekt. Så länge det var stäng-sel på tolvtusen volt mellan henne och vem som helst hon annars kunde skvallra för var det inget problem. Men om hon släpptes ut? Hon var en kombination av värdelös svart kvinna och säker-hetsrisk. Hur länge skulle hon få leva då? I tio sekunder. Eller tjugo. Om hon hade tur.

Hennes situation kunde beskrivas som ett matematiskt pro-blem utan lösning. För om hon hjälpte ingenjören att lyckas med sitt uppdrag skulle han bli hyllad, dra sig tillbaka och få en guld-kantad pension från staten. Medan hon som visste allt hon inte borde fick ett skott i nacken.

Om hon i stället gjorde sitt bästa för att han misslyckades – då skulle ingenjören bli vanärad, få sparken och en betydligt blygsammare pension. Medan hon själv fortfarande fick ett skott i nacken.

Kort sagt: detta var ekvationen hon inte fick ihop. Det enda hon kunde göra var att gå balansgång, det vill säga göra sitt bästa för att ingenjören inte skulle avslöjas som den bluff han var och samtidigt om möjligt dra ut på projektet så långt det gick. Det skulle i sig inte skydda henne från det där skottet i nacken, men ju senare det kom desto större chans att något hann emellan, typ revolution eller personaluppror eller annat som inte gick att tro på.

För såvitt hon inte kunde hitta en väg ut, trots allt.

I brist på andra idéer satte hon sig vid fönstret i biblioteket så ofta hon kom åt, för att studera aktiviteten vid grindarna. Hon höll sig där vid olika tider på dygnet och registrerade vakternas rutiner.

Det hon strax upptäckte var bland annat att samtliga fordon som passerade in och ut genomsöktes av både vakter och hund – utom när det var ingenjören som kom. Eller forskarchefen. Eller någon av de båda Mossadagenterna. De fyra var tydligen höjda över varje misstanke. Tyvärr hade de också bättre garageplats än de andra. Nombeko skulle kunna ta sig till det stora garaget, krypa ner i en bagagelucka – och bli upptäckt av såväl vakt som tjänstgörande hund. Den sistnämnde instruerad att hugga först och fråga husse sedan. Men det lilla garaget, där det fina folket parkerade, där det fanns bagageluckor man skulle kunna överleva i, dit hade hon inte tillgång. Garagenyckeln var en av få av ingenjörens alla nycklar som inte förvarades i det skåp Nombeko ansvarade för. Den behövde han ju varje dag och bar den därför på sig.

En annan iakttagelse Nombeko gjorde var att den svarta städerskan i yttre vakten faktiskt satte sin fot innanför gränsen till Pelindaba varje gång hon tömde den gröna soptunnan just intill det inre av de två tolvtusenvoltsstängslen. Det skedde varannan dag och det fascinerade Nombeko för hon var ganska säker på att städerskan egentligen inte hade tillträde dit, att vakterna likväl lät det ske för att slippa tömma sin egen skit.

Det födde en djärv tanke. Nombeko skulle via stora garaget kunna ta sig osedd till soptunnan, krypa ner och lifta med den svarta kvinnan förbi grindarna och ut till containern på den fria sidan. Kvinnan tömde tunnan enligt strikta rutiner klockan 16.05 varannan dag och överlevde manövern endast därför att vakthundarna lärt sig att man inte skulle slita just den här svartingen i stycken utan att fråga först. Däremot nosade de misstänksamt på tunnan varje gång.

Det gällde alltså att göra hundarna indisponibla för en eftermiddag eller så. Då, och bara då, hade tjuvlifterskan chans att överleva sin flykt. En pytteliten matförgiftning, kunde det vara något?

Nombeko blandade in de tre kinesflickorna eftersom de ansvarade för kosthållningen till hela vaktstyrkan och till sektor G, för såväl människor som djur.

– Självklart! sa storasystern när frågan kom på tal. Vi råkar vara hundförgiftningsexperter alla tre. Eller åtminstone två av oss.

Egentligen hade kinesflickornas göranden och låtanden slutat förvåna Nombeko, men det här var ändå något extra. Hon sa att storasystern gärna fick utveckla det hon sagt så att Nombeko slapp undra resten av livet. Hur länge det nu kunde tänkas bli.

Jo, innan kinesflickorna och deras mamma gav sig in på den lukrativa förfalskarbranschen hade mamman drivit en hundkyrkogård strax intill det vita Parktown West utanför Johannesburg. Affärerna gick knackigt, hundarna åt lika gott och näringsriktigt som folk gör i gemen i de trakterna, och de levde därmed åt helskotta för länge. Men så kom mamman på att storasystern och mellansystern kunde bättra på omsättningen genom att placera ut förgiftad hundmat här och där i parkerna där vitingarnas pudlar och pekingeser sprang fritt. Lillasystern var på den tiden för liten och hade mycket väl kunnat få för sig att smaka hundmaten själv om hon kommit åt.

På kort tid fick hundkyrkogårdens ägarinna mångdubbelt mer att göra och familjen hade väl kunnat leva gott på det där än i denna dag om de ärligt talat inte blivit lite för giriga. För när det fanns fler döda hundar i parkerna än levande riktade de vita rasisterna förstås blickarna mot den enda gulingen i trakten och hennes döttrar.

– Ja, det var ju fördomsfullt av dem, sa Nombeko.

Mamman fick packa väskan i hast, gömde sig och barnen i centrala Johannesburg och bytte bransch.

Det var några år sedan nu, men nog kom flickorna ihåg hur man doserade hundmat på olika sätt.

– Nå, här handlar det om åtta hundar – och om att förgifta dem bara lite lagom, sa Nombeko. Så att de blir halvsjuka i en dag eller två. Inte mer än så.

– Låter som ett typiskt fall av etylenglykolförgiftning, sa mellansystern.

– Tänkte just detsamma, sa storasystern.

Och så dividerade de om vilken dos som var lämplig. Mellansystern trodde att tre deciliter kunde räcka, men storasystern påpekade att det nu rörde rejäla schäferhundar, inte någon liten chihuahua.

Till slut enades flickorna om att fem deciliter var det rätta för att få hundarna i rysligt dåligt slag ända till nästa dag.

Flickorna hade tagit sig an problemet på ett så sorglöst sätt att Nombeko redan ångrade sig. Förstod de inte hur illa ute de kunde vara när den förgiftade hundmaten härleddes tillbaka till dem själva?

– Äsch, sa lillflickan. Det ordnar sig. Vi får börja med att beställa en dunk med etylenglykol, annars blir det ju inget av med förgiftandet.

Nombeko ångrade sig nu dubbelt. Kunde de inte ens begripa att säkerhetspersonalen skulle ringa in dem som skyldiga på bara några minuter när det upptäcktes vad som lagts till ordinarie inköpslista?

Och så kom hon att tänka på en sak.

– Vänta lite, sa hon. Gör inget förrän jag är tillbaka. Ingenting alls!

Flickorna tittade förvånat efter Nombeko. Hur skulle hon ha det?

Men saken var den att Nombeko kommit att tänka på något hon läst i en av forskarchefens otaliga rapporter till ingenjören. Det handlade inte om etylenglykol, men väl etandiol. I rapporten stod att forskarna experimenterade med vätskor med en kokpunkt på över hundra grader Celsius för att få en några tiondels sekund fördröjd temperaturökning av den kritiska massan. Det var där etandiolen kom in i bilden. Hade inte etandiol och etylenglykol ungefär samma egenskaper?

Om forskningsanläggningens bibliotek var som sämst när det gällde senaste nytt, var det desto bättre på information av mer allmänt slag. Som till exempel bekräftelse på att etandiol och etylenglykol var mer än i många stycken samma sak. Det *var* samma sak.

Nombeko lånade två av nycklarna i ingenjörens nyckelskåp, smög ner i stora garaget och in i kemiförrådet intill elcentralen. Där hittade hon en nästan full tjugofemlitersdunk med etandiol. Hon hällde över fem liter i egen medhavd hink och återvände till flickorna.

– Här har ni så det räcker och blir över, sa hon.

Nombeko och flickorna bestämde att de skulle börja med att blanda en väldigt svag dos i hundmaten för att se vad som hände och öka på den efterhand tills det eventuella tillstånd uppstod då alla åtta hundarna var sjukskrivna utan att vaktpersonalen för den skull misstänkte attentat.

Kinesflickorna sänkte därför dosen från fem deciliter till fyra efter Nombekos förmaningar, men gjorde misstaget att låta lillasystern hålla i själva doserandet, det vill säga den av de tre som varit för liten på den tid det begav sig. Sålunda blandade hon ner fyra deciliter etylenglykol *per hund* redan i det första, försiktiga försöket. Tolv timmar senare var alla åtta hundarna lika döda som de i Parktown West några år tidigare. Dessutom var tillståndet för vaktchefens tjuvätande katt kritiskt.

Etylenglykol har den egenskapen att den snabbt når blodomloppet från tarmen. I levern omvandlas den därefter till glykolaldehyd, glykolsyra och oxalat. Om mängden är stor nog slår dessa i sin tur ut njurarna innan också lungor och hjärta drabbas. Den direkta dödsorsaken i fallet med de åtta hundarna var hjärtstillestånd.

Det omedelbara resultatet av lillkinesflickans felräkning var att larmet gick, att vaktstyrkan intog högsta beredskap och att det förstås var omöjligt för Nombeko att låta sig bli utsmugglad i en soptunna.

Flickorna kallades redan dag två in på förhör, men medan de satt och nekade i sten hittade säkerhetspersonalen en nästan tom hink med etylenglykol i bagageluckan till en av de tvåhundrafemtio medarbetarnas bil. Nombeko hade ju genom ingenjörens nyckelskåp tillträde till garaget; den aktuella bagageluckan var den av alla som råkade vara olåst och någonstans måste hon ställa hinken. Bilägaren var en medarbetare av den halvmoraliska sorten; han skulle aldrig förråda sitt land å ena sidan, men hade å andra sidan oturligt nog just denna dag råkat nalla sin avdelningschefs portfölj med både pengar och checkhäfte. Den hittades intill hinken och när det ena lagts till det andra hade medarbetaren gripits, förhörts, fått sparken – och dömts till sex månaders fängelse för stöld plus trettiotvå år för terrorbrott.

– Det var nära ögat, sa lillasystern när alla misstankar mot de tre systrarna skrivits av.

– Ska vi göra ett nytt försök? undrade mellansystern.

— Fast då får vi vänta tills de skaffat nya hundar, sa storasystern. De gamla tog ju slut.

Nombeko sa ingenting. Men tänkte att framtidsutsikterna för hennes egen del inte var mycket ljusare än de var för vaktchefens katt som nu börjat krampa.

Kapitel 4

E FTERSOM HENRIETTAS PENGAR var slut fick Ingmar
inte i sig någon mat under nästan hela liftandet från Nice
tillbaka till Södertälje. Men i Malmö råkade den smut-
sige och utsvultne lägre posttjänstemannen möta en frälsnings-
soldat som efter en lång dag i Herrens tjänst var på väg hem till
sin bostad. Ingmar frågade om soldaten hade en bit bröd att
avvara.

Frälsningssoldaten lät sig omedelbart behärskas av kärlekens
och medlidandets ande, faktiskt så till den grad att Ingmar fick
följa med honom hem.

Väl där bjöd han på rotmos med fläsk innan han bäddade ner
gästen i sin egen säng i avsikt att själv sova på golvet framför spi-
sen. Ingmar gäspade och sa att han var imponerad av soldatens
vänlighet. På det svarade frälsningssoldaten att förklaringen till
hans handlingar fanns i Bibeln, inte minst i Lukasevangeliet, i
vilket det stod att läsa om den barmhärtige samariten. Fräls-
ningssoldaten frågade Ingmar om han fick läsa några rader ur
Den heliga skrift.

– Visst får han det, sa Ingmar, men läs tyst för jag måste sova.

Och så somnade han. Och vaknade nästa morgon av att det
luktade nybakat.

Efter frukost tackade han den barmhärtige soldaten, tog far-
väl och stal därpå hans cykel. Medan han trampade iväg funde-

rade han över om det inte var i Bibeln det stod att nöden inte hade någon lag. Ingmar var inte säker.

Stöldgodset avyttrade han hur som helst i Lund och köpte för pengarna tågbiljett hela vägen hem.

Väl innanför dörren möttes han av Henrietta. Innan hon hunnit öppna munnen för att hälsa honom välkommen hem meddelade han att det nu var dags att göra barn.

Henrietta hade egentligen en rad frågor, inte minst hur det kom sig att Ingmar plötsligt ville krypa till sängs utan den fördömda kartongen med amerikanska soldatkondomer under armen, men hon var inte dummare än att hon bejakade situationen. Det enda hon begärde var att maken duschade först, för han luktade nästan lika illa som han såg ut.

Parets allra första kondomlösa äventyr varade i fyra minuter. Sedan var Ingmar färdig. Men Henrietta var nöjd ändå. Hennes älskade tokstolle var hemma igen och han hade faktiskt kastat kondomerna i soptunnan innan de gick till sängs. Tänk om det betydde att det var slut med alla stollerier? Och att de kunde välsignas med en liten bebis?

Femton timmar senare vaknade Ingmar på nytt. Han började med att berätta att han faktiskt träffat kungen där nere i Nice. Eller tvärtom, egentligen. Kungen hade träffat honom. Med en käpp i pannan.

– Kära nån då, sa Henrietta.

Jo, det kunde man säga. Men för den skull var Ingmar honom bara tacksam. Kungen hade gett honom synen åter. Fått honom att förstå att monarkin var ett djävulens påfund som måste utrotas.

– Djävulens påfund? sa hans häpna hustru.

– Som måste utrotas.

Men saken krävde både tålamod och list. Och att Ingmar och

Henrietta som del i planen gjorde barn. Han skulle förresten heta Holger.

– Vem? sa Henrietta.

– Vår son, förstås.

Henrietta, som i tysthet och i hela sitt vuxna liv längtat efter en Elsa, sa att det ju lika gärna kunde bli en dotter om ens något alls. Men på det fick hon veta att hon skulle sluta vara så negativ. Om hon i stället serverade Ingmar lite mat lovade han att berätta hur det skulle bli med allt framöver.

Då gjorde Henrietta det. Pytt i panna med rödbetor och ägg.

Mellan tuggorna gick Ingmar mer i detalj in på mötet med Gustaf V. För första men långt ifrån sista gången berättade han om "budpojke" och "gynnare". För andra och långt ifrån sista gången om silverkäppen i pannan.

– Och nu ska monarkin för den skull utrotas? sa Henrietta. Med tålamod och list? Hur menar du att tålamodet och listen ska yttra sig?

Det hon tänkte, men inte sa, var att varken tålamod eller list historiskt sett varit några framträdande drag hos maken.

Jo, med tålamodet var det som så att även om han och Henrietta gjort barn så sent som dagen innan hade Ingmar förstått att det tog flera månader innan ungen var på plats och därefter åratal innan Holger var gammal nog att ta över efter pappa.

– Ta över vad? undrade Henrietta.

– Kampen, min kära Henrietta. Kampen.

Ingmar hade haft gott om tid att tänka under liftandet genom Europa. Att utradera monarkin skulle inte bli lätt. Det var nog snarare ett livsprojekt. Eller till och med mer därtill. Det var där Holger kom in i bilden. För om Ingmar hann gå bort innan kampen var vunnen, skulle sonen ta vid.

– Varför just Holger? undrade Henrietta bland allt det hon fortfarande undrade.

Tja, egentligen kunde pojken heta vad han ville, det var inte namnet som var det viktiga utan striden. Men det vore opraktiskt att inte låta honom heta någonting. Först hade Ingmar tänkt sig Wilhelm efter den kände författaren och republikanen Vilhelm Moberg, men så hade han kommit på att en av kungens söner hette detsamma, prins och hertig av Södermanland, dessutom.

I stället hade han gått igenom andra namn från A och framåt och när han under cykelturen från Malmö till Lund kom till H, kom han att tänka på den frälsningssoldat han lärt känna så sent som dagen innan. Soldaten råkade heta just Holger och hade sannerligen ett gott hjärta, även om han slarvat med mängden luft i däcken till sin cykel. Den hederlighet och generositet Holger visat hade verkligen varit något extra, samtidigt som Ingmar inte kunde påminna sig en enda ädling på vår jord med just det namnet. Holger var precis så långt från adelskalendern som situationen krävde.

Därmed hade Henrietta ungefär hela bilden klar för sig. Sveriges ledande monarkist skulle nu viga sitt liv åt att störta kungahuset i gruset. Han tänkte följa sitt kall intill döden och dessförinnan se till att hans avkommor var redo när den dagen var inne. Allt sammantaget gjorde det honom såväl listig som tålmodig.

– Inte avkommor, sa Ingmar. Avkomma. Han ska heta Holger.

* * *

Holger visade sig dock inte vara tillnärmelsevis lika ivrig som sin far. Under de följande fjorton åren kom Ingmar att ägna sig åt i allt väsentligt två saker:

  1) läsa allt han kunde komma åt om ofruktsamhet, och
  2) omfattande och okonventionell smutskastning av kungen som företeelse och person.

I tillägg till det misskötte han inte arbetet som lägsta tänkbara tjänsteman på posten i Södertälje mer än vad arbetsgivaren till nöds kunde stå ut med, varpå han undvek att få sparken.

När hela stadsbiblioteket i Södertälje var genomgånget for Ingmar regelbundet tur och retur Stockholm, till Kungliga biblioteket. Ett jävla namn, men där fanns böcker så det räckte och blev över.

Ingmar lärde sig allt som var värt att veta om rubbningar i ägglossningen, kromosomavvikelser och störd spermiebildning. När han grävde djupare i arkiven tog han också till sig information av mer oklart vetenskapligt värde.

Så kom det sig till exempel att han under givna dagar gick omkring med naken underkropp från det att han kom hem från arbetet (vanligtvis en kvart innan han slutade) tills det var dags att gå till sängs. På så sätt höll han pungen sval och det skulle enligt vad Ingmar läst vara bra för spermiernas simförmåga.

– Kan du röra i soppan medan jag hänger upp tvätten, Ingmar? kunde Henrietta säga.

– Nej, då kommer pungen för nära spisen, svarade Ingmar.

Henrietta älskade fortfarande sin man för att han var så full av liv, men hon behövde balansera upp tillvaron med en extra John Silver då och då. Och en till. Det blev förresten ytterligare en den där gången Ingmar skulle vara duktig och gav sig av till livsmedelsbutiken för att köpa grädde. Naken nertill av ren glömska.

Annars var han mer tokig än glömsk. Till exempel hade han lärt sig när Henriettas blödningar var att förvänta. På så sätt kunde han under utsiktslösa dagar i stället ge sig iväg för att ställa till elände för sin statschef. Vilket han också gjorde. I stort och smått.

Bland annat lyckades han hedra majestätet på kungens nittioårsdag den 16 juni 1948 genom att i exakt rätt ögonblick blottlägga en tretton meter bred banderoll rakt över Kungsgatan och kungens kortege med texten "Dö, din gamle get, dö!". Gustaf V hade vid det laget kraftigt nedsatt syn, men det var snudd på att en blind kunnat se vad där stod. Enligt Dagens Nyheter dagen därpå hade kungen sagt att "den skyldige skall gripas och föras till mig!".

Så nu passade det.

Efter succén på Kungsgatan höll sig Ingmar relativt lugn ända till oktober 1950 då han hyrde in en ung och aningslös tenor från Stockholmsoperan att sjunga "Bye, Bye, Baby" utanför fönstret på Drottningholms slott där Gustaf V låg för döden. Tenoren fick stryk av den vakande församlingen utanför, medan Ingmar, som sedan tidigare kände till buskagen i omgivningarna, lyckades komma undan. Den misshandlade tenoren skrev ett argt brev till honom och krävde inte bara den avtalade ersättningen om tvåhundra kronor utan också femhundra kronor för sveda och värk. Men eftersom Ingmar anlitat tenoren under falskt namn och en ännu falskare adress ledde inte anspråken till annat än att platschefen på Lövsta soptipp läste brevet, skrynklade ihop det och kastade det i förbränningsugn 2.

1955 följde Ingmar med i nye kungens släptåg på eriksgata genom landet utan att lyckas ställa till med just någonting. Det var nästan att han började misströsta, tänkte att det måste till djärvare grepp än att bara bilda opinion. Kungens feta arsle satt ju säkrare på tronen än någonsin.

– Kan du inte släppa det där nu, sa Henrietta.

– Nu är du så där negativ igen, min kära. Jag har hört att det krävs positiva tankar för att bli med barn. Läste förresten att du inte ska dricka kvicksilver, att det är skadligt för varje begynnande graviditet.

– Kvicksilver? sa Henrietta. Varför i hela friden skulle jag dricka kvicksilver?

– Det är ju det jag säger! Och du får inte ha soja i maten.

– Soja? Vad är det?

– Det vet jag inte. Men ha det inte i maten.

I augusti 1960 hade Ingmar fått en ny graviditetsidé, det var återigen något han läst. Lite genant att presentera saken för Henrietta, bara.

– Jo, om du står på huvudet medan vi... gör det... då blir det lättare för spermierna att...

– På huvudet?

Henrietta frågade sin make om han inte var riktigt klok, och insåg att tanken faktiskt slagit henne. Men för all del. Det skulle inte bli något ändå. Hon hade resignerat.

Desto mer överraskande att den bisarra ställningen gjorde hela saken trivsammare än på länge. Äventyret var fullt av glada tillrop från båda håll. Det var till och med så att Henrietta, när hon upptäckte att Ingmar inte somnat med en gång, kom med ett förslag:

– Det där var inte så dumt, älskling, ska vi pröva en gång till?

Ingmar förvånade sig själv med att fortfarande vara vaken, han smakade på det Henrietta just sagt och svarade:

– Ja, vad fasen.

Om det var första gången den kvällen eller gången därpå gick inte att veta, men efter tretton fruktlösa år blev Henrietta äntligen gravid.

– Holger, min Holger, du är på väg! hojtade Ingmar till magen när han fick veta.

Henrietta, som visste tillräckligt mycket om både blommor och bin för att inte utesluta en Elsa, gick på det ut i köket för att ta sig en cigarrett.

Under månaderna som följde växlade Ingmar upp. Varje kväll idkade han högläsning ur Vilhelm Mobergs *Därför är jag republikan* inför Henriettas växande mage. Till frukosten varje morgon småpratade han med Holger genom hustruns navel om de republikanska tankar som fyllde honom i stunden. Inte sällan fick Martin Luther klä skott, han som ansåg att "vi skola frukta och älska Gud så att vi icke förakta eller förtörna våra föräldrar och herrar".

Det var åtminstone två fel med Luthers resonemang. För det första det där med Gud, han var inte vald av folket. Och han gick inte att avsätta. Visst kunde man konvertera om man ville, men gudarna tycktes vara av samma skrot och korn allihop.

För det andra det att vi inte skulle "förtörna våra herrar". Vilka var då herrarna ifråga, och varför skulle vi inte förtörna dem?

Henrietta lade sig sällan i Ingmars monolog inför magen, men fick då och då avbryta verksamheten eftersom maten på spisen annars skulle brännas vid.

– Vänta, jag är inte färdig, kunde Ingmar säga.

– Men det är gröten, svarade Henrietta. Du och min navel får prata vidare i morgon om du inte vill att huset ska brinna upp.

Så var det dags. En hel månad för tidigt. När vattnet gick hade Ingmar lyckligtvis just kommit hem från sitt alldeles åt helvete för kungliga postverk där han vid hot om repressalier till sist fått lova att sluta rita horn i pannan på Gustaf VI Adolf på alla frimärken han kom åt. Och sedan gick det undan. Henrietta tog sig krypande till sängen, medan Ingmar när han skulle ringa barnmorskan krånglade in sig så till den grad i telefonsladden att han strax ryckt loss sladd och allt ur väggen. Medan han fortfarande stod på tröskeln till köket och svor födde Henrietta parets barn i rummet intill.

– När du svurit färdigt är du välkommen hit, flämtade hon. Men ta med dig en sax, du har en navelsträng att klippa.

Någon sax hittade inte Ingmar (han hittade inte så bra i köket), men väl en avbitartång ur verktygslådan.

– Pojke eller flicka? undrade modern.

För formalitetens skull tog sig Ingmar en titt åt det håll där frågan hade sitt svar, sedan sa han:

– Nog är det Holger alltid.

Och så skulle han just till att kyssa sin fru på munnen, när hon sa:

– Aj! Jag tror en till är på väg.

Den nyblivne pappan var förvirrad. Först hade han nästan fått uppleva födelsen av sin son, om han bara inte fastnat i telefonsladden i hallen. Och minuterna därpå kom det – en son till!

Ingmar hann inte bearbeta saken med en gång, för Henrietta gav med svag men skarp röst en rad instruktioner kring vad han hade att uträtta för att inte riskera livet på såväl mor som barn.

Men så hade sakerna lugnat sig, allt hade gått väl, förutom det där med att Ingmar satt med två söner i knät när han varit så tydlig med att det bara skulle vara en. De borde inte ha gjort det två gånger samma kväll, för se så krångligt det nu blivit med allt.

Henrietta bad dock sin make sluta prata strunt, tittade på sina båda söner, först den ene och sedan den andre. Och så sa hon:

– Jag tycker det känns som att det är han till vänster som är Holger.

– Ja, mumlade Ingmar. Eller han till höger.

Det hela kunde ha avgjorts i det att det rimligen var den förstfödd som var den riktige, men i den allmänna röran med moderkaka och allt hade Ingmar blandat ihop ettan och tvåan och nu visste han varken ut eller in.

— Förbannat! sa han och blev omedelbart uppläxad av sin fru.

Fula ord skulle inte vara det första sönerna fick höra, bara för att de råkat bli lite för många till antalet.

Då tystnade Ingmar. Tänkte igenom situationen på nytt. Och bestämde sig.

— Det där är Holger, sa han och pekade på barnet till höger.

— Jaså, minsann, sa Henrietta. Vem är då den andre?

— Det är Holger det med.

— Holger och Holger? sa Henrietta och blev akut röksugen. Är du verkligen säker, Ingmar?

Det sa han att han var.

DEL 2

Ju mer man ser av människorna, desto mer
uppskattar man sin hund.

MADAME DE STAËL

Kapitel 5

Om ett anonymt brev, fred på
jorden och en hungrig skorpion

INGENJÖR WESTHUIZENS PASSOPP återföll till den
avlägsna förhoppningen om att en yttre samhällsförändring
skulle komma till undsättning. Men det var inte lätt för
henne att förutse möjligheterna för något som eventuellt skulle
få henne att ha en framtid över huvud taget, oavsett kvalitet på
framtiden ifråga.

Böckerna i forskningsanläggningens bibliotek gav förstås
vissa sammanhang, men det mesta i hyllorna var tio år gammalt
eller mer. Bland annat hade Nombeko bläddrat i en skrift från
1924 i vilken en professor i London på tvåhundra sidor ansåg sig
föra i bevis att det aldrig mer skulle bli krig, på grund av kombi-
nationen Nationernas förbund och utbredningen av den alltmer
populära jazzen.

Då var det lättare att hänga med i vad som hände innanför
anläggningens stängsel och väggar. Tyvärr sa de senaste rappor-
terna att ingenjörens duktiga medarbetare löst det autokataly-
tiska problemet och andra därtill och nu var redo för en prov-
sprängning. Ett lyckat test skulle föra hela projektet alldeles för
nära dess fullbordan för Nombekos smak eftersom hon ville
leva ett tag till.

Det enda hon där och då kunde göra var att försöka bromsa
utvecklingen en smula. Helst utan att regeringen i Pretoria för
den skull började misstänka att Westhuizen var den odugling

han var. Att få tillfälligt stopp på den just inledda borrningen i Kalahariöknen kunde vara lagom.

Trots att det gått som det gjort med etylenglykolen valde Nombeko att återigen söka kinesflickornas hjälp. Hon frågade om det gick för sig att skicka ett brev genom dem, via flickornas mamma. Hur fungerade det där, förresten? Kontrollerades inte utgående post alls?

Jo, sannerligen. Det var en viting i vakten som inte gjorde annat än gick igenom allt som inte var ställt till redan säkerhetsklassad mottagare. Vid minsta misstanke sprättade han utgående post. Och han höll utan undantag förhör med avsändaren.

Det där hade förstås varit ett oöverstigligt problem om inte säkerhetschefen en gång flera år tidigare haft genomgång med de ansvariga för postgången. När han i detalj berättat för kinesflickorna om hur säkerheten var uppbyggd, med tillägget att de vidtagna åtgärderna var nödvändiga eftersom det inte gick att lita på en enda människa, ursäktade han sig för att gå på toaletten varpå flickorna förde i bevis att han hade rätt. Så fort de blivit ensamma i rummet trippade de nämligen runt hans skrivbord, matade rätt papper i skrivmaskinen och fyllde i ännu en säkerhetsklassad mottagare till de hundrafjorton som redan fanns.

– Er mamma, sa Nombeko.

Flickorna nickade och log. För säkerhets skull hade de gett mamman en fin titel framför namnet. Cheng Lian såg misstänkt ut. *Professor* Cheng Lian ingav förtroende. Krångligare än så var inte den rasistiska logiken.

Nombeko tänkte att ett kinesiskt namn borde ha fått någon att reagera oavsett professorstitel, men att ta risker och komma undan tycktes en gång för alla vara flickornas natur, undantaget bakgrunden till att de för tillfället var lika inlåsta som hon själv. Och namnet hade fungerat i flera år redan, då borde det kunna göra det i en dag till. Var det alltså som så att Nombeko kunde skicka ett brev i ett brev till professor Cheng Lian och att flickornas mamma postade det vidare?

— Absolut, sa flickorna utan att visa nyfikenhet kring vem det var Nombeko ville meddela sig med.

Till:
President James Earl Carter Jr.
Vita huset, Washington

Goddag, herr presidenten. Eventuellt kanske det kan intressera er att Sydafrika under ledning av en ständigt berusad åsna avser att detonera ett styck atombomb på cirka tre megaton inom tre månader. Det ska ske i Kalahariöknen i början av 1978, närmare bestämt exakt här: 26°44'26"S, 22°11'32"E. Därefter är tanken att Sydafrika ska förse sig självt med sex stycken av samma sort, att bruka efter eget behag.
        Med vänlig hälsning
        En vän

Nombeko, försedd med gummihandskar, klistrade igen kuvertet, skrev namn och adress och tillade i ena hörnet: "Död åt Amerika!" Sedan lade hon alltihop i ett annat kuvert som redan nästa dag expedierades till en säkerhetsklassad professor med kinesklingande namn i Johannesburg.

* * *

Vita huset i Washington byggdes en gång av svarta slavar importerade från Nombekos Afrika. Det var redan från början en mäktig byggnad och än mer så hundrasjuttiosju år senare. Huset bestod av hundratrettiotvå rum, trettiofem badrum, sex våningar, en bowlingbana och en biosalong. Och en väldig massa anställda som tillsammans tog emot över trettiotretusen försändelser i månaden.

Samtliga röntgades, utsattes för specialutbildade hundars känsliga nosar och okulärbesiktigades innan de fortsatte till varje enskild mottagare.

Brevet från Nombeko klarade sig förbi både röntgen och hundar, men när en sömnig men uppmärksam kontrollant såg "Död åt Amerika" på ett kuvert ställt till självaste presidenten gick förstås larmet. Tolv timmar senare hade brevet flugits till Langley, Virginia, där det förevisades CIA-chefen Stansfield M Turner. Rapporterande agent berättade om kuvertets utseende, om att de fingeravtryck som förelåg var så begränsade i omfång och placerade på ett sådant sätt att de sannolikt inte skulle gå att härleda till annat än diverse posttjänstemän, om att brevet inte gett radioaktivt utslag, att poststämpeln föreföll autentisk, att det hela avsänts från postdistrikt nio i Johannesburg, Sydafrika, åtta dagar tidigare samt att datamaskinsanalys indikerade att texten formulerats genom utklippta ord ur boken *Fred på jorden* skriven av en brittisk professor som först drivit tesen att Nationernas förbund och jazzen gemensamt skulle bringa lycka till världen och som därpå, 1939, tog sitt eget liv.

– Skulle jazzen skapa fred på jorden? var CIA-chefens första kommentar.

– Han tog som sagt sitt liv, sir, svarade agenten.

CIA-chefen tackade sin agent och blev ensam kvar med brevet. Tre samtal och tjugo minuter senare stod det klart att innehållet i försändelsen korrelerade fullt ut med den information han genant nog tagit emot från Sovjet tre veckor tidigare och som han då inte trott på. Enda skillnaden var de exakta koordinaterna i det anonyma brevet. Sammantaget föreföll informationen extremt trovärdig. I CIA-chefens huvud fanns nu två huvudsakliga tankar:

1) Vem fan var avsändaren?
2) Dags att kontakta presidenten. Brevet var ju trots allt till honom.

Stansfield M Turner var impopulär på byrån eftersom han försökte byta ut så många av medarbetarna som möjligt mot datamaskiner. Det var också en sådan, ingen människa, som lyckats härleda de urklippta orden till boken *Fred på jorden*.

— Skulle jazzen skapa fred på jorden? sa president Carter till sin gamle studiekamrat Turner när de träffades nästa dag i Ovala rummet.

— Han tog sitt eget liv några år senare, herr president, sa CIA-chefen.

President Carter — som älskade jazz — kunde ändå inte släppa tanken. Tänk om den stackars professorn i grunden haft rätt? Och att Beatles och Rolling Stones därpå förstört alltihop?

CIA-chefen sa att man nog kunde skylla Beatles för mycket, men inte för att ha startat Vietnamkriget. Och så sa han att han var tveksam till teorin, för om Beatles och Rolling Stones inte redan raserat världsfreden fanns Sex Pistols nu att tillgå.

— Sex Pistols? undrade presidenten.

— "God save the Queen, she ain't no human being", citerade CIA-chefen.

— Då förstår jag, sa presidenten.

Till sakfrågan. Höll idioterna i Sydafrika på att smälla av en atombomb? Och leddes det arbetet av en åsna?

— Det där med åsnan vet jag inte, sir. Vi har indikationer på att verksamheten övervakas av en ingenjör Westhuizen, en gång utexaminerad med högsta betyg från ett av Sydafrikas bästa universitet. Säkert handplockad.

Men mycket tydde på att informationen i övrigt var rätt. KGB hade ju haft vänligheten att redan tipsa om vad som pågick. Och nu det här brevet, formulerat på ett sådant sätt att CIA-chefen var beredd att ta gift på att det inte var KGB som låg bakom igen. Plus att CIA:s egna satellitbilder visade på aktivitet i öknen exakt där den hemlige brevskrivaren hävdat.

– Men varför detta "Död åt Amerika" på kuvertet? sa president Carter.

– Konsekvensen blev att brevet omedelbart hamnade på mitt bord, och jag tror att det var syftet. Brevskrivaren tycks ha god insyn i hur det fungerar med säkerheten kring presidenten. Det får oss att än mer undra vem han är. Begåvat gjort, hur som helst.

Presidenten hummade. Han hade svårt att se det begåvade i "Död åt Amerika". Eller för den delen påståendet om att Elizabeth II skulle vara av en annan ras än den mänskliga.

Men han tackade sin gamle vän – och bad sekreteraren ringa upp premiärminister Vorster i Pretoria. President Carter var direkt ansvarig för trettiotvåtusen kärnvapenstridsspetsar riktade åt olika håll. Brezjnev i Moskva var ungefär detsamma. Vad världen i detta läge behövde var inte ytterligare sex vapen av samma magnitud. Här skulle läxas upp!

* * *

Vorster var rasande. Den amerikanske presidenten, jordnötsodlaren och baptisten hade haft fräckheten att ringa och påstå att det förekom förberedelser för en provsprängning i Kalahariöknen. Han hade dessutom rabblat upp koordinaterna för testets exakta position. Anklagelsen var helt ogrundad och alldeles ohyggligt förolämpande! Vorster slängde i vredesmod luren i örat på Jimmy Carter, men hade förstånd nog att inte gå längre än så. I stället ringde han strax upp Pelindaba för att beordra ingenjör Westhuizen att provspränga någon annanstans.

– Var då? sa ingenjör Westhuizen medan hans städerska svabbade golvet runt hans fötter.

– Var som helst, men inte i Kalahari, sa premiärminister Vorster.

– Vi blir försenade med flera månader, kanske ett år eller mer, sa ingenjören.

– Gör nu för fan som jag säger.

* * *

Ingenjörens passopp lät honom fundera i två hela år på var provsprängningen kunde ske när Kalahariöknen inte längre stod till buds. Den bästa idé Westhuizen hade var att bränna av skiten i något av alla hemländerna, men det tyckte han inte ens själv lät bra nog.

Nombeko kände att aktievärdet på ingenjören var på väg mot en ny bottennotering och att det snart var dags att driva upp kursen igen. Men då hände något turligt, en yttre omständighet som gav ingenjören och därmed hans städerska ytterligare ett halvårs respit.

Det visade sig att premiärminister B J Vorster tröttnat på att i snart sagt alla sammanhang mötas av gnäll och otacksamhet i det egna landet. Därför hade han med lite hjälp trollat bort sjuttiofem miljoner rand ur landets kassa och startat tidningen Medborgaren som till skillnad från medborgaren i gemen var alldeles enastående positivt inställd till den sydafrikanska regeringen och dess förmåga att hålla infödingarna och omvärlden kort.

Oturligt nog råkade en extra svekfull medborgare låta saken

komma till allmän kännedom. När samtidigt det förbannande världssamvetet kom att kalla en lyckad militäraktion i Angola för slakt av sexhundra civila – då var det dags för Vorster att gå.

– Nä, fy fan, ansåg han en sista gång och lämnade politiken, 1979. Återstod att åka hem till Kapstaden och sätta sig på terrassen i lyxvillan med grogg i hand och utsikt över Robben Island där terroristen Mandela satt.

Det var ju Mandela som skulle ruttna bort, inte jag, tänkte Vorster medan han ruttnade bort.

Efterträdaren på premiärministerposten, P W Botha, kallades för *Die Groot Krokodil*, den store krokodilen, och hade redan i sitt första samtal till ingenjören på Pelindaba skrämt slag på honom. Nombeko förstod att bombtestet inte längre kunde vänta. Därför tog hon till orda en sen förmiddag när ingenjören fortfarande var talbar.

– Jo, ingenjören, sa hon medan hon sträckte sig efter hans askkopp på skrivbordet.

– Vad är det nu då? sa ingenjören.

– Jo, jag tänkte bara…, inledde Nombeko utan att bli avbruten. Jag tänkte bara att om det är för trångt i hela Sydafrika, utom i Kalahari där det råder sprängningsförbud, varför smäller han inte av bomben till sjöss?

Sydafrika var omgivet av närmast oändliga mängder hav åt tre håll. Nombeko hade länge tyckt att valet av testplats borde vara självklart för vilket barn som helst när öknen nu inte längre stod till buds. Barnet Westhuizen sken mycket riktigt upp. I en sekund. Sedan kom han på att säkerhetspolisen varnat honom för allt samarbete med flottan. Den noggranna utredning som gjorts efter att president Carter i USA uppenbarligen fått kännedom om det planerade provet i Kalahari, hade ringat in viceamiral Johan Charl Walters som huvudmisstänkt. Amiral Walters besökte Pelindaba bara tre veckor före Carters samtal och fick då full insyn i projektet. Han hade också varit ensam på ingenjör Westhuizens kontor under minst sju minuter när ingenjören blivit försenad en morgon på grund av tät trafik (det där sista hade i förhören varit ingenjörens omskrivning för att han fastnat lite för länge på den bar där han alltid drack frukost). Den ledande teorin var att Walters blivit tjurig och skvallrat för USA när det stod klart för honom att han inte skulle få kärnvapenbestycka sina ubåtar.

– Jag litar inte på flottan, mumlade ingenjören till sin städerska.

– Så ta hjälp av israelerna då, sa Nombeko.

I det ögonblicket ringde telefonen.

– Ja, herr premiärministern… självklart är jag medveten om betydelsen av… ja, herr premiärministern… nej, herr premiärministern…, där håller jag inte riktigt med, om herr premiärministern ursäktar. Här på mitt skrivbord ligger en detaljerad plan om att tillsammans med israelerna utföra ett test i Indiska oceanen. Inom tre månader, herr premiärministern. Tack, herr premiärministern, ni är alltför vänlig. Tack än en gång. Ja, adjö då.

Ingenjör Westhuizen lade på luren och svepte därefter hela det glas konjak han just hällt upp. Och så sa han till Nombeko:

– Stå inte bara där. Hämta hit de båda israelerna.

Provet genomfördes mycket riktigt tillsammans med Israel. Ingenjör Westhuizen ägnade den tidigare premiärministern tillika före detta nazisten Vorster en varm tanke för genidraget att etablera samarbete med Jerusalem; i krig, kärlek och politik var ju alla medel tillåtna. Israelernas representanter på plats var två dumdryga Mossadagenter. Tyvärr kom ingenjören att möta dem oftare än nöden krävde och han lärde sig aldrig att tåla det överlägsna leendet, det som sa: "Hur kunde du vara så jävla dum att du köpte en gås i lera som knappt torkat och trodde den var tvåtusen år gammal?"

När den förmodade förrädaren viceamiral Walters hölls utanför hann Amerika inte med. Ha! Sprängningen registrerades visserligen av en amerikansk Velasatellit men då var det så dags.

Nye premiärministern P W Botha blev så förtjust över provsprängningens resultat att han kom på besök till forskningsanläggningen och hade med sig tre flaskor mousserande vin från Constantia. Så ställde han till med ett skål-och-tack-party på ingenjör Westhuizens kontor tillsammans med ingenjören, två israeliska Mossadagenter och en lokal svarting för själva serverandet. Premiärminister Botha skulle aldrig tillåta sig att kalla svartingen för svarting, hans position krävde något annat. Men det var ju inte förbjudet att tänka det man tänkte.

Hon serverade hur som helst det hon skulle och såg i övrigt till att smälta in i den vita tapeten så gott det gick.

– Skål på sig, ingenjören, sa premiärminister Botha och höjde sitt glas. Skål på sig!

Ingenjör van der Westhuizen såg klädsamt generad ut i sin hjälteroll, begärde diskret påfyllning av hon vadhonnuhette medan premiärministern vänligt konverserade Mossadagenterna.

Men så förvandlades den tämligen trivsamma situationen på en sekund till dess motsats. Det var när premiärministern på nytt vände sig till Westhuizen och sa:

– Hur ser förresten ingenjören på tritiumproblematiken?

* * *

Premiärminister P W Botha hade en bakgrund inte helt olik sin företrädares. Landets nye ledare var eventuellt något mer begåvad för han övergav nazismen när han såg vartåt den barkade, och började i stället kalla sin övertygelse "kristen nationalism".

Därför slapp han internering när de allierade kopplade greppet i världskriget, och kunde göra politisk karriär utan karenstid.

Botha och hans reformerta kyrka visste att Sanningen stod att läsa i Bibeln, bara man läste tillräckligt noga. Redan Första Mosebok berättade ju om Babels torn, människans försök att bygga sig till himlen. Det tyckte Gud var övermod, han blev förtörnad och skingrade folket, spred ut människan över världen och skapade språkförbistringen som straff.

Olika folk, olika språk. Guds mening att hålla folken åtskilda. Grönt ljus från högsta ort att dela upp folk efter färg.

Den store krokodilen kände att det också var med Herrens hjälp han klättrade i karriären. Strax var han försvarsminister i företrädaren Vorsters regering. Från den positionen styrde han upp flyganfallet mot terroristerna som gömt sig i Angola, det som den dumma omvärlden kallade slakt av oskyldiga. "Vi har ju bildbevis!" sa världen. "Det är det man inte ser som är det betydelsefulla", menade krokodilen och övertygade med det endast sin mamma.

Nå, problemet för ingenjör Westhuizen var nu det att P W Botha hade en far som varit befälhavare i andra boerkriget och att Botha själv hade militära strategier och frågeställningar strömmande i blodet. Därför hade han också delvis kunskap om allt det tekniska som ingenjör Westhuizen var den yttersta representanten för i kärnvapenprogrammet. Botha hade ingen anledning att misstänka att ingenjören var den bluff han var. Frågan hade bara varit nyfiket konverserande.

* * *

Ingenjör Westhuizen hade varit tyst i tio sekunder, situationen var på väg att bli pinsam för honom – och direkt livsfarlig för Nombeko som tänkte att om idioten inte svarar på världens

95

enklaste fråga snart så ryker han. Och strax därefter hon själv. Hon var trött på att än en gång behöva rädda honom, men fiskade likväl upp sin neutralt bruna reservflaska med Klipdrift ur fickan, stegade fram till ingenjören och sa att hon såg att herr Westhuizen fått problem med astman igen.

— Här, ta sig en rejäl klunk så får ni strax tillbaka talförmågan och kan berätta för herr premiärministern att den korta halveringstiden på tritium inte är något problem eftersom den inte är relaterad till bombens sprängverkan.

Ingenjören tömde hela medicinflaskan och kände sig genast bättre. Under tiden tittade premiärminister Botha storögt på passoppen.

— Känner *ni* till tritiumproblematiken? sa han.

— Nej, men kära nån, skrattade Nombeko. Ni förstår, jag är här i rummet och städar varje dag och ingenjören gör nästan inget annat än rabblar formler och konstigheter för sig själv. Och något har tydligen fastnat även i min lilla hjärna. Vill herr premiärministern ha påfyllning?

Premiärminister Botha tog emot mer mousserande i glaset och tittade långt efter Nombeko medan hon återvände till sin tapet. Under tiden harklade sig ingenjören, bad om ursäkt för astmaattacken och för att passoppen under tiden haft fräckheten att öppna munnen.

— Det är alltså som så att halveringstiden på tritium inte är relevant för bombens sprängverkan, sa ingenjören.

— Ja, jag hörde just det från serveringspersonalen, sa premiärministern surt.

Botha kom därefter inte med några svåra följdfrågor, blev strax på humör igen tack vare Nombekos ivriga påfyllande av bubbel. Ingenjör Westhuizen klarade även denna kris. Och med honom hans städerska.

När den första bomben var klar, gick den följande produktionen till som så att två högkvalitativa arbetslag, oberoende av varandra, byggde varsin bomb parallellt, med den första som mall. Arbetslagen var instruerade att vara extremt noga avseende redogörandet av hur man gått till väga. På så sätt kunde produktionen av bomb två och tre jämföras i detalj – först inbördes och därpå i relation till nummer ett. Det var ingenjören själv och ingen annan som jämförde (mer än hon som inte räknades).

Om bomberna var identiska var de också korrekta. Två av varandra oberoende arbetslag kunde rimligtvis inte göra likadana misstag på den höga nivån. Enligt hon vadhonnuhette var den statistiska risken för det 0,0054 procent.

* * *

Nombeko letade fortsatt efter något som kunde ge henne hopp. De tre kinesiskorna visste en del, såsom att Egyptens pyramider låg i Egypten, hur man förgiftar hundar och vad man har att beakta när man snattar plånböcker ur innerfickan på en kavaj. Ungefär det.

Ingenjören muttrade ofta om utvecklingen i Sydafrika och världen, men informationen från det hållet fick både silas och tolkas eftersom i stort sett alla jordens politiker var idioter eller kommunister och alla deras beslut antingen idiotiska eller kommunistiska. I de fall de var kommunistiska var de dessutom idiotiska.

När folket valde en före detta Hollywoodskådespelare till ny president i USA dömde ingenjören ut inte bara den blivande presidenten utan inkluderade också hela hans folk. Däremot slapp Ronald Reagan att kallas kommunist. Ingenjören riktade i stället in sig på presidentens förmodade sexuella läggning enligt tesen att alla män som i vilket avseende som helst stod för något annat än ingenjören själv var homosexuella.

Kinesiskorna och ingenjören i all ära, men som nyhetskälla gick de inte upp emot teven i väntrummet utanför ingenjörens kontor. Nombeko brukade slå på den i smyg och följa nyheter och debattprogram medan hon låtsades skura golvet. Den korridoren var forskningsanläggningens överlägset bäst städade.

– Är du här och svabbar nu igen? sa ingenjören en gång irriterat när han kom släntrande till arbetet vid halvelvatiden på förmiddagen, minst en kvart tidigare än Nombeko räknat med. Och vem har slagit på teven?

Det där kunde ha slutat illa från ett informationsinhämtningsperspektiv, men Nombeko kände sin ingenjör. I stället för att svara på frågan bytte hon ämne:

– Jag såg en halvfull flaska Klipdrift på ingenjörens skrivbord där inne när jag städade, tänkte att den är gammal och ska hällas ut. Men jag var inte säker, ville gärna kontrollera saken med ingenjören först.

– Hällas ut? Är du inte riktigt klok? sa ingenjören och skyndade in på kontoret för att försäkra sig om att de livgivande dropparna fanns kvar. För att hon vadhonnuhette inte skulle hinna hitta på något dumt förflyttade han dem genast från flaskan till det egna blodomloppet. Och glömde strax både teveapparat, golv och passopp.

* * *

Så en dag dök den äntligen upp.

Möjligheten.

Om Nombeko gjorde allting rätt, och dessutom fick låna lite av ingenjörens tur, skulle hon strax vara en fri kvinna. Fri och jagad, men ändå. Tillfället hade – Nombeko helt ovetande – sitt ursprung på andra sidan jordklotet.

Kinas faktiske ledare, Deng Xiaoping, visade tidigt talang för att manövrera ut konkurrenter, faktiskt redan innan den senile Mao Tse Tung ens hunnit dö. Mest spektakulärt var kanske ryktet om att han inte lät Maos högra hand, Zhou Enlai, få vård när denne fick cancer. Att vara cancerpatient utan cancervård leder sällan till något gott. Beroende på hur man ser det, förstås. Zhou Enlai dog, hur som helst, tjugo år efter att CIA misslyckats med att spränga honom i luften.

Därefter höll "de fyras gäng" på att komma emellan med Maos sista fru i spetsen. Men så fort den gamle äntligen dragit sin sista suck greps de fyra och låstes in, varpå Deng med flit glömde bort var han lagt nyckeln.

Utrikespolitiskt var han djupt irriterad på träbocken Brezjnev i Moskva. Som efterträddes av träbocken Andropov. Som efterträddes av Tjernenko, den störste träbocken av dem alla. Men Tjernenko hann lyckligtvis inte mer än tillträda förrän han permanent trädde ifrån. Det sades att Ronald Reagan i USA skrämt ihjäl honom med sitt Stjärnornas krig. Nu hade någon Gorbatjov tagit över och… ja, från träbock till pojkspoling. Den nye hade allt en del att bevisa.

Bland mycket annat var Kinas position i Afrika ett evigt bekymmer. Sovjet hade i flera decennier varit och petat i olika afrikanska frigörelsekamper. Framför allt var det nu ryssarnas engagemang i Angola som statuerade exempel. MPLA fick sovjetiska vapen i utbyte mot uppvisade resultat i rätt ideologisk riktning. Den *sovjetiska* vägen, förstås. Förbannat!

Sovjet påverkade Angola och andra länder i södra Afrika i en riktning som gick på tvärs med vad USA och Sydafrika ville. Så vilken var Kinas position i den allmänna oredan? Att ta rygg på de kommunistiska avfällingarna i Kreml? Eller att gå hand i hand med imperialisterna i USA och apartheidregimen i Pretoria?

Förbannat, en gång till.

Det hade ju kunnat gå att inte ta någon position alls, att lämna "walk over" som de jävla amerikanerna brukade säga. Om det nu inte vore för Sydafrikas förmodade kontakter med Taiwan.

Det var en officiell hemlighet att USA stoppat en provsprängning av kärnvapen i Kalahariöknen. Alltså anade alla vad Sydafrika höll på med. Med "alla" avsågs i sammanhanget samtliga underrättelsetjänster värda namnet.

Det avgörande problemet med den saken var att det på Dengs skrivbord i tillägg till Kalahariinformationen låg underrättelseuppgifter om att Sydafrika kommunicerat med Taipei kring vapnen. Att taiwaneserna skaffade missiler att rikta mot fastlands-Kina vore fullständigt oacceptabelt. Om det skedde skulle det leda till en upptrappning i Sydkinesiska sjön som inte gick att se slutet på. Med amerikanska Stillahavsflottan runt hörnet.

Deng måste alltså på ena eller andra sättet hantera den vidriga apartheidregimen. Hans underrättelsechef hade förvisso föreslagit att göra ingenting, låta den sydafrikanska regimen självdö. Underrättelsechefen var för det rådets skull inte underrättelsechef längre — skulle Kina vara tryggare om Taiwan hade affärer ihop med en kärnvapennation i fritt fall? Det kunde den före detta underrättelsechefen fundera på medan han skötte sitt nya jobb, det som vikarierande stationsvärd i Pekings tunnelbana.

Hantera var ordet. På det ena eller det andra sättet.

Deng kunde omöjligen åka dit själv och låta sig fotograferas intill den gamle nazisten Botha (även om tanken lockade en skvätt, det dekadenta väst hade sin charm i lagom doser). Och han kunde inte skicka någon av sina närmaste. Det fick absolut inte verka som om Peking och Pretoria stod på god fot med varandra.

Å andra sidan skulle det inte tjäna något till att sända över en pärmbärande, lägre tjänsteman utan vare sig observationsförmåga eller känsla. Dessutom gällde det ju att den kinesiska representanten hade tillräcklig dignitet för att ens få audiens hos Botha.

Alltså: någon som kunde få något gjort – men som likväl inte hade närhet till politbyråns ständiga utskott, som inte kunde anses vara en självklar representant för Peking. Deng Xiaoping hittade lösningen i den unge partisekreteraren för Guizhouprovinsen. Där fanns det nästan fler folkslag än det fanns människor, men den unge hade just fört i bevis att det gick att hålla ihop vresiga minoriteter som yao, miao, yi, qiang, dong, zhuang, buyi, bai, tujia, gelao och shui.

Den som kunde hålla elva bollar i luften på det viset borde också kunna hantera exnazisten Botha, tänkte Deng och såg till att skicka ynglingen ifråga till Pretoria.

Uppdraget: Att mellan raderna meddela Sydafrika att kärnvapensamarbete med Taiwan inte var acceptabelt samt få sydafrikanerna att förstå vem det var man muckade med om man valde att mucka.

* * *

P W Botha var inte alls pigg på att ta emot en kinesisk provinschef, det var under hans värdighet. Botha hade förresten just blivit än värdigare i det att titeln premiärminister ersatts av president. Hur skulle det se ut om han – presidenten! – välkomnade vilken kines som helst på det viset? Skulle han ta emot dem alla, några sekunder i taget, fick han hålla på i mer än trettontusen år. Så länge trodde inte Botha att han skulle leva. Han kände sig tvärtom ganska sliten, sin nya titel till trots.

Samtidigt förstod han Kinas taktik att skicka över en hantlangare. Peking ville inte bli anklagade för att krama regeringen i Pretoria. Och vice versa, för den delen.

Återstod frågan vad de var ute efter. Hade det med Taiwan att göra? Det vore i så fall komiskt, eftersom samarbetet med taiwaneserna var avslutat utan att det lett till just någonting.

Nå, Botha kanske skulle ta och träffa det där skickebudet i alla fall.

– Jag är visst nyfiken som ett barn, sa han till sig själv och log trots att han i sak inte hade någonting att le åt.

För att runda det hotande etikettsbrottet, att en president tar emot en springpojke, kom Botha på att han skulle rigga ett möte och en middag på kinesens nivå – och att han själv skulle råka ha vägarna förbi. Är ni här? Får man slå sig ner? Ungefär.

Därför ringde Botha till chefen för det topphemliga kärnvapenprogrammet och beordrade att han skulle ta emot en kinesisk gäst som äskat möte med presidenten, att ingenjören och gästen skulle åka på safari tillsammans och därpå äta fint och gott om kvällen. Till middagen var ingenjörens uppgift att få kinesen att förstå att sydafrikansk militär ingenjörskonst var att räkna med, utan att för den skull säga kärnvapensanningen rakt ut.

Att budskapet gick fram var viktigt. Det handlade om att visa styrka utan att säga något. Händelsevis skulle förresten president Botha vara i närheten och äta bör man ju, så han gjorde gärna ingenjören och kinesen sällskap till bords.

– Om ingenjör Westhuizen inte har något emot det, förstås?

Nu snurrade det i ingenjörens huvud. Han skulle alltså ta emot en gäst som presidenten inte ville träffa. Han skulle tala om för gästen hur det låg till med saker och ting utan att säga något, och mitt i alltihop skulle presidenten som inte ville träffa gästen dyka upp för att träffa gästen.

Ingenjören insåg att han var på väg in i något där det gick att göra bort sig. I övrigt förstod han inte mer än att han omedelbart borde bjuda in presidenten till den middag presidenten själv just bestämt skulle hållas.

– Visst är herr presidenten välkommen på middagen! sa ingenjör Westhuizen. Fattas bara annat! När ska den förresten äga rum? Och var?

På så sätt blev det som ursprungligen varit Deng Xiaopings bekymmer i Peking ett problem för ingenjör Westhuizen på Pelindaba. Han kunde nämligen just ingenting om det projekt han chefade över. Att sitta och kallprata och verka begåvad när man är tvärtom är inte lätt. Lösningen fick bli att ta med hon vadhonnuhette som hjälpreda och väskbärare. Då kunde hon diskret mata ingenjören med kloka aspekter på projektet, väl avvägda så att inte för mycket blev sagt. Eller för lite.

Den avvägningen skulle hon vadhonnuhette klara galant. Som allting annat den förbannade människan företog sig.

* * *

Ingenjörens städerska var noga instruerad inför kinessafarin med påföljande middag där självvaste presidenten skulle ansluta. För säkerhets skull hjälpte Nombeko ingenjören med instruktionerna så att det blev rätt.

Hon skulle sålunda hålla sig på armlängds avstånd till ingenjören. Varje gång tillfälle gavs skulle hon viska konversationsrelaterade klokskaper i hans öra. I övrigt skulle hon hålla tyst och agera som den ickeexistens hon i grunden var.

Nombeko hade nio år tidigare dömts till sju år i ingenjörens tjänst. När straffet var till ända lät hon bli att påminna honom, efter att ha bestämt sig för att det var bättre att vara levande och fånge än död och fri.

Men strax skulle hon vara utanför stängslen och minfältet, hon skulle vara miltals från vakterna och deras nya schäferhundar. Om hon lyckades slita sig från sin bevakning skulle hon förvandlas till en av Sydafrikas mest eftersökta personer. Polis, säkerhetspolis och militär skulle leta efter henne överallt. Utom möjligen på nationalbiblioteket i Pretoria. Och det var dit hon först av allt skulle.

Om hon lyckades slita sig, alltså.

Ingenjören hade varit vänlig nog att informera henne om att chauffören tillika safariguiden bar med sig ett gevär och att han var instruerad att inte bara skjuta anfallande lejon, utan också flyende städerskor om sådana skulle uppenbara sig. Av säkerhetsskäl avsåg ingenjören att själv bära pistol i hölster. En Glock 17, nio gånger nitton millimeter med sjutton patroner i magasinet. Inte något man fäller elefanter eller ens noshörningar med, men väl femtiofemkilos passoppar.

– Femtiotre om jag får be, sa Nombeko.

Hon övervägde att vid lämpligt tillfälle låsa upp den låda på ingenjörens kontor där han förvarade sin pistol och tömma den på de sjutton patronerna, men lät bli. Om fyllot mot förmodan upptäckte saken i tid skulle hon få skulden varpå flykten var avslutad innan den ens hunnit börja.

I stället bestämde hon sig för att inte vara för ivrig, att invänta rätt tillfälle, men att då ge sig av i högsta möjliga fart ut i bushen. Utan att bli träffad i ryggen av vare sig chauffför eller ingenjör. Och helst utan att träffa på några av de djur safarins syfte var att de skulle träffa på.

Så när var då rätt tillfälle? Inte redan på förmiddagen medan chauffören var på tårna och ingenjören fortfarande nykter nog att lyckas skjuta någonting annat än sig själv i foten. Kanske direkt efter safarin, just före middagen, när Westhuizen var lagom bladig och nervös inför mötet med sin president? Och när chauffören guidat färdigt efter många timmars tjänst.

Ja, då var det dags. Det gällde bara att känna igen ögonblicket och fånga det när det kom.

* * *

Safarin var klar att ta sin början. Kinesen hade med sig egen tolk. Allt började på sämsta möjliga sätt då tolken oförståndigt nog gick ut i det höga gräset för att kissa. Ännu oklokare var att göra det i sandaler.

– Hjälp, jag dör, sa han när han kände ett stick i vänster stortå och såg en skorpion krypa iväg i gräset.

– Du borde inte ha gått ut i trefingergräs utan riktiga skor, egentligen inte alls, speciellt inte när det blåser, sa Nombeko.

– Hjälp, jag dör, sa tolken igen.

– Varför inte när det blåser? undrade ingenjören som inte brydde sig om tolkens hälsa, men blev nyfiken.

Nombeko förklarade att insekterna tar skydd i gräset när vinden tar i, och att det i sin tur gör att skorpionerna kryper fram ur sina hålor för lite mat. Och i dag stod en stortå i vägen.

– Hjälp, jag dör, sa tolken en gång till.

Nombeko insåg att den gnyende tolken faktiskt trodde på det han sa.

– Nej, det är jag ganska säker på att du inte gör, sa hon. Skorpionen var liten och du är stor. Men vi kan lika gärna skicka dig till sjukhus så att de får badda såret ordentligt. Tån blir strax tre gånger så stor och blå, och så får du ont som fan, om du ursäktar språket. Du kommer ändå inte att duga till något tolkande.

– Hjälp, jag dör, sa tolken en fjärde gång.

– Snart börjar jag önska att du hade rätt, sa Nombeko. Kan du inte i stället för att snörvla om att du dör när du inte gör det tänka positivt, att det var en skorpion och ingen kobra. Och nu har du ju lärt dig att man i Afrika inte ostraffat kissar hur och var som helst. Det finns sanitetsinrättningar överallt. Där jag kommer ifrån står de till och med på rad.

Tolken tystnade i några sekunder i chock över att skorpionen, som han ju skulle dö av, kunde ha varit en kobra som han definitivt skulle ha dött av. Under tiden fick guiden fram en bil och chaufför att ta honom till sjukhus med.

Den skorpionstungne lades i baksätet på en Land Rover och återupptog att repetera uppfattningen om hur det skulle bli med den egna hälsan. Chauffören himlade med ögonen och gav sig av.

Där stod nu ingenjören och kinesen och tittade på varandra.

– Hur ska det här gå? muttrade ingenjören på afrikaans.

– Hur ska det här gå? muttrade kinesen på sin wukinesiska dialekt.

– Är herr kinesen möjligen från Jiangsu? sa Nombeko på samma dialekt. Kanske rent av från Jiangyan?

Kinesen, som var född och uppvuxen i Jiangyan i Jiangsu-provinsen, trodde inte sina öron.

Tänk att den förbannade hon vadhonnuhette hela tiden skulle irritera ingenjör Westhuizen så till den grad. Nu stod hon och pratade på ett fullständigt omöjligt språk med den kinesiske gästen, och ingenjören hade ingen kontroll över vad som sades.

– Ursäkta, men vad är det som pågår? sa han.

Nombeko förklarade att det slumpat sig som så att hon och gästen talade samma språk och att det därför inte gjorde något att tolken strax låg och ynkade sig på sjukhus med blå tå i stället för att sköta sitt jobb. Om ingenjören tillät, förstås. Eller han kanske föredrog att de alla satt tysta under dagen och kvällen?

Nej, det gjorde inte ingenjören. Men han ville be hon vad-honnuhette att ägna sig åt tolkandet och inget annat. Att små-prata med kinesen passade sig inte.

Nombeko lovade att småprata så lite som möjligt. Hon hoppades bara att ingenjören skulle förstå om hon råkade svara herr kinesen på tilltal? Det var det ingenjören själv alltid predikade att hon borde göra. Dessutom kunde man tycka att sakerna förvandlats till det bästa:

— Nu kan ju ingenjören säga lite vad som helst när det gäller avancerad vapenteknologi och annat han inte riktigt behärskar. Skulle orden halka fel — och det kan vi inte utesluta, eller hur? — ja, då kan jag bara justera det i översättningen.

I sak hade hon vadhonnuhette rätt. Och eftersom hon i grunden inte var honom värdig behövde han inte känna någon olust. Att leva är att överleva, tänkte ingenjören. Han kände att slumpen gjort att chansen till att han skulle klara även aftonens middag med kinesen och presidenten ökat.

— Reder du ut det här ska jag se om jag inte kan ordna fram en ny skurborste åt dig i alla fall, sa han.

Safarin blev lyckad, med närkontakt med alla de fem stora. Där emellan tid för både fika och småprat. Nombeko passade på att berätta för kinesen att president Botha skulle råka ha vägarna förbi fem timmar senare. Kinesen tackade för informationen och lovade att se så överraskad ut som möjligt. Nombeko sa inte att de nog alla skulle bli lagom överraskade när den tillförordnade tolken plötsligt avvek mitt under middagen på safarilodgen. Där kunde de sedan sitta och glo på varandra allihop.

Nombeko klev ner från Land Rovern för att göra ingenjören sällskap in på restaurangen. Hon var fullt fokuserad på sin närstående flykt. Kunde den ske via köket och ut på baksidan?

Någon gång mellan huvudrätt och dessert?

Hon avbröts i sina funderingar i det att ingenjören gjorde halt och pekade på henne.

– Vad är det där? sa han.

– Det där? sa Nombeko. Det är ju jag. Vad jag nu heter.

– Nej, din idiot, det du har på dig.

– Det är en jacka.

– Och varför har du på dig den?

– För att den är min. Har ingenjören smakat lite för mycket på konjaken i dag om jag får fråga?

Ingenjören orkade inte läxa upp sin städerska längre.

– Min poäng, om du åtminstone har så mycket förstånd att du kan lyssna, är att jackan ser för jävlig ut.

– Det är den jacka jag har, herr ingenjören.

– Spelar ingen roll. Du kan inte se ut som om du kom direkt från en kåkstad när du ska träffa landets president.

– Vilket jag i och för sig gör, sa Nombeko.

– Ta genast av dig jackan och lämna kvar den i bilen! Och skynda på lite, presidenten väntar.

Nombeko insåg att det tänkta avvikandet just blivit inställt. Sömmen i hennes enda jacka var full med diamanter, det hon skulle leva på resten av livet – om omständigheterna kunde ge henne ett. Utan dem, på flykt undan den sydafrikanska orätt-visan… nej, då kunde hon lika gärna stanna där hon var. Bland presidenter, kineser, bomber och ingenjörer. Och invänta sitt öde.

* * *

Middagen inleddes med att ingenjör Westhuizen förklarade hän-delsen med skorpionen tidigare under dagen för sin president, men att det inte var någon fara eftersom ingenjören varit förutseende nog att ta med den av tjänarna som råkade prata kinesens språk.

En svart, sydafrikansk kvinna som talade kinesiska? Var det förresten inte samma människa som både serverade och diskuterade tritiumproblematik vid presidentens förra besök på Pelindaba? P W Botha bestämde sig för att inte forska närmare i saken, han hade redan huvudvärk så det räckte. I stället nöjde han sig med ingenjörens besked om att tolken inte var någon säkerhetsrisk helt enkelt därför att hon aldrig i övrigt lämnade anläggningen.

P W Botha tog befälet i middagskonversationen, så president han nu var. Han började med att berätta om Sydafrikas stolta historia. Tolken Nombeko hade förlikat sig med tanken på att de nio åren i fångenskap skulle bli fler. I brist på nya, omedelbara idéer om motsatsen översatte hon därför ordagrant.

Presidenten fortsatte med att berätta mer om Sydafrikas stolta historia. Nombeko översatte ordagrant.

Presidenten fortsatte med att berätta ännu lite mer om Sydafrikas stolta historia. Nombeko tröttnade då på att ge kinesen mer av sådant han klarade sig utan. I stället vände hon sig till honom och sa:

— Om herr kinesen vill kan jag ge honom ännu lite till av presidentens självgoda smörja. Annars kan jag berätta att det de ska komma fram till är att de är jätteduktiga på att bygga avancerade vapen och att ni kineser bör ha respekt för dem för den skull.

— Jag tackar för frökens uppriktighet, sa kinesen. Och ni har alldeles rätt i att jag inte behöver höra mer om ert lands förträfflighet. Men översätt nu och säg att jag är tacksam för den levande historieberättelsen.

Middagen fortsatte. Framåt huvudrätten var det dags för ingenjör Westhuizen att säga något om hur begåvad han var. Det han åstadkom var ett virrvarr av tekniskt ljug som inte höll ihop på något vis. Men Westhuizen krånglade in sig så pass att till och med presidenten tappade tråden (det var ju det här med ingenjörens tur som varade hela vägen fram till att den inte gjorde det längre). Ingenjörens röra hade varit svår för Nombeko att översätta även om hon försökt. I stället sa hon:

— Jag ska bespara herr kinesen det nonsens ingenjören just hävde ur sig. I sak är det så här: de vet numera hur man bygger kärnvapen, har redan flera stycken färdiga — trots ingenjören. Men jag har inte sett några taiwaneser smyga omkring och jag har inte hört talas om att någon bomb skulle vara på väg på export. Får jag nu rekommendera er att svara något artigt och därpå föreslå att också tolken får sig en bit mat för jag håller på att hungra ihjäl.

Det kinesiska sändebudet tyckte att Nombeko var alldeles bedårande. Han log vänligt och sa att han var imponerad av herr Westhuizens kunskaper, att de hade respekt med sig. Vidare ville han inte visa förakt mot sydafrikanska traditioner, inte alls, men enligt kinesiska dito gick det inte för sig att människor satt till bords utan att serveras med de andra. Kinesen sa att han kände sig obekväm med det faktum att den utmärkta tolken inte fått något att äta och undrade om presidenten tillät att han gav en del av sin egen mat till henne.

President Botha knäppte med fingrarna och beställde fram en portion också till infödingen. Det var ju inte hela världen om hon fick något i magen om det nu kunde göra gästen nöjd. Samtalet tycktes dessutom arta sig till det bästa, han såg allt lite spak ut, kinesen.

När middagen var över hade det hänt att:

1) Kina visste att Sydafrika var en kärnvapennation,

2) Nombeko hade en evig vän i generalsekreteraren i den kinesiska Guizhouprovinsen,

3) ingenjör van der Westhuizen hade överlevt ännu en kris, eftersom…

4) P W Botha var allmänt nöjd med utvecklingen, ty bättre än så begrep inte presidenten.

Och sist men inte minst:

5) tjugofemåriga Nombeko Mayeki var fortfarande fånge på Pelindaba, men för första gången i livet hade hon fått äta sig ordentligt mätt.

Kapitel 6

Om Holger och Holger
och ett brustet hjärta

INGMARS PLAN hade hela tiden ingått att Holger från födseln skulle drillas i republikansk anda. På barnkammarens ena vägg satte han upp hyllningsporträtt på Charles de Gaulle och Franklin D Roosevelt, sida vid sida, utan att reflektera över att de båda inte tålt varandra. På andra väggen Finlands Urho Kekkonen. De tre herrarna förtjänade sin plats i det att de var valda av folket. De var presidenter.

Ingmar rös åt den förfärliga idén att någon kunde födas in i att en dag bli formell ledare för en hel nation, alldeles bortsett från den personliga tragedin att tutas i givna värderingar från dag ett och framåt, utan möjlighet att värja sig. Det borde klassas som barnplågeri, tyckte han och satte för säkerhets skull upp också den argentinske före detta presidenten Juan Perón på den då ännu ofödde Holgers vägg.

Ett bekymmer för Ingmar, som alltid hade bråttom, var att lagen föreskrev att Holger skulle gå i skolan. Visst behövde pojken lära sig att både läsa och skriva, men i tillägg till det tryckte de ju i ungarna kristendomskunskap, geografi och annan smörja, sådant som bara tog tid från den riktiga utbildningen, den viktiga utbildningen i hemmet om att kungen, eventuellt på demokratisk väg, måste avsättas och ersättas av en folkvald representant.

— *Eventuellt* på demokratisk väg? sa Henrietta.

– Nu ska du inte märka ord, min kära, svarade Ingmar.

Till en början blev det än värre med logistiken när Holger kom till världen inte bara en gång utan två inom loppet av några minuter. Men som så ofta förr lyckades Ingmar vända en motgång till dess motsats. Han fick en idé som var så omvälvande att han tänkte igenom den i fyrtio sekunder innan han bestämde sig och presenterade beslutet för sin hustru.

Det han räknat ut var att Holger och Holger skulle dela på skolgången. Eftersom födseln skett i hemmet var det bara att registrera den ene av dem som född, vilken som helst, och hemlighålla den andre. En lycklig omständighet i sammanhanget hade varit att Ingmar slitit loss telefonsladden ur väggen och att barnmorska tillika vittne därför aldrig kunnat tillkallas.

Ingmars idé var nu den att Holger 1 kunde gå i skolan på måndagen medan Holger 2 stannade hemma för att drillas av fadern i republikkunskap. På tisdagen bytte pojkarna plats med varandra och så skulle de kunna hålla på. Resultatet var tänkt att bli en lagom dos allmänna skolkunskaper tillsammans med tillräcklig mängd av sådant som betydde något.

Henrietta hoppades att hon hört fel. Menade Ingmar att de skulle hemlighålla den ene av pojkarna genom hela livet? För skolan? För grannarna? För världen?

Ungefär så, nickade Ingmar. I republikens namn.

Skolan skulle man för övrigt se upp med, för många böcker kunde man bli dum i huvudet av. Själv hade han ju blivit kamrer utan att ha förläst sig på vägen.

– Kamrersassistent, rättade Henrietta och fick på det veta att hon nu märkte ord igen.

Vad var det mer hon oroat sig över? Vad grannarna och världen skulle säga? Men snälla nån. Några grannar att tala om hade de ju inte där ute i skogen. Förutom Johan på höjden, men vad gjorde han mer än att tjuvjaga älg? Utan att dela med sig, dessutom. Och världen i allmänhet var väl inget att respektera? Monarkier och dynastier överallt.

– Du själv då? sa Henrietta. Ska du säga upp dig från posten för att vara hemma med en av pojkarna på heltid? Hade du tänkt att jag ensam skulle dra in varenda krona till familjen?

Ingmar beklagade att Henrietta måste vara så trångsynt. Naturligtvis var han tvungen att sluta på posten, han kunde ju inte ha två heltidsjobb. Men för den skull tänkte han ta sitt ansvar för familjen. Till exempel var han gärna behjälplig i köket. Att pungen höll sig sval ägde inte längre någon relevans.

Henrietta svarade att det enda skälet till att Ingmar ens hittade till köket var att de bodde så trångt. Hon skulle nog hinna med både sömmerskejobb, matlagning och blöjbyte om bara Ingmar och hans pung höll sig borta från hennes spis.

Och så log hon trots allt. Att maken var full av liv var en underdrift.

Ingmar sa upp sig redan nästa dag. Han fick gå på dagen med full lön i tre månader och orsakade spontan fest samma afton bland de annars så stillsamma, grå männen och kvinnorna på postkontorets ekonomiavdelning.

Året var 1961. För övrigt samma år som det föddes en ovanligt begåvad flicka i ett skjul i Soweto, en halv evighet därifrån.

* * *

Under Holgers och Holgers tidiga år ägnade Ingmar dagarna åt att omväxlande vara i vägen för sin hustru i hemmet och ge sig iväg på pojkstreck av skiftande, republikansk kvalitet.

Han gick också med i republikanska klubben under den väldige Vilhelm Mobergs moraliska ledning. Författarlegenden Moberg var arg på alla svekfulla socialister och liberaler som hade republik inskrivet i partiprogrammet utan att göra något åt det.

Men eftersom Ingmar inte ville ta för mycket plats för tidigt väntade han till klubbens andra möte innan han föreslog att han själv skulle få förvalta klubbens betydande kassa i avsikt att kidnappa och gömma undan kronprinsen, för att på så sätt strypa det ständiga tillflödet av tronpretendenter.

Efter några sekunders häpen tystnad runt det republikanska bordet hade Moberg själv kört Ingmar på porten, med en välriktad spark där bak som avsked.

Mobergs högerfot tillsammans med det påföljande fallet nerför trappan hade gjort ont, men någon skada i övrigt var inte skedd, tyckte Ingmar medan han haltade därifrån. Republikanska klubben för inbördes beundran kunde de behålla för sig själva. Ingmar hade andra idéer.

Till exempel gick han med i det ryggradslösa socialdemokratiska partiet. Socialdemokraterna ägde makten i Sverige allt sedan Per Albin Hansson styrt nationen genom andra världskrigets fasor med hjälp av horoskop. Hansson själv hade före kriget gjort karriär på just kravet på republik, men när den gamle nykterhetskämpen väl kom i position att bestämma i saken prioriterade han poker och grogg med grabbarna framför att följa sin egen övertygelse. Det var extra sorgligt eftersom Hansson var dokumenterat skicklig, annars hade han aldrig klarat av att i åratal hålla både hustru och älskarinna på gott humör, med två barn i varje läger.

Ingmars plan var att klättra så till den grad i den socialdemokratiska hierarkin att han en dag skulle ha makt att på parlamentarisk väg skicka den förbannade kungen så långt bort som möjligt. Sovjet hade redan lyckats skjuta ut en hund i rymden, nästa gång kunde de med fördel ta den svenske statschefen i stället, tänkte han och sökte sig till distriktskontoret i Eskilstuna eftersom Södertäljes socialdemokrater hade lokal vägg i vägg med svärfars kommunister.

Ingmars karriär i politiken blev dock ännu kortare än den i republikanska klubben. Han skrevs in i partiet på en torsdag och fick genast en bunt flygblad att dela ut utanför Systembolaget lördagen därpå.

Problemet var att det internationellt orienterade Eskilstunadistriktet drev kravet på att Ngo Dinh Diem i Saigon måste avgå. Men Diem var ju president! Efter tusen år av kejserlig dynasti, dessutom.

Visst, allt hade väl inte gått riktigt rätt till. Det sades till exempel att hans bror först rökt sönder sin hjärna på opium och därpå i egenskap av ansvarig rösträknare i det vietnamesiska presidentvalet hallucinerat fram två miljoner extra väljare till Diem.

Så där skulle det förstås inte vara, men att för den skull kräva presidentens avgång vore att ta sakerna för långt.

Alltså slängde Ingmar de tilldelade flygbladen i Eskilstunaån för att i stället trycka upp egna i vilka han i socialdemokratins namn hyllade Diem och den handlingskraftiga amerikanska militären.

Skadan för det socialdemokratiska partiet blev dock begränsad eftersom tre av fyra ledamöter i distriktsledningen råkade ha ärende till just Systembolaget redan på lördagsmorgonen. Ingmars flygblad hamnade i papperskorgen i stället för i potentiella väljares händer, medan Ingmar själv ombads att omedelbart lämna ifrån sig den partibok han ännu inte hunnit få.

* * *

Åren gick, Holger och Holger växte, blev i enlighet med pappa Ingmars plan närmast identiskt lika.

Mamma Henrietta ägnade dagarna åt att sy kläder, röka nervlugnande John Silver och hälla kärlek över alla sina tre barn. Det äldsta av dem, Ingmar, lade större delen av sin tid på att sjunga republikens lov inför pojkarna och resten åt spridda räder till Stockholm för att ställa till oreda i de monarkistiska leden. Varje gång det sistnämnda skedde fick Henrietta börja om från början med samlandet av pengar i den sockerskål hon aldrig klarade av att gömma väl nog.

Vissa personliga motgångar till trots fick man ändå räkna in sextiotalet som ett någorlunda gott decennium för Ingmar och hans sak. Till exempel tog en militärjunta över i Grekland och jagade iväg kung Konstantin II och hans hov hela vägen till Rom. Allt tydde nu på att den grekiska monarkin var historia och att landet skulle gå en blomstrande ekonomisk framtid till mötes.

Erfarenheterna från Vietnam och Grekland visade Ingmar att det trots allt var med våld förändring kunde åstadkommas. Han hade alltså haft rätt, Vilhelm Moberg fel. Den utdelade sparken i baken kändes ännu efter flera år. Författarjävel.

Svenske kungen kunde väl förresten flytta till Rom han också, om det nu inte passade att göra Laika sällskap i rymden. Då hade han ju några att umgås med om kvällarna. De fördömda kungligheterna var ändå släkt med varandra allihop.

Och nu stod ett nytt år för dörren. 1968 skulle bli Ingmars år, förkunnade han den julen inför sin familj. Och republikens.

– Så bra, sa Henrietta och öppnade julklappen från sin älskade make. Hon hade inte haft några förväntningar, men ändå:

Ett inramat porträtt av den isländske presidenten Ásgeir Ásgeirsson.

Till Henrietta, som egentligen tänkt sluta röka.

Hösten 1968 gjorde Holger och Holger entré i det svenska skolväsendet enligt den varannandagsprincip Ingmar bestämt samma dag de visade sig vara fler än en.

I skolan tyckte läraren det var konstigt att det Holger lärt sig på måndagen var glömt redan till nästa dag, och att tisdagens kunskaper var förlorade till dagen därpå medan måndagens dito då återuppstått.

Nå, pojken fungerade ändå i det stora hela och tycktes vara politiskt intresserad sina unga år till trots, så det var väl inget att oroa sig för.

De följande åren gick den allmänna galenskapen på sparlåga i så måtto att Ingmar prioriterade undervisning i hemmet framför att vara ute och flaxa. När det ändå skedde tog han alltid med sig barnen, speciellt den ene behövde extra övervakning, han som från början kallats Holger 2 visade tidiga tecken på att vackla i tron. Annat verkade det vara med ettan.

Slumpen hade gjort att det var Holger 1 som registrerats, det var till exempel han som hade eget pass, medan tvåan i legal bemärkelse inte fanns. Han var liksom i reserv. Det enda tvåan hade till skillnad från ettan tycktes vara läshuvud. Därför var det alltid Holger 2 som gick till skolan när det var dags för skrivning, oavsett vems tur det var enligt schemat. Utom en gång när tvåan hade feber. Då kallades han ett par dagar senare till sin geografilärare för att förklara hur han lyckats placera Pyrenéerna i Norge.

Henrietta såg tvåans relativa olycka och blev genom honom alltmer olycklig själv. Kunde det vara så att hennes älskade tokstolle verkligen inte hade några gränser?

– Det är klart jag har gränser, kära Henrietta, sa Ingmar. Det är faktiskt på det temat jag lite grand har tänkt om. Jag är inte längre lika säker på att det går att inta hela nationen på en gång.

– Inta hela nationen? sa Henrietta.

– På en gång, sa Ingmar.

Sverige var ju föredömligt långsmalt till formen. Ingmar hade börjat umgås med tanken på att omvända landet bit för bit, börja längst i söder och arbeta sig uppåt. Det gick att göra tvärtom också, förstås, men det var så förbannat kallt där uppe i norr. Vem orkade med att byta statsskick i fyrtio minusgrader?

Än värre var det för Henrietta att ettan inte tycktes hysa några tvivel alls. Det bara lyste i ögonen på honom. Ju värre Ingmar uttryckte sig, desto mer lyste det. Hon bestämde sig för att inte acceptera en enda vansinnighet till, annars skulle hon bli vansinnig själv.

– Nu håller du dig hemma, annars åker du ut! sa hon till Ingmar.

Ingmar älskade sin Henrietta och respekterade hennes ultimatum. Skolgången enligt varannandagsprincipen fortsatte förvisso, liksom det aldrig sinande relaterandet till olika presidenter från nu och då. Galenskapen bestod och den fortsatte att plåga Henrietta. Men Ingmars olika utflykter uteblev helt ända tills barnen närmade sig studenten.

Då fick han återfall och gav sig av för att demonstrera utanför Stockholms slott innanför vars väggar det just fötts en kronprins.

Därmed fick det vara nog. Henrietta kallade på Holger och Holger och bad dem slå sig ner i köket tillsammans med henne.

– Jag ska nu säga er allt, mina älskade barn, sa hon.

Och så gjorde hon det.

Hennes berättelse blev tjugo cigarretter lång. Från det allra första mötet med Ingmar i Södertälje tingsrätt 1943 och framåt.

Hon undvek att värdera deras pappas livsgärning, bara beskriva den såsom den dittills varit, inklusive hur han blandat ihop de nyfödda barnen så att det var omöjligt att säga vem av dem som kommit först.

– Det är möjligt att du är tvåa, ettan, men jag vet inte, ingen vet, sa Henrietta.

Hon tyckte att historien varit självförklarande och att

sönerna skulle dra de riktiga slutsatserna när hon var färdig.

I det fick hon exakt halvrätt.

De båda holgrarna lyssnade. För den ene lät det som en hjältesaga, en beskrivning av en man som drevs av ett patos, en som outtröttligt stred i ständig motvind. För den andre kändes det tvärtom som en krönika om ett förebådat dödsfall.

– Det var allt jag hade att säga, avslutade Henrietta. Det var viktigt för mig att få göra det. Ta till er det jag har sagt, tänk igenom vart ni vill att livet ska föra er – så kan vi väl talas vid igen till frukosten i morgon?

Henrietta bad till Gud den natten, så dotter till en lokal kommunistledare hon nu var. Hon bad att båda hennes söner skulle förlåta henne, skulle förlåta Ingmar. Hon bad att barnen skulle förstå, att saker skulle gå att ställa tillrätta, att ett normalt liv kunde få börja. Hon bad om Guds hjälp i arbetet med att gå till myndigheterna och anhålla om medborgarskap för en nästan artonårig, nyfödd man. Hon bad om att allt skulle få bli bra.

– Snälla, snälla Gud, sa Henrietta.

Och somnade.

Nästa morgon var Ingmar fortfarande borta. Henrietta kände sig trött medan hon kokade gröt åt sig själv och barnen. Hon var inte mer än femtionio år, men såg äldre ut.

Det var tungt för henne. På alla sätt och vis. Hon kände oro inför allting. Nu hade barnen fått hennes historia. Återstod deras dom. Och Guds.

Mor och söner slog sig åter ner vid köksbordet. Holger 2 såg, kände och förstod. Holger 1 såg inte, förstod inte. Men han kände. Han kände att han ville trösta Henrietta.

– Var inte orolig mamma, sa han. Jag lovar dig att aldrig ge upp! Så länge jag lever och andas kommer jag att föra kampen vidare i pappas namn. *Så länge jag lever och andas!* Hör du det, mamma?

Henrietta hörde. Och det hon hörde blev för mycket. Hennes hjärta brast. Av sorg. Av skuldkänslor. Av tillbakahållna drömmar, visioner och fantasier. Av att nästan ingenting dittills i livet gått som hon önskat. Av att hon i trettiotvå år levt i oro. Och av ena sonens nyss avlagda besked om att vansinnigheterna skulle fortsätta intill tidens ände.

Men framför allt av fyrahundrasextiosjutusen tvåhundra John Silver utan filter sedan hösten 1947.

Henrietta var en kämpe. Hon älskade sina barn. Men om ett hjärta brister så gör det ju det. Den massiva hjärtattacken tog hennes liv på bara några sekunder.

* * *

Holger 1 förstod aldrig att han tillsammans med Ingmar och cigarretterna tagit livet av sin mamma. Tvåan övervägde att berätta det för honom men tänkte att det inte skulle förändra någonting till det bättre, så han avstod. Genom dödsannonsen i Länstidningen Södertälje gick det för första gången upp för tvåan hur mycket han faktiskt inte fanns.

Vår älskade maka
och mor
Henrietta Qvist
har lämnat oss
i oändlig sorg och saknad
Södertälje den 15 maj 1979
INGMAR
Holger

—

Vive la République

Kapitel 7

Om en bomb som inte fanns och en
ingenjör som strax heller inte gjorde det

N OMBEKO VAR TILLBAKA innanför de dubbla tolv-
tusenvoltsstängslen och tiden fortsatte att gå. Insikten
om att straffet i praktiken inte hade någon bortre
gräns retade henne fortfarande mindre än det att hon inte för-
stått det redan från början.

Efter bomb ett hade bomberna två och tre blivit klara paral-
lellt ett par år senare. Efter ytterligare tjugo månader också
bomberna fyra och fem.

Arbetslagen var numera helt separerade, de visste inte ens om
varandras existens. Det var fortfarande ingenjören allena som
slutkontrollerade varje färdigt exemplar. Eftersom pjäserna för-
varades i ett av de bepansrade förråden innanför ingenjörens
kontor fick han vara i fred varje gång så skedde. Därför kunde
han låta sig assisteras av sin städerska utan att någon för den
skull höjde på ögonbrynen. Eller vem det nu var som assisterade
vem.

Det beslutade och budgeterade behovet var som sagt sex tre-
megatonsbomber inalles. Men projektets yttersta chef, ingenjör
Engelbrecht van der Westhuizen, hade inte längre kontroll över
vad som pågick, i den mån han någonsin haft det, eftersom han
regelmässigt var berusad på gränsen till det orimliga redan
klockan tio om morgnarna. Och hans passopp var för upptagen
med att städa och tjuvläsa litteratur i biblioteket för att alltid

hinna täcka upp. Hon fick dessutom aldrig någon ny skurborste, därför tog det så mycket längre tid med golven.

Sålunda bar det sig inte bättre än att parproducerandet fortsatte efter nummer fyra och fem, vilket innebar bomberna sex – *och sju*!

Det hade av misstag producerats en atombomb för mycket, en bomb utanför alla protokoll.

Det fanns en bomb som inte fanns.

När ingenjörens städerska upptäckte fadäsen meddelade hon sin chef som blev precis så bekymrad som han hade anledning att bli. Bomber som inte fanns gjorde bäst i att inte göra det, annars blev det problem. Ingenjören kunde inte gärna starta en destrueringsprocess i smyg, bakom ryggen på president och regering. Han visste för övrigt inte hur man gjorde. Och att avslöja felräkningen för forskarlagen hade han inga planer på.

Nombeko tröstade ingenjör Westhuizen med att det kanske skulle beställas fler bomber med tiden och att den som inte fanns kunde få fortsätta att göra det där ingen hittade den till dess att den fick finnas.

– Jag tänkte just detsamma, sa ingenjören när det han egentligen tänkt var att städerskan nu vuxit till sig och blivit riktigt läcker.

Bomben som inte fanns låstes därför in i det dittills tomma förrådet intill de sex fullt existerande syskonbomberna. Dit hade ingen annan än ingenjören själv tillträde. Förutom hon vadhonnuhette, förstås.

Efter mer än ett decennium innanför forskningsanläggningens dubbla stängsel hade Nombeko läst allt som var värt att läsa i det begränsade biblioteket på Pelindaba. Och det mesta av det som inte var det.

Sakerna blev inte bättre av det faktum att hon hunnit bli

kvinna på riktigt, snart tjugosex år gammal. Samtidigt som vitt och svart såvitt hon förstod fortfarande inte fick blandas, för det hade Gud bestämt, enligt Första Mosebok, enligt reformerta kyrkan. Inte för att hon hittat något intressant objekt att blanda sig med på anläggningen, men ändå. Drömmen om en man fanns där, om det de kunde göra tillsammans. Inte minst ur vissa perspektiv. Hon hade sett bilder på det, i litteratur av obetydligt högre kvalitet än det den brittiske fred-på-jorden-professorn åstadkommit 1924.

Nå, hellre att vara utan något som liknade kärlek innanför stängslet på forskningsanläggningen än att vara utan livet självt utanför samma stängsel. Annars skulle det inte bli närhet till något annat än maskarna i den jord hon grävdes ner i.

Nombeko lydde därför sig själv, fortsatte låta bli att påminna ingenjören om att de sju åren redan hunnit bli elva. Hon blev där hon blev.

Ett litet tag till.

* * *

Den sydafrikanska försvarsmakten fick hela tiden ökade anslag från en ekonomi som inte hade råd därtill. Till slut gick en femtedel av landets hopplöst obalanserade budget till det militära, detta medan omvärlden hittade på nya embargon. Bland det som gjorde mest ont i den sydafrikanska folksjälen var att landet fick spela fotboll och rugby med sig självt, eftersom ingen annan ville vara med.

Men nationen hankade sig likväl fram eftersom handels-embargot var långt ifrån globalt. Och det var många som argumenterade *mot* utökade sanktioner. Premiärminister Thatcher i London och president Reagan i Washington gav uttryck för ungefär samma syn på saken, den att varje nytt embargo skulle drabba den fattigaste delen av befolkningen mest. Eller som den svenske moderatledaren Ulf Adelsohn så elegant uttryckte det:

— Om vi bojkottar varor från Sydafrika blir ju de stackars negrerna där nere arbetslösa.

I själva verket klämde skon någon annanstans. Det krångliga för Thatcher, Reagan (och för den delen Adelsohn) var inte att tycka illa om apartheid; rasism hade inte varit politiskt gångbart på flera decennier. Nej, problemet var vad som skulle komma i stället. Att till exempel välja mellan apartheid och kommunism var inte lätt. Eller snarare: det var det visst, inte minst för Reagan som redan under tiden som ledare för det amerikanska skådespelarfacket stridit för att inga kommunister skulle släppas in i Hollywood. Hur skulle det se ut om han spenderade miljarder och åter miljarder dollar på att kapprusta ihjäl Sovjetkommunismen och samtidigt tillät en variant av densamma att ta över i Sydafrika? Sydafrikanerna hade dessutom kärnvapen nu, de jävlarna, även om de förnekade det.

Bland dem som inte alls höll med Thatcher och Reagan i deras trippande inför apartheidpolitiken var den svenske statsministern Olof Palme och Libyens guide i socialismen Muammar Khadaffi. Palme röt: "Apartheid kan inte reformeras, apartheid ska elimineras!" Strax därpå blev han själv eliminerad av en förvirrad man som inte fullt ut visste var han var eller varför han gjorde det han gjorde. Eller av hans raka motsats, det blev aldrig riktigt utrett.

Khadaffi skulle däremot ha hälsan i behåll ännu i många år. Han lät skeppa tonvis med vapen till den sydafrikanska motståndsrörelsen ANC och talade högljutt om den ädla kampen mot den vita förtryckarregimen i Pretoria, samtidigt som han gömde massmördaren Idi Amin i det egna palatset.

Detta var ungefär läget när världen än en gång visade hur märklig den kan vara när den lägger den sidan till. För i USA hände det att demokrater och republikaner slog sig samman och gjorde gemensam sak med Palme och Khadaffi och samtidigt parlamentarisk revolt mot sin president. Kongressen drev igenom en lag som förbjöd all form av handel med Sydafrika och alla typer av investeringar. Det gick inte ens att flyga direkt från Johannesburg till USA längre, den som försökte fick välja mellan att vända i luften och att bli nerskjuten.

Thatcher och andra ledare i Europa och världen förstod vad som var på väg att ske. Ingen vill ju spela i det förlorande laget, allt fler slöt upp bakom USA, Sverige och Libyen.

Sydafrika såsom det var känt började spricka från kant till kant.

Nombeko hade från sin husarrest på forskningsanläggningen begränsad möjlighet att följa utvecklingen i världen. De tre kinesiska väninnorna visste fortfarande inte mycket mer än att pyramiderna låg i Egypten och där hade de ju legat ganska länge. Någon hjälp av ingenjören fick hon inte heller. Hans omvärldsanalys begränsade sig alltmer till diverse grymtningar:

– Nu har bögarna i den amerikanska kongressen ställt till med embargo de också.

Och det fanns ju gränser för hur ofta och länge Nombeko kunde skura det sönderskurade golvet i väntrummet med teven.

Men förutom det hon trots allt snappade upp via tevenyheterna var hon observant. Hon märkte att saker var på gång. Inte minst genom att inget längre tycktes vara på gång. Det var inget spring i korridorerna, det kom inga premiärministrar eller presidenter på besök. Att ingenjörens alkoholintag börjat gå från mycket till ännu mycket mer var också en signal.

Nombeko tänkte att ingenjören snart kanske kunde ägna sig

åt sin konjak på heltid, sitta och drömma sig tillbaka till åren då det gick att slå i omgivningen att han någonting begrep. I fåtöljen intill kunde förresten hans president sitta, muttrande att det var de svartas fel att landet kapsejsat och sjunkit till botten. Vad som skulle hända med henne själv i det läget valde hon att förtränga.

– Undrar om inte verkligheten börjar hinna ikapp gåsen och hans gelikar, sa Nombeko en kväll till sina tre kinesiska väninnor.

Hon sa det på flytande wukinesisk dialekt.

– Det vore väl på tiden, svarade kinesiskorna.

På inte helt oäven isixhosa.

* * *

Tiderna blev allt hårdare för P W Botha. Men som den stora krokodil han var stod han ut med att vara på djupt vatten, med bara näsborrar och ögon över ytan.

Reformer kunde han förstås tänka sig, det gällde att hänga med sin tid. Folk var sedan länge indelade i svarta, vita, färgade och indier. Nu såg han till att ge de två sistnämnda rösträtt. De svarta också för den delen, men inte i Sydafrika utan i sina hemländer.

Botha lättade också på restriktioner i det allmänna umgänget raserna emellan. Svarta och vita kunde numera, åtminstone rent teoretiskt, sitta på samma parkbänk. De kunde, åtminstone rent teoretiskt, gå på samma biograf och se samma film samtidigt. Och de kunde, åtminstone rent teoretiskt, blanda kroppsvätskor med varandra (i praktiken också, men då var pengar inblandade eller så skedde det med våld).

I övrigt såg presidenten till att centrera makten till sig själv, gallra bland de mänskliga rättigheterna och införa censur för pressen. Tidningarna fick skylla sig själva när de inte hade vett att skriva något vettigt. Om ett land är i gungning behövs tydligt ledarskap, ingen låt-oss-krama-varandra-journalistik sida upp och sida ner.

Men hur Botha än vände på sakerna blev det fel. Landets ekonomi hade gått i knapp styrfart framåt för att därpå stanna helt och strax börjat gå åt andra hållet. Det var inte direkt gratis att låta militären slå ner varenda orolighet i snart sagt varenda kåkstad. Svartingarna var ju inte nöjda med något. Ta bara en sådan sak som att Botha erbjudit den förbannade Nelson Mandela att bli fri om han i gengäld lovade att vara lite följsam med regeringen. "Sluta bråka", var det enda kravet Botha ställde. "Nej, då stannar jag hellre där jag är", sa den fan efter tjugo år på sin fängelseö och så gjorde han det.

Med tiden stod det klart att den största förändring P W Botha lyckats åstadkomma genom den nya konstitutionen var att han förvandlat sig själv från premiärminister till president. Och Mandela till större ikon än någonsin.

I övrigt allt lika. Nej, fel. I övrigt allt sämre.

Botha började bli trött på alltihop. Han insåg att det faktiskt kunde sluta med att ANC tog över. Och i så fall… ja, vem satte frivilligt sex kärnvapen i händerna på en kommunistisk negerorganisation? Bättre då att montera ner vapnen, och göra pr-nummer av det! "Vi tar vårt ansvar" och allt det där medan det internationella atomenergiorganet IAEA tittade på.

Ja, så kunde det faktiskt bli. Presidenten var ännu inte mogen att ta beslut i frågan, men han ringde personligen till den ansvarige ingenjören på Pelindaba för att sätta honom i stand by-läge. Hade han förresten slirat på rösten redan klockan nio? Nej, det var inte möjligt.

* * *

Ingenjör van der Westhuizens lilla räknefel (det som gjorde att sex bomber blev sju) förvandlades plötsligt till en alldeles ohygglig hemlighet. Presidenten hade nämnt möjligheten att de sex atombomberna skulle destrueras. De sex bomberna. Inte den sjunde. För den fanns ju inte.

Nu hade ingenjören att antingen tillstå sitt misstag, erkänna att han hemlighållit detsamma i över ett års tid – och få vanärat avsked och minimal pension.

Eller vända hela saken till sin fördel. Och bli ekonomiskt oberoende.

Ingenjören hade ångest. Men bara tills den senaste halvlitern Klipdrift hunnit ut i blodet. Därefter var valet lätt.

Han kunde klockan. Visste att den nu var slagen. Dags att tala allvar med Mossadagent A och B.

– Du, vaddunuheter, sluddrade han. Kan du hämta hit de båda judarna, vi ska göra affär!

Engelbrecht van der Westhuizen hade räknat ut att hans uppdrag var på väg att ta slut, att ANC snart kunde ta över landet och att han själv inte hade någon ytterligare karriär att vänta. Alltså gällde det att se om sitt hus medan man fortfarande hade ett hus att se om.

Hon vadhonnuhette gick för att söka rätt på de agenter som till och från bevakat hela processen för samarbetspartnern Israels räkning. Medan hon vandrade i korridorerna tänkte hon att ingenjören var på väg att gå minst ett steg för långt. Sannolikt två.

Mossadagent A och B visades in på ingenjörens kontor. Nombeko ställde sig i det hörn där ingenjören alltid ville ha henne när det hettade till.

Ingenjör Westhuizen slog an tonen.

– Ah, jude ett och jude två, shalom på er! Slå er ner. Får man fresta med en förmiddagskonjak? Du, vaddunuheter, häll upp till våra vänner!

Nombeko viskade till agenterna att det fanns vatten att tillgå om det var att föredra. Det var det.

Ingenjör van der Westhuizen sa som det var, att han alltid haft tur i livet och att turen ifråga nu råkat placera ett kärnvapen i knät på honom, en atombomb som ingen visste existerar och således ingen skulle komma att sakna. Egentligen, sa ingenjören, borde han behålla den själv och skicka den rätt in i president-palatset när terroristen Mandela väl installerats, men han kände sig lite för gammal för att föra krig på egen hand.

– Så nu undrar jag om jude A och jude B inte ville kolla med chefsjuden i Jerusalem om köp av en styck bomb av det krafti-gare slaget? Ni ska få den till kompispris. Nej, förresten, det ska ni inte. Trettio miljoner dollar vill jag ha. Tio miljoner per mega-ton. Skål på er! sa ingenjören, tömde sin konjak och tittade därpå missnöjt på flaskan som nu var tom.

Mossadagent A och B tackade artigt för erbjudandet och lovade att höra med regeringen i Jerusalem om hur den såg på att göra affär med herr Westhuizen på det viset.

– Ja, jag krusar ingen, sa ingenjören. Passar det inte säljer jag den till någon annan. Nu har jag förresten inte tid att sitta här och gaffla med er.

Ingenjören lämnade både kontoret och anläggningen, i jakt på mer konjak. Kvar blev de båda Mossadagenterna och hon vadhonnuhette. Nombeko förstod vad som stod på spel för israelerna.

– Ursäkta om jag säger det, sa hon, men undrar om inte ingen-jörens tur tog slut ungefär nu?

Hon tillade inte "och min". Men hon tänkte det.

– Jag har alltid beundrat er klokskap, fröken Nombeko, sa Mossadagent A. Och jag tackar på förhand för er förståelse.

Han tillade inte: "Ni ligger väl själv rätt så illa till." Men han tänkte det.

Det var inte det att Israel inte ville ha det ingenjören erbjöd, tvärtom. Det var bara det att försäljaren var gravt alkoholiserad och helt oberäknelig. Det skulle efter en affär vara livsfarligt att ha honom fritt gående på gatorna sluddrande och sladdrande om varifrån han fått alla sina pengar. Å andra sidan gick det inte att bara tacka nej till erbjudandet, för vad skulle då hända med bomben? Ingenjören var sannolikt i stånd att sälja den till vem som helst.

Därför fick det bli som det blev. Mossadagent A anlitade en krake i Pretorias slum att kommande natt stjäla en bil åt honom, en Datsun Laurel, 1983 års modell. Som tack fick kraken femtio rand (enligt överenskommelse) samt ett skott i pannan (på agentens eget initiativ).

Med bilen såg agent A till att göra slut på ingenjörens eviga tur genom att köra över honom när han ett par dagar senare var på hemväg från den bar han alltid frekventerade när det egna Klipdriftlagret var slut.

Ingenjörens nyvunna otur var rent av sådan att han blev överkörd en gång till när A stannade och lade i backen och därpå en tredje gång i samband med att agenten i största hast gav sig av därifrån.

Ironiskt nog hade ingenjören gått på trottoaren när det hände.

"Var det här allt?" tänkte han mellan andra och tredje överkörningen, precis som Nombeko gjort i motsvarande situation elva år tidigare.

Och det var det.

* * *

Mossadagent B sökte upp Nombeko strax efter att dödsbudet kommit till forskningsanläggningen. Ännu klassades händelsen som en olycka, men det skulle det bli ändring på när vittnen och diverse tekniker på plats fått säga sitt.

– Vi har kanske något att tala om ni och jag, fröken Nombeko, sa han. Och jag är rädd att det hastar.

Nombeko sa först ingenting, men tänkte desto mer. Hon tänkte att garanten för hennes fysiska välbefinnande, det eviga fyllot van der Westhuizen, nu var död. Hon tänkte att hon själv alldeles strax skulle vara något liknande. Om hon inte tänkte snabbt.

Men det gjorde hon. Och så sa hon:

– Ja, det har vi. Får jag därför be herr agenten att ta med sig sin kollega för ett möte här på ingenjörens kontor om exakt trettio minuter?

Agent B hade för länge sedan lärt sig att fröken Nombeko hade huvudet på skaft. Han visste att hon förstod att hennes situation var prekär. Det placerade honom och agentkollegan i en maktposition.

Fröken Nombeko var den som satt med nycklar och tillstånd att röra sig i de mest förbjudna korridorerna. Det var hon som skulle se till att agenterna kom över bomben. I gengäld skulle de bjuda henne på en vit lögn.

Löftet om att hon skulle få leva.

Men nu hade hon köpt sig en halvtimme. Varför då? Agenten förstod det mesta, men inte detta. Nå, en halvtimme var ju bara en halvtimme även om det var bråttom med sakerna. När som helst skulle den sydafrikanska säkerhetspolisen komma på att ingenjören blivit mördad. Strax därefter skulle det bli väsentligt svårare att föra ut en tremegatonsbomb från anläggningen, även för en agent från en samarbetande säkerhetstjänst.

Nå, en halvtimme var fortfarande bara en halvtimme. Agent B nickade till svar.

– Då ses vi här klockan 12.05.

– 12.06, sa Nombeko.

Under de trettio minuter som gick gjorde Nombeko ingenting mer än väntade på att tiden skulle gå.

Agenterna var tillbaka exakt när de skulle. Nombeko satt i ingenjörens stol och bjöd dem vänligt att slå sig ner på andra sidan bordet. Bilden var annorlunda. En ung, svart kvinna i en direktörsstol i hjärtat av det sydafrikanska apartheidsystemet.

Nombeko inledde mötet. Hon sa att hon förstod att herrar Mossadagenterna var ute efter den sjunde atombomben, den som inte fanns. Eller hade hon förstått fel?

Agenterna satt tysta, ville inte riktigt ta sanningen i sin mun.

– Låt nu det här mötet vara uppriktigt, manade Nombeko. Annars lär vi inte komma någonstans innan det är för sent.

Agent A nickade och sa att fröken Nombeko förstått sakerna rätt. Om Israel med hennes hjälp kunde komma över bomben skulle de i gengäld hjälpa henne ut från Pelindaba.

– Utan att därefter låta mig bli lika överkörd som ingenjören? frågade Nombeko. Eller skjuten och nergrävd på närmaste savann?

– Nej, men snälla fröken Nombeko, ljög agent A. Vi tänker inte kröka ett hår på hennes huvud. Vad tror hon egentligen om oss?

Nombeko tycktes nöja sig med agentens löfte. Tillade att hon förresten redan blivit överkörd en gång i livet och att det fick räcka.

– Hur tänker ni få bomben härifrån, om jag får fråga? Givet att jag ger er tillgång till den.

Agent B svarade att det borde vara ganska lätt, om de bara skyndade på. Lådan med bomben kunde adresseras till israeliska utrikesdepartementet i Jerusalem och redan på basen förses med dokumentation som klassade den som diplomatpost. Diplomatbrev skickades via ambassaden i Pretoria minst en gång i veckan, en låda modell större skulle inte göra någon skillnad i sak. För såvitt att sydafrikanska säkerhetstjänsten inte skruvade upp säkerheten och öppnade lådan – och det kunde Nombeko och agenterna räkna med att de skulle göra så fort det gick upp för dem hur ingenjören i själva verket dött.

– Ja, jag får speciellt tacka herrar agenterna för den åtgärden, sa Nombeko uppriktigt och försåtligt på samma gång. Vem av er var det som hade den äran?

– Det spelar kanske mindre roll, sa agent A som var den skyldige. Gjort är gjort och vi vet att fröken Nombeko förstår att det var nödvändigt.

Jodå, Nombeko förstod. Hon förstod att agenterna just gått i hennes fälla.

– Hur tänker ni ordna med säkerheten för lilla mig då?

Det agenterna tänkt var att gömma Nombeko i bagageluckan på den egna bilen utan risk för upptäckt så länge säkerhetsarrangemangen låg på nuvarande nivå. Den israeliska säkerhetstjänsten på Pelindaba hade i alla år stått över varje misstanke.

Väl ute i det fria var det bara att köra rakt ut i bushen, plocka fram kvinnan ur bagaget – och ge henne ett skott i pannan, tinningen eller nacken, beroende på hur mycket hon spratttlade.

Lite sorgligt, fröken Nombeko var på många sätt en enastående kvinna och hon hade precis som agenterna utsatts för ingenjör Westhuizens illa dolda förakt, grundat på inget annat än ingenjörens förvirrade uppfattning om att han representerade ett överlägset folkslag. Synd om henne, men i det här fanns större värden att vårda.

– Vår idé är att smuggla er härifrån i bagageluckan, sa agent A och utelämnade det som därefter skulle komma.

– Bra, sa Nombeko. Men otillräckligt.

Och fortsatte med att hon inte avsåg lyfta ett finger till förmån för herrar agenternas intressen med mindre än att de först räckte över en flygbiljett till henne, Johannesburg–Tripoli.

– Tripoli? sa agent A och B samtidigt. Vad ska ni där att göra?

Nombeko hade inget riktigt bra svar. Hennes målbild hade i alla år varit nationalbiblioteket i Pretoria. Men dit kunde hon inte söka sig nu. Hon måste utomlands. Och Khadaffi i Libyen var visst på ANC:s sida.

Nombeko sa att hon ville till ett vänligt sinnat land som omväxling och att Libyen lät bra i sammanhanget. Men för all del, om herrar agenterna hade en bättre idé var hon redo att lyssna.

– Försök bara inte med Tel Aviv eller Jerusalem. I min plan ingår nämligen att leva åtminstone veckan ut.

Mossadagent A blev alltmer förtjust i kvinnan i direktörsstolen framför sig. Här gällde det att vara på sin vakt så att hon inte fick sin vilja igenom. Hon måste inse att hennes förhandlingsposition var svag – att hon i själva utsmugglandet från basen inte hade annat val än att lita på de agenter hon inte kunde lita på. Men att hon åtminstone därefter kunde påverka omständigheterna till sin fördel. Problemet för henne var att det aldrig skulle bli något skede två eller tre. Så fort bagageluckan slog igen var hon ju på väg till sin egen begravningsplats. Och då spelade det ingen roll vad som stod på biljetten. Tripoli, visst. Eller månen.

Men först skulle spelet spelas.

– Ja, Libyen skulle nog fungera, sa agent A. Det är tillsammans med Sverige det land som protesterar mest mot det sydafrikanska apartheidsystemet. Där skulle fröken få asyl på tio sekunder om hon frågade.

– Se där! sa Nombeko.

– Men Khadaffi har förstås sina sidor, fortsatte agenten.

– Sidor?

Agent A lade gärna ut texten om dåren i Tripoli, han som en gång skickat granater över Egypten bara för att presidenten där valt att svara Israel på tilltal. Att visa omsorg om fröken Nombeko kunde inte vara fel. Att bygga förtroende ända fram till det nödvändiga nackskottet.

– Ja, Khadaffi fiskar lika mycket efter kärnvapen som Sydafrika, det är bara det att han hittills inte fiskat lika bra.

– Oj då, sa Nombeko.

– Nå, han har väl åtminstone tjugo ton senapsgas på lager att trösta sig med, och världens största fabrik för kemisk krigföring.

– Aj då, sa Nombeko.

– Och så har han förbjudit all opposition, alla strejker och demonstrationer.

– Usch då, sa Nombeko.

– Och han har ihjäl alla som säger emot honom.

– Har han ingen mänsklig sida alls? sa Nombeko.

– Jodå, sa agenten. Han tog väl hand om exdiktatorn Idi Amin när han var tvungen att fly från Uganda.

– Ja, det läste jag något om, sa Nombeko.

– Det finns mer att berätta, sa agent A.

– Eller inte, sa Nombeko.

– Förstå mig rätt, fröken Nombeko. Vi är måna om er hälsa, att inget ska hända er, även om ni nyss antydde att vi inte går att lita på. Jag erkänner att den antydan sårade oss båda. Men vill ni till Tripoli ska vi förstås ordna det.

Det där satt fint, tänkte agent A.

Det där satt fint, tänkte agent B.

Det där var det dummaste jag hört i hela mitt liv, tänkte Nombeko. Och då har jag ändå umgåtts med såväl assistenter från Johannesburgs kommuns sanitetsavdelning som alkoholiserade ingenjörer med förvriden självbild.

Att agenterna skulle vara måna om hennes hälsa? Hon var visserligen född i Soweto, men inte i farstun. Hon hade aldrig ens haft någon.

Libyen lät inte roligt längre.

– Sverige då? sa hon.

Ja, det skulle nog vara att föredra, tyckte agenterna. Där hade de visserligen just haft ihjäl sin statsminister, men vanligt folk gick i alla fall säkert på gatorna. Och svenskarna var som sagt snabba med att släppa in sydafrikaner, så länge de sa att de var motståndare till apartheidregimen och det hade agenterna skäl att tro att Nombeko var.

Nombeko nickade. Och satt sedan tyst. Hon visste var Sverige låg. Nästan uppe vid Nordpolen. Långt från Soweto och det var ju bra. Långt från allt det som dittills varit hennes liv. Vad skulle hon komma att sakna, månntro?

– Om det är något fröken Nombeko känner att hon vill ha med sig till Sverige ska vi förstås göra vårt bästa för att vara henne till lags, sa agent B för att ytterligare bygga förtroende utan substans.

Håller ni på lite till är det nästan att jag börjar tro er, tänkte Nombeko. Men bara nästan. Det vore synnerligen oprofessionellt av er att inte försöka ta livet av mig så fort ni fått det ni vill ha.

– En kartong med torkat antilopkött skulle vara fint, sa hon. Jag kan inte tänka mig att de har antiloper i Sverige.

Nej, det trodde inte A och B heller. Agenterna skulle genast ordna med adresslappar till ett stort och ett litet paket. Bomben i lådan till utrikesdepartementet i Jerusalem via ambassaden i Pretoria. Och antilopköttet skulle fröken Nombeko kunna kvittera ut redan om några dagar på israeliska ambassaden i Stockholm.

– Är vi överens då? sa agent A och tänkte att allt ordnade sig till det bästa.

– Ja, sa Nombeko. Vi är överens. Men det var en sak till.

En sak till? Agent A hade en utvecklad känsla för den verksamhet han bedrev. Nu kände han att han och kollegan tagit ut segern i förskott.

– Jag förstår att det hastar, sa Nombeko. Men det är någonting jag har att ombesörja innan vi kan ge oss av.

– Ombesörja?

– Vi ses här igen om en timme, klockan 13.20, ni gör nog bäst i att pinna på om ni ska hinna skaffa både flygbiljett och antilopkött till dess, sa hon och lämnade rummet genom dörren bakom ingenjörens skrivbord, dit agenterna inte hade tillträde.

Agenterna blev ensamma kvar.

– Har vi underskattat henne? sa A till B.

B såg bekymrad ut.

– Om du fixar biljetten så ordnar jag med köttet, sa han.

* * *

– Ser ni vad det här är? sa Nombeko när mötet återupptogs, och lade upp en oslipad diamant på ingenjör Westhuizens skrivbord.

Agent A var en mångkunnig man. Han kunde till exempel utan problem datera en lergås från Handynastin till sydafrikanskt 1970-tal. Och han kunde genast se att det som nu låg framför honom sannolikt betingade ett värde av omkring en miljon shekel.

– Jag ser, sa han. Vart är det fröken Nombeko vill komma?

– Vart jag vill komma? Jag vill komma till Sverige. Inte till en grop bakom en buske på savannen.

– Och för den skull vill ni ge oss en diamant? sa agent B som till skillnad från A möjligen fortsatte att underskatta Nombeko.

– Vad tänker egentligen herr agenten om mig? sa hon. Nej, med diamanten vill jag bara troliggöra att jag lyckats få ut ett litet paket från basen sedan vi senast sågs. Det ni nu har att ta ställning till är om ni tror att jag lyckats med det, med hjälp av till exempel en sådan här diamant. Och därpå fått bekräftelse på att paketet ifråga nått sin mottagare med hjälp av ännu en. Om ni tror att någon av Pelindabas tvåhundrafemtio stolta och genomgående underbetalda medarbetare kan tänkas ha gått med på ett sådant arrangemang. Eller om ni inte tror det.

– Jag förstår inte, sa agent B.

– Själv anar jag det värsta, mumlade A.

– Just det, sa Nombeko och log. Jag spelade in vårt förra samtal under vilket ni tillstod mord på sydafrikansk medborgare samt försök till stöld av ett styck sydafrikanskt djävulsvapen. Jag är säker på att ni båda förstår vilka konsekvenser det skulle få för er och er nation om bandet spelades upp i… ja, säg det. Vart jag låtit skicka det behåller jag för mig själv. Men mottagaren har via min mutade kurir bekräftat att det är där det ska. Det vill säga inte längre här på basen. Om det plockas upp av mig inom tjugofyra, nej, förlåt, tjugotre timmar och trettioåtta minuter, tiden går fort när man har roligt, har ni mitt ord på att det försvinner i glömska.

– Och om det inte plockas upp av er blir det offentligt? fyllde A i.

Nombeko slösade ingen tid med att svara.

– Då tror jag att mötet är över. Ska bli spännande att se om jag överlever turen i bagageluckan. Det känns i alla fall som om möjligheten har ökat. Från noll.

Och så ställde hon sig upp, sa att paketet med antilopköttet skulle vara levererat till avdelningen för utgående post inom trettio minuter, att hon själv avsåg se till att detsamma gällde den större lådan, den fanns ändå vägg i vägg. Vidare såg hon fram emot vederbörlig dokumentation, stämplar och blanketter och vad som nu krävdes för att paketen skulle bli önskat oåtkomliga för var och en som inte ville ha en diplomatisk kris på halsen.

A och B nickade buttert.

* * *

De israeliska agenterna analyserade den uppkomna situationen. De höll det för troligt att den förbannade städerskan hade ett band med deras tidigare samtal, men de var inte lika säkra på att hon lyckats smuggla ut det från Pelindaba. Hon hade bevisligen minst en oslipad diamant i sin ägo, och hade hon en kunde hon ha flera. Och hade hon flera vore det möjligt att en av alla de innerligt säkerhetsklassade medarbetarna på anläggningen fallit för frestelsen och säkerställt sin egen och familjens finansiella ställning livet ut. Möjligt, men inte säkert. Å ena sidan hade städerskan (de kallade henne inte längre vid namn, därtill var de alltför irriterade på henne) varit på anläggningen i elva år, å andra sidan hade agenterna aldrig sett henne umgås med en enda vit person, förutom dem själva. Hade någon av de tvåhundrafemtio medarbetarna verkligen sålt sin själ till kvinnan som de bakom ryggen kallade *kaffer*?

När agenterna lade till den sexuella dimensionen, det vill säga möjligheten – eller snarare risken – att städerskan lagt även sin kropp i potten, försköts oddsen till agenternas nackdel. Den som är omoralisk nog att springa hennes ärenden för en diamants skull har ju inte mer moral än att han skulle kunna ange henne. Men den som i tillägg till det hade framtida, möjliga sexuella äventyr att vänta skulle i så fall bita sig själv i svansen. Eller någon annanstans om han bara nådde.

Allt sammantaget kom agenterna A och B fram till att det var sextio procents risk att Nombeko verkligen satt på den trumf hon hävdade, fyrtio procents möjlighet att hon inte gjorde det. Och de oddsen var för dåliga. Skadan hon kunde åsamka dem själva och – framför allt! – nationen Israel gick inte att mäta.

Därför fick beslutet bli att städerskan skulle få följa med i bagageluckan som planerat, att hon skulle få biljett till Sverige som planerat, att hennes tio kilo antilopkött skulle skickas till Stockholm som planerat – samt att hon *inte* skulle få det planerade skottet i nacken. Eller pannan. Eller någon annanstans. Hon var fortfarande en risk i levande skick. Men numera en ännu större risk som död.

Tjugonio minuter senare fick Nombeko flygbiljetter och det utlovade antilopköttet av agent A, samt dubbla omgångar med vederbörligt ifyllda blanketter för diplomatpost. Hon tackade och sa att hon var redo för avresa inom en kvart, hon skulle bara försäkra sig om att hanteringen av de båda paketen blev korrekt. Med det menade hon – men sa inte – att hon skulle prata allvar med de tre kinesflickorna.

– Ett stort och ett litet paket? sa lillasystern som var den mest kreativa av dem. Skulle fröken Nombeko ha något emot om vi…

– Ja, det är just det, sa Nombeko. De här paketen ska *inte* skickas till er mamma i Johannesburg. Det lilla paketet ska till Stockholm, det är till mig, bara det är väl skäl nog att inte röra det, hoppas jag? Det stora ska till Jerusalem.

– Jerusalem? sa mellansystern.

– Egypten, förklarade storasystern.

– Ska du ge dig av? sa lillasystern.

Nombeko undrade hur ingenjören någonsin kunnat komma på idén att sätta de tre flickorna att sköta postgången.

– Ja, men säg inget till någon. Jag smugglas ut härifrån om en liten stund. Jag ska till Sverige. Vi får ta farväl nu, ni har varit fina vänner.

Och så kramade de varandra.

– Var rädd om dig, Nombeko, sa kinesflickorna på isixhosa.

– 再见, svarade Nombeko. Farväl!

Så gick hon till ingenjörens kontor, låste upp hans skrivbords-
låda och hämtade sitt pass.

– Market Theatre, tack, marknadsplatsen, downtown Johan-
nesburg, sa Nombeko till agent A medan hon kröp ner i bagage-
luckan på den diplomatregistrerade bilen.

Hon lät som vilken kund talande till vilken taxichaufför som
helst. Det verkade också som om hon kunde Johannesburg utan
och innan – och att hon visste vart hon var på väg. Sanningen
var att hon någon minut tidigare hunnit med att bläddra i en
sista av alla böcker i Pelindabas bibliotek och hittat det ställe
som förmodligen var det folktätaste i hela landet.

– Jag förstår, sa agent A. Ska bli.

Och så stängde han luckan.

Det han förstod var att Nombeko inte tänkte låta dem föra
henne till personen som nu hade bandet i sin hand så att de
kunde ta livet av dem båda. Han förstod också att Nombeko när
de väl var framme skulle lyckas försvinna från agenterna i myll-
ret av folk på mindre än två minuter. Han förstod att Nombeko
vunnit.

Rond 1.

Men så fort bomben var på plats i Jerusalem fanns inte längre
några fysiska bevis på villovägar. Bandet kunde då spelas upp
hur mycket som helst, var som helst, det var bara att neka. Alla
var ändå emot Israel, det var väl klart att det cirkulerade band
av den typen. Att för den skull tro på dem var däremot bara löj-
ligt.

Därmed dags för rond 2.

Man bråkade nämligen inte med Mossad.

* * *

Bilen med agenterna lämnade Pelindaba klockan 14.10 tors-
dagen den 12 november 1987. Klockan 15.01 samma dag rullade
transporten med dagens utgående post genom samma grindar.
Den var elva minuter försenad eftersom man varit tvungen att
byta bil på grund av en extra stor försändelse.

Klockan 15.15 konstaterade chefen för utredningen kring
ingenjör van der Westhuizens död att han blivit mördad. Tre av
varandra oberoende vittnen gav liknande berättelser. Två av
dem var dessutom vita.

Berättelserna bekräftades av utredningschefens iakttagelser
på plats. Spår av gummi fanns på tre ställen längsgående över
ingenjörens demolerade ansikte. Det måste ha blivit överkört av
minst tre däck, det vill säga ett däck mer än vad varje normal-
byggd bil har på varje sida. Ingenjören hade alltså antingen körts
över av mer än en bil, eller – som vittnena samstämmigt häv-
dade – av samma bil flera gånger om.

Det tog ytterligare femton minuter, men klockan 15.30 höjdes
säkerhetsnivån ännu ett steg på forskningsanläggningen. Den
svarta städerskan i yttre vakten skulle genast avskedas, tillsam-
mans med den svarta städerskan i den centrala G-flygeln och de
tre asiatiskorna i köket. Alla fem skulle utsättas för säkerhets-
polisens riskanalys innan de högst eventuellt släpptes fria. Samt-
liga in- och utgående fordon skulle kontrolleras, om så armé-
chefen själv satt bakom ratten!

* * *

Nombeko frågade sig fram på flygplatsen, följde strömmen med
folk och var förbi säkerhetskontrollen innan hon ens förstått att
den fanns och att hon utsatts för den. I efterhand kom hon att
inse att diamanter i fodret på en jacka inte ger utslag i metall-
detektorer.

Eftersom Mossadagenterna varit tvungna att köpa biljetten med så kort varsel fanns inga andra än de dyraste stolarna att tillgå. Platsen i kabinen blev därefter. Det tog personalen en bra stund att få Nombeko att förstå att det erbjudna glaset Champagne de Pompadour Extra Brut ingick i biljettpriset. Lika mycket som den därpå följande maten. Hon blev också vänligt men bestämt återvisad till sin plats när hon försökte hjälpa till att duka av åt de övriga passagerarna.

Men hon lärde sig lagom till desserten bestående av mandelgratinerade hallon, som hon sköljde ner med en kopp kaffe.

– Får det lova att vara konjak till kaffet? undrade flygvärdinnan vänligt.

– Ja, tack, sa Nombeko. Har ni Klipdrift?

Strax därpå somnade hon, och sov mjukt och gott – och länge.

Väl framme på Stockholm Arlanda flygplats följde hon de så elegant lurade Mossadagenternas instruktion. Hon gick fram till första bästa gränspolis och begärde politisk asyl. Skälet hon angav var medlemskap i den förbjudna organisationen ANC, vilket lät bättre än att hon just hjälpt annan nations säkerhetstjänst att stjäla ett kärnvapen.

Det inledande förhöret med svenska gränspolisen företogs i ett ljust rum med fönster ut mot start- och landningsbanan. Där pågick något Nombeko aldrig tidigare upplevt. Det snöade. Vinterns första snö, mitt i den sydafrikanska försommaren.

Kapitel 8

Om en match som slutade oavgjort
och en entreprenör som inte fick leva livet

INGMAR OCH HOLGER 1 var överens om att bästa sättet att hedra mamma var att fortsätta kampen. Tvåan var säker på att pappa och bror hade fel i sak, men nöjde sig med att fråga vem de i så fall tänkt skulle dra in pengar till hushållet?

Ingmar rynkade pannan och erkände att han inte prioriterat den biten bland allt han på sistone haft att betänka. Det fanns fortfarande några hundralappar kvar i Henriettas sockerskål, men de skulle strax vara lika borta som Henrietta själv.

I brist på andra idéer bestämde sig den före detta posttjänstemannen för att återsöka sitt jobb som assistent till den kamrer som nu bara hade två år kvar till pensionen. Och som svarade att han på inga villkors vis tänkte låta herr Qvist förstöra dem.

Situationen var tämligen besvärlig – i ytterligare några dagar. Därefter dog Ingmars svärfar.

Den arge kommunisten som aldrig träffade sina barnbarn (och inte fick tag i Ingmar) gick bort åttioett år gammal, bitter så det räckte, med en förlorad dotter, en försvunnen hustru och en blomstrande kapitalism omkring sig. Eftersom han inte längre fanns slapp han i alla fall se hur allt han ägt övertogs av holgrarna och Ingmar. Det var Holger 1, han som fanns, som fick ärva.

Södertäljes kommunistledare hade vid sidan av sitt politiska värv arbetat med import och försäljning av produkter från Sovjetunionen. Han hade in i det sista farit de svenska marknadsplatserna runt för att saluföra sitt gods tillsammans med uppfattningen om Sovjetunionens storhet. Det gick sådär med både det ena och det andra, men det finansiella överskottet räckte i alla fall till livets nödtorft inklusive en färgteve, två besök i veckan till Systembolaget och tretusen kronor i månaden i gåva till partiet.

I ettans arv efter farfar ingick en lastbil i gott skick och ett garage tillika lager överfullt med saker; gubben hade i alla år köpt in i lite större hastighet än han lyckats försälja.

Bland varorna fanns svart och röd kaviar, inlagd gurka och rökt krill. Där fanns georgiskt te, vitryskt lin, ryska filtstövlar och inuitiska sälskinn. Där fanns emaljkärl av allehanda slag, inklusive den typiska, gröna sophinken med pedal. Där fanns *furasjki*, de ryska militärmössorna, och *usjanki*, pälsmössorna som det är omöjligt att frysa i. Där fanns värmeflaskor i gummi och snapsglas med målade rönnbär. Och flätade halmskor i storlek fyrtiosju.

Där fanns femhundra exemplar av kommunistiska manifestet på ryska och tvåhundra gethårssjalar från Ural. Och fyra sibiriska tigerfällar.

Allt detta och mer därtill hittade Ingmar och pojkarna i garaget. Och sist men inte minst:

En två och en halv meter hög Leninstaty i karelsk granit.

Om Ingmars svärfar alltjämt varit i livet och därtill fått lust att konversera svärsonen i stället för att strypa honom, kunde han ha berättat att han köpt statyn billigt av en konstnär i Petrozavodsk som gjort misstaget att ge den store ledaren mänskliga drag. Den stålgrå Leninblicken hade snarare fått ett förläget uttryck och den hand som skulle peka rakt in i framtiden tycktes *vinka* till det folk Lenin hade att leda. Borgmästaren i staden, som beställt statyn, blev upprörd när han såg resultatet och talade om för konstnären att den genast skulle försvinna, annars skulle borgmästaren se till att konstnären gjorde det själv.

Just då hade Ingmars svärfar dykt upp på en av sina shoppingrundor. Två veckor senare låg statyn och vinkade rakt in i en garagevägg i Södertälje.

Ingmar och ettan botaniserade bland rikedomarna medan de skrockade glatt. Det här skulle räcka till familjens försörjning i åratal!

Tvåan var inte lika förtjust i utvecklingen. Han hade hoppats på att modern inte dött förgäves, att det skulle bli förändring på riktigt.

– Lenin har kanske inte världens högsta marknadsvärde, försökte han och blev genast avsnäst.

– Gud, vad du är negativ, sa pappa Ingmar.

– Ja, Gud vad du är negativ, sa Holger 1.

– Eller kommunistiska manifestet på ryska, lade tvåan till.

* * *

Varorna i garaget räckte till familjens försörjning i åtta hela år. Pappa Ingmar och tvillingarna for i Ingmars svärfars fotspår, från marknadsplats till marknadsplats och fick med viss marginal ihop till en dräglig levnadsstandard, framför allt därför att kommunisterna i Södertälje inte längre hade del av några intäkter. Lika lite som Skatteverket, för övrigt.

Tvåan längtade hela tiden bort, men tröstade sig med att det under marknadsåren i alla fall inte blev någon tid över för det republikanska dårprojektet.

Efter de åtta åren återstod bara den två och en halv meter höga Leninstatyn i karelsk granit samt fyrahundranittioåtta av de femhundra exemplaren av kommunistiska manifestet på ryska. Ett exemplar hade Ingmar lyckats sälja till en blind man under marknadsdagarna i Mariestad. Det andra hade gått åt på väg mot Malma Marken, då Ingmar blev magsjuk och tvingades stanna bilen för att sätta sig på huk i ett dike.

I så motto hade ju Holger 2 fått rätt.

– Vad gör vi nu? sa Holger 1 som aldrig haft en idé i hela sitt liv.

– Vad som helst, bara det inte har med kungahuset att göra, sa Holger 2.

– Jo, det är precis vad det har, sa Ingmar. Det har varit alldeles för lite av den varan på sistone.

Ingmars idé för fortsatt överlevnad gick ut på att modifiera Leninstatyn. Han hade nämligen kommit på att just den här Lenin och den svenske kungen hade betydande gemensamma drag. Det var bara att hacka bort mustasch och skägg på gubben, knacka lite på näsan och göra vågor i håret av kepsen – och vips var Vladimir Iljitj Hans majestät upp i dagen!

– Har du tänkt sälja en två och en halv meter hög staty av kungen? sa Holger 2 till sin pappa. Har du inga principer alls?

– Nu ska du inte vara oförskämd, min käre avfälling till son. Nöden har ingen lag, det lärde jag mig redan när jag som ung och rask var så illa tvungen att lägga beslag på en frälsningssoldats nya cykel. Han hette förresten Holger han med.

Och så fortsatte han med att holgrarna inte kunde ana hur många besuttna kungaälskare det fanns i det här landet. En kungastaty kunde gå för både tjugo och trettiotusen. Kanske fyrtio. Och sedan var det bara att sälja lastbilen.

Ingmar satte igång. Han hackade och filade och putsade i en hel vecka. Och lyckades över förväntan. När Holger 2 såg resultatet tänkte han att säga vad man ville om fadern, men rådlös var han inte. Eller fri från konstnärlig ådra.

Återstod bara själva försäljningen. Ingmars idé var att vinscha upp statyn på skåpet till lastbilen och sedan köra runt till alla grevar och baroner på godsen runt om Stockholm till dess att någon av dem insåg att han inte klarade sig utan en svensk-karelsk granitkung i den egna trädgården.

Dock var vinschandet känsligt, kungen fick ju inte fara i backen. Holger 1 var ivrig att hjälpa till, bara pappa talade om vad han skulle göra. Tvåan stod med händerna i byxfickorna och sa ingenting.

Ingmar tittade på sina pojkar och bestämde att det i den här saken inte dög att någon av sönerna kluddade till det. Pappa skulle sköta det hela själv.

– Ta nu några steg tillbaka och stör mig inte, sa han och fäste bärlinor kors och tvärs i ett avancerat system.

Och så satte han igång att vinscha. Och baxade faktiskt på egen hand kungastatyn ända till kanten av lastbilens skåp.

– Bara resten kvar, sa den nöjde kungahataren sekunden innan en av bärlinorna brast.

Där och då tog Ingmar Qvists långa livskamp slut.

Kungen bugade sig nämligen ödmjukt framåt mot honom, mötte för första gången hans blick och föll långsamt men obön-hörligt rakt över sin skapare.

Ingmar dog omedelbart under kungens tyngd, medan kungen själv sprack i fyra delar.

Holger 1 blev alldeles förtvivlad. Strax intill stod tvåan och skämdes över att han inte kunde känna just någonting. Han tittade på sin döde far och intill honom på kungen i bitar.

Matchen tycktes ha slutat oavgjort.

I Länstidningen Södertälje stod några dagar senare att läsa:

Min älskade pappa
Ingmar Qvist
har lämnat mig
i oändlig sorg och saknad
Södertälje den 4 juni 1987
HOLGER

—

Vive la République

* * *

Holger 1 och 2 var identiska kopior av varandra. Och varandras motsatser.

Ettan hade inte för en sekund ifrågasatt faderns kall. Tvåans tvivel kom redan i sjuårsåldern och växte sedan i styrka. När tvåan var tolv visste han att det helt enkelt inte stod rätt till i skallen på pappa. Från mammans död och framåt ifrågasatte han allt oftare Ingmars idéer.

Men han gav sig aldrig av. Kände med åren ett allt större ansvar för far och bror. Och så det där med att ettan och tvåan var tvillingar. Det var ett band som inte var lätt att klippa.

Orsaken till att bröderna blivit så olika var svår att säga. Möjligen hade det att göra med att Holger 2 – han som inte riktigt fanns – hade en allmänbegåvning som inte gick att hitta hos den förste.

Därför föll det sig naturligt att det under skolgången var tvåan som skötte skrivningar och förhör, att det var tvåan som tog sin brors körkort och lärde upp honom i konsten att köra. Lastbilskort till och med. Morfars Volvo F406 var brödernas enda ägodel värd namnet. Det vill säga: det var Holger 1 som ägde den. För att äga saker måste man ju finnas.

När fadern var borta övervägde tvåan att gå till myndigheterna och meddela sin existens, för att därpå kanske söka sig till högre studier. Och hitta en flicka att älska. Och älska med. Undrar hur det kunde kännas?

Men när tvåan tänkte efter insåg han att det inte var så enkelt med allt. Kunde han ens tillgodogöra sig det fina gymnasiebetyget? Tillhörde inte det hans bror? Holger 2 hade väl per definition inte ens grundskola?

Dessutom fanns det mer omedelbara spörsmål att hantera. Såsom hur holgrarna skulle få råd att äta sig mätta. Holger 1 fanns ju på riktigt, hade både pass och körkort, och borde kunna söka sig ett jobb.

– Jobb? sa ettan när saken kom på tal.

– Ja, ett arbete alltså. Det är inte ovanligt att folk i tjugosexårsåldern ägnar sig åt det.

Holger 1 föreslog att tvåan i stället skulle ta tag i sakerna, i ettans namn. Ungefär som de hållit på under alla åren i skolan. Men tvåan sa att nu när kungen haft ihjäl pappa var det dags att lämna uppväxten bakom sig. Holger 2 tänkte inte springa sin brors ärenden – och absolut inte pappa Ingmars.

– Det var inte kungen, det var Lenin, sa Holger 1 tjurigt.

Tvåan sa att den som föll över Ingmar fick vara vem han ville, inklusive Mahatma Gandhi. Det var historia. Nu var det dags att bygga en framtid. Gärna tillsammans med käre bror, men bara om ettan lovade lägga alla idéer om byte av statsskick i papperskorgen. Ettan mumlade att han inte hade några idéer ändå.

Med det beskedet nöjde sig Holger 2 och ägnade de följande dagarna åt att fundera över vad nästa steg i livet kunde bli.

Mest akut var pengar till mat på bordet.

Lösningen fick bli att sälja nämnda bord. Hela huset, faktiskt.

Familjetorpet utanför Södertälje bytte ägare, och bröderna flyttade in i skåpet till Volvo F406-lastbilen.

Men nu var det ett torp, inget slott de just sålt, och det hade i allt väsentligt inte underhållits sedan pappa Ingmar börjat skena någon gång fyrtio år tidigare. Den formelle ägaren Holger 1 fick bara hundrafemtiotusen för föräldrahemmet. Pengarna skulle strax vara slut igen om holgrarna inte gjorde något åt det.

Ettan undrade vad tvåan trodde värdet kunde vara på den översta fjärdedelen av pappas staty. För att saken aldrig mer skulle komma på tal plockade tvåan fram stämjärn och hammare och hackade den i bitar. När han var färdig lovade han att också elda upp de fyrahundranittioåtta återstående exemplaren av kommunistiska manifestet på ryska, men först skulle han ta sig en promenad, han behövde vara för sig själv en stund.

– Tänk inte för mycket medan jag är borta, är du snäll.

* * *

Aktiebolaget Holger & Holger? Kunde det vara något? Åkeriverksamhet? De hade ju lastbil. Det var det de hade i livet. En lastbil.

Holger 2 satte in en annons i länstidningen om "Litet åkeri söker uppdrag" och fick genast svar från en kuddentreprenör i Gnesta som behövde hjälp eftersom den distributör han dittills haft inte bara glömde bort var femte transport utan också varannan inbetalning till Skatteverket och för den skull nu fått flytta in på Arnöanstalten för rehabilitering. Staten trodde det skulle ta distributören arton månader att bli återanpassad. Kuddentreprenören, som kände distributörens rätta natur, tänkte att det nog kunde ta längre tid än så. Hur som helst satt distributören där han satt och entreprenören behövde en omedelbar ersättare.

Företaget "AB Gnesta Dun & Bolster" gjorde huvudkuddar

till hotellnäringen, diverse landsting och myndigheter under en herrans massa år. Först gick det bra, sedan sämre, till sist inte alls. Då sparkade entreprenören sina fyra anställda och satte igång att importera kuddarna från Kina i stället. Det gjorde tillvaron drägligare för honom, men det var slitsamt och han började känna sig gammal. Den utarbetade mannen var trött på alltihop, fortsatte endast för att han sedan länge glömt att livet kunde innehålla något annat.

Holger 1 och 2 träffade entreprenören i hans industri- och lagerlokal i utkanterna av Gnesta. Området såg eländigt ut, med ett magasin och en rivningskåk sammanbundna av en gemensam gårdsplan och med ett sedan många år nerlagt krukmakeri på andra sidan gatan. Som närmaste granne ett skrotupplag, i övrigt var området öde.

Eftersom Holger 2 kunde prata för sig och eftersom Holger 1 på tvåans order höll tyst fick entreprenören förtroende för den potentiellt nya distributionslösningen. Lägenheterna i rivningskåken var inte världens vackraste, men om bröderna ville inta en av dem, eller två, kunde det gå bra. Själv bodde entreprenören i det lilla samhällets centrala delar.

Allt såg ut att lösa sig till det bästa, men så meddelade pensionsmyndigheten i brev att entreprenören var på väg att fylla sextiofem år och alltså hade rätt att gå i pension. Det hade han inte tänkt på. Vilken lycka! Nu var det dags att njuta pensionärsliv. Att göra ingenting på heltid, det var vad entreprenören längtade efter. Kanske till och med lite rajtan tajtan? Han hade inte försökt slå klackarna i taket sedan sensommaren sextiosju då han for till Stockholm för att gå på Nalen, bara för att finna att det berömda danspalatset slagit igen och blivit frikyrka.

Pensionsbeskedet var trevligt för entreprenören. För Holger och Holger mer problematiskt.

Nå, bröderna hade ingenting att förlora så tvåan bestämde

sig för att gå offensivt fram. Han föreslog att Holger & Holger AB skulle ta över entreprenörens hela verksamhet, inklusive magasin, rivningskåk och krukmakeri. I gengäld skulle denne få trettiofemtusen kronor i månaden i handen av bröderna så länge han levde.

– Som en extra pension, menade Holger 2. Vi har liksom inga direkta kontanter att köpa ut herr entreprenören med.

Den nyblivne pensionären tänkte igenom saken. Och tänkte igenom saken lite till. Och så sa han:

– Taget! Men vi säger inte trettiofemtusen, utan trettio. Och på ett villkor!

– Villkor? sa Holger 2.

– Jo, det är som så att…, började entreprenören.

Prissänkningen inbegrep att Holger och Holger lovade ta över ansvaret för den amerikanske ingenjör som entreprenören hittat gömd i krukmakeriet fjorton år tidigare. Amerikanen hade byggt militära tunnlar under Vietnamkriget, blivit ständigt attackerad av Vietcong, skadats allvarligt, vårdats på sjukhus i Japan, frisknat till, grävt sig ut från sjukrummet genom golvet, flytt till Hokkaido, liftat med en fisketrålare till sovjetiska gränsen, bytt till sovjetiskt kustbevakningsfartyg, hamnat i Moskva, därpå i Helsingfors och farit vidare till Stockholm och Sverige. Där han fick politisk asyl.

Men i Stockholm hade Vietnamdesertören tyckt sig se CIA överallt, han var alldeles trasig i nerverna, säker på att de skulle leta rätt på honom och ta honom tillbaka till kriget. Därför hade han irrat sig ut på landsbygden, hamnat i Gnesta, fått syn på ett nerlagt krukmakeri, smugit in och lagt sig att sova under en presenning. Det var lite mer än bara en slump att han hamnat där han hamnat för det var krukmakare amerikanen var i själ och hjärta. Ingenjör och militär hade han blivit på order av sin pappa.

I krukmakeriet hade inte kuddentreprenören så mycket till krukor, men väl den delen av kuddfirmans bokföring som inte trivdes i dagsljus. För den skull hade han ärende dit flera gånger i veckan. Där, bland pärmarna, stack det en dag upp ett förskräckt ansikte – det var amerikanen – som entreprenören förbarmade sig över. Han fick stanna, men bara om han flyttade in i någon av lägenheterna i rivningskåken på Fredsgatan 5. Ville amerikanen väcka liv i krukmakeriet gick väl det bra, men dörren till det fönsterlösa rummet där borta skulle i så fall vara stängd.

Amerikanen hade med viss förskräckelse tackat ja till erbjudandet, varpå han genast och utan lov började bygga en tunnel från lägenheten på bottenvåningen på Fredsgatan 5 hela vägen till krukmakeriet på andra sidan. När entreprenören kom på honom med saken sa han att han måste ha en flyktväg den dag CIA knackade på dörren. Tunneln tog flera år att gräva färdigt. När den var klar var Vietnamkriget för länge sedan över.

– Han är inte riktigt riktig, det är han inte, men han ingår i priset, sa den utarbetade entreprenören. Han besvärar för övrigt ingen och lever såvitt jag förstår på att dreja grejor och sälja dem på marknader i trakten. Tokig, men inte skadlig för någon annan än sig själv.

Holger 2 tvekade. Han kände att han inte behövde mer tokerier runt sig själv. Det räckte så gott med brodern och arvet efter pappa. Å andra sidan skulle arrangemanget ge bröderna möjlighet att flytta in i rivningskåken precis som amerikanen gjort. Ett riktigt boende, i stället för madrassen i skåpet på lastbilen.

Beslutet fick bli att gå med på att ta ansvar för den nervtrasige, amerikanske krukmakaren, varpå allt den före detta entreprenören ägde och hade skrevs över på ettans nybildade aktiebolag.

Äntligen kunde den utarbetade bara koppla av! Han for nästa dag till Stockholm för att njuta av och löga sig på klassiska Sturebadet, därefter skulle det bli sill och rackabajsare på Sturehof!

Men han glömde att det sedan förra gången i den myllrande huvudstaden ägt rum en högertrafikomläggning. Att detsamma gällde även i Gnesta var inget han ens märkt. Alltså klev han ut på Birger Jarlsgatan tittande åt fel håll.

– Livet, här kommer jag! sa han.

Och blev omedelbart ihjälkörd av en buss.

– Det var sorgligt, sa Holger 1, när bröderna förstod vad som hänt.

– Ja. Och billigt, sa Holger 2.

Holger och Holger gick för att hälsa på hos den amerikanske krukmakaren, berätta om uppgörelsen med den så tragiskt förolyckade kuddentreprenören, samt meddela att herr krukmakaren fick bo kvar, för det ingick i överenskommelsen med den nu döde och överenskommelser var till för att hållas.

Holger 2 knackade på dörren.

Det var tyst där inne.

Holger 1 knackade också.

– Är ni från CIA? hördes en röst säga.

– Nej, från Södertälje, sa Holger 2.

På det var det tyst i några sekunder till. Sedan öppnades dörren försiktigt.

Mötet männen emellan gick bra. Det började avvaktande, men lättade när Holger och Holger antydde att minst en av dem inte heller hade en okomplicerad relation till samhället. Amerikanen hade visserligen fått asyl, men meddelade sig sedan inte med svensk myndighet mer, så hur mycket den var värd i dag vågade han inte gissa.

Krukmakaren fann sig i att rivningskåken fått ny ägare, bestämde sig för att stanna kvar, sa till sig själv att det inte var tillräckligt mycket som tydde på att herrarna Holger och Holger sprang den amerikanska säkerhetstjänstens ärenden. Faktiskt nästan ingenting, för hur förslagna de än var på CIA skulle de inte komma på att skicka två identiskt lika agenter med samma namn.

Amerikanen övervägde till och med Holger 2:s erbjudande om att då och då hoppa in och sköta leveranserna av kuddar. Men i så fall krävde han att bilen gavs falska nummerplåtar så att CIA inte kunde lokalisera honom i efterhand för den händelse att han skulle fastna på bild tagen av någon av organisationens tusentals dolda kameror runt om i landet.

Holger 2 skakade på huvudet, men beordrade ut ettan på nattligt uppdrag att stjäla ett par registreringsskyltar. När krukmakaren efter det krävde att lastbilen dessutom skulle målas svart så att han lättare kunde skaka av sig den amerikanska säkerhetstjänsten längs någon mörk skogsväg den dag de likväl fick korn på honom tyckte tvåan att det fick räcka.

– Jag tror att vi levererar våra kuddar själva när jag tänker efter. Men tack i alla fall.

Krukmakaren tittade långt efter honom. Varför hade han ändrat sig så plötsligt?

* * *

Holger 2 kände att livet i det stora hela utvecklats tämligen eländigt, arrangemanget med kuddfirman och rivningskåken till trots. Avundsjukt tvingades han dessutom konstatera att ettan skaffat flickvän. Hon var enligt tvåans förmenande inte klok hon heller, men lika barn lekte ju bäst. Det var en ung flicka på kanske sjutton år, tycktes vara arg på allting utom möjligen på

Holger 1. De båda hade träffats i centrala Gnesta där den unga arga arrangerade en enmansdemonstration mot det korrupta banksystemet. Flickan hade som självutnämnd representant för president Daniel Ortega i Nicaragua anhållit om ett lån på en halv miljon kronor, men bankdirektören – som för övrigt råkade vara den unga argas egen far – hade sagt att lån inte beviljades genom ombud, att president Ortega i så fall fick komma till Gnesta i egen hög person, legitimera sig och argumentera för sin egen kreditvärdighet.

Kreditvärdighet? Hur värdig var bankdirektören själv då, som vände sin enda dotter ryggen på detta sätt?

Därav demonstrationen. Som fick begränsat genomslag eftersom publiken endast bestod av flickans pappa i dörröppningen till banken, två slitna män på en parkbänk väntande på att klockan skulle slå tio så att Systembolaget öppnade – och av Holger 1 som hade ärende till centrum för att köpa plåster och desivon eftersom han hamrat sig på tummen det första han gjorde när han försökte laga ett hål i golvet i sin och broderns lägenhet.

Vad flickans pappa ansåg var lätt att förstå. De två slitna männen fantiserade mest över vad man kunde få för en halv miljon inne på Systembolaget (den djärvaste av dem gissade på hundra flaskor Explorer) – medan Holger 1 blev helt bländad av flickan. Hon stred för en *president* som i sin tur stred i motvind, minst sagt, i det att han var ovän med USA och större delen av världen.

När flickan demonstrerat färdigt presenterade han sig och berättade om drömmen om att få den svenske kungen avsatt. Inom fem minuter hade de förstått att de var gjorda för varandra. Flickan gick fram till den olycklige fadern, alltjämt stående i dörren till sin bank, och förklarade att han kunde fara åt helvete för nu tänkte hon flytta in hos… ja, vad hette han? Holger!

Tvåan blev utkörd ur sin och ettans gemensamma bostad, fick skaffa eget i den än mer slitna lägenheten mitt emot. Allt medan livet fortsatte sin ogilla gång.

Så en dag gick färden till Upplands Väsby norr om Stockholm, till Invandrarverkets flyktingförläggning. Holger 2 rullade in på området, parkerade utanför förläggningens förråd, såg en ensam, säkert nyanländ, svart kvinna på en bänk en bit bort, tänkte inte mer på det, bar in de kuddar han hade att bära. När han kom ut igen blev han plötsligt tilltalad av kvinnan. Han svarade henne artigt och fick i retur hennes spontana förundran över att män som han ens fanns.

Den kommentaren träffade honom så rakt i hjärtat att han inte kunde låta bli att svara det han svarade, nämligen:

– *Problemet är att jag inte gör det.*

Eventuellt hade han i stället sprungit därifrån om han vetat vad som skulle komma.

DEL 3

Nuet – den del av evigheten som avgränsar
besvikelsen från hoppet.

AMBROSE BIERCE

Kapitel 9

Om ett möte, en förväxling
och ett oväntat uppdykande

N OMBEKO HADE BESKRIVIT sig själv som sydafri-
kansk frihetskämpe med ett pris på sitt huvud. Sådana
tyckte Sverige om och hon blev mycket riktigt omedel-
bart insläppt i landet. Första anhalt: flyktingslussen Carlslund i
Upplands Väsby strax norr om Stockholm.

Nu satt hon för fjärde dagen på en bänk i kylan utanför
anläggningens byggnad nummer 7, invirad i en brun filt med
texten "Invandrarverket", funderande över vad hon skulle göra
med allt det överflöd av frihet hon plötsligt skaffat sig.

Hon hade hunnit bli tjugosex år. Att lära känna lite trevliga
människor skulle inte vara dumt. *Normala* människor. Eller
åtminstone en normal människa. Som kunde lära henne om
Sverige.

Mer då? Tja, även i det här landet fanns väl ett national-
bibliotek fick man förmoda. Även om det mesta i hyllorna skulle
vara på ett språk hon inte begrep. Den normala människa som
lärde henne om Sverige fick nog ta och lära henne svenska
också.

Nombeko hade alltid tänkt som bäst när hon samtidigt hade
lite torkat antilopkött att tugga på. Något sådant fanns inte på
Pelindaba. Det kunde förklara varför det tagit henne elva år att
räkna ut hur hon skulle ta sig därifrån.

Tänk om antilopköttet redan kommit fram till israeliska

ambassaden? Vågade hon sig förresten ens dit? Varför inte? Det där bandet hon hotat med fyllde ju fortfarande sin funktion trots att det existerade lika lite nu som då.

I det ögonblicket rullade en lastbil med rött skåp in på gården. Bilen backade upp mot ett förråd och en man i Nombekos ålder hoppade ut och satte igång att bära inplastade kuddar. Från bilen till förrådet. Igen och igen tills skåpet var tömt och han fått en namnteckning på ett papper av den kvinna som tydligen bestämde över förrådet ifråga. En *kvinna* som bestämde. Visserligen vit, men ändå.

Nombeko gick fram till mannen och sa att hon hade en undran. Men att det fick bli på engelska, för någon svenska kunde hon inte. För såvitt mannen inte råkade tala isixhosa eller wukinesiska?

Mannen tittade på Nombeko och sa att engelska kunde gå bra. De andra språken hade han inte hört talas om. Vad kunde han stå till tjänst med?

– Goddag, förresten, sa han och sträckte fram sin hand. Jag heter Holger.

Nombeko tog häpet Holgers hand. En vit man som kunde föra sig.

– Nombeko, sa Nombeko. Jag kommer från Sydafrika. Är politisk flykting.

Holger beklagade Nombekos öde men hälsade henne i alla fall välkommen till Sverige. Hon frös väl inte? Om hon ville kunde han fråga efter en filt till i förrådet?

Om hon frös? Hämta filt? Vad var det frågan om? Hade Nombeko redan lyckats träffa den där normala människan hon dittills aldrig mött, bara några sekunder efter att hon vågat önska det för sig själv? Hon kunde inte låta bli att uttrycka en uppskattande förvåning:

– Tänk att sådana som du finns i alla fall.

Holger tittade vemodigt på henne.

– Problemet är att jag inte gör det, sa han.

Inte gör vad då? undrade Nombeko. Och sa just det:

– Vad är det du inte gör?

– Finns, svarade Holger. Jag finns inte.

Nombeko granskade honom uppifrån och ner och nerifrån och upp. Och tänkte att det var väl typiskt att när det äntligen dök upp någon i livet som verkade värd hennes respekt – då fanns han inte.

Nombeko släppte Holgers påstående och undrade i stället om han möjligen visste var den israeliska ambassaden kunde ligga.

Han som inte fanns såg inte den direkta kopplingen mellan en sydafrikansk flykting och Israels ambassad, men tänkte att det inte angick honom.

– Den ligger mitt i stan om jag minns rätt. Jag ska ändå åt det hållet, vill fröken Nombeko ha skjuts? Om hon inte tycker att jag är för påflugen?

Nu var han så där normal igen. Bad nästan om ursäkt för att han existerade. Vilket ju var motsägelsefullt i sig om han nu inte gjorde det.

Nombeko blev vaksam. Studerade mannen. Han såg snäll ut. Och uttryckte sig både klokt och vänligt.

– Ja, tack, sa hon till sist. Om han kan vänta ett ögonblick. Jag ska bara upp på rummet och hämta min sax.

Färden gick söderut mot centrala Stockholm. Mannen visade sig lättpratad, var det Holger han hette? Han berättade om Sverige, om svenska uppfinningar, Nobelpriset, Björn Borg...

Nombeko hade många frågor. Hade Björn Borg verkligen vunnit fem raka Wimbledon? Fantastiskt! Vad var Wimbledon för något?

Den röda lastbilen kom fram till ambassaden, Nombeko klev

ner från hytten, gick till ambassadens grindvakt, presenterade sig och undrade om ett paket från Sydafrika adresserat till henne hade dykt upp.

Jo, det hade just kommit och det var väldigt bra att fröken redan var här, ambassaden kunde inte ha försändelser av det slaget stående. Därefter vände sig dörrvakten till Nombekos chaufför och bad honom backa upp mot lastbryggan runt hörnet medan fröken gjorde bäst i att stanna kvar; det behövdes en namnteckning eller två i papperen. Var hade han dem nu?

Nombeko försökte protestera. Paketet skulle inte med lastbilen, hon tänkte ta med det själv under armen. På något vis skulle hon väl hitta tillbaka till förläggningen. Men vakten bara log medan han vinkade iväg Holger. Och så ner med näsan i högarna med papper igen.

– Få se nu… Jag är inte så ordningsam förstår fröken. Inte här… Här då?

Det tog sin tid. När formaliteterna klarats av var paketet redan instuvat i skåpet på lastbilen och Holger redo för avfärd. Nombeko hälsade grindvakten adjö och klev tillbaka upp i kupén.

– Du kan väl bara släppa av mig vid en busshållplats, sa hon.

– Jag förstår inte riktigt, sa Holger.

– Vad då?

– Jag tyckte du sa att det var tio kilo antilopkött i ditt paket.

– Ja? sa Nombeko och greppade saxen i fickan.

– Jag skulle nog snarare gissa på ett ton.

– Ett ton?

– Tur jag har lastbil.

Nombeko satt tyst i några sekunder. Lät informationen sjunka in. Sedan sa hon:

– Det här var inte bra.

– Vad är det som inte är bra? undrade Holger.

– Allting, faktiskt, sa Nombeko.

Mossadagent A var på gott humör. Det var morgon på hotell-rummet i Johannesburg. Kollegan från åren på Pelindaba var redan på väg mot ny tjänst i Buenos Aires. A själv tänkte direkt efter hotellfrukosten bege sig till Jan Smuts International för hemfärd och flera veckors välförtjänt semester innan han letade rätt på städerskan uppe i Sverige och gjorde med henne det han måste göra och gärna gjorde.

Telefonen på rummet ringde. A blev förvånad, men svarade likväl. Det var ingen mindre än utrikesminister Peres, som var känd för att gå rakt på sak.

– Varför i hela friden har du skickat mig tio kilo hästkött? sa utrikesministern till sin agent.

Mossadagent A var snabb i tanken. Förstod genast vad som hänt.

– Jag ber så väldigt mycket om ursäkt, herr ministern. Men det har skett en fruktansvärd förväxling. Jag ska omedelbart ta tag i saken!

– Hur i helvete är det möjligt att förväxla det jag skulle ha med tio kilo hästkött? sa Shimon Peres som inte ville ta ordet "atombomb" i sin mun över telefon.

– Antilopkött om vi ska vara noga, sa agent A och ångrade sig genast.

Mossadagent A lyckades tillfälligt skaka av sig sin arge utri-kesminister och ringde till israeliska ambassaden i Stockholm. Där kopplades han till grindvakten och sa:

– Låt för bövelen inte åttahundrakilosleveransen från Syd-afrika lämna ambassaden. *Rör den inte ens* förrän jag kommer dit!

– Så retligt, sa grindvakten. En trevlig, svart kvinna var just här med lastbil och kvitterade ut den. Tyvärr kan jag inte se vad hon heter för jag hittar bestämt inte kvitteringen nu i hastigheten.

Mossadagent A svor aldrig. Han var djupt religiös och strängt uppfostrad i vad man fick säga och inte. Nu lade han på luren, satte sig på sängkanten och sa:

— Jävlars helvete.

Agent A målade upp bilder i huvudet på vilka sätt han skulle ha ihjäl Nombeko Mayeki. De långsammaste varianterna kändes bäst.

* * *

— En atombomb? sa Holger.

— En atombomb, sa Nombeko.

— Ett kärnvapen?

— Det med.

Nombeko tyckte att Holger förtjänade att höra hela historien, när det nu blivit som det blivit. Därför berättade hon om Pelindaba, om det hemliga kärnvapenprojektet, om de sex bomberna som blev sju, om ingenjör Westhuizen, om hans tur, hans Klipdrift, hans oturliga hädanfärd, de båda Mossadagenterna, lådan med antilopkött som skulle till Stockholm och det väsentligt större paketet, det som Holger och Nombeko nu körde omkring med, som skulle till Jerusalem. Även om hon inte gick in på några detaljer hade Holger strax en ungefärlig bild klar.

Och han förstod allt, utom hur det kunnat bli så fel. Nombeko och agenterna hade haft två paket att hålla reda på, ett litet och ett gigantiskt, hur svårt kunde det vara?

Nombeko var inte säker, men hon hade sina aningar. Saken var den att det var tre trevliga men lite yviga kinesiska flickor med vacklande omdöme som skötte postgången på forskningsanläggningen. Nombeko trodde att etiketterandet av två paket samtidigt hade blivit ett för mycket. Och så blev det fel.

– Ja, det är det minsta man kan säga, sa Holger och kände sig alldeles kall.

Nombeko sa ingenting på en stund. Holger fortsatte:

– Så du och representanter från världens kanske skickligaste säkerhetstjänst satte adresslappar i händerna på tre yviga flickor med vacklande omdöme?

– Det äger sin riktighet, sa Nombeko. Om vi nu ska spetsa till saker och ting och det kanske vi ska, givet situationen.

– Vem placerar folk som inte går att lita på att sköta utgående post?

– Och ingående, sa Nombeko. Jo, det var nog allt ingenjören det. En av de dummaste människor jag träffat, faktiskt. Läsa kunde han, men inte mycket mer. Påminde om en ruskigt korkad assistent på Johannesburgs kommuns sanitetsavdelning som jag hade en del att göra med i tonåren.

Holger sa ingenting, men lät hjärnan arbeta åt fyra olika håll samtidigt. Alla som ofrivilligt kört omkring med en atombomb i bagaget förstår känslan.

– Ska vi vända och lämna tillbaka bomben till israelerna? sa Nombeko.

Då vaknade Holger ur sin mentala förlamning.

– Aldrig i livet! sa han.

Han hade också en livshistorik av det mer annorlunda slaget, saken var den, förstod fröken Nombeko, att han på sätt och vis inte existerade, det var ju något han redan antytt. Men han älskade likväl sitt land. Och det kunde inte komma på fråga att han frivilligt lämnade över ett kärnvapen till israelisk eller annan säkerhetstjänst – *på svensk mark*.

– Aldrig i livet! sa han igen. Och du kan inte stanna på flyktingmottagningen. Jag är säker på att israelerna försöker leta rätt på både dig och bomben.

Nombeko tog in det Holger just sagt. Men det hon fastnade

för mer än annat var det upprepade påståendet om hans icke-existens.

– Det är en lång historia, mumlade Holger.

Nombeko tänkte vidare. Det enda hon dittills kommit fram till angående sin framtid som fri kvinna var ju att få träffa lite normalt folk, för av det hade hon ingen erfarenhet alls. Och så dök en till synes vanlig svensk man upp. Snäll. Omtänksam. Påläst. Som påstod att han inte fanns.

Längre kom hon inte innan Holger sa:

– Jag bor i en rivningskåk i Gnesta.

– Trevligt, sa Nombeko.

– Hur vore det om du flyttade in i samma kåk?

Nombeko hade bestämt sig för att saxen inte skulle behövas i Holgers sällskap. Rivningskåk i... vad hette det? Gnesta?

Tja, tänkte hon. Hon hade bott i ett skjul i halva sitt liv och varit inspärrad bakom stängsel den andra halvan. En rivnings-kåk vore att byta upp sig.

Men var herr Holger säker på att han ville ha en flykting och ett kärnvapen i sitt knä? Och annan nations säkerhetstjänst i hälarna?

Holger var inte säker på någonting. Men han kom på sig själv med att tycka om den här människan. Han kunde inte tänka sig att utan vidare skicka henne i klorna på israeliska Mossad.

– Nej, sa han. Det är jag inte. Men frågan kvarstår.

Nombeko tyckte i sin tur om Holger. Om det nu fanns något att tycka om.

– Du är inte arg på mig för det där med atombomben då?

– Äsch, sa Holger. Det är sådant som händer.

Färden från israeliska ambassaden på Östermalm ut på E4:an och vidare söderut gick via Norrmalm och Kungsholmen.

Genom vindrutan kunde nu Holger och Nombeko se Sveriges högsta höghus, den åttiofyra meter höga DN-skrapan. Utan att kunna hjälpa det började Holger forma bilder av vad som kunde tänkas hända med den om bomben briserade. Till slut var han tvungen att fråga:

– Hur illa skulle det vara om det gick illa? sa han.

– Hur menar du? sa Nombeko.

– Jo, om jag kör in i en lyktstolpe här och bomben smäller av... exakt vad händer då? Jag förmodar att du och jag ligger illa till, men höghuset där borta, till exempel, rasar det ihop?

Nombeko svarade att Holger gissat rätt i att de själva nog inte skulle klara sig. Inte höghuset heller. Bomben skulle ta med sig det mesta inom en radie av... säg... femtioåtta kilometer.

– Det mesta inom en radie av femtioåtta kilometer? sa Holger 2.

– Ja. Eller snarare allt, faktiskt.

– Inom femtioåtta kilometer? Hela Storstockholm?

– Nu vet ju inte jag hur stort Storstockholm är, men det låter stort på namnet. Sedan finns det aspekter att väga in...

– Aspekter?

– Förutom själva eldbollen. Tryckvåg, omedelbar radioaktivitet, vindriktning. Och saker som att... säg att du kör in i en lyktstolpe här och nu och att bomben löser ut sig...

– Eller säg att jag *inte* gör det när jag tänker efter, sa Holger och höll hårt i ratten med båda händerna.

– Jo, som exempel. Det som händer, gissar jag, är att samtliga storsjukhus i Stockholmsområdet omedelbart brinner upp. Det vill säga: Vem ska då ta hand om några hundra tusen svårt skadade människor från bombens ytterområden?

– Ja, vem ska göra det? sa Holger.

– Inte du och jag i alla fall, sa Nombeko.

Holger kände att han så fort som möjligt ville bort från den där femtioåttakilometersradien, körde ut på E4:an och ökade farten. Nombeko fick påminna honom om att hur fort och långt han än körde skulle det fortfarande vara femtioåtta kilometer till säkerheten så länge han hade det han hade i bilen.

Då sänkte han farten igen, tänkte lite till och frågade om inte fröken Nombeko själv kunde desarmera bomben om hon nu varit med när den byggdes. Nombeko svarade att det fanns två sorters atombomber: de operativa och de ickeoperativa. Bomben de åkte omkring med var olyckligtvis operativ, det var ett arbete på fyra–fem timmar att göra den ofarlig. Den tiden hade inte funnits när det plötsligt blev bråttom med allt där nere i Sydafrika. Och nu var det så tråkigt att just den här bombens unika desarmeringsschema var i israelisk ägo. Det var – som Holger nog förstod – inte läge att ringa Jerusalem och be dem faxa över det.

Holger nickade och såg olycklig ut. Nombeko tröstade och sa att hon trodde att bomben tålde mycket, så även om Holger halkade av vägen var chansen god att såväl han som hon och Storstockholm skulle klara sig.

– Du tror det? sa Holger.

– Allra bäst är förstås om vi inte provar, sa Nombeko. Vart sa du förresten att vi är på väg? Gnesta?

– Ja. Och där blir vår huvuduppgift att få min bror att förstå att han inte kan använda det vi har i skåpet till att ändra statsskick.

* * *

Holger bodde mycket riktigt i en rivningskåk. Ganska tjusig, tyckte Nombeko. Det var en vinklad fastighet i fyra våningar och den låg i direkt anslutning till ett magasin som i sin tur var vinklat, och allt bildade en gård eller innerplan med en trång port som ledde ut till gatan.

Att riva kåken tyckte Nombeko kändes som slöseri. Visst var det hål här och där i trätrappan upp till den våning där hon enligt uppgift skulle få bo. Och hon var förvarnad om att ett par av fönstren i hennes tänkta lägenhet var täckta med plank i stället för glas. Och att det drog från sprickor i träfasaden. Men allt som allt skulle det vara en enorm förbättring i förhållande till det egna skjulet i Soweto. Bara en sådan sak som att det var riktiga brädor till golv i rivningskåken, inte stampad jord.

Holger och Nombeko lyckades med skenor, slit och finurlighet få atombomben av skåpet och in i ett hörn i magasinet, som i övrigt bestod av en väldig massa kuddar. Holger och hon hade inte pratat om det, men man behövde inte vara så överbegåvad som Nombeko eventuellt var för att förstå att han försålde och distribuerade just det.

Nu stod bomben uppallad i ett hörn av varulagret och utgjorde inget omedelbart hot. Om det bara inte började brinna i någon av de tusentals lättantändliga kuddarna fanns det anledning att tro att Nyköping, Södertälje, Flen, Eskilstuna, Strängnäs och Stockholm med omnejd skulle bestå. För att inte tala om Gnesta.

Så fort bomben var på plats i magasinet ville Nombeko veta både ett och annat. Först tramset om Holgers ickeexistens. Sedan det där med Holgers bror. Vad fick Holger att tro att brodern suktade efter bomben och skulle ha den till att ändra statsskick? Vem var han förresten? Var var han? Och vad hette han?

– Han heter Holger, sa Holger. Och han är väl här i krokarna, kan tänka. Rena turen att han inte kom medan vi höll på med lådan.

– Holger? sa Nombeko. Holger och Holger?

– Ja. Han är jag, kan man säga.

Nu hade Holger att reda ut begreppen, annars skulle Nombeko åka därifrån. Bomben kunde han i så fall behålla, den var hon trött på så det räckte.

Hon bullade upp med kuddar på lådan i magasinet, klättrade upp och satte sig i ena hörnet. Så beordrade hon Holger som stod kvar på golvet att berätta. Eller som hon uttryckte det:

– Berätta!

Hon visste inte vad hon hade att vänta, men när Holger var klar efter fyrtio minuter kände hon sig lättad.

– Det där var väl inget. Om du inte finns, bara för att det inte finns papper på dig, anar du inte hur många sydafrikaner som heller inte gör det. Själv finns jag förresten bara för att den tjock-skalle till ingenjör jag slavade för behövde ha det så för sin egen bekvämlighets skull.

Holger 2 tog emot Nombekos tröstande ord och kröp själv upp på lådan, lade sig i andra hörnet bland kuddarna och bara andades. Det hade blivit för mycket med allting, först bomben i lådan under dem och sedan den avgivna levnadsberättelsen. För första gången hade någon utomstående fått höra hela san-ningen.

– Stannar du eller åker du? sa Holger 2.

– Jag stannar, sa Nombeko. Om jag får?

– Det får du, sa Holger 2. Men nu tror jag att jag behöver lugn och ro.

– Jag med, sa Nombeko.

Och så lade hon sig tillrätta mitt emot sin nyfunne vän, bara för att andas hon också.

I det ögonblicket knakade det till när en planka lossnade på ena kortsidan av lådan med bomben.

– Vad var det? sa Holger 2 i samma sekund som nästa planka föll till marken och en kvinnoarm stack fram.

– Jag har mina aningar, sa Nombeko och fick dem genast

bekräftade i och med att tre kinesiska flickor kröp ut, med klippande ögon.

— Hej, sa lillasystern när hon fick syn på Nombeko.

— Har du någonting att äta? sa mellansystern.

— Och dricka, föreslog storasystern.

Kapitel 10

Om en omutlig statsminister och
en längtan efter att få kidnappa sin kung

S KULLE DEN HÄR orimliga dagen aldrig ta slut? Tvåan
satt nu upp i sin bädd av kuddar, tittade på de tre flick-
orna på rad, just utkrupna ur lådan.

– Vad är det som händer? sa han.

Nombeko hade bekymrat sig en del över flickorna, vad som
skulle ske när säkerhetsarrangemangen stramades upp på Pelin-
daba. Hon var rädd att de rönt det öde som varit menat för
henne själv.

– Vad som händer härnäst vet jag inte, sa hon, för så är det
tydligen ordnat med livet. Men det som just hände var att vi fick
veta hur det kom sig att det lilla och det stora paketet bytte plats.
Snygg rymning, flickor!

Kinesflickorna var hungriga efter fyra dygn i lådan tillsammans
med bomben, två kilo kallt ris och fem liter vatten. De led-
sagades till Holgers lägenhet där de för första gången i livet fick
smaka blodpudding med lingon.

– Påminner om den lera vi en gång gjorde gäss av, sa mellan-
systern mellan tuggorna. Kan man få sig en omgång till?

När de var mätta bäddades alla tre ner i Holgers breda säng.
De fick veta att de tilldelats den enda återstående, någorlunda
fungerande lägenheten i fastigheten, den högst upp, men att den

inte var beboelig förrän ett större hål i väggen i vardagsrummet
åtgärdats.

– Jag beklagar om ni måste sova trångt i natt, sa Holger 2 till
flickorna som redan somnat.

* * *

En rivningskåk heter som den gör därför att den bör och ska
rivas. I rivningskåkar vistas inga människor annat än undan-
tagsvis.

Därför får man kalla det anmärkningsvärt att det i en och
samma rivningskåk i sörmländska Gnesta nu bodde en ameri-
kansk krukmakare, två väldigt lika och olika bröder, en ung och
arg kvinna, en sydafrikansk, försvunnen flykting samt tre kine-
siska flickor med vacklande omdöme.

Alla befann de sig i det kärnvapenfria Sverige. Vägg i vägg
med en atombomb på tre megaton.

Dittills hade listan av kärnvapennationer bestått av USA,
Sovjetunionen, Storbritannien, Frankrike, Kina och Indien. Det
sammanlagda antalet stridsspetsar uppskattades av expertisen
till ungefär sextiofemtusen. Samma expertis var inte lika enig i
uppfattningen om hur många gånger jorden för den skull kunde
förintas; styrkan på de olika laddningarna varierade ju. Pessi-
misterna gissade på fjorton till sexton gånger. Optimisterna
lutade mer åt två.

Till de ovan nämnda fick också Sydafrika läggas. Och Israel,
fast ingen av dem velat berätta hur det låg till. Kanske Pakistan
också, som lovat utveckla egna kärnvapen ända sedan Indien
smällt av ett exemplar.

Och nu Sverige. Om än ofrivilligt. Och utan egen kännedom
därom.

* * *

Holger och Nombeko lämnade kinesflickorna där de var, och gick till magasinet för samtal i lugn och ro. Där stod bomben i sin låda med kuddar ovanpå och bildade något som liknade en myshörna, även om situationen inte var överdrivet mysig.

Båda klev upp på lådan igen och satte sig i varsin ände.

— Bomben, sa Holger 2.

— Kan vi ju inte ha stående här tills den inte utgör allmän fara längre, sa Nombeko.

Tvåan kände att ett hopp tändes inom honom. Hur lång tid skulle det ta?

— Tjugosextusen tvåhundra år, sa Nombeko. Plus minus tre månader.

Tvåan och Nombeko kom överens om att tjugosextusen tvåhundra år var för länge att vänta även om de skulle ha turen på sin sida med felmarginalen. Tvåan förklarade därpå vilken politisk dynamit bomben var. Sverige var ett neutralt land, och — enligt egen uppfattning — den höga moralens främsta företrädare. Landet trodde sig i allra högsta grad vara utan kärnvapen, hade inte varit i krig sedan 1809.

Enligt Holger 2 gällde det nu att för det första lämna över bomben till ledningen över nationen, för det andra att göra det så skickligt att skvallret inte började gå. Dessutom, för det tredje, borde manövern ske med sådan fart att tvåans bror med bihang inte hann ställa till med något.

— Då gör vi det, sa Nombeko. Vem har ni som statschef?

— Kungen, sa Holger. Fast det är inte han som bestämmer.

En chef som inte bestämde. Ungefär som på Pelindaba. Där hade ingenjören i allt väsentligt gjort som Nombeko sagt till honom, utan att han begrep det själv.

178

– Vem är det som bestämmer då?

– Ja, det är väl statsministern.

Holger 2 berättade att Sveriges statsminister hette Ingvar Carlsson. Det hade blivit så från en dag till nästa när företrädaren Olof Palme mördades i centrala Stockholm.

– Ring Carlsson, föreslog Nombeko.

Då gjorde Holger det. Eller åtminstone regeringskansliet, frågade efter statsministern och blev kopplad till hans assistent.

– Goddag, jag heter Holger, sa Holger. Jag skulle vilja tala med Ingvar Carlsson i ett angeläget ärende.

– Jaha, vad gäller saken?

– Det kan jag tyvärr inte säga, det är hemligt.

Olof Palme hade på sin tid funnits i telefonkatalogen. Den medborgare som ville sin statsminister något kunde bara slå honom en signal i hemmet. Om det inte var nattning av barn eller mitt i middagen lyfte han rent av luren.

Men det där var på den gamla goda tiden. Och den tog slut den 28 februari 1986 i och med att den livvaktslöse Palme sköts i ryggen efter ett biobesök.

Efterträdaren hölls skyddad från kreti och pleti. Hans assistent svarade att herr Holger väl måtte förstå att hon på inga villkors vis kunde släppa fram samtal till regeringschefen från okända människor?

– Men det är viktigt.

– Det kan ju vem som helst säga.

– Jätteviktigt.

– Nej, jag är ledsen. Om ni vill kan ni skriva brev till...

– Det gäller en atombomb, sa Holger.

– Vasa? Är det här ett hot?

– Nej, för sjutton! Tvärtom. Eller, ja, bomben är ju ett hot, det är därför jag vill bli av med den.

– Ni vill bli av med er atombomb? Och ringer statsministern för att skänka bort den?

– Ja, men…

– Jag kan säga att det händer ganska ofta att folk försöker skänka saker till statsministern. Så sent som i förra veckan var det en påstridig herre från en generalagentur som ville skicka över en ny tvättmaskin. Men statsministern tar inte emot gåvor på det viset, det gäller även… atombomber? Är det riktigt säkert att det här inte är ett hot?

Holger försäkrade än en gång att han inte menat något illa. Han förstod att han inte skulle komma längre, så han tackade för ingenting och sa adjö.

Därpå ringde han på Nombekos inrådan även kungen, fick tala med en hovsekreterare som svarade ungefär likadant som statsministerns assistent, fast snorkigare.

I den bästa av världar hade statsministern (eller åtminstone kungen) svarat, tagit till sig informationen, genast begett sig till Gnesta och där plockat med sig både bomb och emballage. Allt innan Holgers potentiellt samhällsomstörtande bror ens hunnit upptäcka lådan, börjat ställa frågor och – Gud förbjude – satt igång att tänka själv.

I den bästa av världar, alltså.

I innevarande värld skedde i stället det att ettan och den unga arga steg in genom dörren till magasinet. De var där för att höra hur det kom sig att den blodpudding de tänkt ta ur tvåans kylskåp var borta och att lägenheten var full av sovande kineser. Nu tillkom ett par frågor: som vem den svarta kvinnan på lådan i hörnet var. Och vad det var för låda hon satt på.

Nombeko förstod på de nyanländas kroppsspråk att hon själv och lådan befann sig i centrum och sa att hon gärna deltog i samtalet om det bara kunde hållas på engelska.

– Är du amerikan? sa den unga arga och tillade att hon hatade amerikaner.

Nombeko sa att hon var sydafrikanska och att hon tyckte det lät besvärligt att hata alla amerikaner med tanke på hur många de var till antalet.

– Vad finns i lådan? sa Holger 1.

Holger 2 svarade med att inte svara. I stället berättade han att de tre kinesflickorna i lägenheten och kvinnan här intill alla var politiska flyktingar, att de skulle stanna i rivningskåken en tid. Tvåan beklagade i sammanhanget att hans blodpudding gått åt innan ettan hunnit stjäla den.

Ja, det tyckte hans bror var retligt. Men hur var det med lådan? Vad innehöll den?

– Mina personliga tillhörigheter, sa Nombeko.

– Dina personliga tillhörigheter? upprepade den unga arga i en ton som sa att hon väntade på en närmare förklaring.

Nombeko märkte att nyfikenheten fått ohjälpligt fäste i både ettans och flickvännens ögon. Lika bra att markera:

– Mina personliga tillhörigheter, sa hon igen, komna ända från Afrika. Precis som jag själv. Och jag är både snäll och oberäknelig. En gång satte jag en sax i låret på en gubbe som inte kunde sköta sig. En annan gång... hände det igen. Samma gubbe, faktiskt, men ny sax och byte av lår.

Situationen var för svår att greppa för Holger 1 med flickvän. Kvinnan på lådan hade låtit vänlig på rösten, men antydde samtidigt att hon kunde gå till anfall med en sax om hon inte fick ha sin låda i fred.

Ettan tog därför den unga arga under armen, mumlade å bådas vägnar adjö och gick därifrån.

– Jag tror jag har en falukorv i facket längst ner i kylen, sa tvåan efter honom. Om ni inte överväger att handla er egen mat.

Holger 2, Nombeko och bomben blev ensamma kvar i magasinet. Tvåan sa att Nombeko, som hon säkert förstod, just träffat hans bror republikanen och dennes argsinta flickvän.

Nombeko nickade. Att ha de där två och en atombomb på samma kontinent kändes otryggt. Än mer i samma land. Och nu bodde de i samma fastighet. Det där fick de ta tag i så snart som möjligt, men nu var det dags för rast och vila. Det hade varit en lång och händelserik dag.

Holger 2 höll med. Lång och händelserik.

Nombeko fick filt och kudde av tvåan innan han med madrass under armen gick före för att visa vägen till hennes lägenhet. Han öppnade dörren, ställde ifrån sig det han bar på och sa att det inte var något slott direkt han hade att erbjuda, men att han hoppades att hon skulle trivas.

Nombeko tackade, tog adjö för nu och stod ensam kvar i dörröppningen. Där blev hon stående en stund, filosoferande.

På tröskeln till sitt eget liv, tänkte hon. Men ett liv med förhinder med tanke på att hon hade en atombomb på släp och säkert en eller ett par målmedvetna Mossadagenter i hälarna.

Fast ändå. Hon hade egen lägenhet nu, i stället för skjul i Soweto. Hon behövde aldrig mer administrera bajs, och hon var inte längre inlåst bakom dubbla stängsel tillsammans med en ingenjör som snudd på ensam höll en hel konjaksindustri på fötter.

Nationalbiblioteket i Pretoria var förlorat. I stället var det dess motsvarighet i Gnesta som gällde. Ganska omfångsrikt, enligt Holger 2.

I övrigt då?

Allra helst hade hon tagit den förbannade bomben och kört tillbaka den till israeliska ambassaden. Kanske bara ställt den utanför på gatan, skvallrat för grindvakten och sprungit därifrån. Då hade hon kunnat återinträda i den svenska immigrationsprocessen, få uppehållstillstånd, studera på universitet, med tiden bli svensk medborgare.

Och sedan? Tja, svensk ambassadör i Pretoria hade inte varit dumt. Det första hon i så fall skulle göra var att bjuda president Botha på middag utan mat.

Nombeko log åt sina fantasier.

Verkligheten var dock den att Holger vägrade lämna ifrån sig bomben till någon annan än den svenske statsministern. Eventuellt kungen. Och att ingen av dem svarade på tilltal.

Holger var det mest normala hon dittills träffat i livet. Ganska behaglig, rent av. Nombeko kände att hon ville respektera hans beslut.

Men bortsett från honom tycktes det vara hennes öde att vara omgiven av dårar allena. Var det ens lönt att bekämpa det? Å andra sidan: Hur bejakar man en dåre?

Den amerikanske krukmakaren, till exempel, som Holger berättat om. Skulle hon låta honom sköta sig själv i sitt allmänna vansinne? Eller skulle hon söka upp honom och få honom att förstå att hon inte med automatik var utsänd av CIA bara för att hon talade engelska?

Och kinesflickorna, som sedan länge snarare var fullvuxna kvinnor även om de inte alltid betedde sig så. Snart skulle de piggna till efter resan, blodpuddingen och sömnen och börja se sig om. På vilket sätt var deras framtid Nombekos ansvar?

Då var det lättare med Holgers bror, han som hette likadant. Brodern måste hållas borta från bomben. Tillsammans med sin flickvän. Att se till att så verkligen skedde gick inte att delegera.

Städerskan från Pelindaba förstod att det fanns ett och annat att städa upp och ta ställning till också i Sverige innan livet kunde börja på allvar. Att lära sig svenska var som sagt centralt, Nombeko stod inte ut med tanken på att bo två kilometer från ett bibliotek utan att ha nytta av det. Att skydda bomben var minst lika viktigt. Och sedan kunde det inte hjälpas, men hon trodde inte att hon skulle få sinnesfrid med mindre än att hon

tog sig an den tokige krukmakaren och de tre sorg- och om-
dömeslösa flickorna. Och i övrigt hoppas att det blev tid över till
det enda umgänge hon kände att hon kunde uppskatta, det med
Holger 2.

Men först av allt: sova. Nombeko klev in i sin lägenhet och
stängde dörren om sig.

* * *

När hon följande morgon inventerade läget visade det sig att
Holger 1 gett sig iväg tidigt för att leverera kuddar i Göteborg
och att han tagit den unga arga med sig. De tre kinesflickorna
hade vaknat, ätit upp falukorven och somnat om. Holger 2 satt
med administration på den nybildade myshörnan i magasinet
(samtidigt som han vaktade bomben) och eftersom det mesta
han hade att stå i stod på svenska kunde Nombeko inte hjälpa
honom.

– Om jag skulle ta och bekanta mig med krukmakaren så
länge? sa hon.

– I det önskar jag dig all lycka till, sa Holger 2.

– Vem är det? sa krukmakaren genom dörren.

– Jag heter Nombeko, sa Nombeko. Jag är inte från CIA,
däremot är Mossad mig i hälarna, så släpp in mig är ni snäll.

Eftersom krukmakarens neuros rörde den amerikanska
säkerhetstjänsten och inte den israeliska, gjorde han som hon sa.

Att besökaren var både kvinna och svart var förmildrande
omständigheter i hans ögon. De amerikanska agenterna i värl-
den antog visserligen alla möjliga färger och former, men arke-
typen var vit man i trettioårsåldern.

Kvinnan gav också prov på kunskap i ett afrikanskt stam-
språk. Och hon kunde redogöra för så många detaljer från sin

påstådda barndom i Soweto att det inte gick att utesluta att hon faktiskt bott där.

Nombeko, å sin sida, var närmast fascinerad av hur trasig krukmakaren tycktes vara i nerverna. Taktiken fick bli att göra täta men korta besök för att bygga förtroende över tid.

— Vi ses igen i morgon, sa hon när hon gick.

En trappa högre upp hade kinesflickorna vaknat på nytt och i skafferiet hittat knäckebröd som de satt och knaprade på när Nombeko anslöt.

Nombeko frågade vad flickorna tänkt sig därnäst och fick till svar att de inte hunnit tänka så mycket. Men kanske att de kunde ge sig iväg till morbrodern Cheng Tao, han bodde nämligen i närheten. I Basel. Eller om det var Bern. Eller Bonn. Möjligen Berlin. Morbrodern var expert på nyproducerade antikviteter och skulle säkert inte tacka nej till lite hjälp.

Bland allt det Nombeko tagit till sig från biblioteket på Pelindaba ingick någorlunda kontroll på den europeiska kontinenten och dess städer. Hon tyckte sig därför ha fog för gissningen att varken Basel, Bern, Bonn eller Berlin låg direkt nästgårds. Och att det kanske inte skulle vara lätt att hitta morbrodern även om de lyckades reda ut i vilken stad han höll till. Eller åtminstone land, till att börja med.

Men flickorna svarade att det enda de behövde var en bil och lite pengar, resten skulle ordna sig. Om det var Bonn eller Berlin var inte det viktiga, det gick alltid att fråga sig fram. Schweiz var det i alla fall.

Pengar åt kinesflickorna hade ju Nombeko i överflöd. Åtminstone i indirekt form. Sömmen i det som sedan tonåren i Soweto varit hennes enda jacka innehöll fortfarande en förmögenhet i diamanter. Hon pillade ut en av dem och gick till den lokale juveleraren i Gnesta för att få den värderad. Men denne hade en tid tidigare blivit lurad av sin assistent med utländsk härkomst och hade för den skull anslutit sig till den världsomspännande uppfattningen att utlänningar inte går att lita på.

När det då kom in en svart kvinna i butiken och pratade engelska medan hon lade upp en oslipad diamant på disken bad han henne gå därifrån, annars skulle han ringa efter polis.

Nombeko hade ingen längtan efter närkontakt med företrädare för svensk lag och ordning, alltså fiskade hon åt sig sin diamant, ursäktade att hon besvärat och gick därifrån.

Nej, flickorna fick tjäna ihop sina egna pengar och ordna med egen bil. Om Nombeko kunde vara behjälplig i det lilla, absolut, men inte mer än så.

Samma eftermiddag kom Holger 1 och den unga arga tillbaka. Ettan fann sin brors matförråd länsat och hade inget annat val än att ta sig till affären för att handla. Det gav Nombeko möjlighet att ha ett första, riktigt samtal med den unga arga på tu man hand.

Hennes plan var tvådelad. Först lära känna fienden – det vill säga den unga arga och Holger 1 – för att därpå lotsa dem bildligt och helst bokstavligt talat bort från bomben.

– Jaså, amerikanskan, sa den unga arga när hon såg vem det var som knackat på.

– Jag är sydafrikan, sa jag ju, sa Nombeko. Vilket ursprung överlägset alla andra har du själv?

– Jag är svensk, förstås.

– Då har du säkert en kopp kaffe att bjuda på. Eller ännu hellre te.

Te gick väl att ordna, även om kaffe var att föredra för det sades att det var bättre arbetsvillkor på de sydamerikanska kaffeplantagerna än på indiska teodlingar. Eller så var det bara ljug. Folk ljög så förbannat i det här landet.

Nombeko slog sig ner i den unga argas kök och sa att det nog ljögs rätt friskt i alla länder. Och så inledde hon med den enkla och allmänna frågan:

– Hur står det till med dig då?

Och fick ett tio minuter långt svar. Det stod nämligen inte alls bra till.

Den unga arga visade sig vara arg på allting. Hon var arg över att nationen fortfarande gjorde sig beroende av kärnkraft. Och olja. Över alla utbyggda älvar. Över den skräniga och fula vindkraften. Över att de var på väg att bygga en bro till Danmark. På alla danskar för att de var danskar. På minkfarmarna för att de var minkfarmare. På djuruppfödare i allmänhet, faktiskt. På alla som åt kött. På alla som inte gjorde det (här tappade Nombeko tråden för ett ögonblick). På alla kapitalister. På nästan alla kommunister. På sin pappa för att han jobbade på bank. På sin mamma för att hon inte arbetade alls. På mormor för att hon hade grevliga anor. På sig själv för att hon var tvungen att löneslava i stället för att förändra världen. Och på världen som inte hade något vettigt löneslaveri att erbjuda.

Arg var hon också på omständigheten att hon och Holger bodde gratis i rivningskåken, att det därför inte fanns någon hyra hon kunde vägra betala. Gud vad hon längtade efter att få stå på barrikaderna! Det som gjorde henne argast av allt var att hon inte kunde hitta en enda vettig barrikad att stå på.

Nombeko tänkte att den unga arga borde ta jobb som svart i Sydafrika i några veckor och kanske tömma en latrintunna eller två så att hon fick perspektiv på tillvaron.

– Och vad heter du?

Tänk att den unga arga kunde bli ännu lite argare ändå. Hon hette nämligen något så vidrigt att det inte gick att säga.

Men Nombeko insisterade och till sist fick hon fram namnet.

– Celestine.

– Men oj, så vackert, sa Nombeko.

– Det var pappas idé. Bankdirektör. Fy fan!

– Vad törs man kalla dig utan att riskera hälsan? undrade Nombeko.

– Vad som helst utom Celestine, sa Celestine. Vad heter du själv?

– Nombeko.

– Det var ju också ett jävla namn.

– Tack, sa Nombeko. Kan man få lite mer te?

Eftersom Nombeko hette det hon hette fick hon efter påtåren tillåtelse att kalla Celestine Celestine. Och ta henne i hand till adjö som tack för teet och pratstunden. I trappan på väg därifrån bestämde hon sig för att vänta med Holger 1 till nästa dag. Det tog på krafterna att lära känna fienden.

Det bästa som kommit ut av mötet med hon som inte ville heta det hon hette var att hon inte hade något emot att Nombeko använde hennes lånekort på biblioteket i Gnesta. Ett sådant behövde den avvikna politiska flyktingen, samtidigt som den unga arga kommit på att allt som där fanns att låna var borgerlig propaganda av det ena eller det andra slaget. Utom *Das Kapital* av Karl Marx, den var inte mer än halvborgerlig, men fanns bara på tyska.

Under sitt premiärbesök på biblioteket lånade Nombeko en språkkurs i svenska med tillhörande kassettband.

Holger 2 hade kassettbandspelare och de tre första lektionerna körde de tillsammans bland kuddarna på lådan i magasinet.

– *Hej. Hur är det? Hur mår du? Jag mår bra*, sa bandspelaren.

– Jag med, sa Nombeko som lärde sig snabbt.

Senare samma eftermiddag kände hon att det var dags att ta sig an Holger 1. Hon sökte upp honom och gick rakt på sak:

– Det sägs att du går i republikanska tankar?

Jo, det sa Holger 1 att han gjorde. Det borde alla göra. Monarkin var ett fördärv. Problemet var att han var så förtvivlat tom på idéer.

Nombeko sa att även en republik kunde ha sina sidor, den sydafrikanska till exempel, men för all del. Hon var där för att försöka hjälpa.

Det hon menade var att hon ville hjälpa ettan bort från bomben, men hon lämnade försåtligt utrymme för andra tolkningar.

– Om fröken Nombeko ville hjälpa vore det hemskt snällt, sa han.

I enlighet med den plan hon börjat forma bad hon Holger berätta om hur tankarna gått i republikansk riktning under de månader som förflutit sedan kungen trillat över hans far.

– Inte kungen! Lenin.

Holger 1 erkände att han inte var lika klurig i tanken som sin bror, men att han i alla fall hade en idé att redovisa. Den var att kidnappa kungen med helikopter, få honom ombord utan att livvakterna hängde med, ta honom till en plats av något slag och där få honom att abdikera.

Nombeko tittade på ettan. Var det vad han lyckats fundera ut?

– Ja. Vad tycker fröken Nombeko?

Det Nombeko tyckte gick inte att säga. I stället sa hon:

– Idén är kanske inte helt färdig, eller hur?

– Hur så?

Ja, var hade han till exempel tänkt få tag i en helikopter, vem skulle flyga den, var skulle kungen kidnappas, vart skulle han därefter föras och hur skulle argumenten för hans abdikation låta? Bland annat.

Holger 1 satt tyst. Sänkte blicken.

Det blev allt tydligare för Nombeko att tvåan inte missgynnats när den samlade mängden allmänförstånd en gång fördelades mellan bröderna. Men det sa hon inte heller.

– Låt mig tänka över saken i en vecka eller två, så ska det nog bli bra med allt, men nu vill jag söka upp din bror i stället. Som omväxling.

– Tack snälla fröken Nombeko, sa Holger 1. Tack snälla!

Nombeko återkopplade till tvåan, sa att hon öppnat dialog med hans bror och nu skulle tänka ut hur hon kunde få honom att tänka på annat än lådor med hemligt innehåll. Hennes halvfärdiga idé gick ut på att han skulle inbilla sig att han kom närmare byte av statsskick, när han i själva verket bara skulle komma längre bort från bomben.

Holger 2 nickade gillande och sa att det lät som att allt skulle ordna sig till det bästa.

Kapitel 11

Om hur allt, tillfälligtvis,
ordnade sig till det bästa

KINESFLICKORNA, SOM VARIT köksansvariga på
Pelindaba, tröttnade snabbt på blodpudding, falukorv
och knäckebröd och öppnade matservering för sig
själva och för Fredsgatans alla boende. Eftersom de verkligen
kunde laga mat finansierade Holger 2 med glädje verksamheten
med överskottet från kuddförsäljningen.

Tvåan lyckades samtidigt på Nombekos initiativ få den unga
arga att tacka ja till att ha huvudansvar för distributionen, även
om förhandlingarna dem emellan kärvat i början. Det var först
när den sistnämnda förstod att hon skulle vara tvungen att köra
en falskregistrerad lastbil illegalt som hon blev tillräckligt ny-
fiken på att få höra mer.

Det fanns ju tre megaton skäl till att den unga arga inte skulle
locka polisen till Fredsgatan (även om hon inte begrep det själv).
Registreringsplåtarna på den i övrigt neutrala lastbilen var redan
stulna, bilen gick alltså inte att härleda till Gnesta. Men chauffö-
ren skulle för den skull vara sjutton år och körkortslös. Därför
fick hon instruktion om att inte säga någonting, absolut inte sitt
namn, för den händelse hon fastnade i en kontroll.

Den unga arga trodde inte att hon skulle klara av att vara tyst
inför poliserna. Därtill tyckte hon alldeles för illa om dem.

Holger 2 föreslog då att hon i så fall kunde sjunga en trudelutt i stället, det skulle väl göra dem lagom irriterade samtidigt som ingenting för den skull blev sagt.

När det ena gett det andra hade tvåan och den unga arga kommit överens om att Celestine vid eventuellt gripande skulle kalla sig Édith Piaf, se lite tokig ut (tvåan tyckte hon hade det i sig) och stämma upp i "Non, je ne regrette rien". Inget annat än det förrän hon fick tillfälle att låna en telefon för att ringa Holger. Samtalet kunde förresten bestå av samma melodi, tvåan skulle förstå.

Holger 2 stannade där, lät den unga arga tolka det som att han genast skulle komma till hennes undsättning, när han i själva verket tänkte börja med att trolla bort bomben från magasinet medan hon satt i tryggt förvar.

Den unga arga gillade det hon hörde.

– Gud, vad det ska bli kul att få driva med snutarna, jag hatar fascister, sa hon och lovade lära sig texten till den franska klassikern utantill.

Hon såg så förväntansfull ut att Holger 2 fick stryka under att det inte var något självändamål att bli gripen av polis. Tvärtom, i uppdraget som kuddleverantör ingick att *inte* försöka hamna i häkte.

Den unga arga nickade. Inte längre lika nöjd.

Hade hon förstått?

– Ja, för fan. Jag har förstått.

Ungefär samtidigt lyckades Nombeko över förväntan i ambitionen att få Holger 1 att tänka på annat än lådan i magasinet. Hon hade utrett idén om att låta distraktionen bestå i att sätta honom i skolbänk för att ta helikoptercertifikat. Hon såg ingen fara i det, risken för att han någonsin skulle lyckas med sin så kallade idé var ändå inte mätbar.

Vägen till certifikatet skulle ta en normalelev åtminstone ett år, det vill säga ungefär fyra för den här eleven. Det var ett tidsspann som rimligen räckte och blev över för Nombeko, tvåan och bomben.

En närmare granskning visade dock att ettan skulle behöva tentera i luftfartssystem, flygsäkerhet, prestanda, färdplanering, meteorologi, navigation, flygoperativa procedurer och aerodynamik. Åtta saker han enligt Nombekos uppfattning inte skulle reda ut. I stället skulle han tröttna på några månader om han inte hunnit bli utslängd från kursen dessförinnan.

Nombeko tänkte om. Och tog hjälp av tvåan. De läste platsannonser i tidningarna i flera dagar innan de hittade något som kunde fungera.

Återstod endast en liten skönhetsoperation. Eller "urkundsförfalskning" som det hette på svenska. Det gällde att få tvåans innerligt okvalificerade bror att förefalla vara något annat.

Tvåan formulerade, klippte och klistrade efter Nombekos instruktioner. När hon var nöjd tackade hon för hjälpen, tog slutresultatet under armen och gick för att leta rätt på Holger 1.

– Om du skulle ta och söka dig ett jobb, sa hon.
– Usch, sa ettan.

Men Nombeko hade inte menat vilket jobb som helst. Hon förklarade att Helikoptertaxi AB i Bromma sökte kundmottagare och alltiallo. Om ettan fick den tjänsten kunde han både skapa kontakter och få viss kunskap om hur en helikopter framförs. När den rätta dagen var inne skulle han vara redo.

Sa hon utan att tro på ett ord av vad hon sa.

– Briljant! tyckte Holger 1.

Men hur skulle han få jobbet hade fröken Nombeko tänkt?

Jo, förstod Holger, saken var den att biblioteket i Gnesta just införskaffat en ny kopieringsmaskin, en som gjorde fantastiska kopior i fyrfärg av allt man bad den om.

Och så visade hon upp färdigredigerade arbetsintyg och utmärkta vitsord i ettans (och för den delen tvåans) namn. Det hade krävts en del pyssel och utrivna sidor ur publikationer från Kungliga tekniska högskolan i Stockholm. Men sammantaget såg det hela imponerande ut.

– *Kungliga* tekniska högskolan? undrade Holger 1.

Nombeko sa inget av allt det hon tänkte. I stället fortsatte hon:

– Här har du en färdig utbildning från KTH, kungliga maskinsektionen, du är ingenjör och du vet väldigt mycket om flygfarkoster i allmänhet.

– Gör jag?

– Här har du fyra år som flygledarassistent på Sturups flygplats utanför Malmö. Och här fyra år som receptionist på Taxi Skåne.

– Men jag har inte..., började ettan och blev genast avbruten.

– Sök nu tjänsten, sa Nombeko. Tänk inte. Sök.

Då gjorde han det. Och fick mycket riktigt jobbet.

Holger var nöjd. Han hade inte kidnappat kungen med helikopter, han hade fortfarande varken helikoptercertifikat, farkost eller idé. Men han arbetade intill en helikopter (eller tre), han lärde sig, han fick då och då gratislektioner av taxipiloterna, han höll – helt enligt Nombekos plan – sin förvirrade dröm vid liv.

I samband med tillträdet flyttade han dessutom in i en rymlig etta i Blackeberg, några rejäla stenkast från Bromma. Den enfaldige brodern till Holger 2 var för överskådlig tid bortkollrad från bomben. Optimalt hade varit om hans eventuellt än mer enfaldiga flickvän följt med, men hon hade bytt energifrågan (där alla ännu kända energiformer var av ondo) mot kvinnlig frigörelse. Den ansåg hon inbegrep rätten att som kvinna köra lastbil vid sjutton års ålder och bära fler kuddar i taget än vilken man som helst. Därför blev hon kvar i rivningskåken och vid sitt löneslaveri, hon och kärestan Holger pendlade till varandra.

Bland det som under en tid tycktes arta sig väl ingick också den amerikanske krukmakarens allmäntillstånd. Nombeko märkte att han blev mindre spänd för varje gång de träffades. Och att det hjälpte honom att ha någon att prata om hotet från CIA med. Hon stod gärna till tjänst, för det var lika intressant att lyssna på honom som det en gång varit att höra berättelserna om Thabos alla stordåd i Afrika. Enligt krukmakaren fanns den amerikanska säkerhetstjänsten ungefär överallt. De nya automatiserade taxiväxlarna runt om i landet producerades i San Francisco, fick Nombeko veta. Krukmakaren tyckte det räckte att säga så. Men en rundringning från telefonkiosk hade lärt honom att åtminstone ett bolag vägrat rätta in sig i den amerikanska säkerhetstjänstens led. Borlänge Taxi höll sig alltjämt till manuell betjäning.

– Det kan vara bra för fröken Nombeko att veta om hon ska någonstans framöver.

Eftersom Nombeko inte visste var Borlänge låg i förhållande till Gnesta var det, till skillnad från mycket annat, en dumhet som krukmakaren kom undan med.

Den gamle Vietnamdesertören var sålunda djupt psykiskt instabil och full av vanföreställningar. Men han var också något alldeles extra när det gällde att skapa skönhet i stengods och porslinslera med glasyrer i olika nyanser av napalmgult. Det var det han sålde på marknadsplatserna här och där. Varje gång han behövde pengar tog han bussen eller Borlänge Taxi till aktuell marknadsplats. Aldrig tåget, för CIA och Statens järnvägar gick som alla visste hand i hand. Med sig hade han två blytunga väskor fyllda med den egna kollektionen. Och så sålde han slut på alltihop på några timmar eftersom han tog hutlöst lite betalt. De gånger Borlänge Taxi varit inblandat gick resan alltid med förlust. Framkörningssträckor på tjugotvå mil var ju inte gratis. Bland allt krukmakaren inte begrep ingick det där med debet och kredit samt insikten om sin egen talang.

* * *

Nombeko talade efter en tid hjälplig svenska med holgrarna och Celestine, wukinesiska med flickorna och engelska med den amerikanske krukmakaren. Och hon lånade hem litteratur från biblioteket i Gnesta i sådan omfattning att hon i Celestines namn fick tacka nej till en styrelsepost i Gnesta litterära förening (GLF).

I övrigt umgicks hon med den i sammanhanget normale Holger 2 så mycket som möjligt. Hon assisterade honom med kuddfirmans bokföring och föreslog effektiviseringar kring inköp, försäljning och leverans. Tvåan var nöjd med hjälpen, men det dröjde ända till försommaren 1988 innan han förstod att hon kunde räkna. Det vill säga: *räkna*.

Det hände sig en vacker morgon i juni. När Holger kom till magasinet välkomnade Nombeko honom med:

– Åttiofyratusen fyrahundraåttio.

– God morgon på dig själv, sa Holger. Vad är det du säger?

Saken var den att han hade gått och svurit över att den utbrände entreprenören hann gå och dö innan han gjort en ordentlig överlämning. Till exempel var det omöjligt att veta omfattningen på kuddlagret.

Men nu satte Nombeko fyra papper i händerna på honom. Det hon gjort medan Holger låg i sängen och drog sig var att stega upp lokalen, mäta volymen på en kudde och utifrån det få fram rätt antal.

$$\frac{\left(\left[20\cdot7\cdot6\cdot\frac{1,6}{2}\right]+\left[7\cdot12\cdot6\cdot\frac{1,6}{2}\right]+\left[\left(\frac{\left(9\cdot\frac{1,60}{2}\right)-\left(6\cdot\frac{1,60}{2}\right)}{2}\right)\cdot7\cdot(20+12)\right]-3\cdot3\cdot9\cdot\frac{1,6}{2}-2\cdot3\cdot2\right)}{0,5\cdot0,6\cdot0,05}=$$

$$\frac{\left(672+403,2+1,2\cdot7\cdot32-3\cdot3\cdot9\cdot\frac{1,60}{2}-2\cdot3\cdot2\right)}{0,5\cdot0,6\cdot0,05}=$$

$$\frac{(672+403,2+268,8-64,8-12)}{0,015}=$$

$$\frac{1\,267,2}{0,015}=84\,480$$

Holger tittade på det översta papperet och förstod ingenting. Nombeko sa att det inte var så konstigt, man behövde iaktta ekvationen som en helhet.

— Se här, sa hon och bytte blad.

$$\text{Lagerlokalens volym}=(A\cdot B+C\cdot D)\cdot E+\left(\frac{(F-E)\cdot C}{2}\right)\cdot(A+D)$$

$$(A\cdot C+B\cdot D)\cdot\text{Skugga }E\cdot\frac{G}{H}+\left(\frac{\left(\left(\text{Skugga }F+\frac{G}{H}\right)-\left(\text{Skugga }E+\frac{G}{H}\right)\right)\cdot C}{2}\right)\cdot(A+D)=$$

$$\left[A\cdot C\,\text{Skugga }E\cdot\frac{G}{H}\right]+$$

$$\left[B\cdot D\,\text{Skugga }E\cdot\frac{G}{H}\right]+$$

$$\left[\left(\frac{\left(\left(\text{Skugga }F\cdot\frac{G}{H}\right)-\left(\text{Skugga }E\cdot\frac{G}{H}\right)\right)}{2}\right)\cdot C\cdot(A+D)\right]$$

— Skugga E? sa Holger 2 i brist på annat.

— Ja, jag passade på att mäta loftets volym när solen tittade fram.

Och så bytte hon blad igen.

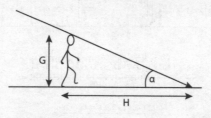

– Vem är streckgubben? sa Holger 2, fortfarande i brist på annat.

– Det är jag, sa Nombeko. Lite vit i ansiktet, annars rätt likt om jag får säga det själv. Allt sedan ingenjören hade vänligheten att förse mig med pass har jag vetat hur lång jag är. Då var det bara att mäta skuggan i relation till loftet. Solen står ju föredömligt lågt i det här landet. Vid ekvatorn vete tusan hur jag skulle ha gjort. Eller om det regnat.

När Holger fortfarande inte förstod tog Nombeko ny sats.

– Det är väldigt enkelt, sa hon och skulle just till att vända blad igen när Holger avbröt.

– Nej, det är det inte. Ingår kuddarna på lådan?

– Ja. Alla femton.

– Och den i sängen i ditt rum?

– Den glömde jag.

Kapitel 12

Om kärlek på atombomb
och differentierad prissättning

TILLVARON FÖR HOLGER 2 och Nombeko var komplicerad. Men de var inte ensamma om att ha det krångligt vid denna tid. Såväl länder som tevebolag världen över grubblade över hur man skulle förhålla sig till tilltaget att det arrangerades en födelsedagskonsert till Nelson Mandelas ära på hans sjuttioårsdag i juni 1988. Mandela var ju terrorist och hade väl kunnat fortsätta vara så om bara inte världsstjärna på världsstjärna tyckt annorlunda och meddelat att de ville vara med på konserten som skulle hållas på Wembley i London.

Lösningen fick för många bli att bejaka händelsen och ändå inte. Det sades till exempel att amerikanska Fox Television, som sände konserten i efterhand, först klippte bort allt som kunde verka politiskt i både tal och sång för att inte irritera Coca-Cola som köpt reklam runt programmet.

Trots allt kom över sexhundra miljoner människor i sextiosju länder att se konserten. Det var egentligen bara ett land som helt teg ihjäl det som skedde.

Sydafrika.

* * *

I valet till den svenska riksdagen några månader senare lyckades socialdemokraterna och Ingvar Carlsson behålla makten.

Tyvärr.

Inte så att Holger 2 och Nombeko lade någon ideologisk aspekt på valresultatet, men konsekvensen av att Carlsson satt där han satt var att det inte skulle löna sig att slå en ny signal till hans regeringskansli. Bomben blev där den var.

Det mest anmärkningsvärda med det just genomförda valet var annars att Miljöpartiet som ny politisk rörelse tog plats i riksdagen. Mindre uppmärksammat blev att det ickeexisterande "Riv hela skiten"-partiet fick en ogiltigförklarad röst, inlämnad av en just arton år fyllda flicka i Gnesta.

Den 17 november 1988 hade Nombeko varit en del av rivnings-kåken i exakt ett år. För den skull överraskades hon med tårta på lådan i magasinet. De tre kinesflickorna anlände ju samma dag, men de var inte bjudna. Det var bara Holger och Nombeko, det var så han ville ha det. Hon också.

Han var allt bra gullig, Holger, tänkte hon och gav honom en puss på kinden.

Holger 2 hade i hela sitt vuxna liv haft drömmar om att få finnas och få göra det i ett sammanhang. Han längtade efter ett vanligt liv, med fru och barn och hederligt arbete, vad som helst bara det inte hade med huvudkuddar att göra. Eller kungahus.

Mamma-pappa-barn... det vore något. Han hade själv aldrig haft någon barndom. Där hans klasskamrater satte upp Läder-lappen och Sweet på väggarna i sina sovrum hade Holger idol-porträtt på den finländske presidenten.

Men skulle det någonsin gå att hitta en potentiell mamma till de eventuella barnen i en hypotetisk familj? En som kunde nöja sig med att pappa fanns för henne och ungarna, men inte för samhället i övrigt. Och att familjen bodde i en rivningskåk just därför. Och att den lek som låg närmast till hands var att barnen hade kuddkrig med varandra runt en atombomb.

Nej, det skulle förstås inte gå.

Det enda som gick var tiden.

Men med den hade det fötts en tanke, en smygande insikt om att... Nombeko... på sätt och vis fanns lika lite som han själv. Och var till och med mer insyltad i bomben än han. Och hon var på det stora hela tämligen... underbar.

Och så pussen på kinden.

Tvåan bestämde sig. Hon var inte bara den han framför alla andra ville ha, hon var också den enda som var tillgänglig. Om han då inte gav det en chans förtjänade han inte bättre.

– Jo, Nombeko, sa han.

– Ja, käre Holger?

Käre? Det fanns hopp!

– Om jag... om jag skulle få för mig att flytta lite närmare...

– Ja?

– Kommer saxen fram då?

Nombeko sa att saxen låg i en låda i köket och där tyckte hon den låg bra. I själva verket, sa hon, hade hon länge önskat att Holger skulle vilja göra just det, flytta lite närmare. De var på väg att fylla tjugoåtta båda två och Nombeko erkände att hon aldrig haft ihop det med en man. I Soweto hade hon varit barn, därpå var hon inlåst i elva år, omgiven av i allt väsentligt motbjudande män av en förbjuden ras. Men nu var det ju så lyckligt att det som var förbjudet där inte var det här. Och Nombeko kände sedan en tid att Holger var raka motsatsen till sin bror. Så om han skulle vilja... ville hon också.

Holger kunde nästan inte andas. Att han var raka motsatsen till sin bror var det vackraste någon någonsin sagt till honom. Han sa att inte heller han hade någon erfarenhet av... det där. Det hade liksom inte... det var ju det här med pappa... menade verkligen Nombeko att...

– Kan du inte bara vara tyst och komma hit? sa Nombeko.

Naturligtvis passar den som inte finns bäst med någon som heller inte gör det. Nombeko hade ju avvikit från flyktingförläggningen i Upplands Väsby redan efter några dagar och var sedan dess försvunnen från jordens yta, sedan ett år registrerad som saknad, hon var en parentes i ett svenskt register. Något formellt uppehållstillstånd hade hon inte hunnit få.

Holger hade å sin sida fortfarande inte gjort något åt sin pågående ickeexistens. Saken var så krånglig. Och än mer så i och med intresset för Nombeko. Om myndigheterna började forska kring vem han var i ambition att få hans berättelse bekräftad, kunde ju vad som helst hända, inklusive att de hittade både Nombeko och bomben. I båda fallen riskerade han att förlora familjelyckan innan den ens hunnit uppstå.

Mot bakgrund av allt kan det tyckas motsägelsefullt att Holger och Nombeko tidigt bestämde sig för att om det blev barn så blev det. Och när det inte blev: att de längtade efter att det skulle bli.

Nombeko ville gärna ha en dotter som inte skulle behöva bära bajs från fem års ålder och som inte hade en mamma som levde på thinner tills hon inte levde längre. För Holger spelade det ingen roll vilken sort det blev, det viktiga var att barnet fick växa upp utan hjärntvätt.

– En flicka som får tycka vad hon vill om kungen, alltså? sammanfattade Nombeko och kröp närmare sin Holger bland kuddarna på lådan.

– Med en pappa som inte finns och en mamma som är på rymmen. Bra start på livet, sa Holger.

Nombeko kröp ännu närmare.

– Igen? sa Holger. Ja, tack.

Men på lådan? Det kändes oroligt ända tills Nombeko lovade att bomben inte skulle brinna av oavsett hur många gånger han gjorde det själv.

Kinesflickornas kokkonst var verkligen något alldeles extra. Men serveringen i vardagsrummet i lägenheten på fjärde våningen var sällan fullsatt. Holger 1 jobbade i Bromma. Celestine var ofta ute och levererade kuddar. Den amerikanske krukmakaren höll sig till sitt förråd med konserver för att inte utsätta sig för onödig risk (vad risken bestod i förstod bara han själv). Vid enstaka tillfällen hände det också att tvåan och Nombeko hellre gick på lokal i centrala Gnesta för att få vara lite romantiska.

Om begreppet "elda för kråkorna" bara funnits på wukinesiska skulle det ha varit ungefär vad flickorna till och från kände att de gjorde. Och inte fick de betalt för arbetet, de kom inte ett dugg närmare morbrodern i Schweiz.

Flickorna bestämde i sin aningslöshet att de skulle starta restaurang på riktigt. Idén fick näring av att den dittills enda kinakrogen i Gnesta drevs av en svensk man, med två anställda thailändskor i köket för ökad trovärdighet. Att låta thailändskor laga kinesiskt borde vara olagligt, tyckte flickorna och deklarerade i en annons i det lokala annonsbladet att restaurang Lilla Peking nu slagit upp portarna på Fredsgatan.

– Titta vad vi har gjort, sa de stolt när de förevisade Holger 2 annonsen.

När tvåan hämtat sig förklarade han att det de gjort var att starta tillståndslös verksamhet i en rivningskåk de inte fick bo i, i ett land där de inte fick vara. På köpet var de på väg att bryta mot åtminstone åtta av Livsmedelsverkets strängaste förordningar.

Flickorna tittade konstigt på honom. Vad kunde myndigheterna ha för synpunkter på var och hur man lagade sin mat och vem man sålde den till?

– Välkomna till Sverige, sa tvåan som kände det land som inte kände honom.

Lyckligtvis hade annonsen varit liten och dessutom på engelska; den enda som dök upp under kvällen var kommunens miljöchef, inte för att äta utan för att stänga det som tydligen just öppnat.

Hon motades dock redan i porten av Holger 2 som lugnade henne med att annonsen hade varit ett pojkstreck. Det serverades naturligtvis ingen mat i rivningskåken, och det bodde självklart ingen i den. Här lagrades och distribuerades huvudkuddar och inget annat.

Ville förresten miljöchefen köpa tvåhundra kuddar? Det kunde kanske låta mycket för en miljöförvaltning, men Holger var rädd att de såldes i paket på det viset och att ett mindre antal inte kunde komma ifråga.

Nej, den kommunala tjänstemannen ville inte ha några kuddar. På miljöförvaltningen i Gnesta satte man en ära i att hålla sig vaken på arbetstid, och som synes också strax därefter. Dock nöjde hon sig med tvåans pojkstrecksförklaring och vände hem till sitt.

Därmed var den akuta faran över. Men Holger 2 och Nombeko insåg att de måste göra något åt kinesflickorna som nu börjat bli otåliga på nästa steg i livet.

– Vi har ju prövat distraktion tidigare, sa tvåan och syftade på såväl ettans helikopterarbete som flickvännens glädje över att få köra falskregistrerad lastbil illegalt. Kunde vi inte försöka det igen?

– Låt mig tänka, sa Nombeko.

* * *

Nästa dag sökte hon sig till den amerikanske krukmakaren för ännu en pratstund. Den här morgonen fick hon lyssna till hans fastslagna sanning om att samtliga i Sverige genomförda telefonsamtal bandades och analyserades av personal på ett helt våningsplan på den amerikanska underrättelsetjänstens huvudkontor i Virginia.

– Låter som ett stort våningsplan, sa Nombeko.

Medan krukmakaren utvecklade saken bortom all rim och reson for Nombekos tankar i kinesflickornas riktning. Vad kunde de göra när de nu inte fick starta restaurang? Vad var de bra på?

Tja, att förgifta hundar var ju en sak. Lite för bra, bara. Och Nombeko såg ingen omedelbar finansiell uppsida för den talangen i Gnesta med omnejd.

Och så kunde de göra gäss från Handynastin. Det kanske vore något? Det fanns ett krukmakeri på andra sidan gatan. Och en tokig krukmakare. Kunde man föra samman flickorna med honom på något vis?

En idé började gro.

– Möte i eftermiddag klockan tre, sa hon medan krukmakaren var kvar i sitt avlyssnarresonemang.

– Om vad då? sa krukmakaren.

– Klockan tre, svarade Nombeko.

Exakt på utsatt tid knackade hon åter på hos den nervtrasige amerikanen. Med sig hade hon tre sydafrikanska kinesflickor.

– Vem är det? sa krukmakaren genom dörren.

– Mossad, sa Nombeko.

Krukmakaren hade ingen humor, men han kände igen hennes röst och öppnade.

Amerikanen och kinesflickorna hade nästan aldrig träffats eftersom den förstnämnde av säkerhetsskäl föredragit sina egna konserver framför flickornas läckerheter till lunch och middag. För bästa möjliga start dem emellan slog Nombeko i krukmakaren att flickorna tillhörde en minoritet från Cao Bằng i norra

Vietnam där de ägnat sig åt fredlig opiumodling innan de otäcka amerikanerna jagade dem därifrån.

– Jag får verkligen beklaga, sa krukmakaren och tycktes köpa att flickorna var det de inte var.

Nombeko lämnade över ordet till storasystern som berättade om hur duktiga de en gång varit på att göra tvåtusen år gammalt lergods, men att de dels inte hade tillgång till industrilokal längre, dels att deras mamma designchefen var kvar i Sydafrika.

– Sydafrika? sa krukmakaren.

– Vietnam.

Storasystern skyndade sig att fortsätta. Om herr krukmakaren kunde tänkas ge flickorna tillgång till sitt krukmakeri och vara den som skapade de tänkta pjäserna från Handynastin, lovade flickorna vara behjälpliga med råd kring utseendet. Dessutom visste de allt om hur man i arbetets sista fas bearbetade ytan på lergodset så att det man fick fram verkligen var en äkta Handynastigås. Eller halväkta.

Jodå. Så långt var krukmakaren med. Däremot gick det följande samtalet om prissättningen trögt. Krukmakaren tyckte trettionio kronor kunde vara en passande nivå, medan flickorna snarare tänkt sig trettioniotusen. Dollar.

Nombeko ville egentligen inte lägga sig i. Men sa ändå till sist:

– Ni kanske kunde mötas på halva vägen?

Samarbetet kom faktiskt att fungera. Amerikanen lärde sig snabbt hur gässen borde se ut och han blev så bra på att göra Handynastihästar i tillägg till dem att de fick slå av ett öra på varje häst för att få den mer autentisk.

Varje färdig gås och häst grävdes därefter ner i jorden bakom krukmakeriet varpå flickorna hällde hönsgödsel och urin över för att pjäserna på tre veckor skulle bli tvåtusen år äldre. När det gällde prissättningen hade gruppen till sist enats om två olika kategorier. En för trettionio kronor som skulle försäljas på marknadsplatser runt om i Sverige och en annan för trettionio-tusen dollar med stöd av det äkthetsintyg storasystern skapade, därtill upplärd av sin mamma, i sin tur upplärd av sin bror, mästarnas mästare: Cheng Tāo.

En bra kompromiss, tyckte alla. Den inledande försäljningen gick också utmärkt. Redan första månaden hade flickorna och krukmakaren i samarbete hittat köpare till nitton pjäser. Arton av dem gick på Kiviks marknad och den nittonde på Bukowskis.

Men att saluföra pjäserna via den anrika firman i Stockholm var inte okomplicerat, inte om man inte ville bli inspärrad och det hade Nombeko och flickorna redan provat en gång. Därför såg de till att lokalisera en pensionerad trädgårdsmästare via Kinesiska föreningen i Stockholm. Han var efter trettio år i Sverige på väg att flytta hem till Shenzhen och fick mot tio procent i provision vara den som stod som försäljare gentemot auktions-firman. Även om storasysterns äkthetsintyg var bra, fanns alltid risken att sanningen skulle krypa fram efter ett år eller två. Om så skedde skulle det bli i längsta laget för lagens långa arm att sträcka sig hela vägen till Shenzhen. Där bodde dessutom elva miljoner människor, en drömmiljö för vilken kines som helst som hade anledning att inte bli hittad av svensk polis.

Nombeko var den som skötte bokföringen. Hon satt också i det inofficiella företagets än mer inofficiella styrelse.

– Sammanfattningsvis har vi under den första räkenskaps-månaden fått in sjuhundratvå kronor från marknadsförsäljning och tvåhundrasjuttiotretusen minus kommission på auktion, sa hon. Kostnaderna begränsas till sexhundrafemtio kronor för resa tur och retur Kiviks marknad.

Krukmakarens finansiella bidrag den första månaden var

alltså femtiotvå kronor netto. Till och med han förstod att den ena försäljningsgrenen hade större bärighet än den andra. Å andra sidan kunde Bukowskis inte användas för ofta. Om det dök upp en ny Handynastigås så fort den föregående gått under klubban skulle auktionsfirman snart bli misstänksam, oaktat kvaliteten på äkthetsintyget. En gång om året fick räcka. Och bara om det fanns en ny, hemvändande bulvan att tillgå.

Kinesflickorna och amerikanen köpte en bättre begagnad folkvagnsbuss för den första månadens överskott och så justerade de marknadsförsäljningspriset till nittionio kronor, längre var det omöjligt att få krukmakaren att sträcka sig. Däremot lade han även sin napalmgula Saigonkollektion i det gemensamma bolaget och allt som allt drog flickorna och krukmakaren in runt tiotusen kronor i månaden på sin verksamhet, i väntan på att Bukowskis skulle vara redo på nytt. Det räckte och blev över till dem alla. De bodde ju billigt.

Kapitel 13

Om ett hjärtligt återseende och
om han som blev det han kallades

D ET ÅTERSTOD ÄNNU en tid innan det var dags för en
av hyresgästerna på Fredsgatan 5 att dö.
Holger 1 trivdes på Helikoptertaxi AB. Att svara i telefon och brygga kaffe redde han ut galant. I tillägg till det fick han då och då en övningstur i någon av de tre helikoptrarna, och inbillade sig varje gång att han på så sätt kom ett steg närmare kidnappning av kungen.

Hans unga och arga flickvän for samtidigt Sverige runt i en falskregistrerad lastbil och höll i sin tur humöret uppe genom förhoppningen om att en dag fångas in i en rutinkontroll.

De tre kinesflickorna och amerikanen åkte från marknadsplats till marknadsplats och försålde antika pjäser för nittionio kronor styck. I början var Nombeko med för att bevaka det hela, men när det visade sig fungera stannade hon allt oftare hemma. Som komplement till marknadsförsäljningen drabbades Bukowskis ungefär en gång om året av en ny Handynastipjäs, alltid lika lättsåld.

Kinesflickornas plan var att fylla folkvagnsbussen med lergods och ge sig av till sin morbror i Schweiz den dag de sparat ihop lite pengar. Eller mycket. De hade inte längre någon brådska. Det var ändå både lönsamt och rätt trevligt i det här landet (vad det nu hette).

Krukmakaren kämpade vid flickornas sida med bara en och

annan överdriven neuros och bara då och då. Till exempel gick han en gång i månaden igenom krukmakeriet i jakt på dolda mikrofoner. Han hittade inga. Inte en enda. Inte någon gång. Mystiskt.

I riksdagsvalet 1991 fick "Riv hela skiten"-partiet ännu en ogiltig röst. Desto fler gick till moderata samlingspartiet. Sverige bytte statsminister och Holger 2 hade anledning att slå den nye en signal för att erbjuda honom något han säkert inte ville ha men likväl skulle ta emot. Tyvärr gavs aldrig statsminister Bildt chansen att säga vare sig ja eller nej eftersom hans assistent hade samma syn som sin företrädare på vilka samtal som kunde kopplas fram och inte. Och när Holger försökte med samme kung som fyra år tidigare svarade samma hovsekreterare samma sak som gången innan. Eventuellt ännu lite snorkigare.

Nombeko hade förståelse för tvåans krav på att bomben skulle räckas över till statsministern eller till ingen alls. Undantaget endast om kungen skulle råka komma i deras väg.

Men efter snart fyra år och ett regeringsskifte insåg hon att det gällde att *vara* någon för att komma tillräckligt nära den svenske statsministern utan att Stora larmet skulle gå. Allra helst skulle man vara president från annat land eller åtminstone chef på ett företag med trettio, fyrtiotusen anställda.

Eller artist. Tidigare samma år hade en flicka som hette Carola sjungit om att hon fångats av en stormvind och på det vunnit en sångtävling som visst sändes i teve över hela världen. Om hon efter det träffade statsministern visste inte Nombeko, han hade i alla fall skickat henne ett telegram.

Eller idrottsstjärna. Den där Björn Borg hade nog fått audiens när han ville på tiden det begav sig. Kanske än i denna dag.

Det gällde att vara någon. Det vill säga exakt det Holger 2 inte var, medan hon själv var illegal.

Däremot var hon sedan fyra år inte längre inlåst bakom elektrifierade stängsel. Och så ville hon väldigt gärna ha det även fortsättningsvis. Därför kunde Nombeko förlika sig med att bomben stod där den stod ett tag till om den absolut måste, medan hon själv varje vecka betade av en ny hylla i det lokala biblioteket.

Under tiden utvecklade Holger 2 importverksamheten till att omfatta även handdukar och hotelltvål.

Kuddar, handdukar och tvål var inte vad han tänkt sig när han som ung drömde sig bort från pappa Ingmar, men det fick gå.

* * *

I början av 1993 spred sig förnöjsamheten i såväl Vita huset som i Kreml. USA och Ryssland hade just tagit ännu ett steg i samarbetet kring den ömsesidiga kontrollen av respektive supermakts kärnvapenarsenal. Dessutom hade man i det nya Start II-avtalet beslutat om ytterligare nedrustning.

Både George Bush och Boris Jeltsin ansåg att jorden blivit en säkrare plats att leva på.

Ingen av dem hade någonsin varit i Gnesta.

Samma sommar försämrades kinesflickornas möjligheter till fortsatt lukrativ verksamhet i Sverige. Det började med att en konsthandlare i Söderköping upptäckte att det försåldes äkta Handynastigäss på marknadsplatserna runt om i landet. Han köpte på sig tolv stycken och gick med dem till Bukowskis i Stockholm. Han ville ha tvåhundratjugofemtusen kronor styck, men fick i stället handfängsel och häkte. Tolv Handynastigäss utöver de fem firman redan sålt på lika många år gick inte att tro på.

Bedrägeriförsöket slogs upp i tidningarna och det uppmärksammades av Nombeko som genast berättade för flickorna vad som hänt och sa att de absolut inte fick närma sig Bukowskis igen, med eller utan bulvan.

– Varför inte då? undrade lillasystern som saknade förmåga att se faran i någonting.

Nombeko sa att det nog inte gick att förklara för den som inte redan begripit, men att det likväl fick bli som hon sagt.

Då kände flickorna att det fick vara nog med det pågående äventyret. De hade redan samlat på sig bra med pengar, mycket mer skulle det ju inte bli om de från och med nu var hänvisade till den amerikanske krukmakarens prissättning.

I stället fyllde de folkvagnsbussen med tvåhundrasextio nyproducerade pjäser i lergods från tiden före Kristus, kramade Nombeko adjö och gav sig av mot Schweiz, morbrodern Cheng Tão och hans antikvitetsaffär. Pjäserna de hade med sig skulle säljas för fyrtioniotusen dollar för gässen, sjuttioniotusen för hästarna och en handfull övriga saker som blivit så misslyckade att de kunde anses vara mer än unika och därför fått prislappar på mellan hundrasextio- och trehundratusen dollar. Allt medan den amerikanske krukmakaren återupptog sitt resande från marknadsplats till marknadsplats och sålde egna exemplar av samma sak för trettionio kronor. Nöjd med att inte längre behöva kompromissa med priset.

Nombeko hade i sitt farväl sagt att prisnivån flickorna valt säkert var rimlig med tanke på hur gamla och fina pjäserna var, speciellt för ett otränat öga. Men för den händelse att schweizarna inte var lika lättlurade som svenskarna ville hon skicka med rådet att flickorna inte slarvade med äkthetsintygen.

På det svarade storasystern att Nombeko inte skulle oroa sig. Morbrodern hade nog sina sidor som alla andra, men i konsten att skapa falska äkthetsintyg hade han inga övermän. Han hade förvisso suttit inne en gång på fyra år i England, men skulden för det fick i första hand läggas på den klåpare i London som utfärdat ett så slarvigt, äkta äkthetsintyg att morbroderns förfalskade dito föreföll för bra vid dess sida. Klåparen hade till och med fått sitta inlåst i tre månader innan Scotland Yard räknat ut hur det i själva verket förhöll sig: nämligen att förfalskningen till skillnad från originalet inte var en förfalskning.

Sedan dess hade Cheng Tao lärt sig. Han såg numera till att inte vara för perfekt i sitt arbete. Ungefär som när flickorna slog av Handynastihästars ena öra för att få upp priset. Det här skulle gå bra, lovade de.

– England? undrade Nombeko, mest för att hon inte var säker på att flickorna förstod skillnaden mellan Storbritannien och Schweiz.

Nej, det var historia. Under fängelsetiden hade morbrodern delat cell med en schweizisk solochvårare som skött sitt jobb så in i vassen bra att han satt inne på dubbelt så många år. Därmed behövde inte schweizaren sin identitet på ett tag och lånade därför ut den till morbrodern, eventuellt utan att den sistnämnde frågade innan. Han gjorde inte alltid det när han lånade saker. Dagen då han släpptes stod polisen utanför grindarna och väntade. De hade tänkt förvisa honom till Liberia eftersom det var därifrån han senast kommit. Men då visade det sig att kinesen inte var afrikan utan schweizare så de skickade honom till Basel i stället. Eller om det var Bern. Eller Bonn. Möjligen Berlin. Schweiz var det i alla fall, som sagt.

– Hej då, kära Nombeko, sa flickorna på den isixhosa de fortfarande kom ihåg delar av, och så gav de sig av.

– 祝你好运! sa Nombeko efter folkvagnsbussen. Lycka till!

Medan hon såg flickorna försvinna ägnade hon några sekunder åt att räkna på den statistiska möjligheten att tre illegala, kinesiska flyktingar som inte kunde skilja Basel från Berlin skulle klara sig genom Europa i en oförsäkrad folkvagnsbuss, hitta

Schweiz, ta sig in i landet och där springa på sin morbror. Utan att bli påkomna.

Eftersom Nombeko inte kom att träffa flickorna igen, fick hon aldrig veta att de tidigt bestämt sig för att köra rakt fram genom Europa tills de stötte på landet de letade efter. Rakt fram var det enda raka, tyckte flickorna, eftersom det vimlade av väg-skyltar åt alla håll som ingen människa kunde begripa. Nom-beko fick heller inte veta att den svenskregistrerade, turistlika folkvagnsbussen vinkades förbi alla gränskontroller längs vägen, inklusive den mellan Österrike och Schweiz. Och hon fick inte veta att det första flickorna därefter gjorde var att gå in på närmaste kinarestaurang för att fråga om ägaren möjligen kände herr Cheng Tao. Det gjorde förstås inte ägaren, men han kände någon som kanske kunde känna honom, som kände någon som kanske kunde känna honom, som kände någon som sa att han hade en bror som eventuellt hade en hyresgäst med det namnet. Flickorna hittade faktiskt sin morbror i en förort till Basel. Återförenandet var hjärtligt.

Men det fick Nombeko alltså aldrig veta.

* * *

Samtliga återstående hyresgäster på Fredsgatan var fortfarande vid liv. Holger 2 och Nombeko tydde sig alltmer till varandra. Den sistnämnda märkte att hon blev glad bara av att få vara med sin Holger som i sin tur kände sig gränslöst stolt varje gång hon öpp-nade munnen. Hon var det klokaste han visste. Och vackraste.

De höll fortsatt hög ambitionsnivå bland kuddarna i magasi-net i strävan efter ett gemensamt barn. Trots de komplikationer det skulle innebära om det verkligen blev, steg parets frustration när det inte gjorde det. Det var som om de kört fast i livet och att en liten bebis var det som skulle få dem loss.

Nästa steg blev att det var bombens fel. Om de bara kunde bli av med den blev det nog barn av bara farten. Intellektuellt visste de att sambandet bomb och barn inte var omedelbart, men det kom alltmer att handla om känsla, mindre om förnuft. Som att de till exempel en gång i veckan förflyttade den erotiska verksamheten till krukmakeriet. Ny plats, nya möjligheter. Eller inte.

Nombeko hade fortsatt tjugoåtta oslipade diamanter i fodret till den jacka hon inte längre använde. Efter det första, misslyckade försöket några år tidigare hade hon inte velat utsätta sig själv och gruppen för den risk det skulle innebära att resa runt och sälja dem. Men nu började hon umgås med den tanken på nytt. För om hon och Holger hade en massa pengar, då kunde det gå att hitta nya ingångar till den besvärlige statsministern. Synd att Sverige var så hopplöst okorrumperat, annars hade det ju gått att muta sig fram.

Holger nickade eftertänksamt. Det där sista hade kanske inte varit så dumt ändå. Han bestämde sig för att genast prova, letade rätt på numret till moderata samlingspartiet, ringde, presenterade sig som Holger och sa att han övervägde att skänka två miljoner kronor till partiet, givet att han då fick träffa partiledaren (tillika statsministern) på tu man hand.

På partikansliet blev man mer än intresserade. Ett möte med Carl Bildt skulle säkert gå att ordna om herr Holger bara först berättade vem han var, hans ärende, hans fullständiga namn och adress.

– Jag föredrar nog att vara privat, försökte Holger och fick till svar att han visst kunde få vara det, men att det ändå krävdes ett visst mått av säkerhet runt partiledaren som dessutom var landets regeringschef.

Holger tänkte snabbt, han kunde ju låtsas vara sin bror med adress i Blackeberg och jobb på Helikoptertaxi AB i Bromma.

– Får jag garanterat träffa statsministern då? sa han.

Det kunde kansliet inte lova, men de skulle göra sitt bästa.

– Så jag ska skänka två miljoner för att sedan *kanske* få träffa honom? sa Holger.

Ungefär så. Herr Holger förstod säkert.

Nej, det gjorde inte herr Holger. I sin frustration över att det måste vara så jävla svårt att få prata med en enkel statsminister sa han att moderaterna kunde leta efter någon annan att lura pengar av och så önskade han dem största möjliga olycka i det kommande valet och lade på.

Under tiden hade Nombeko tänkt. Det var ju inte som så att statsministern satt på sitt regeringskansli dygnet runt tills han avgick. Han träffade faktiskt folk. Allt från statschefer från andra nationer till den egna staben av medarbetare. Vidare satt han då och då i teve. Och uttalade sig för journalister till höger och vänster. Helst höger.

Att Holger eller Nombeko skulle lyckas förvandla sig till statschef från främmande nation var inte troligt. Då lät det lättare att få jobb i regeringskansliet eller dess närhet, även om det skulle vara svårt nog. Tvåan kunde börja med att söka sig till universitet, det var bara att riva av ett högskoleprov först. Sedan kunde han läsa vad han ville i sin brors namn, bara det på sikt förde honom till trakterna av statsministern. Kuddverksamheten skulle inte behövas längre om de bara lyckades avyttra förmögenheten i Nombekos jacka.

Tvåan tog in det Nombeko sagt. Statsvetare? Eller national-ekonom? Det skulle kräva flera år på universitet. För att sedan kanske inte leda någonstans. Men alternativet tycktes vara att stanna kvar där de var till tidens ände, eller åtminstone tills ettan kom på att han aldrig skulle lära sig flyga helikopter eller tills den unga arga tröttnade på att aldrig bli gripen av polis. Om inte den störde amerikanen då redan hunnit ställa till med vad som helst.

Dessutom hade tvåan alltid älskat tanken på högre studier.

Nombeko gav sin Holger en kram som bekräftelse på att de nu hade något som liknade en plan, i brist på barn. Det kändes fint.

Återstod att hitta ett säkert sätt att avyttra diamanterna.

* * *

Medan Nombeko fortfarande funderade över hur och var hon skulle närma sig vilken diamanthandlare, promenerade hon rakt in i lösningen. Det skedde på trottoaren utanför biblioteket i Gnesta.

Hans namn var egentligen Antonio Suarez, och han var chilenare som flytt till Sverige tillsammans med sina föräldrar i samband med statskuppen 1973. Men vad han hette var det nästan ingen i bekantskapskretsen som visste. Han kallades kort och gott för *juveleraren* trots att han var allt utom det. Däremot hade han en gång varit biträde i Gnestas enda juvelerarbutik och ordnat så att han blev rånad på butikens samlade innehåll av sin egen bror.

Kuppen gick bra, men brodern festade nästa dag till det på egen hand, satte sig höggradigt berusad i sin bil och blev stoppad av en polispatrull som upptäckt att det både gått för fort och vinglat i sidled.

Brodern, som var romantiskt lagd, inledde med att berömma formen på den kvinnliga polisinspektörens bröst varpå han fick sig en snyting. Det gjorde honom i sin tur blixtförälskad; inget var så oemotståndligt som kvinnor med ruter i. Han lade ifrån sig den alkomätare den förorättade inspektören bett honom blåsa i, plockade ur fickan fram en diamantring värd tvåhundratusen kronor, och friade.

I stället för ett förväntat ja fick han handfängsel och fri skjuts till närmaste poliscell.

När det ena gett det andra var också fortkörarens bror bakom lås och bom. Trots att han nekade till allt.

– Jag har aldrig sett den mannen i hela mitt liv, sa han till åklagaren i Katrineholms tingsrätt.

– Men det är ju din bror? sa åklagaren.

– Ja, men jag har aldrig sett honom.

Åklagaren hade dock en del på fötterna. Bland annat foton på bröderna tillsammans från barndomen och uppåt. Att de var skrivna på samma adress i Gnesta var också en försvårande omständighet, samt det faktum att större delen av rånbytet hittats i deras gemensamma garderob. Dessutom vittnade brödernas hederliga föräldrar till deras nackdel.

Han som sedan dess kallades för juveleraren fick fyra år på Hall, lika många som sin bror. Efter det flög brodern tillbaka till Chile medan juveleraren försörjde sig på att försälja billiga smycken, importerade från Bolivia. Planen var att spara pengar på hög tills han fått ihop en miljon, varpå han tänkte pensionera sig i Thailand. Det var på marknadsplatserna han lärde känna Nombeko. Inte så att de umgicks direkt, men de nickade i alla fall åt varandra när de möttes.

Problemet var att den svenska marknadspubliken aldrig riktigt tycktes förstå storheten i bolivianska silverhjärtan i plast. Efter två års slit drabbades juveleraren av depression, tyckte det var skit med allt (vilket det ju i allt väsentligt var). Han hade kommit så långt som till hundratjugofemtusen i jakten på sin miljon, men orkade inte längre. I stället åkte han i sitt depressiva tillstånd till Solvalla en lördagseftermiddag och gjorde den omgångens överlägset största V75-system av alla sina pengar i avsikt att förlora alltihop och därefter gå och lägga sig på en parkbänk i Humlegården för att dö.

Då hände det sig att häst efter häst uppförde sig som den skulle (men aldrig tidigare gjort) och när alla loppen var över kunde en ensam vinnare med sju rätt kvittera ut trettiosex komma sju miljoner kronor av vilka han fick tvåhundratusen rätt i näven.

Juveleraren bestämde sig för att strunta i att dö på en parkbänk i Humlegården, i stället for han till Café Opera för att dricka sig full.

Med det lyckades han över förväntan. Nästa eftermiddag vaknade han i sviten på Hilton Hotel vid Slussen, naken bortsett från strumpor och kalsonger. Hans första reflektion, med tanke på kalsongernas närvaro, var att han föregående natt eventuellt inte haft så roligt som situationen förtjänat, men om det kunde han inget säga för han mindes inte.

Han beställde upp frukost på rummet. Till äggröran och champagnen bestämde han sig för vad han ville göra med sitt liv. Han lade ner idén om Thailand. I stället skulle han stanna i Sverige, satsa på egen verksamhet på riktigt.

Juveleraren skulle bli – juvelerare.

Av ren elakhet skaffade han sig lokal vägg i vägg med den butik i Gnesta han en gång blivit upplärd i och därpå rånat. Eftersom Gnesta är Gnesta där redan en juvelerarbutik är i mesta laget, hade juveleraren på mindre än ett halvår konkurrerat ut sin tidigare chef, för övrigt samme man som snudd på ringt polisen den där gången Nombeko kommit och hälsat på.

Så en dag i maj 1994 sprang juveleraren på en svart kvinna utanför biblioteket på sin väg till jobbet. Var hade han sett henne innan?

– Juveleraren! sa Nombeko. Det var länge sedan. Hur lever livet med dig i dag?

Ja visst ja, det var ju hon som kuskat omkring med den där skruvade amerikanen och de tre kinesflickorna det inte gick att komma någonstans med.

– Jo, tack, sa han. Jag har bytt bolivianska silverhjärtan i plast mot riktiga grejor kan man säga. Jag är juvelerare här i staden nu.

Det tyckte Nombeko var enastående. Hastigt och lustigt hade hon nu en kontakt i svenska juvelerarkretsar. Dessutom en med dokumenterat rymligt samvete, alternativt inget samvete alls.

– Fantastiskt, sa hon. Då är det väl *herr* juveleraren från och med nu. Finns det måhända intresse för att göra en affär eller två? Jag råkar ha några oslipade diamanter på lager, och skulle gärna byta dem mot pengar.

Juveleraren tänkte att det inte gick att begripa sig på Gud. Å ena sidan hade han alltid tillbett honom, å andra sidan sällan fått något i retur. Följt av det där olycksaliga rånet som borde ligga honom i fatet i relationen till det himmelska. I stället skickade nu Herren stekta sparvar i munnen på honom.

– Mitt intresse för oslipade diamanter är mycket stort, fröken… Nombeko, var det så?

Dittills hade affärerna inte gått alls som juveleraren tänkt. Men nu kunde han lägga planerna på att ännu en gång råna sig själv åt sidan.

Tre månader senare var samtliga tjugoåtta diamanter inbytta och vidareförsålda. Nombeko och Holger hade i stället en ryggsäck full med pengar. Nitton komma sex miljoner kronor, säkert femton procent mindre än om affären inte behövt skötas så diskret. Men som Holger 2 sa:

– Nitton komma sex miljoner är ändå nitton komma sex miljoner.

Själv hade han just anmält sig till höstens högskoleprov. Solen sken och fåglarna kvittrade.

DEL 4

Livet behöver inte vara enkelt, bara det
inte är tomt på innehåll.

LISE MEITNER

Kapitel 14

Om ett ovälkommet besök
och ett plötsligt dödsfall

VÅREN 1994 BLEV Sydafrika det första och dittills enda
landet i världen som först utvecklat egna kärnvapen
och därpå avsagt sig dem. Helt frivilligt lät man demon-
tera sitt nukleära program just innan den vita minoriteten tving-
ades lämna över makten till de svarta. Processen tog flera år och
skedde under överinseende av det internationella atomenergi-
organet IAEA som när allt var klart officiellt kunde bekräfta att
Sydafrikas sex atombomber inte längre existerade.

Den sjunde, däremot, den som aldrig funnits: den fanns fort-
farande. Strax skulle den dessutom börja röra på sig.

Det började med att den unga arga tröttnade på att aldrig bli
tagen av polisen. Vad fan höll de på med? Hon körde för fort,
hon korsade heldragna linjer, hon tutade på gamla tanter medan
de tog sig över gatan. Likväl gick år efter år utan att en endaste
konstapel visade henne intresse. Det fanns tusentals poliser i det
här landet som alla borde dra åt helvete, och Celestine hade inte
fått tillfälle att tala om det för en enda av dem.

Tanken på att få sjunga "Non, je ne regrette rien" var fort-
farande för angenäm för att hon skulle hoppa av sitt jobb, men
nu måste det ändå hända något innan hon en dag vaknade upp
och var en del av etablissemanget. Bara en sådan sak som att

Holger 2 några dagar tidigare föreslagit att hon skulle ta lastbils-
kort på riktigt. Det skulle ju förstöra alltihop!

I sin frustration for hon upp till Holger 1 i Bromma och sa att
de måste göra avtryck *nu*.

– Avtryck? sa Holger 1.

– Ja. Röra om i grytan.

– Vad tänker du dig då?

Det kunde inte den unga arga exakt säga. Men hon gick till
närmaste affär och köpte sig ett exemplar av den borgerliga skit-
tidningen Dagens Nyheter som inte gjorde annat än sprang
maktens ärenden. Fy fan!

Och så bläddrade hon. Och bläddrade lite till. Hittade
mycket som gjorde henne ännu argare än grundtillståndet, men
det var framför allt en liten artikel på sidan sjutton som fick
igång henne på allvar.

– Här! sa hon. Det här kan vi bara inte acceptera!

I artikeln stod att läsa att det tämligen nybildade partiet Sve-
rigedemokraterna avsåg att demonstrera på Sergels torg näst-
kommande dag. Partiet hade snart tre år tidigare fått 0,09 pro-
cent av rösterna i det svenska riksdagsvalet och det var enligt
den unga arga åt helvete för mycket. Hon förklarade för sin
pojkvän att partiet bestod av smygrasister ledda av en exnazist
och att de alla vurmade för kungahuset!

Den unga arga ansåg att det Sverigedemokraternas demonstra-
tion behövde mer än något annat var – en motdemonstration!

Det där med partiets syn på kungens och drottningens status
fick Holger 1 att tända till han också. Vad härligt att få bilda opi-
nion i pappa Ingmars anda efter alla dessa år.

– Jag är ändå ledig i morgon, sa han. Kom så åker vi hem till
Gnesta och förbereder oss!

Nombeko kom på Holger 1 och den unga arga medan de producerade plakat för nästa dag. På dem stod: "Sverigedemokraterna ut ur Sverige", "Lägg ner kungahuset", "Kungen till månen" och "Sverigedemokrater är dumma i huvudet".

Nombeko hade läst en del om det där partiet, nickat igenkännande. Att vara före detta nazist var förstås inget hinder för att göra politisk karriär. Nästan alla Sydafrikas premiärministrar under sista delen av nittonhundratalet hade just den bakgrunden. Sverigedemokraterna fick visserligen bara en tiondels procent av rösterna i det senaste riksdagsvalet, men deras retorik gick ut på att skrämmas och Nombeko trodde att rädslan hade framtiden för sig, det hade den alltid haft.

Det där med att "Sverigedemokrater är dumma i huvudet" kunde därför Nombeko inte riktigt hålla med om. Att som nazist sluta kalla sig det, är tvärtom ganska begåvat.

På det höll den unga arga en utläggning på temat att hon misstänkte Nombeko för varande nazist själv.

Nombeko lämnade plakatproducenterna och gick till tvåan för att berätta att de kanske fått ett problem på halsen i det att tvåans olycka till bror och hans flickvän var på väg till Stockholm för att bråka.

– Säg den frid som varar, sa Holger 2 utan att förstå omfattningen av det elände som väntade.

* * *

Huvudtalare på Sverigedemokraternas demonstration var partiledaren själv. Han stod på ett hemmasnickrat podium med mikrofon i hand och talade om vilka de svenska värdena var och vad som hotade desamma. Han krävde bland annat stopp för invandringen och återinförande av det dödsstraff Sverige inte praktiserat sedan i november 1910.

Framför honom stod ett femtiotal likasinnade och applåderade. Och strax bakom dem en ung arg kvinna och hennes pojkvän med än så länge inslagna plakat. Planen var att bryta in med motdemonstration just när partiledaren var färdig, för att inte riskera att bli överröstade.

En bit in i talet visade det sig dock att Celestine inte bara var ung och arg utan också kissnödig. Hon viskade i Holgers öra att hon behövde smita in på Kulturhuset intill, men att hon strax skulle vara tillbaka.

– Och då ska de få vad de tål, sa hon och pussade sin Holger på kinden.

Dessvärre blev talaren strax färdig med det han haft att säga. Publiken började spridas åt olika håll. Holger 1 kände sig tvingad att agera på egen hand, rev bort skyddspapperet till det första plakatet och blottade "Sverigedemokrater är dumma i huvudet". Han hade egentligen föredragit "Kungen till månen", men det andra fick duga. Det var dessutom Celestines favorit.

Plakatet hade inte hunnit exponeras i mer än några sekunder förrän två unga sverigedemokrater fick syn på det. De blev inte glada.

Trots att båda gick på sjukbidrag sprang de fram till Holger, slet plakatet ur hans händer och försökte riva det i stycken. När det inte fungerade ställde sig en av dem att bita i plakatet och antydde på så sätt att formuleringen på skylten hade förankring i verkligheten.

När inte heller det fick önskat resultat satte den andre igång att slå nämnda plakat i huvudet på Holger tills det gick av på mitten. Därefter ställde de sig att hoppa på honom med sina svarta kängor tills de tröttnade. Den alldeles sönderhoppade Holger låg kvar på marken, men hade kraft nog att kvida "Vive la République" åt männen som genast kände sig provocerade på nytt. Inte så att de förstod vad Holger sagt, men något var det ju och för det förtjänade han ännu en omgång.

När de var färdiga med misshandel nummer två bestämde de sig för att göra sig av med vraket. De släpade Holger i håret och ena armen hela vägen över torget och in i tunnelbanesystemet. Där kastade de honom på marken framför spärrvakten och tog sig an misshandel nummer tre, som bestod i ännu några sparkar tillsammans med uppmaningen att han som knappt längre kunde röra sig nu skulle krypa ner i tunnelbanan och aldrig mer visa sitt fula tryne ovan jord.

– Vive la République, sa den sönderslagne men tappre Holger en andra gång efter männen som mumlade "jävla utlänning" och gick därifrån.

Holger låg där han låg, men blev hjälpt på fötter av en reporter från Sveriges Television som var där tillsammans med sin fotograf för ett inslag om marginella, högerextrema partier med vind i seglen.

Reportern frågade vem Holger var och vilken organisation han representerade. Det alldeles förstörda och förvirrade offret sa att han var Holger Qvist från Blackeberg och att han representerade alla medborgare i detta land som plågades under monarkins ok.

– Du är alltså republikan? sa reportern.

– Vive la République, sa Holger för tredje gången på fyra minuter.

Den unga arga hade gjort det hon måste, kom ut från Kulturhuset och hittade inte sin Holger förrän hon följt folksamlingen in i tunnelbanan. Hon trängde sig fram, knuffade undan tevereportern och drog med sig sin pojkvän ner i underjorden för färd med pendeltåget mot Gnesta.

Här kunde historien ha slutat, om det inte varit för tevereporterns fotograf som lyckats fånga hela misshandeln, från den allra första attacken på Holger och framåt, inklusive det fruktlösa

bettet i plakatet. I exakt rätt ögonblick hade hon dessutom lyck-
ats zooma in Holgers plågade ansikte när han låg på marken och
närmast viskade fram sitt "Vive... la... République" efter de
båda kärnfriska och sjukpensionerade sverigedemokraterna.

I nedklippt version blev misshandeln trettiotvå sekunder lång
och sändes tillsammans med den korta intervjun i Rapport
samma kväll. Eftersom dramaturgin i de trettiotvå sekunderna
var alldeles enastående lyckades tevekanalen inom tjugosex tim-
mar sälja visningsrätten till trettiotre länder. Strax hade över en
miljard människor över hela världen sett Holger 1 få stryk.

* * *

Nästa morgon vaknade Holger av att han hade ont överallt.
Men inget tycktes vara brutet och han bestämde sig för att trots
allt ge sig iväg till sitt arbete. Två av de tre helikoptrarna skulle
på uppdrag under förmiddagen och det var alltid en del pap-
persarbete i samband med det.

Han kom fram tio minuter efter arbetstidens egentliga början
och blev genast beordrad av chefen tillika en av piloterna att åka
hem igen.

– Jag såg dig på teve i går kväll, hur kan du ens hålla dig upp-
rätt efter den omgången? Hem och vila med dig, ta helg för
tusan, sa chefen och lyfte med den ena Robinson 66:an, riktning
Karlstad.

– Du skrämmer bara slag på folk som du ser ut, din jävla
tokstolle, sa den andre piloten och lyfte i sin tur med den andra
Robinson 66:an, riktning Göteborg.

Kvar blev den ensamme Holger tillsammans med den åter-
stående, förarlösa Sikorsky 76:an.

Holger kom sig inte för med att åka hem. I stället haltade han
ut i köket, hällde upp förmiddagskaffe och återvände till sitt

skrivbord. Han visste inte riktigt vad han skulle känna. Å ena sidan var han helt sönderslagen. Å andra sidan hade visst Rapports bilder fått ett enormt genomslag! Tänk om det kunde leda till en republikansk rörelse över hela Europa?

Holger hade förstått att det knappt fanns en enda tevestation värd namnet som inte sänt snutten där han fick stryk. Rejält med stryk fick han. Och bra teve blev det. Holger kunde inte låta bli att vara stolt över sig själv.

I det ögonblicket stegade en man in på kontoret. Oannonserat.

Kunden tittade på Holger som genast kände att det här var en man och en situation han ville undvika. Men det fanns ingen väg förbi mannen, och hans blick var så bestämd att Holger blev sittande.

– Vad kan jag hjälpa till med? sa han oroligt.

– Låt mig presentera mig, sa mannen på engelska. Jag heter något du inte har med att göra och jag är representant för en säkerhetstjänst vars namn inte angår dig. När folk stjäl saker från mig blir jag arg. Om det stulna är en atombomb blir jag ännu argare. För övrigt har jag byggt upp min ilska under lång tid. Jag är kort sagt *jättearg*.

Holger Qvist förstod ingenting. Det var en känsla han inte var ovan vid, men för den skull aldrig varit bekväm med. Mannen med den bestämda blicken (som hade en lika bestämd röst) plockade upp två förstorade bilder ur sin portfölj och lade dem på skrivbordet framför honom. Den första visade tydligt Holger 2 på en lastbrygga, den andra hur tvåan och en annan man med gaffeltrucks hjälp lastade ombord en stor låda i skåpet på lastbilen. *Den* lådan. Bilderna var daterade den 17 november 1987.

– Det där är du, sa agenten och pekade på Holgers bror. Och det där är mitt, sa han och pekade på lådan.

* * *

Mossadagent A hade lidit i sju år på grund av det försvunna kärnvapnet. Lika länge hade han varit besluten att lokalisera det. Han började genast med att arbeta efter två parallella spår. Det ena att försöka leta rätt på tjuven och hoppas på att tjuv och tjuvgods alltjämt befann sig på samma ställe. Det andra att lägga örat mot rälsen, lyssna noga för den händelse att en atombomb i Västeuropa eller i världen plötsligt skulle bjudas ut till försäljning. Gick det inte att få tag i bomben via tjuven kunde det gå via hälaren.

A for först från Johannesburg till Stockholm och började sitt arbete med att gå igenom övervakningskamerornas filmer på israeliska ambassaden. Från kameran vid grinden syntes tydligt att det var just Nombeko Mayeki som kvitterade ut sitt paket inför grindvakten.

Kunde det inte bara ha varit en förväxling? Nej, varför skulle hon då ha kommit till ambassaden i lastbil? Tio kilo antilopkött får ju snudd på plats i en cykelkorg.

Vore det ett misstag skulle hon väl i så fall ha återvänt när hon upptäckte förväxlingen, för till hennes försvar måste sägas att hon enligt de tillgängliga filmerna inte varit närvarande när lådan flyttades till lastbilens skåp. Då var hon fortfarande vid vakten runt hörnet och skrev på dokument.

Nej, det gick inte att tvivla. Den flerfaldigt dekorerade hemlige agenten från Mossad hade blivit lurad för andra gången i sin karriär. Av en städerska. Samma städerska som första gången.

Nå, han var av den tålmodigare sorten. En dag, förr eller senare, skulle de mötas igen.

– Och då, min kära Nombeko Mayeki, kommer du önska att du vore någon annan. Någon annanstans.

Kameran vid ambassadens grind hade också fångat upp

registreringsnumret till den röda lastbil som använts vid vapenstölden. En andra kamera, den vid ambassadens last-brygga, hade flera tydliga bilder på den vite man i Nombekos ålder som varit henne behjälplig. Agent A lät skriva ut och kopi-era ett antal varianter.

Därpå satte han fart. Den vidare utredningen gav vid handen att Nombeko Mayeki avvikit från flyktingslussen i Upplands Väsby samma dag som hon tagit med sig bomben från ambassa-den. Sedan dess var hon försvunnen.

Registreringsnumret ledde till en Agnes Salomonsson i Alings-ås. Där visade det sig att bilen fortfarande var röd, men att den inte längre var en lastbil utan en Fiat Ritmo. Plåtarna var alltså stulna. Städerskan agerade rakt igenom professionellt.

Det som återstod för agent A i arbetets allra första fas var att låta Interpol ta del av den nytagna bilden på lastbilschauffören. Inte heller detta ledde någonstans. Personen var inte någon känd medlem av grupper inom illegala vapenkretsar. Han körde omkring med en atombomb ändå.

Agent A drog den logiska om än felaktiga slutsatsen att han blivit lurad av någon som i alla delar visste vad hon gjorde, att atombomben redan lämnat svenskt territorium, att hans fokus borde vara att utreda alla de grumliga internationella spår som fanns.

Att den sydafrikanska bomben med åren fick sällskap av andra kärnvapen på vift gjorde agent A:s arbete så mycket svå-rare. I och med att Sovjetunionen föll i bitar dök det upp atom-bomber både här och där – både inbillade och verkliga. Redan 1991 talade underrättelserapporter om ett försvunnet kärnvapen i Azerbajdzjan. Tjuvarna hade valt mellan två tillgängliga missi-ler och tagit den som vägde minst. Därför fick de bara med sig skalet. Och bevisade samtidigt att atombombstjuvar inte nöd-vändigtvis har det bättre ställt med förståndet än folk i allmänhet.

1992 följde agent A upp spåret med uzbeken Sjavkat Abdou-japarov, en före detta överste i Sovjetarmén som lämnade fru och barn i Tasjkent, försvann och dök upp tre månader senare i Shanghai där han enligt egen uppgift hade en bomb att sälja för femton miljoner dollar. Priset indikerade att det rörde sig om något som kunde göra betydande skada, men innan agent A ens hunnit dit hade överste Abdoujaparov hittats i en bassäng i hamnen med en skruvmejsel intryckt i nacken. Hans bomb stod inte att finna och hade aldrig hittats därefter.

Från 1994 var agent A tvångsstationerad i Tel Aviv, inte på någon oviktig post men betydligt lägre än vad som skulle ha varit fallet om den sydafrikanska kärnvapenolyckan inte hade ägt rum. Agenten gav aldrig upp, han följde olika spår från hem-maplan, och i huvudet bar han alltid med sig bilder på Nom-beko och den okände mannen med lastbilen.

Och så plötsligt föregående kväll, under ett tillfälligt och allt-för oinspirerande uppdrag i Amsterdam, efter sju år! På teve-nyheterna. Bilder från ett politiskt tumult på ett torg i Stock-holm. Medlemmar ur de främlingsfientliga Sverigedemokraterna bär iväg en motdemonstrant. Släpar honom in i tunnelbanan. Sparkar på honom med sina kängor. Och där! En närbild på offret.

Det är ju han!

Mannen med den röda lastbilen!

Enligt nyheterna: Holger Qvist, Blackeberg, Sverige.

* * *

— Ursäkta, sa Holger, men vad är det för atombomb ni pratar om?

— Fick du inte tillräckligt med stryk i går? sa agent A. Drick upp ditt kaffe om du vill, men gör det nu för om fem sekunder är du och jag på väg mot Nombeko Mayeki, var hon än må befinna sig.

Holger 1 tänkte så att han fick ännu ondare i det huvud han redan hade så ont i. Mannen på andra sidan skrivbordet arbetade alltså för främmande nations säkerhetstjänst. Och trodde att Holger 1 var Holger 2. Och letade efter Nombeko. Som stulit en... *atombomb* av mannen.

— Lådan! sa Holger 1 plötsligt.

— Ja, var är den? sa agent A. Tala om var lådan med bomben är!

Holger tog in den sanning som nu uppenbarade sig för honom. De hade haft Alla revolutionära drömmars moder i ett magasin på Fredsgatan i sju års tid utan att han begripit det. Under sju år hade han haft tillgång till det kanske enda som faktiskt skulle kunna få kungen att abdikera.

— Må du brinna i helvetet, mumlade Holger 1, på engelska av bara farten.

— Hur sa? sa agent A.

— Ja, inte herrn, ursäktade sig Holger. Utan fröken Nombeko.

— Jag håller med dig i sak, sa agenten, men tänker inte lita på att det verkligen sker. Det är därför du ska föra mig till henne *nu*. Var är hon? Svara!

Agent A hade tilltro till sin bestämda röst. Nu höll han dessutom en pistol i handen.

Holger kom att tänka på sin barndom. På pappans kamp. På hur han själv blev en del av den. Och på oförmågan att på egen hand föra den vidare.

Och nu insikten om att lösningen hela tiden funnits där.

Det som i första hand plågade honom var inte att det stod en agent från okänd säkerhetstjänst redo att skjuta för såvitt ettan inte ledsagade honom till Nombeko och hennes låda. Det var i stället det att han blivit lurad av broderns sydafrikanska flickvän. Och att allt nu var för sent. I sju år hade han varje dag haft möjligheten att fullfölja pappans livsuppgift. Utan att förstå det.

– Du hörde kanske inte min fråga? sa agenten. Kan ett skott i knät få dig att lyssna bättre?

Skott i knät, inte mellan ögonen. Ettan fyllde tills vidare en funktion. Men hur skulle det bli sedan? Om han förde agenten till Fredsgatan, skulle mannen med pistolen ta lådan som kanske vägde ett ton med sig under armen och vinka adjö?

Nej, det skulle han inte. Han skulle tvärtom döda dem allihop. Men först sedan de hjälpt honom att få upp bomben i skåpet till den röda lastbilen.

Han skulle döda dem allihop om inte Holger strax gjorde det han plötsligt förstod att han måste göra. För det enda som återstod att strida för var broderns och Celestines rätt att leva.

– Jag ska ta agenten till Nombeko, sa Holger 1 till sist. Men det får bli i helikopter om han inte vill missa henne. Hon och bomben är på väg bort.

Lögnen om att det var bråttom hade kommit från ingenstans. Eventuellt kunde den till och med definieras som idé. I så fall den första i sitt slag, tänkte Holger. Och sista, för nu skulle han äntligen göra något vettigt med sitt liv.

Han skulle dö.

Agent A tänkte inte låta sig luras en tredje gång av städerskan och hennes anhang. Vad kunde haken vara här?

Hade Nombeko förstått att hon exponerat sig för risk i och med Holger Qvists uppdykande i teve? Var det därför hon höll på att packa ihop sina saker för att ge sig av? Agenten kunde skilja en Handynastigås från skräp, och en oslipad diamant från billigt glas. Och mycket mer därtill.

Men han kunde inte flyga en helikopter. Han skulle vara tvungen att lita på piloten, det vill säga mannen mitt emot. Det skulle vara två personer i kabinen, en bakom spakarna, den andre med vapen i hand.

A bestämde sig för helikoptern, men också för att först meddela sig med B, för den händelse att något skulle gå fel.

– Ge mig de exakta koordinaterna för platsen där städerskan befinner sig, sa han.

– Städerskan? sa Holger 1.

– Fröken Nombeko.

Holger gjorde som han blivit tillsagd. Via kontorets PC och kartprogram gick det på några sekunder.

– Bra. Sitt nu still medan jag meddelar mig med omvärlden. Sedan lyfter vi.

Agent A hade något så modernt som en avancerad mobiltelefon från vilken han skickade ett krypterat meddelande till kollegan B med full uppdatering om var han befann sig, med vem, vart han var på väg och varför.

– Avresa, sa han sedan.

Holger 1 hade genom åren fått ihop åtminstone nittio övningstimmar med sina kollegor piloterna på Helikoptertaxi i Bromma. Men det här var första gången han skulle flyga maskinen själv. Hans liv var slut nu, det visste han. Han hade gärna tagit med sig den jävla Nombeko i döden – var det städerskan agenten kallade henne? – men inte sin bror. Och inte den underbara Celestine.

Så fort han kommit till obevakat luftrum lade han sig på tvåtusen fot, i hundratjugo knop. Det var en resa på knappt tjugo minuter.

När ettan och agenten var nästan framme i Gnesta gick Holger *inte* ner för landning. I stället slog han på autopiloten, riktning rakt österut, höjd fortsatt tvåtusen fot, hastighet fortsatt hundratjugo knop. Och så knäppte han rutinerat upp sitt säkerhetsbälte, hängde av sig hörlurarna och klättrade bakåt i kabinen.

– Vad gör du? sa agenten till Holger som inte brydde sig om att svara.

Medan ettan låste upp helikopterns bakdörr och sköt den åt sidan satt agenten fortfarande fast i det främre sätet, kunde inte riktigt vända sig om för att se vad Holger hade för sig utan att först lossa fyrpunktsbältet han också. Men hur fungerade det? Det var krångligt och bråttom, han försökte ändå. Vred på kroppen, bältet stramade, agenten hotade:

– Hoppar du så skjuter jag!

Holger 1, som till vardags var allt annat än snabb i replikerna, överraskade sig själv:

– Så att jag helt säkert är död redan innan jag slår i marken? På vilket sätt tänker herr agenten att det skulle förbättra hans situation?

A var frustrerad. På väg att bli lämnad ensam i luften i en farkost han inte kunde köra själv. Omkullpratad av piloten som var på väg att ta sitt liv, dessutom. Var nära att svära för andra gången i sitt liv. Vred ännu lite till på sin fastspända kropp, försökte flytta vapnet från höger till vänster hand och – tappade det!

Pistolen landade på golvet bakom baksätet och gled vidare hela vägen till Holger där han stod i vinddraget, redo att ta steget ut.

Ettan plockade förvånat upp pistolen och stoppade den i innerfickan. Och sa att han önskade herr agenten lycka till med att lära sig hur en S-76-helikopter fungerar.

– Vilken otur att vi glömde instruktionsboken på kontoret.

Mer hade inte Holger att säga. Så han hoppade. Och kände för en sekund en viss inre frid. Men bara för en sekund.

Sedan kom han på att han i stället kunde ha använt pistolen mot agenten.

Typiskt, tänkte Holger 1 om sig själv. För det mesta fel i tanken, alltid lite för långsam.

Hans kropp accelererade till tvåhundrafyrtiofem kilometer i timmen under sin sexhundratio meter långa färd mot stenhårda Moder jord.

– Farväl, grymma värld. Jag kommer nu, pappa, sa Holger utan att ens höra sig själv i vinddraget.

Kvar blev agent A i en automatstyrd helikopter på väg i hundratjugo knop rakt österut, ut över Östersjön, utan en aning om hur man upphävde autopiloten och vad han därefter i så fall skulle företa sig. Med bränsle för ungefär åttio distansminuter. Och med hundrasextio distansminuter kvar till estniska gränsen. Där emellan: hav.

Agent A tittade på det myller av knappar, lampor och instrument han hade framför sig. Och vände sig om. Skjutdörren stod fortfarande öppen. Det fanns ingen kvar som kunde styra farkosten. Den idioten hade stoppat på sig pistolen och hoppat. Marken försvann nu under helikoptern. Ersattes av vatten. Och ännu mer vatten.

Agenten hade varit i trångmål förr i sin långa karriär. Han var tränad i att tänka kallt. Därför tog han långsamt och analytiskt in sin situation. Och så sa han till sig själv:

– Mamma.

* * *

Rivningskåken på Fredsgatan 5 i Gnesta hade varit rivningskåk i närmare tjugo år när verkligheten hann ikapp den. Det började med att chefen på miljöförvaltningen var ute och gick med sin hund. Hon var på dåligt humör efter att på goda grunder ha sparkat ut sin sambo kvällen innan. Och värre blev det när hunden rymde då en lössläppt tik dök upp. Karlar var tydligen sig lika allihop, på två ben eller fyra.

Därför blev det en rejäl omväg på den morgonens promenad,

och innan den pilska hunden var infångad hade chefen på miljö-
förvaltningen hunnit upptäcka att det tycktes bo folk i rivnings-
kåken på Fredsgatan 5 – i samma kåk som den där annonsen
flera år tidigare sagt att det startats restaurang.

Hade miljöchefen blivit lurad? Om det var något hon hatade
mer än annat var det två saker: sin före detta sambo och att bli
lurad. Kombinationen att bli lurad av före detta sambon var för-
stås värst. Men det här var illa nog.

Området var stadsplanerad industritomt sedan 1992 när
Gnesta bröt sig ur Nyköping kommun och startade eget. Kom-
munen hade haft för avsikt att ta tag i området, men annat hade
kommit emellan. För den skull fick inte folk bo hur de ville.
Dessutom verkade det pågå tillståndslös näringsverksamhet i
det gamla krukmakeriet på andra sidan gatan, varför var annars
soptunnan utanför dörren full med tomma påsar drejlera?

Chefen på miljöförvaltningen tillhörde dem som ansåg att
tillståndslös näringsverksamhet var steget före anarki.

Hon tog först ut sin frustration på hunden, gick därefter hem,
hällde upp köttbitar i en bunke i köket, hälsade farväl till Akilles
som efter att ha fått sina sexuella lustar stillade nu sov som
vilken man som helst när matte gav sig av till arbetet för att
tillsammans med sina kollegor sätta stopp för vilda västern-
verksamheten på Fredsgatan.

Några månader senare, när tjänstemännens och politikernas
kvarnar malt färdigt meddelades fastighetens ägare, Holger &
Holger AB, att Fredsgatan 5 i enlighet med andra kapitlet, fem-
tonde paragrafen i regeringsformen skulle exproprieras, tömmas
och rivas. I och med att saken kungjorts i Post- och Inrikes Tid-
ningar hade kommunen fullföljt sina skyldigheter. Men som en
mänsklig gest såg chefen med den pilska hunden till att det lan-
dade brev i brevlådan till alla potentiellt boende i fastigheten.

Brevet nådde lådorna på förmiddagen torsdagen den 14 augusti 1994. Där stod, tillsammans med hänvisandet till diverse paragrafer, att alla eventuella hyresgäster skulle ha lämnat fastigheten senast per den 1 december.

Den som läste brevet först var den allt som oftast så arga Celestine. Hon hade samma morgon vinkat sin blåslagne pojkvän adjö, han insisterade på att åka upp till Bromma för arbete trots misshandeln dagen innan.

Nu blev hon arg igen och rusade till Nombeko, viftade med det fruktansvärda brevet. Känslokalla myndigheter som kastade vanligt, hederligt folk ut på gatan!

– Nå, vi är väl varken speciellt vanliga eller hederliga, sa Nombeko. Följ med mig och Holger till myshörnan i magasinet i stället för att stå där och vara arg för minsta lilla. Vi ska just dricka förmiddagste, du kan få kaffe av politiska skäl om du vill. Blir väl bra att prata igenom saken i lugn och ro.

I lugn och ro? När det äntligen – *äntligen!* – dykt upp en barrikad att stå på? Nombeko och Holger kunde dricka sitt förbannade te i sin jävla myshörna, här skulle protesteras! Upp till kamp emot kvalen!

Den unga arga knycklade ihop brevet från kommunen innan hon i vredesmod (vad annars?) gick ner på gårdsplanen, skruvade loss de stulna nummerplåtarna på Holgers och Holgers röda lastbil, satte sig i hytten, startade, backade och lät bilen blockera den portal som band samman magasinet med själva Fredsgatan 5 och som ledde in till den gemensamma gårdsplanen. Därpå drog hon hårt i handbromsen, ålade sig ut genom sidorutan, kastade bilnycklarna i en brunn och såg till att ge bilen punktering på alla fyra däcken så att den säkert stod där den stod, effektivt blockerande varje försök till in- och utfart.

Efter denna inledande krigsåtgärd mot samhället, gick hon med nummerplåtarna under armen att söka rätt på Holger och

Nombeko för att berätta att det var slut med te i myshörnan (eller för den delen kaffe), för nu var det tid för husockupation! På vägen plockade hon med sig krukmakaren, hon ville ha så många som möjligt samlade. Synd bara att älsklingen Holger var på jobbet. Nå, det kunde inte hjälpas. Striden måste stå när den måste.

Holger 2 och Nombeko satt tätt intill varandra ovanpå bomben när Celestine drumlade in med den ovetande krukmakaren i släptåg.

– Nu är det krig! sa Celestine.

– Är det? sa Nombeko.

– CIA? sa krukmakaren.

– Varför har du nummerplåtarna till min bil under armen? sa Holger 2.

– De är ju stöldgods, sa den unga arga. Jag tänkte att...

I den sekunden brakade det till ovanför deras huvuden. Det var Holger 1 som efter att ha farit i över tvåhundra kilometer i timmen i drygt sexhundra meter fortsatte rakt igenom det gistna taket till magasinet – och landade på de femtiotusen sexhundra-fyrtio kuddar som för tillfället råkade finnas i lager.

– Nej, men hej älskling! sken den unga arga upp. Jag trodde du var i Bromma?

– Lever jag? sa Holger 1 och tog sig åt den axel som efter misshandeln varit den enda punkten på kroppen där han inte hade ont, och som nu fått ta första smällen när han slog i teglet på det tak som genast gav vika för hans tyngd och fart.

– Så ser det ut, sa Nombeko. Men varför tog du vägen genom taket?

Holger 1 kysste sin Celestine på kinden. Sedan bad han sin bror att servera honom en dubbel whisky. Nej, tredubbel. Han behövde tömma den, känna efter så att några inre organ inte bytt plats med varandra, samla tankarna, få vara i fred en stund. Därefter lovade han att berätta.

Holger 2 gjorde ettan till viljes, bröt upp och lämnade tillsammans med de andra brodern ensam med whiskyn, kuddarna och lådan.

Den unga arga passade på att kontrollera om det hunnit bli uppståndelse ute på gatan för ockupationens skull. Det hade det inte. Och det var inte så konstigt. För det första bodde de vid en glest trafikerad väg i utkanten av ett industriområde, granne med ett skrotupplag och inget annat. För det andra var det inte självklart för var och en att det pågick en ockupation bara för att det stod en punkterad lastbil i en port.

En ockupation som ingen brydde sig om var ju inte värd namnet. Den unga arga bestämde sig för att ge utvecklingen en knuff i rätt riktning.

Hon ringde runt.

Först till Dagens Nyheter, därefter Radio Sörmland och till sist Södermanlands Nyheter. På DN möttes hon av en gäspning. Från ett Stockholmsperspektiv ligger Gnesta strax intill världens ände. På Radio Sörmland i Eskilstuna kopplade man saken vidare till Nyköping där man bad Celestine återkomma efter lunch. Störst intresse visade man på Södermanlands Nyheter. Ända tills man fick veta att aktionen inte var någon polissak.

– Går det ens att definiera din ockupation som en ockupation om ingen utomstående uttrycker att något är ockuperat? sa den filosofiskt lagde (och eventuellt bekväme) redaktören på tidningen.

Den unga arga bad alla tre i tur och ordning att fara åt helvete. Varpå hon ringde polisen. En stackars telefonist på en central i Sundsvall svarade:

– Polisen, vad kan jag stå till tjänst med?

– Hej på dig, snutjävel, sa den unga arga. Nu ska vi krossa det kapitalistiska tjuvsamhället. Makten ska tillbaka till folket!

– Vad gäller saken? undrade den förskräckta telefonisten som inte alls var polis.

– Jo, det ska jag strax tala om för dig, kärringjävel. Vi har ockuperat halva Gnesta. Och om vi inte får igenom våra krav…

Där kom den unga arga av sig. Var hade hon fått "halva Gnesta" från? Och vilka krav hade de? Och vad skulle de göra om de inte fick igenom dem?

– Halva Gnesta? sa telefonisten. Låt mig få koppla…

– Fredsgatan 5, sa den unga arga. Är du döv?

– Varför har ni ockuperat… vilka är ni förresten?

– Skit i det du. Om vi inte får igenom våra krav hoppar vi en efter en från taket tills det flyter blod genom hela samhället.

Frågan är vem som blev mest överraskad av det Celestine just sagt: telefonisten eller Celestine själv.

– Men snälla nån, sa telefonisten. Stanna kvar så ska jag koppla till…

Längre kom hon inte förrän den unga arga lade på luren. Budskapet till polisen hade rimligen gått fram. Dessutom hade orden inte fallit precis som den unga arga tänkt, i den utsträckning hon tänkt.

Nå, nu var det i alla fall husockupation på riktigt och det kändes bra.

I det ögonblicket knackade Nombeko på Celestines dörr. Holger 1 hade svept sin dubbla eller tredubbla whisky och samlat ihop sig. Nu hade han något att berätta. Celestine var välkommen till magasinet och hon fick gärna ta med sig krukmakaren på vägen.

– Jag vet vad som finns i lådan, inledde Holger 1.

Nombeko, som förstod det mesta, kunde inte förstå det här.

– Hur kan du veta det? sa hon. Du trillar in genom taket och plötsligt säger du att du vet något du inte vetat på sju år. Har du varit i himlen och vänt? Vem pratade du i så fall med där?

– Håll nu käften med dig, din förbannade städerska, sa Holger 1 och fick Nombeko att genast inse att ettan varit i direktkontakt med Mossad, alternativt sprungit på ingenjören under turen till himlen. Det som talade emot det sistnämnda var att ingenjören nog höll till på ett annat ställe.

Holger 1 fortsatte berättelsen om hur han suttit i sin ensamhet på kontoret trots att han blivit beordrad att gå hem, när en man från främmande säkerhetstjänst trädde in genom dörren och krävde att bli förd till Nombeko.

– Eller *städerskan*? sa Nombeko.

Mannen hade med pistol tvingat in Holger i den enda lediga helikoptern och beordrat transport till Gnesta.

– Betyder det att det när som helst trillar in en arg agent från främmande säkerhetstjänst genom taket? undrade Holger 2.

Nej, det gjorde det inte. Agenten ifråga var på väg ut över öppet hav och skulle strax störta i detsamma, så fort bränslet i maskinen tog slut. Själv hade Holger hoppat från helikoptern i avsikt att rädda livet på sin bror och på Celestine.

– Och på mig, sa Nombeko. Som en bieffekt.

Holger 1 blängde på henne och sa att han hellre landat direkt i huvudet på Nombeko än på kuddarna, men att han aldrig haft någon tur i livet.

– Lite tur kan jag nog tycka att du hade nyss, sa Holger 2 som var alldeles tagen av hur sakerna utvecklats.

Celestine hoppade upp i famnen på sin hjälte, kramade och pussade honom och sa att hon nu inte ville vänta längre.

– Säg vad som finns i lådan. Säg, säg, säg!

– En atombomb, sa Holger 1.

Celestine släppte taget om sin räddare och älskling. Och så

tänkte hon efter i en sekund innan hon sammanfattade situationen med ett:

– Aj då.

Nombeko vände sig till Celestine, krukmakaren och Holger 1 och sa att det mot bakgrund av vad de just fått veta var viktigt att alla gemensamt såg till att inte dra uppmärksamhet åt Fredsgatan. Om det började springa folk i magasinet kunde det ske en olycka med den där bomben. Och i så fall inte vilken olycka som helst.

– En atombomb? sa krukmakaren som hört men inte riktigt förstått.

– Med tanke på det jag nu vet är det möjligt att jag vidtagit åtgärder vi kunde ha klarat oss utan, sa Celestine.

– Hur så? sa Nombeko.

Då hördes en megafonröst utifrån gatan.

– Det här är polisen! Om det finns någon där inne, vänligen identifiera er!

– Som sagt var, sa den unga arga.

– CIA! sa krukmakaren.

– Varför skulle CIA komma bara för att polisen gör det? sa Holger 1.

– CIA! sa krukmakaren igen och strax en gång till.

– Jag tror han gått i baklås, sa Nombeko. Jag träffade en gång en tolk som gjorde detsamma när han fick ett skorpionstick i ena tån.

Krukmakaren upprepade sig själv några gånger till, sedan blev han tyst. Han bara satt på sin stol i magasinet, stirrande rakt fram med halvöppen mun.

– Jag trodde han var botad, sa Holger 2.

Megafonrösten kom tillbaka.

– Det är polisen som talar! Om det finns någon där inne, ge

er tillkänna! Porten är blockerad, vi överväger att ta oss in med våld. Vi har fått ett telefonsamtal som vi tar på största allvar!

Den unga arga förklarade för gruppen vad hon gjort, det vill säga startat en husockupation, ett krig mot samhället i demokratins namn, med bland annat lastbilen som vapen. I informationssyfte hade hon också ringt polisen. Och eldat på rätt bra, om hon fick säga det själv.

– Vad sa du att du gjort med min bil? sa Holger 2.

– Din? sa Holger 1.

Den unga arga sa att tvåan inte skulle haka upp sig på ingenting, att det här handlade om försvaret av viktiga, demokratiska principer och att en ynka punktering i sammanhanget vägde lätt. Och inte kunde väl hon veta att grannarna förvarade atombomber i förrådet?

– Atombomb. I singular, sa Holger 2.

– På tre megaton, sa Nombeko för att balansera upp Holgers förminskning av problemet.

Krukmakaren väste nu fram något som inte gick att höra, sannolikt namnet på den säkerhetstjänst han kommit på kant med.

– Botad är väl inte riktigt ordet, sa Nombeko.

Holger 2 ville inte förlänga diskussionen kring lastbilen, för gjort var ändå gjort, men han undrade för sig själv vilken demokratisk princip Celestine avsåg. För övrigt handlade det om *fyra* ynka punkteringar, inte en, men han sa inget om det heller. Situationen var hur som helst problematisk.

– Så mycket jävligare än så här blir det nog inte, sa han.

– Säg inte det, sa Nombeko. Se på krukmakaren. Jag tror han är död.

Kapitel 15

Om mord på redan död man och
om två sparsamma människor

ALLA TITTADE FÖRST på krukmakaren och därefter
på Nombeko, utom krukmakaren själv som tittade
rakt fram.

Nombeko förstod att ett riktigt liv tillsammans med tvåan i
bästa fall var fortsatt skjutet på framtiden, mer troligt perma-
nent inställt. Men nu var det tid för omedelbara åtgärder, att
sörja det som aldrig blev hörde den eventuella framtiden till.

Hon sa till gruppen att de nu hade minst två skäl att fördröja
polisen. Det ena var den uppenbara risken att de valde att bryta
sig in via södra magasinväggen, där de skulle borra eller svetsa
sig in i en bomb på tre megaton.

– Vad förvånade de skulle bli, sa Holger 2.

– Nej, bara döda, sa Nombeko. Vårt andra problem är att vi
har ett lik sittande på en stol.

– På tal om krukmakaren, sa Holger 2. Byggde inte han en
tunnel som han skulle rymma genom när CIA kom?

– Varför gjorde han inte det då i stället för att sätta sig att dö?
sa Holger 1.

Nombeko berömde tvåan för tunneltanken och sa till ettan
att han nog också skulle förstå endera dagen. Och så gav hon sig
själv i uppdrag att leta rätt på tunneln om den nu fanns, se vart
den ledde om den ledde någonstans, och – inte minst – om den

var stor nog att rymma en atombomb. Och det var bråttom, för man visste ju inte när de där ute skulle få fart på sig själva.

– Om fem minuter påbörjar vi en inbrytning! sa polisen i megafon.

Fem minuter var förstås omöjligt lite för att:
1) hitta en hemmagjord tunnel,
2) ta reda på vart den ledde,
3) ordna med skenor, rep och fantasi så att bomben kunde följa med i flykten.

Om den ens fick plats. I den tunnel som kanske inte ens existerade.

Den unga arga hade nog känt något som kunde liknas vid skuld om hon i grunden haft den förmågan. Orden hade fallit lite som de ville i telefon med polisen.

Men så kom hon på att det nu kunde vändas till deras fördel.

– Jag tror jag vet hur vi kan köpa oss tid, sa hon.

Nombeko föreslog att Celestine berättade så fort som möjligt, eftersom polisen eventuellt började borra i bomben om fyra och en halv minut.

Jo, det var som så, sa Celestine, att hon blivit högljudd i det där samtalet till snutarna även om det var de som börjat i det att de svarat "polisen" när hon ringde. I ett väldigt provocerande tonläge.

Nombeko bad Celestine komma till saken.

Saken, ja. Den var den att om gruppen levde upp till de hot Celestine råkat uttala skulle grisarna där ute komma av sig. Ganska säkert. Ganska rejält, dessutom. Det vore förstås… vad hette det?… oetiskt, men krukmakaren hade säkert inget att invända.

Den unga arga presenterade sin idé. Vad tyckte de andra?

– Fyra minuter kvar, sa Nombeko. Holger, du tar benen och du Holger huvudet. Jag hjälper till med mitten.

Just när ettan och tvåan tagit tag i varsin ände av nittiofem kilo före detta krukmakare ringde det i den mobiltelefon Holger 1 disponerade för helikoptertaxibolagets räkning. Det var chefen som berättade den tråkiga nyheten att en av helikoptrarna blivit stulen. Typiskt nog strax efter det att Holger åkt hem för att läka sina sår, annars hade han ju kunnat hindra tillgreppet. Var han möjligen tillgänglig för att ordna med polisanmälan och alla försäkringskontakter? Inte det? Hjälper en bekant att flytta? Ja, lyft inte för tungt bara.

* * *

Ansvarigt befäl på plats hade bestämt att det skulle skäras upp en ny ingång till fastigheten genom magasinets södra plåtvägg. Hoten hade varit dramatiska och det var omöjligt att veta vem eller vilka som härjade där inne. Lättaste sättet att ta sig in skulle förstås ha varit att dra bort den blockerande lastbilen med hjälp av traktor. Men bilen kunde vara riggad på något vis, liksom fastighetens alla fönster, för övrigt. Därav beslutet att ta vägen genom väggen.

– Tänd skärbrännaren, Björkman, sa befälet på plats.

I det ögonblicket skymtade en människa bakom gardinen till ett av de trasiga fönstren på vindsvåningen i rivningskåken. Han syntes knappt, men hördes:

– Ni får oss aldrig! Om ni bryter er in hoppar vi en efter en! Hör ni det? sa Holger 2 i ett så vildsint och desperat tonläge han kunde.

Befälet på plats hejdade Björkman med aggregatet. Vad var det för någon som gapade där uppe? Vad var han ute efter?

– Vilka är ni? Vad vill ni? frågade polisbefälet genom sin megafon.

– Ni får oss aldrig! sa rösten bakom gardinen igen.

Och så trädde en man fram, han liksom krängde sig över kanten, verkade få hjälp... eller? Tänkte han hoppa? Tänkte han hoppa och slå ihjäl sig bara för att...

Jävlar!

Mannen släppte allt. Och seglade ner mot asfalten. Det var som om han var fri från all oro, att han bestämt sig för att göra det han nu gjorde. Sa inte ett ljud under fallet. Tog inte emot sig med händerna.

Han landade på huvudet. Ett kras och en duns. Massor med blod. Inte en chans att han överlevt.

Inbrytningen stoppades omedelbart.

– Fy fan, sa polisen med skärbrännaren och började må illa av vad han såg.

– Vad gör vi nu, chefen? sa hans kollega som inte mådde bättre.

– Vi avbryter allt, sa befälet som möjligen mådde sämst av de tre. Och så ringer vi Nationella insatsstyrkan i Stockholm.

* * *

Den amerikanske krukmakaren var bara femtiotvå år gammal, visserligen förföljd hela livet av minnena från kriget i Vietnam, förföljd av inbillad förföljelse dessutom. Men sedan Nombeko och kinesflickorna blev en del av hans liv hade sakerna verkat gå åt rätt håll. Han var nästan kvitt sin paranoida ångest, hade inte längre samma höga adrenalinnivåer, och kroppen hade vant sig av med att hantera dem. När då det förmodade CIA plötsligt verkligen knackade på dörren skenade allt med sådan fart att adrenalinnivåerna inte hann inta tidigare försvarsställning. I stället drabbades krukmakaren av kammarflimmer. Pupillerna vidgades och hjärtat stannade.

När detta händer verkar man först död, sedan dör man på

riktigt. Blir man dessutom därpå kastad från ett fönster på fjärde våningen med huvudet före ner i asfalt – då dör man igen om man inte redan gjort det.

Holger 2 beordrade återgång till magasinet där han höll i en trettio sekunder lång minnesstund över han som inte längre fanns bland dem, och tackade för viktig hjälp under rådande svåra omständigheter.

Därefter lämnade tvåan tillbaka befälet till Nombeko. Hon tackade för förtroendet och inledde med att hon hunnit hitta och okulärbesiktiga krukmakarens grävda tunnel. Som det verkade skulle han komma att hjälpa gruppen inte bara en gång efter sin död, utan två.

– Han har inte bara byggt en hundrafyrtio meter lång gång till krukmakeriet på andra sidan gatan, han har underhållit den, gett den elektricitet, täckt upp med fotogenlampor i reserv, där finns ett konservförråd för flera månader, vatten på flaska… kort sagt: han var verkligen, verkligen inte riktigt klok.

– Vila i frid, sa Holger 1.

– Hur stor är tunneln? sa Holger 2.

– Lådan får plats, sa Nombeko. Inte med stor marginal, men liten.

Så delegerade Nombeko uppgifter. Celestine fick i uppdrag att gå igenom lägenheterna, plocka med sig allt som ledde till olika personer, lämna resten.

– Utom en sak, tillade hon. I mitt rum finns en ryggsäck som jag vill följer med. Den innehåller viktiga saker för framtiden.

Nitton komma sex miljoner viktiga saker, tänkte hon.

Holger 1 uppdrogs att ta tunneln och hämta den kärra på hjul som stod i krukmakeriet medan tvåan fick vänlig order om att förvandla bombens emballage från myshörna till vanlig låda igen.

– Vanlig? sa Holger 2.

– Sätt igång nu, min kära.

Arbetsfördelningen var klar, alla tog sig an sitt.

Tunneln var ett strålande exempel på paranoid ingenjörskonst. Högt i tak, raka väggar, ett som det verkade stabilt system av bjälkar som låste varandra och hindrade ras.

Den ledde hela vägen till krukmakeriets källare, med utgång på fastighetens baksida, utom synhåll för den ständigt växande skaran med folk utanför Fredsgatan 5.

Åttahundra kilo atombomb är lika svårhanterligt på en kärra på fyra hjul som det låter. Men på mindre än en timme stod den i alla fall på en tvärgata till Fredsgatan, bara tvåhundra meter från all världens aktivitet utanför rivningskåken, dit Nationella insatsstyrkan just anlänt.

– Nu tycker jag vi rullar härifrån, sa Nombeko.

Holgrarna och Nombeko knuffade på där bak medan den unga arga skötte styrstången fram.

Färden gick långsamt längs en mindre, asfalterad väg rakt in i den sörmländska landsbygden. En kilometer bort från den belägrade Fredsgatan. Två kilometer. Och vidare.

Det var understundom ett tungt arbete för alla utom Celestine. Men efter tre kilometer, så fort kärran baxats över ett nästan osynligt krön, gick det lättare. Och på det blev det för första gången svagt utför. Ettan, tvåan och Nombeko fick välbehövlig vila.

I några sekunder.

Nombeko var den som först insåg vad som var på väg att ske. Hon beordrade holgrarna att trycka på från andra hållet i stället. Den ene förstod och lydde omedelbart, den andre begrep eventuellt han också, men hade just stannat och halkat efter för att klia sig där bak.

Ettans tillfälliga frånfälle gjorde dock varken till eller från. Allt var för sent i samma sekund som de åttahundra kilona kom i egen rullning.

Den som gav upp sist var Celestine. Hon sprang framför bomben och försökte leda den rätt innan allt gick för snabbt även för henne. Då låste hon styrstången och hoppade åt sidan. Därpå fanns inget annat att göra än att se tre megaton förintelsevapen rulla iväg i den smala landsvägens allt brantare nedförsbacke. På lådans ena sida: en fastsurrad ryggsäck innehållande nitton komma sex miljoner kronor.

– Någon som har en idé om hur vi tar oss femtioåtta kilometer härifrån på tio sekunder? sa Nombeko medan hon tittade efter den skenande bomben.

– Idéer är inte min starka sida, sa Holger 1.

– Nej, men du är bra på att klia dig i röven, sa hans bror och tänkte att det var en märklig slutreplik i livet.

Tvåhundra meter längre bort gjorde vägen en svag vänstersväng. Till skillnad från den hjulburna atombomben som fortsatte rakt fram.

* * *

Herr och fru Blomgren hade en gång funnit varandra i det att båda ansåg att sparsamhet var den finaste dygden av dem alla. Margareta höll sedan fyrtionio år hårt i sin Harry som höll ännu hårdare i parets alla pengar. Enligt dem själva var de ansvarsfulla. Varje oberoende betraktare skulle snarare kalla dem snåla.

Harry var skrothandlare i hela sitt yrkesverksamma liv, ärvde verksamheten efter pappa redan i tjugofemårsåldern. Det sista fadern gjorde innan en Chrysler New Yorker trillade över honom var att anställa en ung flicka att sköta firmans bokföring. Arvtagaren Harry tyckte att det var ett bottenlöst slöseri med pengar ända tills flickan, Margareta, uppfann något hon kallade faktureringsavgift och dröjsmålsränta. Då blev han i stället blixtförälskad, friade och fick ja. Bröllopet hölls på skroten, de tre övriga anställda bjöds in via en lapp på anslagstavlan i hallen. På knytkalas.

Det blev aldrig några barn, det var en kostnad Harry och Margareta räknade kontinuerligt på ända tills de inte hade anledning att räkna längre.

Däremot löste det sig med boendet. Under de första tjugo åren levde de med Margaretas mamma i hennes hus Ekbacka, innan kärringen till all lycka dog. Hon var frusen av sig och hade i alla år klagat på att Harry och Margareta vägrade ha mer värme inomhus om vintrarna än att det bildades frost på insidan av fönstren. Nu hade hon det bättre där hon låg på frostfritt djup på kyrkogården i Herrljunga. Varken Harry eller Margareta såg värdet i att slösa med blommor på hennes grav.

Margaretas mamma hade som trevlig hobby haft tre tackor betande i en liten fårhage intill vägen. Men innan tanten ens hunnit kallna, trots att hon var rätt kall redan från början, slaktade Harry och Margareta djuren och åt upp dem. Kvar stod ett gistet fårhus och tilläts ruttna.

Så gick makarna i pension, sålde skroten, passerade både sjuttio och sjuttiofem innan de en dag bestämde sig för att faktiskt göra något åt det där rucklet i hagen. Harry rev och Margareta staplade brädor på hög. Därefter tände de eld på alltihop och det brann friskt medan Harry Blomgren vaktade med vattenslang ifall elden skulle skena. Vid hans sida, som alltid, hans fru Margareta.

I det ögonblicket brakade det till när åttahundra kilo atombomb i låda på hjul for rakt igenom staketet, in i makarna Blomgrens före detta fårhage och inte stannade förrän mitt i brasan.

– Vad i hela friden? sa fru Blomgren.

– Staketet! sa herr Blomgren.

Sedan tystnade de och tittade på den grupp om fyra personer som följde i vagnens och lådans spår.

– God eftermiddag, sa Nombeko. Skulle herrn vilja vara så vänlig och spruta vatten på elden så att den slocknar? Utan dröjsmål, tack.

Harry Blomgren svarade inte. Gjorde ingenting.

– Utan dröjsmål, som sagt, sa Nombeko. Det vill säga: *Nu!*

Men gubben stod fortsatt där han stod, med avstängd vattenslang i hand. Vagnens trädelar började reagera på hettan. Ryggsäcken brann redan för fullt.

Så öppnade Harry Blomgren i alla fall munnen.

– Vatten är inte gratis, sa han.

Då small det.

Vid första explosionen drabbades Nombeko, Celestine, Holger och Holger av något som liknande det hjärtstillestånd som ändat krukmakarens liv någon timme tidigare. Men till skillnad från honom hämtade sig de övriga när de förstod att det var ett däck som flugit i luften, inte en hel region.

Det andra, tredje och fjärde följde på det första. Harry Blomgren vägrade fortsatt att spruta vatten över låda och ryggsäck. Först ville han veta vem som tänkte ersätta honom för staketet. Och kostnaderna för vattnet.

– Jag tänker att ni inte riktigt förstår allvaret i den situation vi befinner oss i, sa Nombeko. Lådan innehåller… eldfängt material. Om det blir för varmt slutar det illa. Rysligt illa. Tro mig!

Hon hade redan gett upp ryggsäcken. De nitton komma sex miljonerna fanns inte mer.

– Varför skulle jag tro på en vilt främmande människa och hennes medbrottslingar? Svara i stället på vem som tänker ersätta staketet!

Nombeko insåg att hon inte kom längre med mannen framför sig. Därför bad hon Celestine ta över.

Det gjorde den unga arga gärna. För att inte förlänga samtalet mer än nödvändigt, sa hon:

– Släck elden, annars dödar jag dig!

Harry Blomgren tyckte sig se i flickans ögon att hon menade vad hon sa, varpå han genast satte igång att göra som hon sagt.

– Bra där, Celestine, sa Nombeko.

– Min flickvän, sa Holger 1 stolt.

Holger 2 valde att vara tyst, men tänkte att det var typiskt att när den unga arga äntligen sa och gjorde något gruppen hade nytta av, var det i form av mordhot.

Vagnen var halvt uppbrunnen, lådan svedd i kanterna, ryggsäcken borta. Men elden var släckt. Världen som världen kände den bestod. Harry Blomgren gaskade upp sig.

– Kan vi då äntligen diskutera ersättningsfrågan?

Nombeko och Holger 2 var de enda som begripit att mannen som ville diskutera ersättning just eldat upp nitton komma sex miljoner kronor, för att han ville spara vatten. Från egen brunn.

– Frågan är vem som borde ersätta vem, mumlade Nombeko.

När dagen börjat hade hon och hennes Holger haft en konkret vision för framtiden. Några timmar senare var tvärtom hela deras existens hotad – två gånger om. Nu var läget någonstans där emellan. Att påstå att livet var en dans på rosor tyckte Nombeko vore att ta i.

* * *

Harry och Margareta Blomgren ville inte släppa ifrån sig de objudna gästerna med mindre än att de gjorde rätt för sig. Men det började bli sent och Harry lyssnade till gruppens argument om att det inte fanns några kontanter att tillgå, att det förvisso funnits en skvätt i ryggsäcken som just brunnit upp, men att de nu ingenting kunde göra förrän banken öppnade nästa dag. Därpå skulle de bara få ordning på sin vagn och rulla vidare med sin låda.

– Lådan, ja, sa Harry Blomgren. Vad innehåller den?

– Skit i det du, gubbjävel, sa den unga arga.

– Mina personliga tillhörigheter, förtydligade Nombeko.

Med gemensamma krafter flyttade gruppen den svedda lådan från det som återstod av kärran den stått på till Harry och Margareta Blomgrens bilsläp. Därefter lyckades Nombeko efter mycket tjat och lite hjälp av Celestine få Harry Blomgren att låta släpet ersätta hans bil i gårdens enda garage. Annars skulle ju lådan synas från vägen, och tanken på det var inget Nombeko skulle sova gott av.

På Ekbacka fanns en gäststuga som herr och fru Blomgren tidigare hyrt ut till tyska turister, ända tills de blivit svartlistade av förmedlingsfirman sedan de försökt få ut extra ersättning av gästerna för snart sagt allting, inklusive att de installerat myntbox till toaletten.

Sedan dess hade stugan stått tom med myntbox och allt (ett tiokronorsmynt per besök). Men nu kunde inkräktarna inkvarteras där.

Holger 1 och Celestine fick plats i stugans allrum, medan tvåan och Nombeko lade beslag på sängkammaren. Margareta Blomgren visade med viss förtjusning hur mynttoaletten fungerade och tillade att hon inte ville veta av något kissande i trädgården.

– Kan man få växla den här till tio tiokronor? sa den kissnödige Holger 1 och räckte över en hundralapp till fru Blomgren.

– Säg ordet "växlingsavgift" om du törs, sa den unga arga.

Eftersom Margareta Blomgren inte tordes säga växlingsavgift blev det heller ingen växling av. Därför uträttade ettan sina behov i en syrenbuske så fort det blivit tillräckligt mörkt för att det inte skulle märkas. Det var bara det att det visst märktes, eftersom herr och fru Blomgren vid tillfället satt i sitt nedsläckta kök med varsin kikare.

Att inkräktarna skickade en kärra rakt igenom makarnas staket var förstås försumligt, men knappast något de gjort med flit. Att därpå med hot tvinga makarna att slösa med vatten för att deras tillhörigheter inte skulle brinna upp var anmärkningsvärt, en kriminell handling, men kunde i värsta fall ursäktas av den desperation man fick förmoda att de kände i den uppkomna situationen.

Men att uppsåtligen och i strid med tydliga instruktioner ställa sig vid en syrenbuske och urinera i makarnas trädgård – det var så upprörande att Harry och Margareta Blomgren inte visste till sig. Det var stöld, det var förargelseväckande beteende, det var eventuellt det värsta de någonsin varit med om.

– De där huliganerna kommer att bli vår finansiella olycka, sa Margareta Blomgren till sin man.

Harry Blomgren nickade.

– Ja, sa han. Om vi inte gör något innan det är för sent.

Nombeko, Celestine och holgrarna lade sig att sova. Detta medan Nationella insatsstyrkan förberedde en inbrytning på Fredsgatan 5 några kilometer därifrån. Det var en svensk kvinna som ringt polisen och en svensktalande man som synts bakom en gardin på fjärde våningen, han som sedan hoppat. Liket skulle förstås obduceras, tills vidare förvarades det i en ambulans på gatan nedanför. En första besiktning visade att den döde var vit och i femtioårsåldern.

Ockupanterna hade alltså varit minst två till antalet. De

poliser som bevittnat händelsen anade att de varit fler bakom gardinen, men de var inte säkra.

Operationen inleddes klockan 22.32 torsdagen den 14 augusti 1994. Insatsstyrkan påbörjade en inbrytning från tre olika håll med gas, bulldozer och helikopter. Det var stor anspänning för de unga männen i styrkan. Ingen av dem hade upplevt ett skarpt läge tidigare, inte undra på att det avlossades ett antal skott i röran. Minst ett av dem fick kuddlagret att fatta eld och utveckla en rök närmast omöjlig att operera i.

Morgonen därpå, i herr och fru Blomgrens kök, kunde Fredsgatans tidigare invånare höra på nyheterna om hur dramat slutat.

Enligt Ekoredaktionens utsända hade det förekommit viss strid. Minst en av medlemmarna i styrkan hade blivit skjuten i benet, tre andra var förgiftade av gas. Styrkans tolvmiljonershelikopter hade kraschlandat bakom ett nedlagt krukmakeri eftersom det inte gått att orientera sig i den täta röken. Bulldozern hade brunnit upp tillsammans med fastigheten, magasinet, fyra polisbilar och den ambulans där självmördarens kropp låg i väntan på obduktion.

Sammantaget hade operationen dock varit lyckad. Samtliga terrorister var utslagna. Hur många de varit återstod att reda ut eftersom deras kroppar blivit kvar i lågorna.

– Herrejösses, sa Holger 2. Nationella insatsstyrkan i krig med sig själv.

– De vann i alla fall, det tyder på viss kompetens, sa Nombeko.

Under frukosten påtalade inte makarna Blomgren vid ett enda tillfälle att kostnaden för densamma skulle tillkomma. De var tvärtom tysta. Sammanbitna. Nästan skamsna, som det verkade. Det gjorde Nombeko vaksam, för skamlösare människor hade hon inte träffat, och då hade hon ändå träffat en och annan.

Miljonerna var ju borta, men Holger 2 hade åttiotusen på banken (i sin brors namn). Dessutom fanns det nästan fyrahundratusen kronor på företagskontot. Nästa steg fick bli att köpa ut sig från de här hemska människorna, hyra bil med släp och flytta över bomben från det ena släpet till det andra. Och sedan åka därifrån. Vart återstod att reda ut, bara det var tillräckligt långt från Gnesta och makarna Blomgren.

– Vi såg nog att ni kissade i trädgården i går kväll, sa fru Blomgren plötsligt.

Jävla Holger 1, tänkte Nombeko.

– Det var mer än jag visste, sa hon. Då får jag beklaga och föreslå att vi lägger till tio kronor till den skuld jag tänkte att vi nu skulle diskutera.

– Behövs inte, sa Harry Blomgren. Eftersom ni inte går att lita på har vi redan sett till att självkompensera.

– Hur sa? sa Nombeko.

– "Eldfängt material". Snicksnack! Jag har jobbat med skrot i hela mitt liv. Skrot brinner banne mig inte, fortsatte Harry Blomgren.

– Har ni öppnat lådan? sa Nombeko och började ana det värsta.

– Nu biter jag dem i strupen båda två, sa den unga arga och fick hållas tillbaka av Holger 2.

Situationen var alldeles för svårläst för Holger 1 som gick därifrån. Han hade dessutom behov av att besöka samma syrenbuske som kvällen innan. Detta medan Harry Blomgren backade ett steg bort från den unga arga. En djupt obehaglig kvinna, ansåg han.

Och så fortsatte han med det han hade att säga. Orden flödade för de hade övats in under natten.

– Ni valde att missbruka vår gästfrihet, ni undanhöll oss pengar, ni kissade i vår trädgård, alltså går ni inte att lita på. Vi hade inget annat val än att säkra den ersättning ni säkert tänkt smita från. Därför är ert bombskrot förverkat.

– Förverkat? sa Holger 2 och fick inre bilder av en detonerad atombomb.

– Förverkat, upprepade Harry Blomgren. Vi tog den gamla bomben till en skrothandlare i natt. Och fick en krona kilot. I snålaste laget, men ändå. Täcker väl med nöd och näppe kostnaderna för skadorna ni orsakat. Och då har jag ändå utelämnat hyran för boendet i gäststugan. Och ni ska inte inbilla er att jag tänker tala om var skrotfirman ligger. Ni har ställt till med tillräckligt mycket som det är.

Medan Holger 2 fortsatte att hindra den unga arga från att begå dubbelmord stod det klart för både honom och Nombeko att gubben och kärringen tydligen inte förstått att det de kallade skrot och gammal bomb i själva verket var en tämligen ny – och fullt fungerande – dito.

Harry Blomgren sa att det blivit ett överskott på affären, om än begränsat, därmed kunde saken med vattnet, det trasiga staketet och kissandet i trädgården vara utagerad. Givet att gästerna från och med nu och till dess att de strax gav sig av kissade på toaletten och ingen annanstans, förstås. Och inte orsakade annan åverkan.

Holger 2 var nu tvungen att bära ut den unga arga. I trädgården fick han henne att lugna ner sig lite grand. Hon sa att det måtte ha varit något med åsynen av gubben och kärringen hon inte tålde. Plus allt de gjorde och sa.

Den vreden var inget Harry och Margareta Blomgren kalkylerat med under nattens transport till och från den före detta egna skrothandeln, numera ägd och driven av tidigare medarbetaren Rune Runesson. Den vansinniga kvinnan gick utanför all logik. De var kort sagt rädda båda två. Detta samtidigt som Nombeko, som aldrig blev arg på riktigt, nu var arg på riktigt. Bara några dagar innan hade hon och tvåan hittat en väg framåt. För första gången fanns det tro, det fanns hopp, det fanns nitton komma sex miljoner. Av det återstod inget annat än... herr och fru Blomgren.

— Bäste herr Blomgren, sa hon. Får jag lov att föreslå en uppgörelse?

— Uppgörelse? sa Harry Blomgren.

— Ja, mitt skrot står mig väldigt nära, herr Blomgren. Nu är min idé att herr Blomgren inom tio sekunder talar om vart han fört det. I gengäld lovar jag i så fall att förhindra att kvinnan i trädgården biter er och er fru i strupen.

Den bleke Harry Blomgren sa ingenting. Nombeko fortsatte:

— Om han därefter lånar ut sin bil till oss på obestämd tid har han mitt ord på att vi eventuellt lämnar tillbaka den någon gång, samt att vi inte genast slår sönder er myntbox och eldar upp ert hus.

Margareta Blomgren gjorde en ansats till att svara, men maken hindrade henne.

— Tyst, Margareta, det här sköter jag.

— Hittills har mina förslag varit inlindade, fortsatte Nombeko. Vill herr Blomgren att vi byter till ett hårdare tonläge?

Harry Blomgren fortsatte att sköta händelserna genom att inte svara. Hans Margareta gjorde en ny ansats. Men Nombeko hann före:

— Är det förresten fru Blomgren som sytt den här köksduken?

Margareta blev överraskad av bytet av ämne.

— Ja? sa hon.

— Den är väldigt fin, sa Nombeko. Skulle fru Blomgren vilja ha den nerstoppad i halsen?

Holger 2 och den unga arga hörde dialogen utifrån trädgården.

— Min flickvän, sa Holger 2.

Ska det krångla så ska det. Naturligtvis hade bomben körts till den enda skroten på Moder jord dit den inte borde ha tagits — den på Fredsgatan 9 i Gnesta. Harry Blomgren var nu övertygad om att allt gick ut på överlevnad och inget annat. Därför berättade han att han och hustrun kommit dit med bomben på släp mitt i natten. Där hade de tänkt att Rune Runesson skulle ta emot, men i stället möttes de av kaos. Två byggnader bara femtio meter från skroten stod i brand. Delar av vägen var avspärrad, det gick inte att ta sig in på Runessons gårdsplan.

Runesson själv hade stigit upp och begett sig till firman för att möta den nattliga leveransen, men som det nu var fick släp och skrot tills vidare ställas på gatan strax utanför avspärrningarna. Runesson lovade att ringa och säga när de var hävda. Först då kunde affären slutföras.

— Bra, sa Nombeko när Harry Blomgren berättat allt som fanns att berätta. Far nu vänligen åt helvete med er båda två.

Och så lämnade hon makarna Blomgrens kök, samlade ihop gruppen, satte den unga arga bakom ratten till Harry Blomgrens bil, Holger 1 i framsätet intill och sig själv och tvåan i baksätet för strategisamtal.

— Då kör vi, sa Nombeko varpå den unga arga körde.

Hon tog vägen genom den del av makarna Blomgrens staket som ännu inte låg i bitar.

Kapitel 16

Om en förvånad agent
och en potatisodlande grevinna

AGENT B HADE tjänat Mossad och Israel i nästan tre
decennier. Han föddes i New York mitt under kriget
och flyttade som liten med sina föräldrar till Jerusalem
1949, strax efter bildandet av staten.

Redan som tjugoåring skickades han på sitt första utlands-
uppdrag, att infiltrera studentvänstern på Harvard University i
USA i avsikt att registrera och analysera antiisraeliska stäm-
ningar.

Eftersom hans föräldrar växte upp i Tyskland, varifrån de
fick fly för sina liv 1936, talade agent B även flytande tyska. Det
gjorde honom lämplig att operera i sjuttiotalets DDR. Han levde
och arbetade som östtysk i nästan sju år. Bland annat skulle han
låtsas vara fotbollssupporter till FC Karl-Marx-Stadt.

Emellertid behövde B inte låtsas i mer än några månader.
Strax var han en lika inbiten supporter som de tusentals bevak-
ningsobjekten runt omkring honom. Att staden och laget bytte
namn när kapitalismen till sist spelat skjortan av kommunismen
förändrade inte B:s kärlek till klubben. Som en diskret och lite
barnslig hyllning till en av lagets okända men lovande juniorer
opererade B nu under det neutrala men välklingande namnet
Michael Ballack. Originalet var tvåfotad, kreativ och med fin
blick för spelet. Gick en lysande framtid till mötes. Agent B
kände i alla avseenden samhörighet med sitt alias.

B var tillfälligt stationerad i Köpenhamn när han tog emot kollegan A:s rapport om genombrottet i Stockholm med omnejd. När A därefter inte hörde av sig på nytt fick B klartecken från Tel Aviv att ge sig av efter honom.

Han tog ett morgonflyg fredagen den 15 augusti och hyrde bil på Arlanda. Första anhalt: den adress kollegan A sagt sig vara på väg till dagen innan. B såg noga till att hålla hastighetsbegränsningarna, han ville inte dra den tvåfotade Ballacks namn i smutsen.

Väl framme i Gnesta svängde han försiktigt in på Fredsgatan och möttes av – en avspärrning? Och ett helt nerbrunnet kvarter, massor av poliser, tevebussar och horder av nyfikna.

Och vad var det som stod där borta på ett släp? Var det...? Det kunde det inte vara. Det var helt enkelt inte möjligt. Men var det ändå inte...?

Plötsligt stod hon bara där, vid B:s sida.

– Hej på sig agenten, sa Nombeko. Allt väl?

Hon hade inte ens blivit förvånad när hon fått syn på honom strax utanför avspärrningarna, tittande på det släp med bomb hon kommit för att hämta. För varför skulle inte agenten stå just där just då, när allt annat som inte kunde hända gjorde det?

Agent B släppte bomben med blicken, vred på huvudet och fick i stället syn på – städerskan! Först den stulna lådan på släp och nu tjuven. Vad var det som pågick?

Nombeko kände sig märkligt lugn. Hon förstod att agenten var både rådlös och chanslös. Det var minst femtio poliser i deras omedelbara närhet och säkert tvåhundra andra, inklusive halva Mediesverige.

– Vacker utsikt, inte sant? sa hon och nickade mot den svedda lådan.

B svarade inte.

Holger 2 slöt upp vid Nombekos sida.

– Holger, sa han och sträckte fram handen i en plötslig ingivelse.

B tittade på den, men tog den inte. I stället vände han sig till Nombeko:

– Var är min kollega? sa han. I resterna där inne?

– Nej. Det senaste jag hörde var att han var på väg till Tallinn. Men jag vet inte om han kom fram.

– Tallinn?

– Om han nu kom fram, sa Nombeko och signalerade åt den unga arga att backa upp bilen.

Medan Holger 2 kopplade ihop bil med släp ursäktade sig Nombeko inför agenten. Hon hade lite att stå i och nu måste hon ge sig iväg med sina vänner. De fick väl språkas mer nästa gång de träffades. Om de skulle ha oturen att springa på varandra igen.

– Hej då, agenten, sa Nombeko och satte sig i baksätet bredvid sin tvåa.

Agent B svarade inte, men tänkte. Det han tänkte medan bil och släp rullade iväg var:

Tallinn?

* * *

B stod kvar på Fredsgatan och funderade över vad som hänt, medan Celestine körde norrut från Gnesta med ettan intill och med tvåan och Nombeko i fortsatta diskussioner i baksätet. Bensinen var på väg att ta slut. Den unga arga ondgjorde sig över att den snåle, förbannade, satans gubbjävel de stulit bilen av inte orkat tanka den innan. Och så svängde hon in på närmaste mack.

Efter påfyllning tog ettan över Celestines plats bakom ratten, det fanns ju ändå inga fler staket att forcera i vredesmod. Nombeko uppmuntrade till förarbytet, det var illa nog att de åkte omkring med en atombomb på ett för tungt lastat släp draget av en stulen bil. Chauffören kunde väl åtminstone ha körkort.

Holger 1 fortsatte norrut.

– Vart är du på väg, älskling? sa den unga arga.

– Det vet jag inte, sa Holger 1. Det har jag aldrig vetat.

Celestine funderade. Skulle de kanske… trots allt…?

– Norrtälje? sa hon.

Nombeko avbröt sammanträdet där bak. Hon hade hört något i Celestines röst som sa att Norrtälje var lite mer än bara ett samhälle i mängden.

– Varför Norrtälje?

Celestine förklarade att hennes mormor bodde där. Klassförrädare, svår att stå ut med. Men nu var omständigheterna som de var. En natt i mormoderns sällskap skulle nog den unga arga klara, om de andra gjorde detsamma. Hon odlade förresten potatis, det minsta hon kunde göra var att gräva upp några av knölarna och bjuda dem på mat.

Nombeko bad Celestine berätta mer om tanten och överraskades av ett långt och relativt redigt svar.

Saken var den att Celestine inte sett sin mormor på över sju år. Och de hade inte talats vid en enda gång på den tiden. Ändå hade hon tillbringat somrarna på mormors Sjölida som barn och de hade haft det… bra… tillsammans (det där "bra" tog emot att säga eftersom Celestines grundinställning var att inget var just det).

Hon berättade vidare att hon i tonåren blivit politiskt intresserad. Hon insåg att hon levde i ett tjuvsamhälle där de rika bara blev rikare och hon själv bara fattigare eftersom hennes pappa drog in veckopengen så länge hon vägrade göra som han och mamma sa (som till exempel att sluta kalla dem för kapitalistsvin till frukosten varje morgon).

Som femtonåring gick hon med i Kommunistiska partiet

marxist-leninisterna (revolutionärerna), dels för det där inom parentes, det lockade henne även om hon inte visste vilken sorts revolution hon ville ha, från och till vad. Men också för att det började bli så förtvivlat ute att vara marxist-leninist. Sextioåtta-vänstern hade ju ersatts av en åttiotalshöger som till och med uppfunnit sin egen första maj, även om de fegisarna valt den fjärde oktober i stället.

Att vara både ute och rebell passade Celestine bäst, det var dessutom en kombination som representerade motsatsen till det hennes pappa stod för. Han var bankdirektör, därmed fascist. Celestine dagdrömde om hur hon och hennes kamrater trängde sig in på pappans bank med sina röda fanor och krävde inte bara den veckans veckopeng för Celestines räkning utan retro-aktiva veckopengar med ränta ända sedan den dragits in.

Men när hon på ett medlemsmöte råkade föreslå att KPML(r):s lokalavdelning skulle bege sig till Handelsbanken i Gnesta av ungefär ovan nämnda skäl blev hon först utbuad, därefter mob-bad och till sist utesluten. Partiet var fullt upptaget med att ge stöd åt kamrat Robert Mugabe i Zimbabwe. Nu var självstän-digheten vunnen där. Återstod strävan mot enpartistat. Att i det läget fokusera på att råna svenska banker på medlemmarnas veckopeng var inte aktuellt. Celestine kallades för flata av lokal-avdelningens ordförande och kördes på porten (homosexualitet var vid denna tid det näst fulaste marxist-leninisterna visste).

Den uteslutna och väldigt unga arga Celestine fick koncen-trera sig på att lämna högstadiet med sämsta möjliga betyg i samtliga ämnen, eftersom hon i protest mot föräldrarna aktivt arbetade för att det skulle bli just så. Till exempel skrev hon sin korta engelskauppsats på tyska och hävdade i ett prov i historia att bronsåldern inträdde den 14 februari 1972.

Direkt efter sista dagen i skolan lade hon slutbetyget på pap-pans arbetsbord varpå hon sa adjö och flyttade till mormor i

Roslagen. Mamman och pappan lät det ske, tänkte att hon väl skulle komma tillbaka, det gjorde inget om det gick en månad eller två. Det absoluta bottenbetyget från högstadiet räckte ändå inte till någon av de mer avancerade gymnasielinjerna. Eller någon annan linje någonstans.

Mormodern var då just sextio år fyllda, drev strävsamt den potatisodling hon fått ärva av sina föräldrar. Flickan hjälpte till så gott hon kunde, tyckte lika mycket om tanten som hon gjort under barndomens somrar. Ända tills bomben briserade (om Nombeko ursäktade uttrycket). Mormor berättade en kväll framför brasan att hon egentligen var *grevinna*. Det hade Celestine inte haft en aning om. Vilket svek!

– På vilket sätt då? undrade Nombeko uppriktigt.

– Du tror väl inte att jag sitter och fraterniserar med förtryckarklassen? sa Celestine och var tillbaka på det humör Nombeko kände så väl.

– Men hon var ju din mormor? Och är väl det fortfarande, såvitt jag förstår?

Celestine svarade att det där var något Nombeko inte begrep. Och att hon inte tänkte orda mer om saken. Hon hade i alla fall packat väskan nästkommande dag och gett sig iväg. Hade ingenstans att ta vägen, sov några nätter i ett pannrum. Ställde sig att demonstrera utanför pappans bank. Träffade Holger 1. Republikan och son till en lägre posttjänsteman som drivits av ett patos och dött i sin kamp. Det kunde inte bli bättre. Det var kärlek vid första ögonkastet.

– Och nu är du ändå beredd att återvända till mormor? sa Nombeko.

– Ja, men vafan, kom med en bättre idé du då! Vi har ju din jävla bomb på släp. Själv åker jag mycket hellre till Drottningholm och smäller av skiten utanför slottet. Då skulle man dö med lite värdighet.

Nombeko påpekade att de inte behövde bege sig till kungens slott fyra mil bort för att radera ut monarkin och det mesta i övrigt, det kunde de ordna på distans. Men det var inget hon rekommenderade. Tvärtom berömde hon Celestine för idén med mormor.

– Mot Norrtälje, sa hon och återvände till samtalet med Holger 2.

Tvåan och Nombeko försökte städa upp efter gruppen för att försvåra för agent B att hitta dem igen, eller vem det nu var som hittat vem senast.

Ettan måste genast sluta sitt arbete i Bromma. Och aldrig mer besöka sin folkbokföringsadress i Blackeberg. Han skulle kort och gott följa sin brors exempel och se till att finnas så lite som möjligt.

Det där med att upphöra att existera borde gälla också Celestine, men hon vägrade. Det var riksdagsval igen till hösten och val kring medlemskap i EU efter det. Utan egen adress inga valsedlar och utan valsedlar kunde hon inte praktisera den medborgerliga rättigheten att rösta på det ickeexisterande "Riv hela skiten"-partiet. När det gällde EU tänkte hon förresten rösta ja. Hon räknade nämligen med att det skulle gå åt helvete med alltihop, och då gällde det att Sverige var med.

Nombeko tänkte att hon flyttat från ett land där de flesta i befolkningen inte hade rösträtt till ett annat där somliga inte borde ha det. Beslutet fick i alla fall bli att den unga arga skaffade sig en postbox som adress någonstans i Stockholmstrakten och att hon varje gång den tömdes skulle se till att den inte var bevakad. Åtgärden var eventuellt överdriven, men dittills hade allt som kunde gå fel gjort just det.

Därmed var det inte mycket mer att göra åt alla historiska spår. Återstod att inom det närmaste kontakta polisen och be

om samtal apropå att en grupp terrorister eldat upp Holger &
Holgers kuddfirma. Bättre att förekomma än förekommas i den
saken. Men det fick bli sedan.

Nombeko slöt ögonen för en stunds vila.

* * *

I Norrtälje stannade gruppen för att köpa mat som muta till
Celestines mormor. Att skicka ut den tänkta värdinnan i potatis-
landet tyckte Nombeko kändes onödigt.

Färden gick därpå vidare mot Vätö och in på en grusväg
strax norr om Nysättra.

Mormodern bodde ett par hundra meter bortom vägs ände,
van sedan många år vid att aldrig få besök. När hon då en kväll
hörde och såg hur det rullade in en främmande bil med släp på
tomten, greppade hon för säkerhets skull sin bortgångne pappas
älgstudsare innan hon gick ut på verandan.

Nombeko, Celestine och holgrarna klev ur bilen och möttes
av en tant som med höjt gevär meddelade att här hade tjuvar
och banditer ingenting att hämta. Nombeko, som redan var
trött så det räckte, blev ännu tröttare:

— Om frun känner att hon absolut måste skjuta så gör det på
folk i första hand, inte på släpet.

— Hej på dig, mormor! sa den unga arga (ganska glatt, fak-
tiskt).

När tanten fick syn på sin dotterdotter ställde hon ifrån sig
vapnet och gav Celestine en stor kram. Därpå presenterade hon
sig som Gertrud och undrade vilka Celestines vänner kunde
vara.

— Vänner och vänner, sa Celestine.

— Jag heter Nombeko, sa Nombeko. Det har kört ihop sig lite
för oss och det skulle vara tacksamt om frun ville låta oss bjuda

henne på mat och att hon i retur gav oss någonstans att sova över natten.

Tanten på trappan funderade en stund.

– Jag vet inte det jag, sa hon. Men om jag får reda på vad ni är för filurer och vad det i så fall bjuds till middag ginge det ju att tala om saken.

Och så fick hon syn på de båda holgrarna.

– Vilka är de där två, som ser likadana ut?

– Jag heter Holger, sa Holger 1.

– Jag med, sa Holger 2.

– Kycklinggryta, sa Nombeko. Kan det passa?

Kycklinggryta var lösenordet till Sjölida. Gertrud nackade då och då några av de egna hönsen för just det ändamålet, men att få grytan serverad utan allt besvär var förstås att föredra.

Medan Nombeko ställde sig att förbereda maten slog sig de övriga ner runt köksbordet. Gertrud hällde upp hembryggt öl till alla inklusive kocken. Det fick Nombeko att piggna till igen.

Celestine började med att förklara skillnaden mellan Holger och Holger. Den ene var hennes underbare pojkvän, medan den andre var just ingenting att ha. Nombeko sa med ryggen mot den unga arga att hon var glad att Celestine såg det på det viset, då skulle ju ett byte aldrig behöva bli aktuellt.

Men när det kom till varför de hamnat på Sjölida, hur länge de tänkt stanna och varför de körde omkring med en låda på släp blev det genast krångligare. Gertrud skärpte tonen och sa att om det var något lurt de höll på med fick de hålla på någon annanstans. Celestine var alltid välkommen, men i så fall inte de andra.

– Vi tar det till maten, föreslog Nombeko.

Två glas öl senare var grytan klar och serverad. Tanten hade tinat upp och gjorde än mer så när hon tog sin första tugga. Nu var det likväl dags att hon fick höra hur det låg till med allt.

– Låt inte maten tysta mun, sa Gertrud.

Nombeko funderade över lämplig strategi. Närmast till hands låg förstås att ljuga tanten full och sedan försöka hålla liv i lögnen så länge som möjligt.

Fast med Holger 1 och den unga arga i faggorna... hur lång tid skulle det ta innan tungan slant på någon av dem? En vecka? En dag? En kvart? Och tanten som eventuellt var lik sin dotterdotter på alla tänkbara koleriska sätt, vad skulle hon göra då? Med eller utan älgstudsare.

Holger 2 tittade oroligt på sin Nombeko. Hon tänkte väl inte *berätta*?

Nombeko log i retur. Det här skulle ordna sig. Rent statistiskt var chanserna rätt goda med tanke på att allt annat dittills gått åt skogen. Så till den grad att de nu till och med satt i en.

– Nå? sa Gertrud.

Nombeko frågade om värdinnan var mottaglig för en liten affärsuppgörelse?

– Jag ger henne hela vår berättelse, från början till slut utan prut. Som en konsekvens av det kommer hon att kasta ut oss, det är nog ganska säkert, även om vi gärna stannat kvar ett tag. Men som tack för min ärlighet låter hon oss vara kvar över natten. Vad sägs om det? Ta sig förresten lite till av grytan. Ska jag fylla på i glaset?

Gertrud nickade. Och sa att hon kunde tänka sig att gå med på arrangemanget, givet att de lovade hålla sig till sanningen. Något ljug ville hon inte veta av.

– Inget ljug, lovade Nombeko. Då kör vi.

Och så körde hon.

Det blev kortversionen av hela historien från Pelindaba och

framåt. Plus berättelsen om hur Holger och Holger blev Holger & Holger. Och atombomben som först var tänkt att skydda Sydafrika från all världens ondsinta kommunister, som därpå varit på väg till Jerusalem som skydd mot alla lika ondsinta araber, som i stället hamnat i Sverige som skydd mot just ingenting (norskar, danskar och finnar ansågs allmänt inte ondsinta nog), och vidare till ett magasin i Gnesta som dessvärre brunnit upp.

Och nu var det alltså så olyckligt att bomben stod på släpet utanför och att gruppen behövde någonstans att bo i väntan på att landets statsminister skulle ha förstånd nog att svara på tilltal. De var inte jagade av polisen trots att det fanns skäl därtill. Däremot hade de råkat reta upp främmande nations säkerhetstjänst längs vägen.

När Nombeko var färdig väntade alla på värdinnans dom.

– Nå, sa hon när hon tänkt färdigt. Ni kan inte ha bomben stående här utanför dörren. Se till att flytta över den till skåpet i potatisbilen bakom huset och ställ sedan in alltihop i ladan så att ingen av oss kommer till skada om den skulle smälla av.

– Fast det hjälper nog inte…, hann Holger 1 börja innan Nombeko avbröt honom.

– Du har varit föredömligt tyst ända sedan vi kom hit. Fortsätt med det, är du snäll.

Vad en säkerhetstjänst var visste inte Gertrud, men det lät tryggt på namnet. Och när polisen nu inte var dem i hälarna tyckte hon att de kunde få stanna i ett tag eller två, mot en kycklinggryta då och då. Eller kanin i ugn.

Nombeko lovade Gertrud både gryta och kanin minst en gång i veckan om de slapp ge sig av. Holger 2, som till skillnad från ettan inte hade yppandeförbud, tänkte att han borde leda bort samtalet från bomber och israeler innan gumman hann ändra sig.

– Vad har tant själv för historia, om jag får fråga, sa han.

– Jag själv? sa Gertrud. Ja, jösses.

* * *

Gertrud började med att berätta att hon faktiskt var grevinna, tillika barnbarn till den finländske friherren, marskalken och nationalhjälten Carl Gustaf Emil Mannerheim.

– Usch, sa Holger 1.

– Din huvudsakliga uppgift i kväll är som sagt att hålla truten, sa hans bror. Fortsätt, snälla Gertrud.

Jo, Gustaf Mannerheim begav sig tidigt till Ryssland där han svor den ryske tsaren evig trohet. Det var ett löfte han i allt väsentligt höll, tills det blev irrelevant i och med att bolsjevikerna i juli 1918 tog livet av såväl tsaren som hela hans familj.

– Bra, sa Holger 1.

– Tyst, sa jag ju! sa hans bror. Fortsätt, snälla Gertrud.

Jo, det långa med det korta var att Gustaf gjorde en enastående militär karriär. Och mer därtill. Han red som tsarens spion till Kina och tillbaka, han fällde tigrar med gap som kunde svälja en människa hel, han mötte Dalai lama och han blev befälhavare över ett helt regemente.

Lika bra gick det inte med kärleken. Han gifte sig visserligen med en vacker rysk-serbisk kvinna av rang och de fick först en dotter och sedan en dotter till. Strax före sekelskiftet dessutom en son, men det sades officiellt att pojken var död vid födseln. När Gustafs hustru därpå konverterade till katolicismen och gav sig av för att bli nunna i England försämrades möjligheten till fler gemensamma barn dramatiskt.

Gustaf blev deprimerad och for för att skingra tankarna att delta i rysk-japanska kriget där han förstås blev krigshjälte och belönades med S:t Georgkorset för extraordinär tapperhet i fält.

Det var bara det, visste Gertrud, att den dödfödde pojken inte alls varit dödfödd. Det var något den blivande nunnan slagit i sin ständigt frånvarande make. I stället skickades den lille till Helsingfors och sattes i finskt fosterhem med namnlapp runt ena handleden.

– Čedomir? hade bebisens nya pappa sagt. I helvete. Han ska heta Tapio.

Tapio Mannerheim alias Virtanen ärvde inte mycket av den biologiske faderns hjältemod. I stället var det fosterpappan som lärde ut allt han kunde, det vill säga förfalska bankväxlar.

Redan som sjuttonåring var unge Tapio snudd på en mästare i konsten, men när far och fosterson på några år hunnit med att lura halva Helsingfors märkte de att efternamnet Virtanen var så befläckat att det inte längre fungerade för den näringsgren de valt.

Tapio visste vid det laget allt om sin ädla bakgrund och det var han själv som kom på idén att på affärsmässiga grunder bli en Mannerheim på nytt. Affärerna började gå som aldrig förr, ända tills Gustaf Mannerheim kom hem efter en jaktresa till Asien där han jagat vilda djur tillsammans med den nepalesiske kungen. Något av det första Gustaf då fick veta var att en falsk Mannerheim lurat den bank han själv var ordförande i.

När det ena gett det andra var Tapios fosterpappa gripen och satt i arrest, medan Tapio lyckades fly till svenska Roslagen via Åland. I Sverige började han kalla sig Virtanen igen, utom i arbetet med svenska bankväxlar där Mannerheim hade en bättre klang.

Tapio äktade fyra kvinnor på kort tid, de tre första gifte sig med en greve och skilde sig från en drummel, medan den fjärde redan från början kände Tapio Virtanens rätta natur. Det var också hon som fick honom att sluta med bankväxlandet innan det hann gå som i Finland.

Herr och fru Virtanen köpte en mindre gård, Sjölida, norr om Norrtälje och investerade de kriminellt hopsamlade familjetillgångarna i tre hektar potatisåker, två kor och fyrtio höns. Varpå fru Virtanen blev gravid och 1927 födde dottern Gertrud.

Åren gick, det blev krig i världen på nytt, Gustaf Mannerheim lyckades som vanligt med allt han företog sig (förutom det där med kärleken), blev krigs- och nationalhjälte en gång till, så småningom också marskalk av Finland och landets president. Och frimärke i USA. Detta medan hans okände son med måttlig värdighet påtade i ett svenskt potatisland.

Gertrud växte upp, hade ungefär samma tur som farfar med kärleken i det att hon som artonåring for till festplatsen i Norrtälje och uppvaktades av en bensinmacksassistent med brännvin och Loranga, och på det blev med barn bakom en rhododendronbuske. Romantiken var över på mindre än två minuter.

Assistenten borstade därefter bort jorden från knäna, sa att han måste skynda sig att ta sista bussen hem och avslutade med ett "Vi ses när vi råkas".

Dock varken sågs eller råkades de igen. Men nio månader senare födde Gertrud en illegitim dotter medan hennes mamma tynade bort i cancer. Kvar på Sjölida blev pappa Tapio, Gertrud och nyfödda Kristina. De två förstnämnda stretade vidare med sin potatisåker medan flickan växte till sig. När hon skulle börja gymnasiet i Norrtälje passade mamman på att varna henne för alla otäcka män, varpå Kristina träffade Gunnar som visade sig vara allt utom det. De blev ett par, gifte sig och fick lilla Celestine. Gunnar blev sedan bankdirektör, minsann.

– Ja, fy fan, sa den unga arga.

– Du kan gott hålla truten du också, sa Holger 2, men med mildare röst för att inte Gertrud skulle komma av sig.

– Det har väl inte alltid varit så himla roligt i livet, sammanfattade Gertrud och tömde det sista av ölen. Men jag har ju Celestine, det är så härligt att du är tillbaka, kära flicka.

Nombeko, som under de senaste sju åren läst sig igenom ett helt bibliotek, kunde tillräckligt mycket om Finlands och marskalk Mannerheims historia för att konstatera att Gertruds berättelse ägde sina svagheter. Hon tänkte att det inte var självklart att dottern till en man som hittat på att han var son till en friherre själv blev grevinna. Varpå hon sa:

– Det var som tusan! Vi sitter här och dinerar med en grevinna!

· Grevinnan Virtanen rodnade och gick till skafferiet för att hämta mer att dricka. Holger 2 såg att ettan var på väg att protestera mot Gertruds berättelse. Därför förekom tvåan honom och sa att denne nu borde hålla truten mer än någonsin. Det här handlade inte om släktforskning utan om härbärge.

* * *

Gertruds potatisåkrar låg i träda sedan hon gått i pension ett par år tidigare. Hon hade en mindre lastbil, potatisbilen, som hon dittills en gång i månaden tagit till Norrtälje för proviantering och som i övrigt stod där den stod bakom huset. Nu förvandlades den till nukleär mellanförvaring och rullades in i ladan hundrafemtio meter bort. Nombeko lade beslag på nycklarna för säkerhets skull. Inhandlandet av mat kunde skötas med hjälp av den Toyota makarna Blomgren haft vänligheten att på obestämd tid låna ut. Gertrud behövde inte längre lämna sitt Sjölida alls, och det passade henne bra.

Det fanns gott om plats i huset. Holger 1 och Celestine fick eget rum intill Gertruds en trappa upp, medan tvåan och Nombeko inkvarterades innanför köket på bottenvåningen.

De sistnämnda hade tidigt ett allvarligt samtal med ettan och Celestine. Inga fler demonstrationer, inga idéer om att flytta på lådan. Inga dumheter, kort sagt. Det skulle riskera livet på dem alla, inklusive Gertrud.

Till slut fick tvåan sin bror att lova att han inte skulle ägna sig åt samhällsomstörtande verksamhet och att inte försöka ge sig på bomben. Men ettan tillade att tvåan borde fundera på vad han skulle säga till pappa den dag de möttes igen i himlen.

– Vad sägs om "tack för att du förstörde mitt liv"? sa Holger 2.

* * *

Kommande tisdag var det dags att möta polisen i Stockholm. Tvåan hade själv bett om det. Han anade att han skulle få frågor kring eventuella hyresgäster i rivningskåken, som ett led i jakten på identiteten på de terrorister som aldrig funnits, än mindre bränts inne.

Lösningen fick bli att koka ihop en historia som gick att tro på och att låta den unga arga följa med. Det var en chansning, men Nombeko förklarade igen och igen för henne vilken olycka hon skulle dra över gruppen om hon inte höll sig till det som var bestämt. Celestine lovade att under samtalet inte kalla snutjävlarna för det de var.

Holger 2 presenterade sig som sin bror, och introducerade också Holger & Holgers enda anställda, unga Celestine vid hans sida.

– Goddag, Celestine, sa polisbefälet och sträckte fram sin hand.

Celestine tog den och svarade ungefär "grmpf" eftersom det inte går att tala och bita sig i läppen samtidigt.

Befälet inledde med att beklaga att hela firman brunnit upp, med lager och allt. Det var nu ett försäkringsärende som herr Qvist förstod. Han var också ledsen om fröken Celestine för den skull blivit arbetslös.

Utredningen var ännu i sin linda, det gick till exempel inte att säga något om vilka terroristerna varit. Först hade man trott att man skulle hitta dem i de förkolnade resterna av fastigheten, men det enda man dittills funnit var en dold tunnel genom vilken de eventuellt flytt. Det hela var oklart eftersom insatsstyrkans helikopter råkat kraschlanda just där tunneln ledde ut.

Emellertid hade en tjänsteman på kommunen avlagt vittnesmål om att det tycktes ha bott folk i rivningsfastigheten. Vad hade herr Qvist att säga om det?

Holger 2 såg bestört ut, för så var det bestämt. Holger & Holger AB hade haft en enda anställd, det var som sagt Celestine här, och hon skötte lagerhållning, administration och annat, medan Holger själv på ledig tid tog sig an distributionen. I övrigt arbetade han, som herr polisbefälet kanske redan kände till, på Helikoptertaxi AB i Bromma, även om han skulle sluta där nu efter en tråkig incident. Att någon skulle ha bott i det där rucklet till fastighet kunde inte Holger tänka sig.

Det var nu den unga arga planenligt började gråta.

– Snälla Celestine, sa Holger. Är det något du har att berätta?

Snörvlande fick hon fram att hon bråkat med mamma och pappa (vilket ju var sant) och att hon för den skull bott en tid i en av de eländiga lägenheterna utan att fråga Holger om lov (på sätt och vis sant det också).

– Och nu ska jag i fängelse, snörvlade hon.

Holger 2 tröstade flickan och sa att det varit dumt gjort, nu hade ju Holger suttit där och ljugit för herr polisbefälet utan att förstå bättre, men att det nog inte kunde bli tal om fängelse, bara höga böter. Eller vad trodde herr polisbefälet?

Befälet harklade sig och sa att tillfälligt boende på industritomt förvisso inte var tillåtet, men att det hade väldigt lite, för att inte säga inget alls, med den pågående terroristutredningen att göra. Fröken Celestine kunde kort sagt sluta gråta, det här var inget någon behövde få veta. Här har unga fröken en pappersnäsduk om hon vill.

Den unga arga snöt sig och tänkte att snuten framför henne dessutom var korrupt i tillägg till allt annat, brott skulle väl för fan beivras oavsett vilket? Men det sa hon inte.

Holger 2 tillade att kuddfirman nu var nerlagd en gång för alla och att några fler inofficiella hyresgäster inte var aktuella. Därmed var kanske det hela utrett?

Ja. Polisbefälet hade inte mer i ärendet. Han tackade herr Qvist och unga fröken Celestine för att de gjort sig omaket att ta sig dit.

Holger tackade tillbaka och Celestine grmpfade på nytt.

* * *

Efter misshandel på Sergels torg, hopp utan fallskärm från sexhundra meters höjd, mord på just avliden man, flykt undan polisen och hindrandet av en atombomb från att brinna upp, hade de nya gästerna på Sjölida behov av lugn och ro. Detta medan agent B på sitt håll strävade efter motsatsen.

Han hade några dagar tidigare låtit Nombeko och hennes anhang rulla iväg med bomben från Fredsgatan i Gnesta. Inte för att han ville, utan för att han inte haft något val. En israelisk säkerhetsagent i slagsmål om en atombomb på öppen gata i Sverige med femtio poliser som vittnen – nej, det var inte så man tjänade nationen bäst.

Men situationen var för den skull allt utom hopplös. Nu visste ju B att bomben och Nombeko Mayeki fortfarande befann sig tillsammans. I Sverige. Det var lika klart som obegripligt. Vad hade hon haft för sig under de senaste sju åren? Var befann hon sig nu? Och varför?

B hade i Michael Ballacks namn checkat in på hotell i Stockholm för att analysera situationen.

Föregående torsdag hade han mottagit ett krypterat meddelande från agentkollegan A. Det sa att en Holger Qvist (känd från teve) var lokaliserad och strax skulle föra honom till Nombeko Mayeki, den förbannade städerskan som lurat dem inte bara en gång utan två.

Därefter hördes A inte av igen. Och nu svarade han inte på B:s meddelanden. Det gick inte att räkna med annat än att han var död.

Dock hade han dessförinnan lämnat ifrån sig föredömligt många spår för B att följa. Som till exempel de geografiska koordinaterna för platsen där städerskan och bomben skulle finnas. Och adressen till Holger Qvists förmodade lägenhet i något som hette Blackeberg. Och hans arbetsplats i Bromma. I det svenska systemet tycktes ingenting vara hemligt och det var en dröm för vilken hemlig agent som helst.

B hade börjat med att söka upp Fredsgatan 5 – som inte längre fanns. Den hade natten innan brunnit ner till grunden.

Tydligen hade någon fått bort bomben ur lågorna i sista stund, för den stod med svedd låda på ett släp just utanför avspärrningarna. Det var en overklig syn. Än overkligare blev det när städerskan gled upp vid agentens sida, hälsade glatt, tog bomben och åkte därifrån.

Agent B gjorde strax detsamma. Han köpte och stakade sig igenom ett par svenska tidningar. För den som kan både tyska och engelska kan det gå att förstå ett ord här och där, och ett och annat sammanhang. På Kungliga biblioteket fanns också ett antal artiklar på engelska att tillgå.

Elden hade tydligen brutit ut under strid med terrorister. Men chefsterroristen Nombeko hade bara stått där helt lugn utanför avspärrningen. Varför grep de henne inte? Den svenska polisen kunde väl inte vara så inkompetent att den först drog ut en åtta-hundrakiloslåda ur lågorna och därefter glömde ta reda på vad den innehöll innan de lät folk rulla iväg med den. Eller?

Och kollegan A? Kvar i lågorna på Fredsgatan 5, förstås. Något annat gick inte att tro. Om han inte var i Tallinn. Vad skulle han i så fall göra där? Och vad visste städerskan om det?

Mannen intill henne hade presenterat sig som Holger. Det vill säga han som A så sent som dagen innan haft under kontroll. Hade Holger lyckats övermanna kollegan? Och skickat honom till Tallinn?

Nej, A var död, så måste det vara. Nu hade städerskan lurat dem tre gånger. Synd att hon för den skull bara kunde dö en gång i retur.

Agent B hade mycket att arbeta med. Dels de spår A gett honom, dels en del eget. Som till exempel registreringsnumret på det släp bomben rullat iväg i. Det tillhörde en Harry Blomgren inte långt från Gnesta. Agenten bestämde sig för att hälsa på.

Harry och Margareta Blomgren var mycket dåliga på engelska och obetydligt bättre på tyska. Men såvitt agenten förstod för-sökte de få honom att ersätta dem för ett sönderkört staket och en stulen bil med släp. De trodde att han representerade städer-skan på något vis.

Till slut hade agenten varit tvungen att plocka fram sin pistol för att få ordning på förhöret.

Tydligen hade städerskan med anhang kommit körande rakt genom staketet och tvingat till sig bostad över natten. Vad som därpå hände lyckades agenten inte reda ut. Makarnas språkkun-skaper var så dåliga att det lät som att någon försökt bita dem i halsen.

Nå, inget tydde på att makarna hade mer skuld i det hela än att de råkat komma i städerskans väg. Det huvudsakliga skälet till att likväl ge dem varsitt skott i pannan skulle vara att han inte tyckte om dem. Men B hade aldrig känt lust att döda på så lösa grunder. Därför sköt han i stället fru Blomgrens båda porslinsgrisar på spiselhällen och förklarade för makarna att samma sak skulle hända dem själva om de inte genast glömde att han någonsin varit där. Grisarna hade kostat fyrtio kronor styck, det var smärtsamt för makarna att se dem i bitar. Men tanken på att dö och därmed för evigt skiljas från de nästan tre miljoner kronor de lyckats samla på sig under åren var ändå värre. Därför nickade de och lovade ärligt att för evig tid tiga om sina upplevelser.

Agenten fortsatte med sitt arbete. Holger Qvist visade sig vara ensam ägare till ett Holger & Holger AB med adress Fredsgatan 5. En firma som nu brunnit upp. Terrorister? Äh. Det var förstås den förbannade städerskan som snurrat upp inte bara Mossad, utan också Nationella insatsstyrkan. En synnerligen irriterande kvinna. Och en värdig motståndare.

Vidare var Qvist fortsatt skriven på en adress i Blackeberg. Agenten ställde sig att bevaka hans lägenhet under tre hela dygn. Inga lampor tändes eller släcktes. Genom brevinkastet gick att se en orörd hög med reklam. Qvist var inte där, hade inte varit där sedan dagen då någonting hände.

Med risk för att riva upp damm omkring sig gick B därefter till Helikoptertaxi AB, presenterade sig som den tyske Sternjournalisten Michael Ballack och undrade om herr Holger Qvist fanns tillgänglig för en intervju.

Nej, Qvist hade sagt upp sig som en följd av att han några dagar tidigare blivit tämligen svårt misshandlad. Herr Ballack kände förstås till den aktuella händelsen?

Var han befann sig nu? Ja, det gick inte att veta. Kanske i

trakterna av Gnesta, han ägde ju en firma för kuddimport, var inte aktiv, men såvitt Helikoptertaxi AB:s ägare visste hade han ändå haft regelbundna ärenden dit. Flickvännen bodde väl förresten där?

— Flickvännen? Vet herr direktören vad hon heter?

Nej, det kunde direktören inte säga. Celestine, kanske? Något ovanligt var det i alla fall.

Det visade sig finnas tjugofyra Celestine registrerade i Sverige. Men bara en av dem, Celestine Hedlund, hade fram till några dagar tidigare varit folkbokförd på Fredsgatan 5 i Gnesta.

— Undrar om inte du var ute och körde i en röd Toyota Corolla med släp häromdagen, Celestine, sa agenten till sig själv. Med Nombeko Mayeki och Holger Qvist i baksätet. Och en för mig okänd man vid din sida.

Celestinespåret förgrenade sig strax i fyra riktningar. Hon var nu skriven på en postbox i Stockholm. Dessförinnan på Fredsgatan. Dessförinnan hos en Gertrud Virtanen utanför Norrtälje. Dessförinnan i det förmodade föräldrahemmet i Gnesta. Det var rimligt att anta att hon förr eller senare skulle bege sig till någon av de fyra adresserna.

Minst intressant ur bevakningsperspektiv var förstås det som nu förvandlats till en hög med aska. Mest intressant postboxen. Därefter i fallande ordning: föräldrahemmet och Gertrud Virtanen.

* * *

Nombeko hade i förhör med Celestine förstått att flickan varit skriven på Sjölida under en kort period. Det var bekymmersamt. Å andra sidan var det inte troligt att den jagande agenten kände till hennes existens.

Den sydafrikanska, inofficiella flyktingen hade dittills inte varit överdrivet lyckosam i livet, från dagen då hon blev överkörd av en berusad ingenjör i Johannesburg och framåt. Och den lycka hon nu tilldelades fick hon aldrig kännedom om.

Det som hände var nämligen att agent B först bevakade postboxen i Stockholm i en vecka, sedan Celestines föräldrahem lika länge. I båda fallen till ingen nytta.

Men när han skulle ta sig an det minst sannolika objektet, det utanför Norrtälje, hade agentens chef i Tel Aviv tröttnat. Chefen sa att det tycktes honom att saken utvecklats till en personlig vendetta, men att Mossad måste ha andra, mer intellektuellt betingade kriterier för sin verksamhet. En professionell atomvapentjuv satt väl inte i en svensk skog och tryckte med bomb och allt. Agenten skulle hem. Nu. Nej, inte alldeles strax. Nu.

DEL 5

Om den du talar till inte tycks lyssna, var tålmodig. Det kan vara så enkelt som att han har lite ludd i ena örat.

NALLE PUH

Kapitel 17

Om vådan av att ha en
exakt kopia av sig själv

I SYDAFRIKA HÄNDE DET sig att en terroristdömd man
släpptes fri efter tjugosju år, tilldelades Nobels fredspris och
valdes till landets president.

På Sjölida hände vid ungefär samma tid desto mindre.

Dagar blev veckor som blev månader. Sommaren blev höst
som blev vinter och vår.

Några argsinta agenter från främmande nations säkerhetstjänst
dök inte upp (en av dem låg i Östersjön på tvåhundra meters djup,
den andre satt ensam bakom ett skrivbord i Tel Aviv).

Nombeko och Holger 2 kopplade för en tid bort bomb och
annat elände ur medvetandet. Skogspromenader, svampplock-
ning, fisketurer i fjärden i Gertruds eka – allt hade rogivande
effekt.

När värmen återvände till jorden fick de dessutom tantens
tillstånd att väcka liv i potatislandet.

Traktorn och maskinerna var inte moderna, men Nombeko
hade räknat på saken och kommit fram till att verksamheten
ändå borde ge ett överskott på ungefär tvåhundratjugofemtusen
sjuhundratjugotre kronor på årsbasis, samtidigt som det var vik-
tigt att ettan och Celestine hade något att göra (annat än hitta på
dumheter). Lite intäkter som komplement till lugnet på landet
kunde inte skada nu när både kuddverksamheten och de nitton
komma sex miljonerna brunnit upp.

Det var inte förrän den första snön föll i november 1995 som Nombeko på nytt tog upp den eviga framtidsfrågan med sin tvåa.

– Vi har det ganska bra här, tycker du inte? sa hon under deras gemensamma, långsamma söndagspromenad.

– Här har vi det bra, nickade tvåan.

– Synd bara att vi inte riktigt finns, fortsatte Nombeko.

– Och att bomben i ladan fortsätter att göra det, sa tvåan.

Och så diskuterade de möjligheterna till permanent förändring av de båda tillstånden så länge att diskussionen i stället kom att handla om hur många gånger de talat om saken dessförinnan.

Hur de än vände på det kom de till samma slutsats gång på gång: det gick verkligen inte att lämna över bomben till vilket kommunalråd i Norrtälje som helst. De *måste* få direktkontakt med högsta ort.

– Ska jag ringa statsministern igen? sa Holger 2.

– Till vilken nytta då? sa Nombeko.

De hade ju redan försökt tre gånger med två olika assistenter och två gånger med en och samma hovmarskalk – och fått samma svar varje gång. Statsminister och kung tog inte emot vare sig folk eller fä. Möjligen kunde den förstnämnde göra det, givet att ärendet först beskrevs i detalj via brev, något Nombeko och Holger 2 inte kunde föreställa sig att göra.

Nombeko väckte liv i den gamla idén om att Holger skulle sätta sig i skolbänk i sin brors namn för att sedan skaffa jobb i statsministerns närhet.

Den här gången var inte alternativet att stanna kvar i rivningskåken tills den trillade ihop av sig själv, för den fanns ju inte längre. I stället handlade det om att odla potatis på Sjölida. Och hur småtrevligt det än var så höll det inte som framtidsvision.

– Fast nu blir man ju inte akademiker på en kvart, sa Holger.

Åtminstone inte jag, kanske du. Det kommer att ta några år. Är du beredd att vänta?

Jodå. Åren hade redan gått, Nombeko hade vanan inne. Nog skulle hon få tiden att gå även framgent. Biblioteket i Norrtälje var till exempel långt ifrån utläst. Att hålla reda på virrhjärnorna och tanten var väl förresten en halvtidstjänst bara det. Plus förstås potatisåkern som ju krävde sitt.

– Nationalekonomi eller statskunskap, alltså, sa Holger 2.

– Eller både och, sa Nombeko, när du ändå har farten uppe. Jag hjälper gärna till. Är rätt bra på siffror.

* * *

Tvåan gjorde äntligen högskoleprovet kommande vår. Kombinationen förstånd och entusiasm gav honom höga poäng och hösten därpå var han inskriven på såväl nationalekonomiska som statsvetenskapliga institutionen vid Stockholms universitet. Föreläsningarna krockade ibland med varandra, men då smög Nombeko in och tog Holgers nationalekonomiska plats för att därefter återge aktuell föreläsning samma kväll, närmast ordagrant, med en och annan kommentar om vad föreläsande professor Bergman eller docent Järegård fått om bakfoten.

Holger 1 och Celestine hjälpte till med potatisen och for regelbundet till Stockholm på möten med Stockholms anarkistiska förening. Det var något tvåan och Nombeko godkänt så länge de lovade att inte delta i några publika sammanhang. Anarkistiska föreningen var dessutom anarkistisk nog att inte ha något medlemsregister. Ettan och Celestine kunde vara precis så anonyma som omständigheterna krävde.

Båda njöt av att få umgås med likasinnade; Stockholmsanarkisterna var missnöjda med allting.

Kapitalismen skulle brytas ner, tillsammans med de flesta övriga ismer. Socialismen. Och marxismen i den utsträckning den gick att hitta. Fascismen och darwinismen, förstås (det ansågs vara samma sak). Kubismen kunde däremot få vara kvar, givet att den inte omgärdades av några regler.

Vidare skulle förstås kungen bort. Några i gruppen anförde alternativet att alla som ville fick bli kung, men mot det protesterade inte minst Holger. Det var väl illa nog med en?

Och tänk: när Holger talade lyssnade församlingen. Precis som när Celestine berättade att hon i hela sitt vuxna liv varit det självuppfunna "Riv hela skiten"-partiet trogen.

Holger och Celestine hade hittat hem.

* * *

Nombeko tänkte att om hon ändå skulle vara potatisodlare kunde hon vara det med besked. Hon och Gertrud kom bra överens. Även om tanten grymtade kring namnvalet hade hon i sak inget emot att Nombeko registrerade Grevinnan Virtanen AB i hennes namn.

Tillsammans satte de igång att köpa mark runt de egna potatisåkrarna för att få upp omsättningen. Gertrud visste precis vilken före detta bonde som var äldst och tröttast. Hon cyklade bort till honom med äppelkaka och termos med kaffe och redan före påtåren hade bondens jordplätt bytt ägare. På det begärde Nombeko värdering av den just inköpta marken, ritade sedan dit en påhittad villa och lade till två nollor i värderingsdokumentet.

På så sätt kunde Grevinnan Virtanen AB låna nästan tio miljoner på en åker värderad till hundratrettiotusen. För de lånade pengarna köpte Nombeko och Gertrud mer mark med hjälp av ännu fler äppelkakor och termosar med kaffe. Efter två år var

Gertrud traktens överlägset största potatisodlare sett till arealen, men med skulder som översteg aktuell omsättning åtminstone fem gånger om.

Återstod att få fart på själva plockandet. Företaget hade tack vare Nombekos lånemodell inga problem med kassan, däremot med maskinparken som var både föråldrad och för liten.

För att åtgärda det satte hon Gertrud bakom ratten för resa till Västerås och Pontus Widén Maskin AB. Hon lät tanten sköta samtalet med försäljaren.

– Goddag, goddag, jag är Gertrud Virtanen från Norrtälje, och jag har ett potatisland att påta i, plockar och säljer så gott det går.

– Jaha, sa försäljaren och undrade vad han kunde tänkas ha med kärringen Virtanens potatisland att göra; ingen av hans maskiner kostade under åttahundratusen kronor.

– Jag har förstått att han försäljer potatismaskiner av allehanda slag? sa Gertrud.

Försäljaren kände att det här kunde bli ett onödigt långt samtal, bäst att nypa av så fort det gick.

– Ja, jag har stensträngläggare, fyra-, sex- och åttaradiga sättare, fyrradiga kupare samt en- och tvåradiga upptagare. Om frun slår till på alltihop till sitt potatisland ska hon få ett specialpris.

– Specialpris? Så bra. Hur mycket hade han tänkt sig?

– Fyra komma nio miljoner, sa försäljaren elakt.

Gertrud räknade på fingrarna medan försäljaren tappade tålamodet.

– Hör nu, fru Virtanen, jag har faktiskt inte tid att...

– Då tar jag två av varje, sa Gertrud. Vad har han för leveranstid?

* * *

På de följande sex åren hann det hända både mycket och lite. I världen anslöt Pakistan till den exklusiva gruppen kärnvapennationer, eftersom man behövde skydd mot grannlandet Indien som tjugofyra år tidigare gjort detsamma som skydd mot Pakistan. Relationen länderna emellan var därefter.

Då var det lugnare i kärnvapennationen Sverige.

Ettan och Celestine var nöjda med att vara missnöjda. De gjorde varje vecka stora insatser för den rätta saken. Inga demonstrationer, men desto mer i det fördolda. De sprejade anarkistiska slagord på så många publika toalettdörrar de kom åt, de satte upp flygblad i smyg på institutioner och museer. Det huvudsakliga politiska budskapet var att det var skit med politiken, men Holger såg också till att kungen regelbundet fick sin släng av sleven.

Parallellt med den politiska antiverksamheten skötte Holger och Celestine sina uppdrag på potatisåkrarna med viss duglighet. Därmed kunde de lyfta en begränsad lön, och pengar behövdes ju. Tuschpennor, sprejflaskor och flygblad var inte gratis.

Nombeko försökte hålla ett öga på tokstollarna, men aktade sig för att oroa tvåan. Han var redan utan hennes hjälp en duktig, flitig och nöjd student. Att se Holger tillfredsställd gjorde henne själv detsamma.

Intressant var också att se hur Gertrud levde upp efter ett i allt väsentligt förlorat liv, fick man väl ändå säga. Hon hade ju blivit med barn vid arton års ålder, orsakat av första och sista mötet med en gris och hans ljumna och spritspetsade Loranga. Ensamstående mor, än mer ensam när först hennes egen mamma gick bort i cancer och därefter när pappa Tapio en vinterkväll 1971 fastnade med fingrarna i Norrtäljes första bankomat och inte hittades förrän dagen därpå, för länge sedan ihjälfrusen.

Potatisodlare, mor och mormor. Som fått se just ingenting av världen. Men som tillåtit sig att drömma om hur det kunde ha blivit med allt, om bara hennes egen mormor, den ädla Anastasia Arapova, inte varit okristlig nog att skicka pappa Tapio till Helsingfors för att hon själv skulle kunna viga sitt liv åt Gud.

Eller hur allt nu gått till. Nombeko förstod att Gertrud aktade sig för att kontrollera sönder sin pappas historia. Risken var ju att det då inte skulle finnas någonting kvar. Mer än potatislandet.

Barnbarnets återkomst och närvaron av Nombeko hade i alla fall väckt något i den gamla tanten. Det kunde stråla om henne under de gemensamma middagarna, som hon för det mesta höll i själv. Hon nackade höns och gjorde gryta. Eller lade ut nät för ugnsbakad gädda med pepparrot. En gång sköt hon till och med en fasan i trädgården med pappa Tapios älgstudsare, förvånad över att geväret fungerade. Och att hon träffade. Så pass, dessutom, att det enda som blev kvar av fasanen var några vilsna fjädrar.

Jorden fortsatte att snurra runt sin sol i den jämna takt och med det ojämna humör den alltid gjort. Nombeko läste om stort och litet, litet och stort. Och kände viss intellektuell stimulans i avlämnandet av nyhetsrapport varje kväll till middagen. Bland händelserna genom åren var dagen då Boris Jeltsin i Ryssland meddelade att han trädde tillbaka. Han hade i Sverige mest blivit berömd för statsbesöket där han varit så glad i hatten att han krävt att landet som inte har ett enda kolkraftverk måste sluta med sina kolkraftverk.

En spännande följetong var också turerna kring hur världens mest utvecklade land rörde till sitt eget presidentval så pass att det tog flera veckor innan Högsta domstolen med röstsiffrorna 5–4 kunde fastställa att han som fått flest röster förlorat. Därmed blev George W Bush president i USA medan Al Gore reducerades till en miljöagitator som inte ens anarkisterna i Stockholm lyssnade för mycket på. Bush invaderade förresten därpå Irak för att slå ut alla de vapen Saddam Hussein inte hade.

Bland de mer marginella nyheterna var den om hur en österrikisk före detta kroppsbyggare gick och blev guvernör i Kalifornien. Det högg till lite i Nombekos bröst när hon i tidningen såg honom stå med fru och fyra barn och le med vita tänder in i kameran. Hon tänkte att världen var bra orättvis i det att somliga fick somligt i överflöd, medan andra fick ingenting. Då visste hon ändå inte att guvernören ifråga lyckats ordna med ett femte barn i samarbete med sin egen hushållerska.

Allt sammantaget var det ändå en hoppfull och ganska lycklig tid på Sjölida, medan världen i övrigt betedde sig som den alltid gjort.

Och medan bomben stod där den stod.

* * *

Våren 2004 såg tillvaron ljusare ut än kanske någon gång tidigare. Holger var nästan i mål med statskunskapen samtidigt som han var på väg att doktorera i nationalekonomi. Det som strax blivit till en hel avhandling hade börjat som egenterapi i tvåans huvud. Tanken var svår att bära på att han med bomben varje dag riskerade att vara medansvarig för att en halv landsända och en hel nation drevs i fördärv. För att uthärda hade han börjat se en alternativ sida av saken, och kommit fram till att Sverige och världen från ett strikt ekonomiskt perspektiv skulle resa sig ur askan. Därav avhandlingen *Atombomben som tillväxtfaktor. Dynamiska fördelar med en nukleär katastrof.*

De uppenbara nackdelarna hade hållit Holger 2 vaken om nätterna, de hade också forskats sönder flera gånger om. Bara

Indien och Pakistan skulle enligt forskarna ha ihjäl tjugo miljoner människor vid ett kärnvapengräl sinsemellan, redan innan den samlade mängden kiloton ens överstigit det tvåan och Nombeko råkade ha på lager. Datormodeller visade att det inom några veckor skulle ha stigit så mycket rök upp i stratosfären att det skulle ta tio år innan solen lyckades tränga igenom fullt ut igen. Inte bara över de båda grälande länderna, utan över hela världen.

Men här – menade Holger 2 – skulle marknadskrafternas dynamik fira triumfer. Tack vare den ökade förekomsten av sköldkörtelcancer med tvåhundratusen procent skulle arbetslösheten gå ner. Enorma folkförflyttningar från solsemesterparadis (som ju inte längre hade någon sol att erbjuda) till storstäder runt om i världen skulle skapa ökad lönespridning. En lång rad mogna marknader skulle i ett slag bli omogna vilket i sin tur skapade dynamik. Helt klart var till exempel att det kinesiska de factomonopolet på solceller skulle bli irrelevant.

Indien och Pakistan kunde också med gemensamma krafter eliminera hela den galopperande växthuseffekten. Avskogning och användning av fossila bränslen kunde med fördel fortgå för att neutralisera den två–tre grader kallare jord kärnvapenkriget länderna emellan annars skulle åstadkomma.

Tankarna på detta höll Holger 2 över ytan. Samtidigt hade Nombeko och Gertrud fått bra fart på potatisverksamheten. De hade haft tur på vägen – minsann – i det att det varit missväxt i Ryssland flera år i rad. Och att en av Sveriges mest omskrivna (och för den delen meningslösa) kändisar förklarade sin nya, slanka figur med BP-diet (Bara Potatis).

Responsen blev omedelbar. Svenskarna åt potatis som aldrig förr.

Det tidigare så svårt skuldsatta Grevinnan Virtanen AB var nu snudd på skuldfritt. Samtidigt var Holger 2 bara veckor från att ha dubbel examen och var med stöd av sina utmärkta studieresultat redo att påbörja vandringen mot möte i enrum med den svenske statsministern. De hade förresten bytt ut honom sedan sist. Nu hette han Göran Persson. Lika obenägen som de övriga att svara i telefon.

Kort sagt: åttaårsplanen var nära sin fullbordan. Allt hade dittills gått som det skulle. Allt tydde på att det skulle fortsätta så. Känslan av att inget kunde gå fel var av samma slag som det Ingmar Qvist på sin tid förnummit strax innan han åkte till Nice.

För att där få stryk av Gustaf V.

* * *

Torsdagen den 6 maj 2004 var de senaste femhundra flygbladen klara för avhämtning på tryckeriet i Solna. Holger och Celestine tyckte att de fått till det lite extra den här gången. Bladen hade en bild på kungen och intill honom en bild på en varg. Texten där under drog paralleller mellan den svenska vargstammen och de olika kungahusen runt om i Europa. Problemen med inavel sades vara desamma.

Lösningen i det ena fallet kunde vara att plantera in ryska vargar. I det andra ansågs avskjutning vara ett alternativ. Eller allmän deportation till just Ryssland. Författarna föreslog till och med byteshandel: en rysk varg per deporterad kunglighet.

När beskedet från tryckeriet i Solna kom ville Celestine att hon och ettan skulle hämta ut bladen genast, för att redan samma dag tapetsera så många institutioner som möjligt. Holger 1 ville heller inte vänta, men sa att tvåan bokat bilen den här torsdagen. Det var en invändning Celestine viftade bort.

– Han äger väl inte bilen mer än vi gör? Kom nu, min kära. Vi har en värld att förändra.

Torsdagen den 6 maj 2004 råkade också vara tänkt att bli den dittills största dagen i tvåans liv. Disputationen var schemalagd till klockan elva.

När Holger i kostym och slips gick för att sätta sig i makarna Blomgrens gamla Toyota strax efter nio på morgonen – var den borta.

Tvåan förstod att hans olycka till bror varit framme, säkert under ledning av Celestine. Eftersom det inte fanns någon mobiltäckning på Sjölida kunde han inte omedelbart ringa och beordra dem att vända. Eller för den delen boka taxi. Det var åtminstone femhundra meter till landsvägen dit mobilnätet till och från räckte, beroende på humör. Att springa dit var inte att tänka på, han kunde ju inte komma genomsvettig till disputationen. Så han tog traktorn.

Klockan nio och tjugofem fick han äntligen tag i dem. Det var Celestine som svarade.

– Ja, hallå?

– Har ni tagit bilen?

– Hur så? Är det Holger?

– Svara för fan på frågan! Jag behöver den nu! Jag har ett viktigt möte¶ stan klockan elva.

– Jahaja, sa Celestine. Dina möten är alltså viktigare än våra?

– Det sa jag inte. Men jag hade bokat bilen. Vänd nu, för satan. Det är bråttom.

– Gud vad du svär.

Tvåan samlade tankarna. Bytte taktik.

– Snälla, rara Celestine. Låt oss vid tillfälle slå oss ner för att diskutera bilfrågan. Och vem som hade bokat den till i dag. Men jag ber dig, vänd nu och plocka upp mig. Mitt möte är verkligen vikt...

Där lade Celestine på. Och stängde av telefonen.

– Vad sa han? undrade Holger 1 som var den som satt bakom ratten.

– Han sa "snälla rara Celestine, låt oss vid tillfälle slå oss ner för att diskutera bilfrågan". I korta drag.

Det tyckte inte ettan var så farligt. Han hade varit nervös inför broderns reaktion.

Holger 2 stod kvar vid landsvägen i kostym och desperation i mer än tio minuter för att försöka få lift av någon förbipasserande. Men för att lyckas i den saken krävs att det över huvud taget passerar några bilar, vilket det inte gjorde. När tvåan då insåg att han borde ha ringt taxi för länge sedan, gick det upp för honom att rock och plånbok fortfarande hängde på en krok i hallen. Med hundratjugo kronor i bröstfickan fattade han beslutet att ta traktorn till Norrtälje och buss därifrån. Sannolikt skulle det ha gått fortare att vända, hämta plånboken, vända igen och därpå ringa taxi. Eller ännu hellre: att först ringa taxi och medan den var på väg, köra tur och retur huset med traktorn.

Men tvåan, så begåvad han ändå var, hade en stressnivå som inte stod salig krukmakaren långt efter. Han var på väg att missa sin egen disputation. Efter åratal av förberedelser. Det var inte klokt någonstans.

Och ändå var det bara början.

Den första och sista gnutta tur Holger 2 hade denna dag gällde bytet från traktor till buss i Norrtälje. I näst sista sekunden lyckades han blockera bussens väg så att han själv hann med densamma. Chauffören klev ner för att skälla ut aktuell traktorförare, men kom av sig när den förmodade bondjäveln var en välkammad man i kostym, slips och lackskor.

Väl ombord fick Holger tag i skolans rektor, professor Berner, beklagade och sa att synnerligen olyckliga omständigheter gjort att han skulle bli nästan en halvtimme försenad.

Professorn svarade surt att förseningar i samband med disputation inte var i linje med universitetets traditioner, men för all del. Han lovade att försöka hålla kvar både opponenter och publik.

* * *

Holger 1 och Celestine var framme i Stockholm och hade redan kvitterat ut sina flygblad. Celestine, som var strategen av de båda, bestämde att första målet skulle vara Naturhistoriska riksmuseet. Där fanns en hel avdelning om Charles Darwin och hans evolutionsteori. Darwin hade stulit begreppet "survival of the fittest" av en kollega, och menade med det att naturens gång var att den starke överlevde medan den svage gick under. Darwin var alltså fascist och för det skulle han nu straffas, hundratjugotvå år efter sin död. Att det fanns betydande fascistoida drag även över Celestines och Holgers flygblad var inget de reflekterade över. Här skulle klistras lappar i smyg. Över hela museet. I den heliga anarkins namn.

Så skedde också, utan några missöden. Holger 1 och Celestine fick arbeta ostört. Det är långt ifrån alltid trängsel på svenska museer.

Nästa anhalt blev Stockholms universitet, ett stenkast därifrån. Celestine tog sig an damrummen och lämnade herrtoaletterna till Holger. Det var på den första det hände. Ettan fick möte i dörren.

— Nej, men är du redan här i alla fall? sa professor Berner.

Så drog han med sig den förvånade Holger 1 längs korridoren och in i sal fyra, allt medan Celestine var fortsatt upptagen med sitt inne på damernas.

Utan att ettan begrep vad som hände fann han sig strax stående i en talarstol inför åtminstone femtio personer i publiken.

Professor Berner höll en inledning på engelska och använde sig av både många och krångliga ord, det var inte lätt för Holger att hänga med. Tydligen var han förmodad att säga något om nyttan av en kärnvapendetonation. Varför då, kunde man undra.

Men han gjorde det gärna, även om hans engelska inte var så bra. Huvudsaken var väl ändå inte vad man sa, utan vad man menade?

Ettan hade hunnit dagdrömma en del medan han plockade potatis, och kommit fram till att det bästa vore att transportera den svenska kungafamiljen till lappländska vildmarken och smälla av bomben där, om de inte abdikerade allihop på frivillig grund. Med en sådan manöver skulle nästan ingen oskyldig stryka med, och skadan i övrigt bli minimal. All eventuell temperaturhöjning till följd av detonationen skulle dessutom vara av godo, det var ju rysligt kallt där uppe i norr.

Att umgås med den sortens tankar hade kanske varit illa nog. Nu gav Holger 1 dessutom uttryck för dem från sin talarstol.

Förste opponent var en professor Lindkvist från Linnéuniversitetet i Växjö. Han började bläddra i sina anteckningar i takt med Holgers prat. Även Lindkvist valde att tala engelska och inledde med att fråga om det han just hört var något slags introduktion till det som komma skulle.

Introduktion? Ja, det kunde man ju kalla det. I och med kungafamiljens frånfälle skulle en republik födas och växa. Eller hur menade herrn?

Det professor Lindkvist menade var att han inte förstod vad som stod på, men det han sa var att det föreföll honom omoraliskt att ha livet av ett helt kungahus. Alldeles bortsett från den metod herr Qvist redogjort för.

Men nu kände sig Holger kränkt. Han var väl ingen mördare heller! Utgångspunkten var att kungen och hans anhang skulle avgå. Det var först om de vägrade som det borde få kärnvapen-relaterade konsekvenser och i så fall som ett direkt resultat av kungafamiljens eget val, ingen annans.

När ettan därpå möttes av tystnad från professor Lindkvist (förorsakad av tunghäfta) bestämde han sig för att ge resone-manget ännu en dimension, den att alternativet till ingen kung alls kunde vara att alla som ville fick bli det.

– Det är inget jag personligen förespråkar, men tanken är likväl intressant, sa Holger 1.

Professor Lindkvist höll eventuellt inte med, för han tittade nu vädjande på kollegan Berner som i sin tur funderade över om han någonsin känt sig så olycklig som i denna stund. Aktuell disputa-tion var tänkt som ett skådespel framför allt inför de två hedersgästerna i publiken, nämligen den svenske högskole- och forsk-ningsministern Lars Leijonborg och hans nyligen tillträdda franska kollega Valérie Pécresse. De båda hade långt gångna planer på att etablera gemensamma utbildningsprogram, med möj-lighet till binationella diplom. Leijonborg hade personligen kon-taktat professor Berner och bett om förslag på lämplig disputation för honom själv och hans ministerkollega att bevista. Professorn hade genast tänkt på mönsterstudenten Holger Qvist.

Och nu detta.

Berner bestämde sig för att avbryta spektaklet. Uppenbar-ligen hade han misstagit sig på disputanden och denne gjorde nu bäst i att lämna podiet. Och därefter rummet. Och universitetet som sådant. Gärna också landet.

Men eftersom han sa det han sa på engelska hängde ettan inte riktigt med.

– Ska jag ta mitt resonemang från början?

– Nej, det ska du inte, sa professor Berner. Jag har under de senaste tjugo minuterna blivit tio år äldre och jag var ganska gam-mal redan innan, så det får räcka. Gå nu bara härifrån är du snäll.

Då gjorde ettan det. På vägen ut slogs han av att han just upp-
trätt publikt, och det var något han lovat brodern att inte göra.
Skulle tvåan bli arg på honom nu? Han behövde kanske inte få
veta?

I korridoren fick ettan syn på Celestine. Han tog henne under
armen och sa att de gjorde bäst i att byta ställe. Han lovade att
försöka förklara på vägen.

Fem minuter senare kom Holger 2 springande in genom dör-
rarna till samma universitet. Professor Berner hade just fått
ursäkta sig inför den svenske högskoleministern som i sin tur
gjorde detsamma inför sin franska kollega som svarade att hon
utifrån det hon just upplevt tyckte det vore lämpligare om Sve-
rige i jakt på jämbördig partner i utbildningsfrågor vände sig till
Burkina Faso.

Nu fick professorn syn på den jävla Holger Qvist i korrido-
ren. Trodde Qvist att det bara var att byta från jeans till kostym
och att allt därefter skulle vara glömt?

– Jag får verkligen be om ursäkt…, började den välklädde
och andfådde Holger 2.

Professor Berner avbröt honom och sa att det inte var fråga
om det utan om att försvinna därifrån. Så permanent som möj-
ligt.

– Disputationen är över, Qvist. Åk hem med er. Och sätt er
att fundera över den nationalekonomiska vådan av er egen exi-
stens.

* * *

Holger 2 klarade inte disputationen. Men det tog honom ett helt
dygn att förstå vad som hänt, och ytterligare ett dygn att ha vid-
den av händelserna klar för sig. Han kunde inte ringa professorn

för att säga som det var, att han i alla år studerat i annan persons namn och att den andre råkat ta över på själva disputations-dagen. Det skulle inte leda till annat än ett ännu större elände.

Tvåan ville helst strypa sin egen bror. Men det lät sig inte göras eftersom denne var på anarkistiska föreningens lördags-möte just när polletten trillade ner. Och när ettan och Celestine samma eftermiddag var tillbaka hade tvåans tillstånd redan övergått i depression.

Kapitel 18

Om en tillfällig tidningssuccé och en
statsminister som plötsligt ville träffas

HUR ELÄNDIGT DET nu var med nästan allting för-
stod Holger 2 efter en vecka att det inte dög att bara
ligga kvar i sin säng. Nombeko och Gertrud behövde
hjälp med skörden. I den gjorde också ettan och Celestine viss
nytta, det fanns alltså rent företagsekonomiska skäl att inte
strypa dem båda.

Sjölidalivet återgick till det vanliga, inklusive de gemen-
samma middagarna flera kvällar i veckan. Men stämningen runt
bordet var spänd, även om Nombeko gjorde sitt bästa för att
distrahera. Hon fortsatte sina rapporter om vad som hänt och
alltjämt hände i världen. Bland annat kunde hon en kväll berätta
att prins Harry av Storbritannien gått på fest iklädd nazidräkt
(vilket var en nästan lika stor skandal som den som skulle
komma några år senare då han festade utan några kläder alls).

— Men ser ni inte hur det är ställt med monarkin, sa Holger 1
apropå dräkten.

— Jo, sa Nombeko. De demokratiskt valda nazisterna i Syd-
afrika lämnade i alla fall uniformen hemma.

Holger 2 sa ingenting. Han bad inte ens sin bror dra åt skogen.

Nombeko förstod att det måste till en förändring. Det de
behövde mer än något annat var en ny idé. Det de till en början
fick var en potentiell köpare av potatisverksamheten.

Saken var den att Grevinnan Virtanen AB nu bestod av två-hundra hektar potatisåker, hade en modern maskinpark, bra omsättning, god lönsamhet och nästan inga skulder. Den saken hade uppmärksammats av Mellansveriges största odlare som räknat på saken och lagt ett bud på sextio miljoner kronor för hela rasket.

Nombeko anade att den svenska potatisboomen närmade sig sitt slut. Kändisen som gått på potatisdiet hade blivit tjock igen, och enligt nyhetsbyrån ITAR-TASS var de ryska potatisskördarna för en gångs skull på väg att slå rätt i stället för fel.

Alldeles bortsett från att Gertruds potatisodling rimligen inte var meningen med livet kunde det alltså vara läge för affär.

Nombeko drog ärendet för bolagets formella ägare som sa att hon gärna sadlade om. Potatis hade börjat stå henne upp i halsen.

— Finns det inte något som heter spagetti nu för tiden? funderade hon.

Jo, nickade Nombeko. Spagetti hade funnits en tid. Sedan elvahundratalet, ungefär. Men det var inte så lättodlat. Nombeko tänkte att de borde göra något annat för pengarna.

Och kom plötsligt på vad.

— Vad skulle Gertrud säga om att starta en tidning?

— Tidning? Toppen! Vad ska det stå i den?

* * *

Holger Qvists rykte var förstört, mer eller mindre utslängd från Stockholms universitet som han var. Men hans person satt för den skull inne med omfattande kunskaper i både ekonomi och statskunskap. Och Nombeko höll inte heller sig själv för varande någon dumskalle. Båda två kunde alltså arbeta i kulisserna.

Nombeko drog sitt resonemang för sin tvåa, och så långt var han med. Men vilka kulisser hade Nombeko tänkt? Och vad skulle meningen med alltihop vara?

– Meningen, min käre Holger, är att vi ska bli av med bomben.

Tidningen Svensk Politik kom ut med sitt första nummer i april 2007. Det påkostade månadsmagasinet distribuerades gratis till femtontusen makthavare runt om i landet. Sextiofyra fullmatade sidor, utan en enda annons. En affär som förstås var svår att räkna hem, men det var heller inte avsikten.

Projektet uppmärksammades i såväl Svenska Dagbladet som Dagens Nyheter. Magasinet drevs tydligen av en excentrisk före detta potatisodlare, åttioåriga Gertrud Virtanen. Fru Virtanen lät sig inte intervjuas, men hade en egen spalt på sidan två där hon förklarade värdet av tidningens princip att samtliga artiklar och analyser var osignerade. Varje text skulle bedömas utifrån sitt innehåll, inget annat.

Förutom det där med fru Virtanen var det mest intressanta med magasinet att det var så – intressant. Första numret fick beröm på ledarplats i en rad svenska tidningar. Bland huvudartiklarna fanns en djupanalys av Sverigedemokraterna som i valet 2006 gått från en och en halv procent av rösterna till det dubbla. Analysen anlade ett internationellt perspektiv och var mycket initierad, med kopplingar ända till nazistiska, historiska strömningar i Afrika. Slutsatsen var måhända väl dramatisk: Det var svårt att tro att ett parti vars supportrar gjorde Hitlerhälsning åt sin partiledare skulle polera ytan så till den grad att de tog sig hela vägen till riksdagen, men ändå.

En annan artikel beskrev i detalj de mänskliga, politiska och finansiella konsekvenserna av en svensk kärnkraftsolycka. Inte minst de räknerelaterade aspekterna kunde ge vilken läsare som helst rysningar. Trettiotvåtusen arbetstillfällen skulle skapas över en period av tjugofem år om Oskarshamn var tvunget att byggas upp på nytt, femtioåtta kilometer norr om där det en gång legat.

Förutom artiklarna som nästan skrev sig själva fick Nombeko och tvåan ihop flera saker avsedda att få den nye, konservative statsministern på gott humör. Såsom till exempel en historisk tillbakablick på Europeiska unionen, apropå femtioårsfirandet av undertecknandet av Romfördraget, där nämnde statsminister förresten råkat närvara. Och en djupanalys av en socialdemokrati i kris. Partiet hade just gjort sitt sämsta val sedan 1914 och hade nu en ny partiledare i Mona Sahlin. Slutsatsen blev att Sahlin antingen kunde ställa sig ensam med miljöpartiet, distansera sig från vänstern – och förlora nästa val. Eller att inkludera de före detta kommunisterna, bilda en trepartiallians – och förlora det likväl (i sak prövade hon därpå både och – varpå hon dessutom förlorade jobbet).

Tidningen höll till i en lokal i Kista utanför Stockholm. På tvåans begäran var Holger 1 och Celestine förbjudna att ha någon som helst inblandning i det redaktionella. Tvåan hade i tillägg till det kritat en cirkel på golvet två meter runt sitt eget skrivbord och gett ettan order om att aldrig någonsin ta sig innanför, undantaget när det var dags att tömma papperskorgen.

Egentligen hade han inte velat ha sin bror i lokalen över huvud taget, men dels vägrade Gertrud befatta sig med projektet om hennes älskade Celestine inte fick vara med, dels behövde de båda olyckorna distraheras när det inte fanns några fler potatisar att plocka.

Gertrud, som ju var den som formellt finansierade alltihop, hade för övrigt eget rum på redaktionen där hon satt och myste över skylten "Ansvarig utgivare" på dörren. Det var ungefär det hon gjorde.

Efter första numret hade Nombeko och tvåan tänkt sig ett andra i maj 2007 och ett tredje direkt efter semestrarna. Därefter – var tanken – skulle statsministern vara mottaglig. Tidningen Svensk Politik skulle be om en intervju. Och han skulle tacka ja. Om inte förr så i alla fall senare, om de bara fortsatte sätta ner fötterna rätt.

Men för en gångs skull utvecklades sakerna bättre i stället för sämre än Holger och Nombeko tänkt. Statsministern fick nämligen en fråga om det nya magasinet Svensk Politik under en presskonferens som egentligen handlade om hans förestående besök i Washington och Vita huset. Och han svarade att han läst tidningen med intresse, att han i allt väsentligt höll med om dess Europaanalys och att han såg fram emot nästa nummer.

Det kunde omöjligen bli bättre än så. Efter det föreslog Nombeko att Holger 2 skulle kontakta regeringskansliet med en gång. Varför vänta? Vad hade de att förlora?

Tvåan sa att brodern och hans flickvän tycktes ha en utomjordisk förmåga att förstöra allting och att han vägrade hoppas för mycket så länge de båda inte var inspärrade någonstans. Men för all del. Vad hade de att förlora?

Holger 2 ringde sålunda, för vilken gång i ordningen, aktuell statsministers assistent, men nu med annat ärende och – jävlar i min låda! – assistenten svarade att hon skulle höra med presschefen. Som nästa dag ringde tillbaka för att säga att statsministern tog emot klockan tio noll noll den 27 maj för en fyrtiofem minuter lång intervju.

Beskedet innebar att samtalet skulle äga rum fem dagar efter att tidningens andra nummer kommit ut. Därpå skulle det inte behövas några fler.

– Eller så fortsätter du? sa Nombeko. Jag har aldrig sett dig så lycklig.

Nej, första numret hade kostat fyra miljoner och andra var

inte på väg att bli billigare. Potatispengarna behövdes till det liv de i bästa fall var på väg att skaffa sig. Ett liv där de fanns båda två, med uppehållstillstånd och allt.

Holger och Nombeko insåg att det återstod mycket även efter det att de lyckats medvetandegöra atombomben för han som bestämde i det land den råkade befinna sig i. Det var ju till exempel inte troligt att statsministern skulle bli glad. Och inte säkert att han skulle visa förståelse för den uppkomna situationen. Eller ens uppskatta Holgers och Nombekos ansträngningar att iaktta tjugo år av diskretion.

Men chansen fanns. Till skillnad från om de gjorde ingenting.

Andra numret gjorde internationell utblick. Bland annat en analys av aktuell politisk status i USA apropå statsministerns möte med George W Bush i Vita huset. Och en historisk tillbakablick på folkmordet i Rwanda där en miljon tutsier slaktades för att de inte råkade vara hutuer. Skillnaden mellan folken sades vara att tutsier i allmänhet eventuellt var något lite längre än hutuerna.

Vidare en flirt med statsministern angående det förestående upphävandet av det svenska apoteksmonopolet.

Holger 2 och Nombeko gick igenom varje stavelse. Inget fick gå fel. Tidningen skulle ha fortsatt substans, vara fortsatt intressant — utan att för den skull trampa statsministern på tårna.

Inget fick ju gå fel. Så hur kunde tvåan föreslå sin kära Nombeko att de skulle fira färdigställandet och ivägsändandet av andra numret genom att gå på restaurang? Efteråt förbannade han sig själv så till den grad att han glömde slå ihjäl sin bror.

Kvar på tidningen var nämligen Gertrud som satt och sov i sin direktörsstol, och Holger 1 och Celestine med uppdrag att inventera förrådet med tejp, kulspetspennor och annat. Detta medan den färdigställda tidningen lyste dem i ansiktet från tvåans dator.

– Nu sitter de och gottar sig på lyxkrog medan vi räknar gem, sa Celestine.

– Och inte ett jävla ord om det förbannade kungahuset i det här numret heller, sa Holger 1.

– Eller för den delen anarkismen, sa Celestine.

Nombeko levde tydligen efter uppfattningen att hon ägde pengarna från Gertruds potatisodling själv. Vem trodde hon att hon var? Nu höll hon och tvåan på att göra av med alla miljonerna genom att slicka den konservative, kungaälskande statsministerns röv.

– Kom, min kära, sa Holger 1 och steg in i den förbjudna zonen runt tvåans skrivbord.

Han slog sig ner på broderns stol och klickade sig fram till Gertruds spalt på sidan två. Det var någon smörja om oppositionens oförmåga. Skriven av tvåan, förstås. Holger 1 orkade inte ens läsa skiten innan han raderade den.

Medan han i stället skrev det som i stunden fyllde hans hjärta, muttrade han att tvåan tills vidare kunde få bestämma över sextiotre av de sextiofyra sidorna. Men den sextiofjärde var annekterad.

När han var klar sände han den nya versionen till tryckeriet med en kommentar till sätterichefen om att ett viktigt korrekturfel nu var åtgärdat.

* * *

Kommande måndag trycktes och distribuerades tidningen Svensk Politiks andra nummer till samma femtontusen makthavare som nummer ett. På sidan två deklarerade ansvarig utgivare:

Nu är det dags för kungen – den grisen – att avgå. Samtidigt ska han ta med sig drottningen – den grisen. Och kronprinsessan – den grisen. Samt prinsen och prinsessan – de grisarna. Och den gamla skatan Lilian.

Monarkin är ett statsskick värdigt endast grisar (och en och annan skata). Sverige ska bli republik NU.

Mer kunde Holger 1 inte komma på att skriva, men eftersom det återstod en och en halv decimeter av det tvåspaltiga utrymmet tecknade han i ett ritprogram han inte riktigt behärskade en gubbe hängd i en galge med texten "kungen" på bröstet. Därtill en pratbubbla som ledde från gubbens mun. Den hängde tycktes inte vara mer hängd än att han fortfarande kunde prata. Och det han enligt pratbubblan sa var:

– Nöff.

Som om inte detta räckte och blev över fick Celestine med en rad längst ner:

För mer information: kontakta Stockholms anarkistiska förening.

Femton minuter efter att tidningen Svensk Politiks andra nummer hamnat på regeringskansliet ringde statsministerns assistent för att meddela att den inbokade intervjun var inställd.

– Varför då? sa Holger 2 som ännu inte fått den nytryckta tidningen i sin hand.

– Ja, vad fan tror du? sa assistenten.

* * *

Statsminister Fredrik Reinfeldt vägrade träffa företrädare för tidningen Svensk Politik. Likväl skulle han strax göra just det. Och få en atombomb i knät.

Pojken som med tiden skulle bli statsminister var äldste sonen av tre i en familj som präglades av kärlek, ordning och reda. Var sak på sin plats, alla plockade upp efter sig själva.

Detta formade unge Fredrik så till den grad att han i vuxen ålder fick erkänna att det roligaste han visste inte var politik, utan att dammsuga. Ändå blev han statsminister och inte lokal-vårdare. Han hade hur som helst talang för både och. Och mer därtill.

Bland annat valdes han redan vid elva års ålder till elevråds-ordförande. Några år senare gick han ut som kursetta när han gjorde sin militärtjänst som jägare vid Lapplands regemente. Om ryssen kom skulle han få möta en som också visste vad det innebar att gå i strid i fyrtioåtta minusgrader.

Men ryssen kom inte. Däremot kom Fredrik in på Stock-holms universitet där han ägnade sig åt studier i ekonomi, stu-dentspex och att hålla militär ordning i sitt studenthem. Strax var han civilekonom.

Intresset för politik kom hemifrån det också. Pappa var kom-munpolitiker. Fredrik gick i faderns fotspår. Kom in i riksdagen. Blev ordförande i ungmoderaterna.

Hans parti segrade i riksdagsvalet 1991. Unge Fredrik hade fortfarande ingen central roll, och än mindre så sedan han kriti-serat partiledare Bildt för att vara maktfullkomlig. Bildt var ödmjuk nog att ge Reinfeldt rätt i sak genom att placera honom i partiets frysrum där han fick sitta i nästan tio år, medan Bildt själv for till det forna Jugoslavien för att mäkla fred. Han tyckte det var roligare att rädda världen än att misslyckas med att rädda Sverige.

Efterträdaren Bo Lundgren kunde räkna nästan lika bra som Nombeko, men eftersom svenska folket inte ville höra siffror allena utan också ett och annat hoppfullt ord gick det lika illa för honom.

Därmed var det dags för något nytt inom moderata samlingspartiet. Dörren öppnades till det frysrum där Fredrik Reinfeldt satt och huttrade. Han tinades upp och valdes enhälligt till partiets ordförande den 25 oktober 2003. Knappt tre år senare sopade han, hans parti och hans borgerliga allians banan med socialdemokratin. Fredrik Reinfeldt var statsminister, städade för egen hand bort alla avtryck företrädaren Persson gjort i regeringskansliet. Han använde i huvudsak grönsåpa för ändamålet eftersom det skapar en smutsavvisande hinna på den behandlade ytan. När han var färdig tvättade han sig om händerna och skapade en ny era i svensk politik.

Reinfeldt var stolt över vad han åstadkommit. Och nöjd. Ett tag till.

* * *

Nombeko, Celestine, ettan, tvåan och Gertrud var alla tillbaka på Sjölida. Om stämningen i gruppen varit spänd före äventyret med Svensk Politik var den nu direkt ohälsosam. Holger 2 vägrade prata med sin bror eller ens sitta vid samma bord samtidigt. Ettan kände sig å sin sida missförstådd och undanknuffad. Han och Celestine hade dessutom kommit på kant med anarkisterna efter den där hänvisningen i tidningens ledare. De flesta av nationens politiska reportrar hade nämligen hörsammat uppmaningen och strömmat till anarkisternas lokal för att få sakskälen till jämförelsen mellan kungahuset och en svinstia presenterade för sig.

Holger 1 tillbringade därför numera dagarna sittande på höskullen tittande ner på Gertruds potatisbil. Där inne i skåpet fanns fortfarande en atombomb på tre megaton. Som på det ena eller det andra sättet skulle få kungen att abdikera. Och som Holger 1 lovat att inte röra.

Tänk, han hade hållit sitt löfte i alla år, likväl var brodern arg på honom bortom alla gränser. Det kändes så orättvist.

Celestine var i sin tur arg på tvåan för att han var arg på ettan. Hon sa att det tvåan missat var att man inte kunde studera sig till civilkurage, det var något man hade, eller så hade man det inte. Tvåans bror hade det!

Holger 2 bad Celestine snubbla någonstans och slå sig så mycket som möjligt. Själv skulle han ta sig en promenad.

Han tog stigen ner till sjön, satte sig på bänken på bryggan och tittade ut över vattnet. Han var fylld av en känsla av… nej, han var inte fylld av någonting. Han var alldeles tom.

Han hade Nombeko, och det var han tacksam för. Men i övrigt: inga barn, inget liv, ingen framtid. Tvåan tänkte att han aldrig någonsin skulle träffa statsministern: inte den här, inte nästa, inte någon av de som därpå följde. Av de tjugosextusen tvåhundra år det skulle ta för bomben att förlora sin kraft återstod alltjämt tjugosextusen etthundraåttio. Plus minus tre månader. Det var kanske lika bra att stanna kvar på bänken på bryggan och sitta av tiden.

Allt var kort sagt så bottenlöst eländigt det någonsin kunde bli. Trettio minuter innan det blev värre.

Kapitel 19

Om en galamiddag på slottet
och kontakt med andra sidan

PRESIDENT HU JINTAO inledde sitt tredagars statsbesök
i Sverige med att ta emot replikan av ostindiefararen
Götheborg som just denna dag var tillbaka i staden med
samma namn efter en resa tur och retur Kina.

Originalet hade gjort samma tripp tvåhundrafemtio år tidigare. Äventyret gick den gången bra genom stormar, piratvatten, sjukdomar och svält. Men med niohundra meter kvar till hamnen där hemma gick skeppet på grund i alldeles utmärkt väder och sjönk så småningom till botten.

Retligt, minst sagt. Men revanschen kom, lördagen den 9 juni 2007. Replikan klarade allt det originalet en gång gjort och i tillägg till det också den sista knappa kilometern. Götheborg togs emot av tusentals jublande åskådare, bland dem alltså Kinas president som när han ändå var i trakten passade på att besöka Volvos bilfabrik i Torslanda. Det var något han själv insisterat på, och det hade sina randiga skäl och rutiga orsaker.

Saken var den att man på Volvo gått och tjurat på svenska regeringen och statsapparaten ganska länge för att man envisades med att köpa BMW varje gång det skulle till ett fordon med extra stor säkerhet. Att medlemmar av det svenska kungahuset och ministrar i den svenska regeringen klev i och ur ett tyskt bilmärke vid varje officiell händelse var något Volvoledningen snudd på retade ihjäl sig på. Man hade till och med byggt ett bepansrat exemplar och förevisat säkerhetspolisen, men till ingen nytta. Det var faktiskt en av ingenjörerna som kommit på det geniala i att erbjuda Folkrepubliken Kinas president det specialbyggda, cremefärgade exemplaret av en splitterny Volvo S80 med fyrhjulsdrift och en V8 på 315 hästkrafter. Alla dagar i veckan värdigt en president.

Tyckte ingenjören.

Och Volvoledningen.

Och – visade det sig – presidenten ifråga.

Saken var överenskommen i förväg via diskreta kanaler. Bilen förevisades stolt för presidenten på Torslandafabriken på lördagsmorgonen och skulle formellt överlämnas på Arlanda flygplats dagen därpå, strax före presidentens hemfärd.

Där emellan bjöds det in till galamiddag på kungliga slottet.

* * *

Nombeko hade suttit i läsesalen på biblioteket i Norrtälje och avverkat tidning efter tidning. Hon började med Aftonbladet som ägnade fyra sidor åt konflikten mellan – inte Israel och Palestina – men väl en deltagare i en sångtävling i teve och en elak jurymedlem som sagt att artisten ifråga inte kunde sjunga.

– Han kan dra dit pepparn växer, kontrade artisten som för det första verkligen inte kunde sjunga och för det andra inte hade en aning om var det växte peppar någonstans i världen.

Tidning nummer två för Nombeko var Dagens Nyheter, som envisades med att skriva om väsentligheter och därför gick sämre än någonsin. Typiskt för DN var att man toppade sin förstasida med ett statsbesök i stället för ett gräl i en tevestudio.

Sålunda berättade man om president Hu Jintao, om Götheborgs anlöpning – och om det faktum att presidenten senare under lördagen skulle bege sig till Stockholm för galamiddag på slottet, med bland andra kungen och statsministern.

Den informationen hade väl inte varit mycket värd om det inte varit för Nombekos omedelbara reaktion när hon såg bilden på president Hu.

Hon tittade på den och tittade på den igen. Och så sa hon högt för sig själv:

— Tänk att herr kinesen gått och blivit president!

Såväl den svenske statsministern som Kinas president skulle alltså skrida in på slottet samma kväll. Om Nombeko bland alla nyfikna ställde sig att hojta på statsministern när han passerade skulle hon i bästa fall bli bortförd, i sämsta fall gripen och i förlängningen utvisad.

Om hon däremot ropade på wukinesiska till Kinas president borde resultatet bli ett annat. Om Hu Jintaos minne inte var alltför kort skulle han känna igen henne. Och hade han därpå bara ett minimum av nyfikenhet i sig skulle han gå henne till mötes för att höra hur i hela friden det kom sig att den sydafrikanska tolken från förr nu stod på det svenska slottets borggård.

Därmed skulle Nombeko och Holger 2 bara ha en enda ynka person mellan sig själva och statsministern, eller för den delen kungen. President Hu hade alla förutsättningar att fungera som en bro mellan de ofrivilliga atombombsägarna å ena sidan och personerna de i tjugo år misslyckats med att få tag i å den andra.

Vart det hela sedan kunde ta vägen fick framtiden utvisa, men det var inte troligt att statsministern bara skulle vifta iväg dem med bomb och allt. Snarare i så fall att han lät tillkalla polis och fick dem inlåsta. Eller någonting där emellan, det enda som var säkert var att Nombeko och Holger 2 tänkte ge det en chans.

Fast det var bråttom. Klockan var redan elva på förmiddagen. Nombeko hade att cykla tillbaka till Sjölida, inviga Holger 2 men för bövelen inte de båda tokstollarna eller för den delen Gertrud, få igång lastbilen och hinna hela vägen till slottet i god tid före sex då presidenten skulle göra sin entré.

* * *

Det gick fel med en gång. Holger 2 och Nombeko hade smugit in i ladan och börjat med att skruva loss de alldeles för äkta registreringsskyltarna för att i stället sätta dit dem som stulits många år tidigare. Men ettan satt som så ofta annars på höskullen snett ovanför, och vaknade ur sin mentala slummer av aktiviteten runt bilen. Han reagerade med att tyst hoppa ut genom luckan till loftet för att springa och hämta Celestine. Innan Holger 2 och Nombeko var klara med skyltarna hade både ettan och hans flickvän trängt sig in i ladan och satt sig i hytten till potatisbilen.

— Jaså, ni tänkte smita utan oss, med bomb och allt, sa Celestine.

— Jaså, ni tänkte det, sa Holger 1.

Men då brast det för hans bror.

— Nu får det vara nog! röt han. Lämna omedelbart hytten, era förbannade parasiter! Det finns inte en chans i världen att jag låter er förstöra den här möjligheten också. Inte en chans i världen!

Varpå Celestine halade fram ett par handklovar och låste fast sig i bilens handskfack. Är man gammal demonstrant så är man.

Holger 1 fick köra. Celestine satt vid hans sida, i onaturlig ställning så fastklovad hon var. Därefter Nombeko och längst till höger tvåan på tillräckligt avstånd från sin bror.

När potatisbilen rullade förbi huset kom Gertrud ut på trappan.

— Köp lite mat medan ni är iväg, vi har inget att äta!

Ettan och Celestine informerades av Nombeko om att det här var en resa i avsikt att bli av med bomben eftersom slumpen skapat förutsättningar för direktkontakt med statsminister Reinfeldt.

Holger 2 fyllde på med att han tänkte köra både sin bror och hans otäcka flickvän genom den åttaradiga potatissättaren om de gjorde någonting annat under resan än sitta där de satt. Hållande käften.

— Den åttaradiga sättaren är såld, försökte Holger 1.

— Då köper jag en ny, sa hans bror.

Galamiddagen på kungliga slottet tog sin början klockan 18. Gästerna hälsades välkomna i Inre drabantsalen varpå elegant förflyttning skedde till själva middagen i Vita havet.

Det var inte lätt för Nombeko att komma i position på inre borggården så att hon med säkerhet skulle få president Hu Jintaos uppmärksamhet. Nyfikna från allmänheten blev milt upptryckta längs borggårdens sidor, aldrig mindre än femtio meter från där gästerna gjorde sin entré. Skulle hon ens känna igen honom på det avståndet? Han skulle däremot säkert känna igen henne. Hur många svarta afrikaner talade wukinesiska?

Att känna igen visade sig inte vara några problem åt något håll. Aktiviteten bland Säpofolket var uppenbar när folkrepubliken Kinas president Hu och hans hustru Liu Yongqing anlände. Nombeko andades in och ropade på presidentens dialekt:

— Hallå där, herr kinesen. Det var länge sedan vi var på safari i Afrika tillsammans!

På fyra sekunder var Nombeko omgiven av två civilklädda säkerhetspoliser. Ytterligare fyra sekunder senare hade de lugnat ner sig något, för den svarta kvinnan såg inte hotfull ut, hennes händer var fullt synliga och hon var inte på väg att kasta något mot presidentparet. Däremot skulle hon förstås omedelbart avvisas från platsen.

Eller?

Vad var det som hände?

Presidenten hade avbrutit sin entré till slottet, hade lämnat den röda mattan och sin hustru bakom sig, nu var han på väg mot den svarta kvinnan. Och... och... *han log mot henne!*

Ibland var det svårare än annars att vara säkerhetspolis. Nu sa presidenten något till demonstranten... för hon var väl demonstrant? Och demonstranten svarade.

Nombeko märkte säkerhetspolisernas förvirring. Så hon sa på svenska:

— Herrarna behöver inte se så förskräckta ut. Jag och presidenten är gamla vänner och vi ska bara byta några ord med varandra.

Så vände hon sig till president Hu igen och sa:

— Jag tror vi får prata minnen någon annan gång, herr kinesen. Eller herr presidenten har det ju hastigt och lustigt blivit.

— Ja, det har det, log Hu Jintao. Kanske inte helt utan er förtjänst, fröken Sydafrika.

— Ni är alltför vänlig, herr presidenten. Men nu är det som så här — om jag får gå rakt på sak — att ni säkert minns den där korkade ingenjören i mitt gamla hemland, han som bjöd på safari och middag? Just det. Honom gick det sedan inte speciellt bra för och det var lika bra det, men med min och andras hjälp hann han likväl få ihop några atombomber.

— Jo, tack, sex stycken om jag inte minns fel, sa Hu Jintao.

— Sju, sa Nombeko. I tillägg till allt annat räknade han illa. Den sjunde låste han in i ett hemligt rum och sedan hamnade den på villovägar, kan man säga. Eller... i mitt bagage egentligen... hit till Sverige.

— Har Sverige kärnvapen? sa Hu Jintao förvånat.

— Nej, inte Sverige. Men jag. Och jag är ju i Sverige. Så att säga.

Hu Jintao var tyst i någon sekund. Så sa han:

— Vad vill fröken Sydafrika att jag… vad heter ni, förresten?

— Nombeko, sa Nombeko.

— Vad vill fröken Nombeko att jag ska göra med den informationen?

— Jo, om ni kunde vara så vänlig att vidarebefordra den till kungen som ni strax ska ta i hand och att han i sin tur kunde ha godheten att skicka den vidare till statsministern, som kanske kunde komma ut och berätta för mig vad vi ska göra med nämnda bomb. Det är liksom inget man bara åker till återvinningen med.

President Hu Jintao visste inte vad återvinningen var för något (Kinas klimatmål låg inte riktigt på den nivån), men han förstod situationen. Och han begrep att omständigheterna krävde att han genast avslutade sitt samtal med fröken Nombeko.

— Jag lovar fröken att jag ska framföra saken till både kungen och statsministern och jag ska gå i god för henne så pass att jag är tämligen säker på att ni har en omedelbar reaktion att vänta.

Därpå återvände president Hu till sin förvånade hustru och till röda entrémattan, den som ledde in mot Drabantsalen där Deras majestäter väntade.

Alla gästerna hade anlänt, det fanns inte mer att se. Turister och andra nyfikna gav sig av åt olika håll med olika mål för resten av den vackra junikvällen i Stockholm anno 2007. Nombeko stod ensam kvar, väntade på något, visste inte vad.

Efter tjugo minuter närmade sig en kvinna. Hon tog Nombeko i hand när hon presenterade sig med låg röst, hon var statsministerns assistent och hon hade i uppdrag att föra damen till ett mer diskret hörn av slottet.

Det tyckte Nombeko var bra, men hon tillade att hon ville ha med sig lastbilen som stod utanför borggården. Assistenten sa att det ändå var längs vägen så det kunde passa.

Holger 1 satt fortsatt bakom ratten, med Celestine intill (handklovarna hade hon gömt i handväskan). Assistenten tog också plats där fram, varpå det började bli trångt. Nombeko och Holger 2 klev in i skåpet.

Det var ingen lång resa. Först Källargränd och därpå Slottsbacken ner. Och vänster in på parkeringen och hela vägen tillbaka upp. Kanske bäst att chauffören backar sista biten? Stopp! Där blir bra.

Assistenten hoppade ur, knackade på en oansenlig dörr, slank in och försvann när den öppnades. Därpå kom i tur och ordning först statsministern ut, följd av kungen och president Hu Jintao med tolk. Den kinesiske presidenten tycktes verkligen ha gått i god för Nombeko med sällskap, för all säkerhetspersonal blev kvar på tröskeln.

Nombeko kände igen den kinesiske tolken även om det var mer än tjugo år sedan sist.

– Jaså, du dog inte i alla fall, sa hon.

– Det är ju inte för sent än, svarade tolken surt. Med tanke på vad ni tycks köra omkring med.

Holger 2 och Nombeko bjöd statsministern, kungen och presidenten upp i skåpet på potatisbilen. Statsministern tvekade inte. Det gällde att få det fasansfulla påståendet bekräftat. Och kungen följde efter. Kinas president ansåg däremot att saken rörde ett inrikespolitiskt dilemma och backade tillbaka in i slottsbyggnaden, till skillnad från sin nyfikne tolk som gärna först ville få sig en skymt av det omtalade kärnvapnet. Livvakterna på tröskeln in till slottet skruvade på sig. Vad skulle kungen och statsministern upp i skåpet till en potatisbil att göra? Det kändes inte bra.

Ironiskt nog närmade sig i det ögonblicket en grupp kinesiska turister med guide som gått vilse, därför fick dörren till skåpet i all hast stängas, varpå den kinesiske tolken som kommit på mellanhand fick fingrarna i kläm från utsidan. Nombeko och de övriga kunde höra ett "Hjälp, jag dör!" där utifrån, medan Holger 2 knackade på rutan fram till ettan bakom ratten och bad honom slå på ljuset i skåpet.

Holger 1 tände lydigt lampan, vände sig om – och fick syn på kungen! Och statsministern.

Men framför allt kungen. Gode Gud!

– Det är kungen, pappa, viskade Holger 1 till Ingmar Qvist i himlen.

Och pappa Ingmar svarade:

– Kör, min son! Kör!

Då körde Holger.

DEL 6

Jag har aldrig mött en fanatiker med humor.

AMOS OZ

Kapitel 20

Om vad kungar gör
och inte gör

POTATISBILEN HANN INTE mer än komma i rullning
förrän Nombeko var framme vid luckan och sa att Holger 1
omedelbart hade att stanna om han ville överleva dagen.

Men ettan, som inte var säker på att han ville göra just det,
bad Celestine skjuta igen glasrutan och stänga ute oväsendet där
bak.

Det gjorde hon gärna och drog dessutom för gardinen för att
slippa se majestätet i mörkblå mässjacka, vit väst, mörkblå
byxor med guldrevärer, vit frackskjorta och svart fluga.

Hon var så stolt över sin rebell.

– Vi åker väl tillbaka till mormor? sa hon. Eller har du en
bättre idé?

– Det vet du mycket väl att jag inte har, älskling, sa Holger 1.

Kungen såg mest förvånad ut över den uppkomna situationen,
medan statsministern var upprörd.

– Vad i hela friden är det som pågår? sa han. Håller ni på att
kidnappa er kung och statsminister? Tillsammans med en atom-
bomb! En atombomb i mitt Sverige, vem har gett er tillåtelse till
det?

– Nå, konungariket Sverige är väl snarare mitt, sa kungen
och satte sig på närmaste potatislåda. I övrigt delar jag förstås
statsministerns upprördhet.

Nombeko sa att det kanske spelade mindre roll vem landet tillhörde om det ändå flög i luften, men ångrade sig genast för nu ville statsministern veta mer om den fördömda bomben.

– Hur kraftfull är den? Berätta! sa han strängt.

Men Nombeko tyckte stämningen i skåpet var låg nog som den var, ville inte sänka den ytterligare. Hur hade hon kunnat vara så dum att hon förde saken på tal? Hon försökte leda samtalet i en annan riktning:

– Jag får verkligen beklaga den uppkomna situationen. Det är inte alls som så att herrn här och majestätet vid hans sida har blivit kidnappade, inte av mig och min pojkvän i alla fall. Så fort bilen stannar lovar jag att – minst – vrida om näsan på han bakom ratten och ställa allt tillrätta.

Och så tillade hon, för att avdramatisera det hela:

– Extra retligt att sitta inlåst i ett skåp när det är så vackert väder ute.

Det där sista fick den naturälskande kungen att tänka på den havsörn han hade sett över Strömmen samma eftermiddag.

– Mitt i stan! sa Nombeko och hoppades för en sekund att distraktionen fungerat.

Men när den sekunden gått bröt statsministern in och sa att gruppen omedelbart skulle sluta diskutera väder och ornitologi.

– Tala i stället om vilken skada bomben kan göra. Hur illa är det?

Nombeko drog på svaret. Det handlade om någon eller möjligen några enstaka megaton.

– Hur många?

– Två, tre stycken, inte mer.

– Och det betyder?

Det var en envis rackare, den där statsministern.

– Tre megaton är ungefär tolvtusen femhundrafemtiotvå petajoule. Är kungen säker på att det var en havsörn?

Fredrik Reinfeldt gav sin statschef en blick av sådant slag att denne avstod från att svara. Så funderade han över om han visste hur mycket en petajoule var och hur illa det skulle vara med över tolvtusen likadana, innan han bestämde sig för att kvinnan framför honom slingrade sig.

– Se nu till att säga som det är! sa han. Så att man begriper.

Då gjorde Nombeko det. Hon sa som det var, att bomben skulle ta med sig allt inom en radie av femtioåtta kilometer, och att dåligt väder med mycket vind i värsta fall kunde fördubbla skadan.

– Tur då att solen skiner, funderade kungen.

Nombeko nickade uppskattande åt hans positiva syn, men statsministern påtalade att Sverige stod inför sin kanske största kris sedan nationens födelse. Stats- och regeringschefen befann sig med ett skoningslöst förintelsevapen på irrfärd genom Sverige, med en man vars avsikter de inte kände till bakom ratten.

– Kunde inte kungen tycka att det mot bakgrund av det vore mer passande att tänka på nationens överlevnad än på havsörnar och på att vi åtminstone hade tur med vädret? sa statsministern.

Men kungen hade varit med ett tag, hade sett statsministrar komma och gå medan han själv bestod. Det var väl inga direkta fel på den här nye, om han bara kunde lugna ner sig lite.

– Seså, seså, sa han. Ta nu och slå sig ner på en potatislåda som vi andra, så ber vi herr och fru kidnapparna om en förklaring.

* * *

Egentligen hade han velat bli bonde. Eller grävmaskinist. Eller vad som helst, bara det hade med bilar eller naturen att göra. Helst både och.

Och så blev han kung.

Det kom i och för sig inte som någon överraskning för honom. I en tidig intervju beskrev han sitt liv som en rak linje från födseln och framåt. Utstakat från det att de fyrtiotvå kanonskotten ljöd över Skeppsholmen den 30 april 1946.

Han fick namnet Carl Gustaf, Carl efter morfar Karl Edvard av Sachsen-Coburg-Gotha (som var något så spännande som nazist och britt på en gång), och Gustaf efter far, farfar och farfars far.

Det började hemskt illa för den lille prinsen. Bara nio månader gammal förlorade han sin pappa i en flygolycka. Därmed uppstod ett dramatiskt hack i successionsordningen. Hans farfar, blivande Gustaf VI Adolf, skulle behöva hålla sig vid liv till åttionio års ålder, annars uppstod en vakans som riskerade att ge republikanerna i riksdagen luft under vingarna.

Det argumenterades allmänt bland rådgivarna att arvprinsen skulle hållas innanför slottets metertjocka väggar till dess att tronföljden var säkrad, men kärleksfulla mamma Sibylla vägrade. Utan vänner skulle sonen i värsta fall bli tokig, i bästa fall omöjlig att ha att göra med.

Därför fick prinsen gå i vanlig skola och på fritiden både utveckla sitt motorintresse och engagera sig i scouterna där han lärde sig att knyta råbandsknop, skotstek och halvslag snabbare och bättre än någon av de andra.

På Sigtuna allmänna läroverk, däremot, blev han underkänd i matematik och med nöd och näppe godkänd i allt det andra. Förklaringen var att bokstäver och siffror grötade ihop sig, kronprinsen hade dyslexi. Att han var bäst i klassen på munspel gav honom inga extra poäng mer än hos flickorna.

Tack vare mamma Sibyllas omsorger hade han ändå ett antal vänner där ute i verkligheten, om än att ingen av dem råkade tillhöra den radikala vänster nästan alla andra bekände sig till i sextiotalets Sverige. Att låta håret växa, bo i kollektiv och ha fri sex var inget för den blivande regenten, även om han själv tyckte att det sistnämnda inte lät så dumt.

Farfar Gustaf Adolf hade "Plikten framför allt" som valspråk. Kanske var det därför han höll sig vid liv tills han var nittio. Först i september 1973 somnade han in, när kungahuset var räddat, sonsonen gammal nog att ta över.

Eftersom man inte i första hand diskuterar råbandsknop eller helsynkroniserade växellådor med drottningen av England kände sig den unge regenten inte alltid bekväm i de finaste salongerna. Med åren blev det ändå bättre, mest för att han i allt högre grad vågade vara sig själv. Efter över tre decennier på tronen var en galamiddag på slottet till Hu Jintaos ära ett sömnpiller han både kunde hantera och stå ut med. Men allra helst klarade sig utan.

Det rådande alternativet, en kidnappning i potatisbil, var förstås inget att stå efter, men kungen tänkte att det väl skulle ordna sig med det också på något vis.

Om bara statsministern kunde tagga ner lite.

Och lyssna på vad kidnapparna hade att säga.

* * *

Statsminister Reinfeldt hade inga planer på att sätta sig på någon av de smutsiga potatislådorna. Damm var det dessutom överallt. Och jord på golvet. Men lyssna kunde han göra likväl.

– För all del, sa han, och vände sig mot Holger 2. Skulle ni vilja ha vänligheten att berätta vad det är som sker?

Orden var artiga, tonen beordrande, irritationen på kungen intakt.

Tvåan hade övat på sitt samtal med statsministern i nästan tjugo års tid. Han hade förberett ett närmast oändligt antal scenarier

333

— inget av dem inkluderade möjligheten att han och statsministern skulle finna sig inlåsta i en potatisbil. Tillsammans med bomben. Och kungen. Med tvåans kungahatande bror bakom ratten. På väg mot okänt mål.

Medan Holger 2 letade efter ord och tanke satt hans bror i kupén och funderade högt över vad som skulle ske därnäst. Pappa hade tydligt sagt "Kör, min son, kör", men inte mer än så. Fast var det inte så enkelt som att de skulle låta kungen välja: antingen att kliva av sitt ämbete och se till att ingen klev på i hans ställe, eller kliva upp på bomben så att ettan och Celestine kunde spränga kung, delar av kungariket och sig själva i luften?

— Min modige, modige älskling, sa Celestine till Holgers funderingar.

Det här var barrikadernas barrikad att stå på. En fin dag att dö på dessutom, om det skulle behövas.

I skåpet bakom dem fick till slut Holger 2 mål i mun.

— Jag tror vi får ta historien från början, sa han.

Så berättade han om pappa Ingmar, om sig själv och sin bror, om hur den ene av dem bestämt sig för att föra pappans kamp vidare medan den andre nu olyckligtvis satt där han satt och berättade det han berättade.

När han var färdig och Nombeko fyllt på med sin egen livshistoria, inklusive förklaringen till hur bomben som egentligen inte fanns hamnat på vift, tänkte statsministern att det här rimligen inte hände, men att det för säkerhets skull var bäst att agera utifrån den otäcka möjligheten att det trots allt gjorde det. Detta medan kungen å sin sida funderade över att han började bli hungrig.

* * *

Fredrik Reinfeldt försökte ta in den aktuella bilden. Värdera den. Han tänkte på larmet som skulle gå vilken minut som helst om det inte redan gjort det, att det skulle bli rikstäckande panik med Nationella insatsstyrkan och helikoptrar i luften runt både potatisbil och bomb. Längs helikopterns sidor skulle hänga nervösa ynglingar med automatkarbiner som när som helst kunde skicka iväg vådaskott genom lastbilens skåpvägg och vidare genom lagren av skyddande metall runt alla megatonen och petajoulen. Alternativt bara provocera tokstollen bakom ratten till att göra något förhastat. Som till exempel att köra av vägen.

Allt det i ena vågskålen.

I den andra de berättelser mannen och kvinnan framför honom just avgett. Och president Hu som gått i god för den sistnämnda.

Givet omständigheterna: Borde inte kungen och han själv nu göra allt för att sakerna inte skulle skena bortom all kontroll, för att inte den hotande katastrofen skulle bli självuppfylld?

Fredrik Reinfeldt hade funderat färdigt och sa till sin kung:

– Jag har tänkt.

– Så bra, svarade kungen. Det är sådant vi har statsministrar till om han frågar mig.

Reinfeldt frågade majestätet retoriskt om de verkligen ville ha Nationella insatsstyrkan flaxande över sina huvuden. Krävde inte ett tremegatons kärnvapen större respekt än så?

Kungen berömde statsministern för att ha valt beskrivningen tre megaton framför tolvtusen petajoule. Men skadan skulle likväl bli betydande, hade kungen förstått. Han var dessutom gammal nog att komma ihåg rapporterna från förra gången det begav sig, det var i Gnesta om kungen mindes rätt, Nationella insatsstyrkans första och dittills enda uppdrag. De hade visst eldat upp ett helt kvarter medan de misstänkta terroristerna promenerade därifrån.

Nombeko sa att hon också läst något om det där.

Det avgjorde saken. Statsministern plockade fram sin telefon och ringde tjänstgörande säkerhetschef för att meddela att något av nationellt intresse kommit i vägen, att både han själv och kungen befann sig väl, att galamiddagen skulle hållas som planerat och att det fick skyllas på att såväl stats- som regeringschef blivit opassliga. I övrigt skulle säkerhetschefen göra ingenting, annat än invänta vidare order.

Tjänstgörande säkerhetschef svettades av nervositet. Dessbättre var också hans chef Säpochefen bjuden på middagen och denne stod nu vid underhuggarens sida för att ta över. Lika nervös han, för övrigt.

Kanske var det därför som Säpochefen började med en kontrollfråga han själv inte kunde svaret på. Den grumliga tanken var att risken fanns att statsministern sagt det han sagt under hot.

– Vad heter statsministerns hund? inledde han.

På det svarade statsministern att han inte hade någon hund, men att han snarast lovade skaffa en stor en, med vassa tänder, och skicka den på Säpochefen om han inte hade vett att lyssna nu.

Sakerna var precis som statsministern just sagt. Säpochefen kunde höra med president Hu om han hade tvivel; de befann sig ju tillsammans med hans väninna. Alternativt kunde han pröva med att strunta i sin statsministers instruktioner, fråga efter namnet på hans akvariefisk (en sådan hade han nämligen), efterlysa dem, vända upp och ner på landet – och söka nytt jobb med början nästa dag.

Säpochefen tyckte om sitt jobb. Titeln var fin, liksom lönen. Och pensionen ganska nära. Han ville kort sagt inte alls söka nytt arbete. I stället bestämde han sig för att statsministerns akvariefisk fick heta vad den ville.

Intill honom stod nu dessutom Hennes majestät drottningen som ville få säga ett ord.

Fredrik Reinfeldt räckte över luren till sin kung.

– Hej, älskling. Nej, älskling, jag är inte ute och slarvar…

Hotet om insatsstyrkeattack från ovan var avvärjt. Under resans fortsatta gång förtydligade Holger 2 problematiken. Det var alltså som så att tvillingbrodern bakom ratten hade – precis som sin sedan länge bortgångne far – fått för sig att Sverige borde vara republik, inte monarki. Kvinnan till höger om honom var hans argsinta och lika förvirrade flickvän. Hon delade olyckligtvis broderns syn ifråga om statsskick.

– Själv vill jag för ordnings skull meddela avvikande uppfattning, sa kungen.

Potatisbilen rullade vidare. Gruppen i skåpet hade gemensamt beslutat sig för att vänta och se. Mest väntade de, förstås, de såg just ingenting där de satt sedan Celestine dragit för gardinen till skjutluckan mellan skåp och hytt.

Plötsligt tycktes färden vara över. Potatisbilen stannade, motorn stängdes av.

Nombeko frågade tvåan vem av dem som skulle slå ihjäl hans bror först, men tvåans funderingar låg mer i var de kunde vara någonstans. Kungen å sin sida sa att han hoppades att det vankades mat. Detta medan statsministern satte igång att utforska skåpets dörrar. De borde väl gå att öppna även inifrån? Det hade inte varit någon idé medan bilen fortfarande var i rullning, men nu såg inte Fredrik Reinfeldt något skäl att stanna kvar i det smutsiga skåpet. Han var den ende som valt att stå upp hela vägen.

Under tiden hade Holger 1 sprungit in i ladan på Sjölida, upp på höskullen där han lyft på en hink under vilken agent A:s pistol legat gömd i nästan tretton år. Ettan var tillbaka innan statsministern lyckats räkna ut hur dörrmekanismen fungerade från insidan.

– Inga dumheter nu, sa han. Kliv bara ner lugnt och stilla.

Det skramlade av kungens alla medaljer medan han tog ett skutt från skåp till mark. Ljudet och bilden av glittret gav ettan ny kraft. Han höjde sitt vapen för att visa vem som var i befäl.

– Har du *pistol*? sa Nombeko och bestämde sig för att vänta med att både slå ihjäl honom och vrida om hans näsa.

– Vad är det frågan om där borta?

Det var Gertrud som sett genom fönstret att gruppen blivit större och nu kommit ut för att möta, som alltid med pappa Tapios älgstudsare i hand när situationen var oklar.

– Det här blir bara bättre och bättre, sa Nombeko.

* * *

Gertrud var inte nöjd med att Celestine och de andra dragit dit en politiker, för sådana tyckte hon inte om. Kungen, däremot, fick passera. Med marginal! Gertrud hade sedan sjuttiotalet en bild på honom och hans drottning i utedasset, och de hade varit gott sällskap med värmande leenden där hon satt i femton minusgrader för att göra det hon måste. I början hade det inte känts bekvämt att torka sig i stjärten inför sin kung, men fördelarna övervägde och efter ett tag hade hon vant sig. Sedan Sjölida blev med vattenklosett 1993 hade hon rent av saknat stunderna tillsammans med majestäten.

– Trevligt att ses igen, sa hon och tog sin kung i hand. Är allt som det ska med drottningen?

– Nöjet är helt på min sida, sa kungen och tillade att drottningen mådde bra, medan han undrade för sig själv var han måhända träffat den här damen tidigare.

Holger 1 föste in allihop i Gertruds kök i avsikt att ställa till ett ultimativt förhör med majestätet. Gertrud frågade om de kommit ihåg att köpa mat, speciellt nu när de hade gäster. Kungen, dessutom, och han den där andre.

– Jag är statsminister Fredrik Reinfeldt, sa statsminister Fredrik Reinfeldt och sträckte fram handen. Trevligt.

– Svara i stället på frågan, sa Gertrud. Köpte ni någon mat?

– Nej, Gertrud, sa Nombeko. Annat kom emellan.

– Då får vi svälta allihop.

– Kan vi inte ringa efter pizza? funderade kungen och tänkte att de på galamiddagen nog lämnat de stekta pilgrimsmusslorna med citronmelisspesto bakom sig och nu var framme vid den pocherade hälleflundran med pinjenötstäckt sparris.

– Här ute fungerar inga telefoner, det är politikernas fel. Jag tycker inte om politiker, sa Gertrud igen.

Fredrik Reinfeldt tänkte för andra gången att det här inte hände. Han hade just hört sin kung föreslå hämtpizza till sig själv och sina kidnappare.

– Om ni nackar några av hönsen kan jag sno ihop en gryta, kom Gertrud på. Tyvärr har jag sålt av mina tvåhundra hektar potatisåker, men Engström märker nog inte om vi nallar femton av hans femton miljoner potatisar.

Mitt i allt stod Holger 1 med pistol i hand. Hämtpizza? Kycklinggryta? Vad var det som pågick? Kungen skulle ju abdikera alternativt gå upp i atomer.

Ettan viskade till Celestine att det var dags att de satte ner fötterna. Hon nickade och bestämde sig för att börja med att förklara situationen för sin mormor. Och så gjorde hon det, väldigt kort. Saken var den att kungen var kidnappad, med statsministern på köpet. Och nu skulle hon och Holger tvinga honom att avgå.

– Statsministern?

– Nej, kungen.

– Synd, sa Gertrud och tillade att ingen borde behöva avgå
på fastande mage. Blev det någon kycklinggryta, eller?

Hemlagad kycklinggryta tyckte kungen lät både rejält och
bra. Och skulle det någonsin bli något i magen var det tydligt att
han själv fick sätta fart.

Det hade blivit en del fasanjakt genom åren och från början,
när kungen bara var kronprins, stod det inte folk i kö för att till-
reda bytet åt honom. Ynglingen skulle härdas och nu tänkte han
att om han kunnat skjuta och plocka en fasan trettiofem år tidi-
gare ginge det väl att nacka och plocka en höna i dag.

– Om statsministern ordnar med potatis kan jag ta mig an
hönsen, sa han.

Eftersom Fredrik Reinfeldt vid det laget var nästan säker på
att det som hände inte gjorde det, klev han ut i potatislandet
med grep i hand, iklädd lackskor och frack från italienska
Corneliani. Det var hur som helst bättre än alternativet, att få
hönsblod på skjortan och Gud vet var.

Kungen var snabbfotad för sin ålder. På fem minuter hade
han fångat in tre ungtuppar och med yxans hjälp lyckats skilja
huvud från kropp. Mässjackan hängde han dessförinnan på en
krok på hönshusets yttervägg, där den glittrade i kvällssolen av
Serafimerorden, Gustav V:s jubileumstecken, Gustav VI Adolfs
minnesmedalj, Svärdsorden och Nordstjärneorden. Vasaorden i
kedja fick plats över en rostig grep strax intill.

Den vita skjortan blev, precis som statsministern misstänkt,
alldeles rödprickig.

– Jag har en till där hemma, sa kungen till Nombeko som var
behjälplig i själva plockandet.

– Trodde nästan det, sa Nombeko.

När hon strax därpå trädde in i köket med tre plockade ungtup-
par i händerna kluckade Gertrud glatt att här skulle lagas gryta!

Vid köksbordet satt Holger 1 och Celestine, mer förvirrade än vanligt. Än mer så när först statsministern kom, lerig om fötterna, med en hink potatis. Och därpå kungen i frackskjorta full av hönsblod. Mässjackan och Vasaorden i kedja hade han glömt kvar vid hönshusvägg och grep.

Gertrud tog emot potatisen utan ett ord och berömde därpå kungen för hans skicklighet med yxan.

Holger 1 var missnöjd med Gertruds fraterniserande med det förbannade majestätet. Detsamma gällde Celestine. Hade hon varit sjutton år skulle hon ha gett sig iväg omedelbart, men nu hade de ett uppdrag att fullfölja och hon ville inte behöva skiljas från mormor i vredesmod ännu en gång. För såvitt de inte blev tvungna att spränga människor och höns i luften, men det var ju en annan sak.

Ettan höll fortfarande sin pistol i handen och det besvärade honom att ingen tycktes bry sig. Nombeko tänkte att han mer än allt förtjänade en omvriden näsa (hon var inte längre arg nog för att kunna slå ihjäl honom), men också att hon ville njuta av Gertruds kycklinggryta innan det i värsta fall var slut med jordelivet för dem alla. Och största hotet mot det var ändå inte bomben, utan virrhjärnans viftande med vapen.

Alltså bestämde hon sig för att hjälpa pojkvännens bror med logiken. Hon förklarade att om kungen inte rymde behövdes ju inte pistolen, och om han gjorde det hade Holger likväl femtioåtta kilometer på sig att smälla av bomben i stället. Inte ens en kung skulle springa så långt på under tre timmar, även om han nu hängt av sig alla kilona med medaljer.

Det enda Holger hade att göra var att gömma nyckeln till potatisbilen. När det väl var gjort hade han skapat terrorbalans på Sjölida. Ingen behövde gå och snegla på någon annan. I stället kunde de äta sin mat i lugn och ro.

Ettan nickade eftertänksamt. Det Nombeko sagt lät rimligt.

Nyckeln till potatisbilen hade han dessutom redan stoppat i ena strumpan utan att förstå hur begåvat det var. Efter ytterligare några sekunders betänketid placerade han pistolen i innerfickan på sin jacka.

Utan att säkra den innan.

Medan Nombeko talade förstånd med ettan hade Celestine fått mormoderns order om att hjälpa till med att skära hönsen i grytbitar. Detta medan Holger 2 instruerats att blanda snaps *exakt* enligt de instruktioner hon gav. Det handlade om en skvätt Gordon's Gin, två skvättar Noilly Prat och resten renat och Skåne Akvavit i lika blandning. Tvåan visste inte riktigt vad som avsågs med en skvätt, men när han väl bestämt sig tänkte han att två skvättar nog var ungefär dubbelt så mycket. Han smakade av den färdiga blandningen i smyg och var så nöjd med resultatet att han smakade en gång till.

Till sist satt alla till bords utom Gertrud som höll på med det avslutande pysslet med grytan. Kungen tittade på de båda holgrarna och slogs av hur lika de var.

– Hur ska man skilja på er, om ni dessutom heter samma sak?

– Ett förslag är att kalla han med pistolen för idioten, sa Holger 2 och kände viss tillfredsställelse över att få det sagt.

– Holger och idioten… ja, det kan fungera, sa kungen.

– Ingen kallar min Holger för idiot! sa Celestine.

– Varför inte? sa Nombeko.

Statsministern kände att det inte låg i någons intresse att ett gräl blossade upp, så han skyndade sig att berömma Holger för att ha stoppat undan vapnet, vilket föranledde Nombeko att förklara den rådande balansen för allihop.

– Om vi fångar in Holger, han vi inte kallar för idioten när

flickvännen hör på men gärna annars, och binder honom vid ett
träd – då är risken att flickvännen sätter fart på bomben i stället.
Och binder vi henne vid trädet intill, vem vet då vad flickans
mormor hittar på med sin älgstudsare?

– Gertrud, sa kungen gillande.

– Om ni rör min lilla Celestine flyger det kulor åt alla håll,
det ska ni veta! sa Gertrud.

– Ja, ni hör, sa Nombeko. Pistolen behövs inte och det fick
jag för en stund sedan till och med idioten att begripa.

– Maten är klar, sa Gertrud.

På menyn stod kycklinggryta, hembryggt öl och värdinnans
speciella snapsblandning. Gryta och öl fick folk ta för sig av
själva, men snapsen ombesörjde Gertrud. Alla fick varsitt glas,
inklusive statsministern som protesterade lamt. Gertrud hällde
upp till brädden och kungen gnuggade sina händer:

– Att kycklingen smakar fågel kan vi nog utgå från. Men nu
ska vi se hur det är med tilltugget.

– Ja, skål på sig då, kungen, sa Gertrud.

– Och vi andra? sa Celestine.

– Ni andra också, förstås.

Och så tömde hon sitt glas. Kungen och Holger 2 följde hen-
nes exempel. De andra smuttade mer försiktigt, utom Holger 1
som inte kunde förmå sig att dricka konungen till och stats-
ministern som hällde ut sin snaps i en pelargon när ingen såg på.

– Marskalk Mannerheim, på min ära! sa kungen gillande.

Ingen utom Gertrud förstod vad han pratade om.

– Härligt, kungen! sa hon. Får man fresta med en i andra
benet också?

Holger 1 och Celestine kände sig alltmer besvärade av Gertruds
förtjusning i han som skulle abdikera. Och som dessutom satt i
blodig frackskjorta med uppkavlade ärmar i stället för i mäss-

uniform. Ettan tyckte inte om att inte begripa och då hade han ändå vanan inne.

– Vad är det som händer? sa han.

– Det som just hände var att din vän kungen kände igen världens mest förträffliga snaps, sa Gertrud.

– Han är inte min vän, sa Holger 1.

* * *

Gustaf Mannerheim var ingen bluff till karl. Han tjänstgjorde ju i tsarens armé i flera decennier, for i dennes namn Europa och Asien runt till häst.

När så kommunismen och Lenin tog över i Ryssland åkte han hem till det fria Finland och blev riksföreståndare, överbefälhavare och med tiden president. Han utsågs till Finlands störste soldat genom alla tider, fick ordnar och utmärkelser från hela världen – och förlänades den unika titeln marskalk av Finland.

Det var under andra världskriget som *marskens sup* kommit till: en del bordsbrännvin, en del akvavit, en skvätt gin och två skvättar vermouth. Supen blev en klassiker.

Första gången svenske kungen fått njuta den var på statsbesök i Finland mer än trettio år tidigare, när kungen varit kung i bara drygt ett år.

Tjugoåtta år gammal, nervös och med skakande knän hade han tagits emot av rutinerade finske presidenten Kekkonen, själv en bra bit över sjuttio. Med ålderns rätt hade Kekkonen genast bestämt att kungen behövde sig något innanför det redan då medaljtyngda bröstet, varpå det blev bra reda med resten av visiten. En finsk president serverar inte vilken sup som helst, marskens fick det bli och livslång kärlek uppstod mellan kung och sup, medan kungen och Kekkonen blev jaktkamrater.

Kungen tömde sin andra snaps, smackade med tungan och sa:

– Jag ser att statsministerns glas är tomt. Ska inte han också ha påfyllning? Ta förresten och häng av sig fracken, lackskorna är ju ändå fulla av lera. Och halvvägs upp till knäna, ser jag.

Statsministern bad om ursäkt för hur han såg ut. I skenet av vad han nu visste borde han förstås ha kommit i blåställ och gummistövlar till galamiddagen på slottet. Och tillade att han gärna avstod snapsen, det tycktes honom ändå som att kungen drack för dem båda.

Fredrik Reinfeldt visste inte hur han skulle tackla sin sorglöse kung. Å ena sidan borde väl statschefen ta den innerligt komplicerade situationen på allvar och inte bara sitta där och hinka i sig sprit (två trecentiliters snapsar var i den måttfulle statsministerns ögon ungefär lika mycket som en hink).

Å andra sidan tycktes kungen skapa förvirring i de republikanskt revolutionära leden runt bordet. Statsministern hade registrerat pistolmannens och flickvännens tisslande. Det var uppenbarligen något som störde dem. Kungen, förstås. Men inte på samma sätt som han störde statsministern. Och inte, som det verkade, på det där enkla bort-med-monarkin-sättet som sannolikt startat alltihop.

Något var det. Och om kungen bara fick hållas skulle de kanske få veta vad. Det gick för övrigt inte att stoppa honom.

Han var ju kung, gubevars.

* * *

Nombeko var den som tömde sin tallrik först. Hon hann bli tjugofem år innan hon fick äta sig mätt första gången, på president Bothas bekostnad, sedan dess hade hon tagit varje uppkommen chans därtill.

– Får man ta sig en ny omgång?

Det fick man. Gertrud var nöjd med att Nombeko var nöjd

med maten. Hon var nöjd rent generellt som det verkade. Kungen tycktes ha träffat henne i själen. Med någonting.

Sig själv.

Marskalk Mannerheim.

Eller hans sup.

Eller lite av varje.

Vad det än var så var det eventuellt av godo. För om kungen och Gertrud tillsammans lyckades förvirra kuppmakarna, kunde de sistnämndas bild av vad som måste ske därnäst vara på väg att grumlas.

Grus i maskineriet, hette det visst på svenska.

Nombeko hade bra gärna velat ha strategisamtal med kungen på temat att han skulle fortsätta traska runt i de mannerheimska trakterna, men hon kom inte åt honom, han var uppslukad av värdinnan och vice versa.

Majestätet hade en förmåga som statsministern saknade, den att njuta i stunden, alldeles oaktat yttre hot. Kungen trivdes i Gertruds sällskap och han var uppriktigt nyfiken på den gamla tanten.

– Vad har Gertrud för förhållande till marskalken och Finland, om hon ursäktar? sa han.

Exakt den fråga Nombeko velat ha men inte kunnat beställa. *Bra, kungen! Är du så här klok? Eller har vi bara tur?*

– Mitt förhållande till marskalken och Finland? Det vill han inte veta, sa Gertrud.

Det vill du visst, kungen!

– Det vill jag visst, sa kungen.

– Det är en lång historia, sa Gertrud.

Vi har gott om tid!

– Vi har gott om tid, sa kungen.

– Har vi? sa statsministern och fick en arg blick av Nombeko.

Lägg sig inte i det här nu!

— Den börjar 1867, sa Gertrud.

— Marskalkens födelseår, nickade kungen.

Du är ett geni, kungen!

— Oj, vad han vet! sa Gertrud. Marskalkens födelseår, helt
sant.

Nombeko tänkte att beskrivningen av Gertruds släktträd var en
lika stor botanisk motsägelse som första gången hon hörde den.
Men kungens humör hade på intet vis förändrats till det sämre
av hennes historia. Han hade ju en gång blivit underkänd i mate-
matik på Sigtuna allmänna läroverk. Eventuellt var det därför
han inte lyckats räkna ut att friherrar, förfalskade eller ej, inte
genererar grevinnor.

— Så hon är grevinna! sa han uppskattande.

— Är hon? sa statsministern som räknade bättre och som fick
ännu en arg blick av Nombeko.

Det var mycket riktigt saker runt kungen som tyngde Holger 1
och Celestine. Lite svårt att ta på bara. Var det hans blodiga
skjorta? De uppkavlade ärmarna? Manschettknapparna i guld
som kungen tills vidare placerat i ett tomt snapsglas på köksbor-
det? Att den äckligt medaljtyngda mässuniformsjackan nu
hängde på en krok på hönshusväggen?

Eller bara det att kungen just nackat tre hönor?

Kungar nackar inte höns!

Statsministrar plockar för övrigt inte potatis (åtminstone inte
i frack), men framför allt nackar inte kungar höns.

Medan ettan och Celestine bearbetade denna fasansfulla
motstridighet, lyckades kungen göra sakerna än värre. Han och
Gertrud kom in på potatisodlandet, och strax på den gamla
traktorn som gruppen i och för sig inte behövde längre och det

347

var ju bra det eftersom den ändå inte fungerade. Gertrud beskrev problemet för sin kung som svarade att MF35:an var en liten goding man fick gulla med för att den skulle fungera. Och så föreslog han rengöring av dieselfilter och spridarmunstycken. Om det bara fanns spänning kvar i batteriet skulle den nog kuttra igång efter det.

Dieselfilter och spridarmunstycken? Kungar lagar inte traktorer.

Middagen var över. Efter kaffet och en promenad på tu man hand för en titt på MF35:an återvände kungen och Gertrud för en sista gemensam mannerheimare.

Under tiden plockade statsminister Reinfeldt undan disken och gjorde rent i köket. För att inte smutsa ner fracken mer än nödvändigt tog han på sig grevinnans köksförkläde.

Holger 1 och Celestine satt och viskade i ett hörn medan hans bror och Nombeko gjorde detsamma i ett annat. Om hur situationen såg ut, vad nästa strategiska drag möjligen borde vara.

Det var då dörren slogs upp. In steg en äldre man med pistol. Han röt på engelska att alla skulle stanna på sin plats, inte göra några häftiga rörelser.

– Vad är det som händer? sa Fredrik Reinfeldt med diskborste i hand.

Nombeko svarade statsministern på engelska. Sa som det var att israeliska Mossad just trängt in i huset i avsikt att lägga beslag på atombomben i potatisbilen.

Kapitel 21

Om en tappad fattning
och en tvilling som skjuter sin bror

TRETTON ÅR ÄR en lång tid om man tillbringar den bakom ett skrivbord utan något vettigt att göra. Men nu hade i alla fall agent B gjort sin sista dag i karriären. Han var sextiofem år och nio dagar gammal. Nio dagar tidigare hade han tackats av med mandeltårta och tal. Eftersom talet från chefen var vackert men falskt smakade mandeln bara bittert.

Efter en vecka som pensionär hade han bestämt sig. Han packade väskan för att ge sig av till Europa. Till Sverige.

Fallet med städerskan som försvann med den bomb som var hederligt stulen av Israel hade aldrig gett honom någon ro, och känslan tycktes följa honom in i ålderdomen.

Vem var hon egentligen? Förutom stölden hade hon sannolikt haft ihjäl hans vän A. Före detta agenten B visste inte vad det var som drev honom. Men får man ingen ro så får man inte.

Han borde ha haft större tålamod vid den där postboxen i Stockholm. Och han borde ha kollat upp Celestine Hedlunds mormor. Om han bara fått.

Det var länge sedan nu. Och spåret var inte mycket till spår redan från början. Likväl. Pensionären B tänkte först bege sig till skogen norr om Norrtälje. När det inte gett något skulle han bevaka det där postkontoret i åtminstone tre veckor.

Därefter kunde han eventuellt gå i pension på riktigt. Han skulle fortfarande undra, aldrig få veta. Men åtminstone känna att han gjort allt som gick att göra. Att förlora mot en bättre motståndare var uthärdligt. Men inte att ge upp matchen innan slutsignalen gått. Det skulle Michael Ballack aldrig ha gjort. Den tvåfotade talangen från FC Karl-Marx-Stadt hade förresten tagit sig hela vägen till landslaget och där blivit kapten.

B landade på Arlanda flygplats. Där hyrde han sig en bil och körde raka vägen till Celestine Hedlunds mormor. Han hade nog tänkt sig att huset skulle stå tomt, vara igenbommat – eller om det till och med var vad han hoppades. Resan gick egentligen ut på att ge agenten sinnesfrid i första hand, inte på att hitta en bomb som ändå inte lät sig hittas.

Hur som helst stod det en potatisbil i vägen alldeles utanför mormoderns hus – där det lyste i alla fönstren! Varför stod den där? Och vad kunde den innehålla?

Agenten klev ur, smög fram till bilen, tittade in i skåpet och – det var som om tiden stått still. Där inne stod lådan med bomben! Lika svedd i kanterna som senast.

Eftersom världen tycktes vara galen kontrollerade han om bilnycklarna satt i låset. Men så bra var det inte. Han skulle trots allt bli tvungen att konfrontera dem i huset, vilka det nu kunde vara. En gammal tant på åttio år, helt säkert. Hennes barnbarn. Barnbarnets pojkvän. Och den förbannade, jävla städerskan. Någon mer? Tja, kanske den okände mannen som skymtat i makarna Blomgrens bil den där gången utanför den nerbrunna fastigheten på Fredsgatan i Gnesta.

Agent B plockade upp det tjänstevapen han råkat få med sig när han packade ner sina saker på pensionsdagen, kände försiktigt på handtaget till dörren. Den var olåst. Bara att kliva in.

* * *

Fredrik Reinfeldt (med diskborste i hand) hade utbrustit i frågan om vad det var som stod på. Nombeko svarade honom på engelska och sa som det var, att israeliska Mossad just trängt in i huset i avsikt att lägga beslag på atombomben i potatisbilen. Och kanske på köpet ta en och annan i rummet av daga. I det avseendet trodde hon att hon själv var högaktuell.

– Israeliska Mossad? sa statsministern (också på engelska). Med vilken rätt viftar israeliska Mossad med vapen i mitt Sverige?

– *Mitt* Sverige, rättade kungen.

– Ditt Sverige? hörde agent B sig själv säga och tittade ömsom på mannen med förklädet och diskborsten, ömsom på mannen i soffan med blodig skjorta och urdrucken snaps i hand.

– Jag är statsminister Fredrik Reinfeldt, sa statsministern.

– Och jag är kung Carl XVI Gustaf, sa kungen. Statsministerns chef, kan man säga. Och det här är grevinnan Virtanen, tillställningens värdinna.

– Jo, jag tackar jag, sa grevinnan stolt.

Fredrik Reinfeldt var nästan lika upprörd som i potatisbilen några timmar tidigare när det gick upp för honom att han var kidnappad.

– Lägg ifrån dig vapnet omedelbart, annars ringer jag premiärminister Olmert och frågar vad som står på. Jag förutsätter att du agerar på hans uppdrag?

Agent B stod där han stod, drabbad av något som kunde liknas vid hjärnstillestånd. Han visste inte vad som var värst: att mannen med förkläde och diskborste påstod att han var statsministern, att mannen med den blodiga skjortan och snapsen påstod att han var kungen eller det faktum att agent B tyckte sig känna igen dem båda två. Det *var* statsministern och kungen. I ett hus mitt i skogen, bortom vägs ände i svenska Roslagen.

En israelisk Mossadagent tappade aldrig fattningen. Men det

agent B nu gjorde var just det. Han tappade fattningen. Sänkte sitt vapen. Stoppade tillbaka det i hölstret innanför kavajen. Och sa:

– Kan man få sig något att dricka?

– Vilken tur att vi inte hann plocka undan flaskan, sa Gertrud.

Agent B slog sig ner intill kungen och blev genast serverad av marskalkens snaps. Han tömde glaset, huttrade till, och tog tacksamt emot en ny omgång.

Innan statsminister Reinfeldt hann påbörja den skur av frågor han hade till inkräktaren, vände sig Nombeko till agent B och föreslog att de gemensamt skulle berätta för chefen Reinfeldt och hans chef kungen exakt vad som hänt. Från Pelindaba och framåt. Agent B nickade lamt.

– Börja du, sa han och visade grevinnan Virtanen att glaset han höll i handen var tomt på nytt.

Då började Nombeko. Kungen och statsministern hade ju redan fått en snabbversion medan de satt inlåsta i skåpet tillsammans med bomben. Nu gick hon mer i detalj. Statsministern lyssnade intensivt medan han torkade av köksbord och diskbänk. Kungen lyssnade också där han satt i kökssoffan intill den så förtjusande grevinnan och med den inte lika förtjusande agenten på sin andra sida.

Nombeko inledde i Soweto, fortsatte med Thabos diamanter och om hur hon blev överkörd i Johannesburg. Rättegången. Domslutet. Ingenjören och hans vurm för Klipdrift. Pelindaba och alla dess strömförande stängsel. Det sydafrikanska kärnvapenprogrammet. Den israeliska närvaron.

– Det där är inget jag kan bekräfta, sa agent B.

– Skärp dig nu, sa Nombeko.

Agent B tänkte. Hans liv var ändå slut. Antingen genom livstid i svenskt fängelse. Eller genom att statsministern ringde Ehud Olmert. Agenten föredrog livstiden.

– Jag har ändrat mig, sa han. Det där är något jag kan bekräfta.

Han fick under berättelsens gång bekräfta mer än så. Intresset för den sjunde bomben, den som inte fanns. Uppgörelsen med Nombeko. Idén med diplomatpost. Agent A:s inledande jakt när förväxlingen uppdagades.

– Vad hände förresten med honom? sa agent B.

– Han landade med en helikopter i Östersjön, sa Holger 1. Ganska hårt, är jag rädd.

Nombeko fortsatte. Med Holger & Holger. Fredsgatan. Kinesflickorna. Krukmakaren. Tunneln. Nationella insatsstyrkans ingripande. Om hur styrkan förde ett flera timmar långt krig med sig själv.

– Alla som är förvånade räcker upp en hand, mumlade statsministern.

Nombeko fortsatte. Om herr och fru Blomgren. Om diamantpengarna som brann upp. Om mötet med B utanför rivningskåken. Om alla de fruktlösa telefonsamtalen till statsministerns assistent genom åren.

– Hon har bara skött sitt jobb, sa Fredrik Reinfeldt. Har Gertrud möjligen en sopborste tillgänglig? Det är bara golvet kvar.

– Grevinnan, om jag får be, sa kungen.

Nombeko fortsatte. Om potatisodlandet. Tvåans studier. Idiotens inhopp vid disputationen.

– Idioten? sa agent B.

– Det är nog jag det, sa Holger 1 och kände att det eventuellt kunde ligga något i det.

Nombeko fortsatte. Om tidningen Svensk Politik.

– Det var en bra tidning, sa statsministern. I ett nummer.

Vem av er skrev ledaren i andranumret? Nej, förresten, säg inget. Låt mig gissa.

Nu var Nombeko nästan klar. Hon berättade avslutningsvis om kopplingen till Hu Jintao. Idén om att påkalla hans uppmärksamhet utanför slottet. Och om hur Holger 1 – ärkeidioten – därpå kidnappade dem allihop.

Agent B tömde sin tredje snaps och kände att han för stunden var tillräckligt bedövad. Och så fyllde han på med sin egen berättelse från födelsen och framåt. Efter pensioneringen hade den här saken inte lämnat honom någon ro. Så han hade åkt hit. Inte alls på premiärminister Olmerts uppdrag. Helt på eget initiativ. Och oj vad han ångrade det nu.

– Vilken soppa! sa kungen och skrattade till.

Statsministern fick erkänna att majestätet trots allt sammanfattat saken ganska väl.

* * *

Framåt midnatt var det snudd på att Säpochefen inte stod ut längre.

Kungen och statsministern var fortsatt försvunna. Enligt Folkrepubliken Kinas president var de i goda händer, men det tyckte han väl om människorna i Tibet också?

Mer värt var förstås att statsministern ringt och sagt att allt var lugnt, att alla skulle ligga lågt. Men det var flera timmar tidigare. Nu svarade han inte i sin telefon, och det gick inte att söka telefonens position. Kungen var dessutom telefonlös.

Galamiddagen var för länge sedan över och ryktet spred sig. Journalister ringde och frågade varför inte värden varit med. Hovets och statsministerns pressfolk hade svarat att kungen och statsministern olyckligtvis och oberoende av varandra blivit opassliga, men att det inte var någon fara med någon av dem.

Tyvärr ingår det inte i journalisters genuppsättning att tro på tillfälligheter av det slaget. Säpochefen kunde känna att de var på tårna allihop. Till skillnad från Säpochefen själv, som bara satt med armarna i kors. För vad i hela friden skulle han företa sig?

Han hade gjort några diskreta trevare, som att prata med Nationella insatsstyrkans chef. Säpochefen sa inte vad det gällde, mer än att något delikat kunde vara under uppsegling och att det skulle kunna handla om en inbrytnings- och räddningsaktion. Liknande den i Gnesta ett drygt decennium tidigare. Sverige var ett fridfullt land. En insatsstyrkeinsats vart tionde, femtonde år var väl ungefär vad som var att vänta.

Insatsstyrkans chef hade då stolt berättat att Gnesta varit hans första och dittills enda jobb och att han och hans grupp som alltid var redo.

Säpochefen hade inte varit med på den tiden när delar av Gnesta brann upp. Och han hade inte läst rapporterna om saken. Han tyckte det kändes tryggt med Nationella insatsstyrkan. Desto mer bekymmersamt att den mest grundläggande förutsättningen för en lyckad fritagning av kungen och statsministern inte förelåg.

Nämligen kunskapen om var i helvete de höll hus.

* * *

B bad om en fjärde snaps. Och en femte. Agenten visste inte mycket om svenska fängelser, men kände sig ganska säker på att fri sprit inte ingick i paketet. Lika bra att ta för sig medan tid var.

Kungen uttryckte sitt gillande över den fart agenten höll.

– Du hann ju både ifatt och förbi på fyrtio minuter, sa han.

Statsministern tittade upp från det golv han höll på att göra rent. Man satt inte och skojade med främmande nations säkerhetstjänst på det viset.

Grevinnan Virtanen strålade i kungens sällskap. Att han var kung var en god början och han nackade höns som en hel karl, han visste vem Mannerheim var, han kunde marskens sup och han hade jagat älg med Urho Kekkonen. Och så kallade han henne "grevinnan". Det var som om någon äntligen såg henne, som om hon blivit en finländsk Mannerheim igen efter att ha varit en potatisodlande Virtanen i hela sitt vuxna liv.

Hur det än skulle komma att vara när den mannerheimska snapsen gått ur kroppen och kungen gett sig av – Gertrud bestämde sig där och då i soffan tillsammans med majestätet och den oändligt trötte agenten:

Från och med nu skulle hon vara grevinna. Fullt ut!

Holger 1 hade alldeles tappat fotfästet. Insåg att det som hållit övertygelsen om republik vid liv i alla år varit hans bild av Gustaf V, i paraduniform, medaljer, monokel och silverkäpp. Det var dessutom den bilden han själv, hans bror och pappa kastat pil på medan de var barn. Och den bild han sålt in till sin älskade Celestine. Och som hon anammat.

Skulle de nu spränga Gustaf V:s sonsons son i luften tillsammans med sig själva, den enes bror och den andras mormor för den skull?

Ja, om han bara inte nackat de där hönsen. Och hängt av sig sin uniform. Kavlat upp ärmarna till sin blodiga skjorta. Instruerat Gertrud om hur man lagar en traktor. Och tömt snaps på snaps utan att rynka på näsan.

Att statsministern i just denna stund stod på alla fyra för att få bort en fläck på golvet efter att ha plockat undan, diskat och torkat av hjälpte inte Holger och Celestine på vägen. Men det var ändå ingenting i jämförelse med den sanning som slagits i bitar framför deras ögon.

Den att kungar inte nackar höns.

Det Holger nu behövde mer än något annat var en bekräftelse på att den rätta läran hade fortsatt full bärighet, fick han bara det skulle han få med sig Celestine.

Monarkernas monark i pappa Ingmars berättelse hade ju varit Gustaf V, det var han framför alla som var sänd av hin håle att förpesta Moder jord. Det Holger insåg att han behövde höra var nuvarande kungens vördnad för denne djävulens avkomma. Därför gick han fram till honom där han satt och kuttrade med den åttioåriga tanten. Och så sa han:

— Hör du, kungen.

Kungen avbröt sig själv mitt i en mening, tittade upp och sa:

— Ja, det är jag det.

— Jag vill kolla en sak med dig, sa Holger 1 och var noga med att dua majestätet.

Kungen svarade inte, väntade artigt på Holgers fortsättning.

— Jo, det gäller Gustaf V.

— Min farfars far, sa kungen.

— Just det, ni går ju i arv på det viset, sa Holger utan att riktigt själv förstå vad han menade. Det jag vill veta är vad kungen — du alltså — anser om honom?

Nombeko hade diskret närmat sig för att höra hur samtalet mellan kung och idiot skulle förlöpa. Nu viskade hon till sig själv: *Du har gjort det perfekt så här långt, kungen, svara nu rätt*!

— Gustaf V? sa kungen och anade en fälla.

* * *

Kungen lät tankarna fara runt bland generationerna en stund.

Att vara statschef var inte alltid så lätt som ofrälse kunde tro. Han tänkte inte minst på Erik XIV som först blev kallad tokig (låt vara på delvis goda grunder) och sedan spärrades in av sin bror för att till sist serveras soppa spetsad med gift.

Eller Gustav III som gick på maskeradbal för att ha lite kul – och blev skjuten. Det var ju lagom roligt. Skytten siktade dessutom så illa att kungastackaren levde i ytterligare två veckor innan han dog.

Och framför allt Gustaf V, som republikanen Holger tycktes ha hakat upp sig på. Farfars far var klent byggd som barn, ansågs dra benen efter sig och behandlades för den skull med den nya uppfinningen elektricitet. Lite volt genom kroppen tänkte man skulle få fart på fötterna.

Om det var volten eller annat gick inte att veta, men Gustaf V lotsade sedan med rak rygg det neutrala Sverige genom dubbla världskrig. Detta med en drottning från Tyskland på ena sidan och på den andra en son och kronprins som envist gifte sig brittiskt inte bara en gång utan två.

Strax före första världskriget gick måhända Gustaf V lite för långt då han krävde en starkare krigsmakt så högljutt att statsminister Staaf avgick i vredesmod. Staaf tyckte det var viktigare att införa allmän rösträtt än att låta bygga en pansarbåt eller två. Att farfars far krävt det han krävt just före skotten i Sarajevo och sålunda haft rätt i sak var det ingen som brydde sig om, som kung var man förmodad att hålla tyst. Det hade kungen själv fått erfara då han råkat tycka att sultanen av Brunei var en rekorderlig karl.

Nåväl. Farfars far regerade i nästan fyrtiotre år och parerade skickligt tidens alla politiska svängningar. Bara en sådan sak som att monarkin faktiskt inte gick under trots att både kreti och pleti en dag fick rätt att rösta och gjorde det så illa att socialdemokratin kom till makten. I stället för den förmodade revolutionen hände det sig att statsminister Hansson, så republikan han var, då och då smet upp på slottet om kvällarna för att spela bridge.

Sanningen var alltså att farfars far var en monarkins räddare i första hand. Men här handlade det om att hantera en situation, rent av i farfars fars anda, med en lagom blandning av beslutsamhet och respekt för verkligheten.

Kungen hade förstått att det låg något viktigt bakom frågan från han de inte fick kalla idioten. Men eftersom nämnda idiot väl knappt var född när farfars far gick bort 1950 hade de inte kunnat ha med varandra att göra. Det hela måste ha gått längre tillbaka i tiden än så. Kungen hade ärligt talat inte lyssnat så noga när fröken Nombeko hållit sitt föredrag, därtill hade han varit för upptagen med grevinnan. Men den andre Holger hade ju i potatisbilen sagt något om att det var tvillingbrödernas pappa som en gång i tiden etablerat den republikanska idén i familjen.

Så till den grad, tydligen.

Hade tvillingbrödernas far drabbats av Gustaf V på något vis?

Hmm.

Kungen fångades av en förbjuden tanke.

Det var ju som så att idén om att gifta sig av kärlek inte var uppfunnen i kungliga kretsar när farfars far och farfars mor sa ja till varandra i september 1881. Likväl hade farfars far blivit ledsen när hans drottning for till värmen i Egypten för att bättra på hälsan och ägna sig åt äventyr av delikatare slag i ett beduintält tillsammans med en enkel baron från hovet. Dansk, dessutom.

Från den dagen sades det att kungen inte längre intresserade sig för kvinnor. Hur det var med män var mer oklart. Det hade gått rykten genom åren. Inte minst den där utpressningshistorien där en charlatan tvingade pengar av kungen i en tid då homosexualitet var olagligt och kunde hota monarkin. Hovet gjorde allt som gick för att hålla charlatanen nöjd och – framför allt – tyst.

Man gav honom pengar och lite pengar till och ännu lite mer. Han fick hjälp med att driva både restaurang och pensionat. Men är man charlatan så är man, pengarna rann genom fingrarna på honom och han kom hela tiden tillbaka och ville ha mer.

En gång stoppade man honom full med sedlar och skeppade honom över Atlanten till USA, men det är oklart om han ens hann fram innan han var tillbaka med nya krav. En annan gång – mitt under brinnande krig – skickades han till Nazityskland med löfte om livslång månadspeng från Sverige. Men där tafsade den olyckan på småpojkar och uppträdde i övrigt på alla tänkbara vis ungefär tvärtemot Hitlers ariska mansideal och blev därför genast tillbakasänd till Sverige, efter att ha retat upp Gestapo så pass att han varit snuddande nära att hamna i koncentrationsläger (vilket för det svenska hovets vidkommande onekligen skulle ha haft sina fördelar).

Tillbaka i Stockholm skrev charlatanen en bok om sitt liv. Nu skulle hela världen få veta! Det skulle den inte alls, tänkte då polischefen i Stockholm, köpte hela upplagan och låste in den i en cell på polishuset.

Till slut gick det ändå inte att tysta ner den olustiga historien (annat hade det nog varit i Brunei). Då ryckte samhället ut och dömde charlatanen till åtta års fängelse för lite av varje. Vid det laget var Gustaf V redan död och charlatanen såg för egen hand till att bli detsamma när han väl släppts ut igen.

Tråkig historia det där. Men det är ju inte omöjligt att charlatanen varit något annat än just bara charlatan. Åtminstone avseende berättelsen om sin relation till Gustaf V. Och det gick inte att utesluta att kungen haft honom och andra pojkar och män i sin närhet på det där... på den tiden... olagliga sättet.

Tänk om...

Tänk om holgrarnas pappa blivit utnyttjad? Tänk om han av

den anledningen startat sitt korståg mot monarkin i allmänhet och Gustaf V i synnerhet.

Tänk om…

För något var det ju.

* * *

Därmed hade kungen tänkt färdigt. Han hade inte i alla delar tänkt rätt, men klokt.

– Vad jag anser om min farfars far, Gustaf V? sa kungen igen.

– Men så svara någon gång då! sa Holger 1.

– Dig och mig emellan? sa kungen (medan grevinnan Virtanen, Celestine, Holger 2, Nombeko, statsministern och en numera sovande israelisk före detta agent fanns intill).

– För all del, sa Holger 1.

Kungen bad salig farfars far i himlen om ursäkt. Och så sa han:

– Det var en riktig skitstövel.

Dittills kunde det ha varit att kungen bara var ett naturbarn och att det var en lyckosam slump att han och Gertrud funnit varandra. Men i avrättandet av Gustaf V:s heder förstod Nombeko att också kungen begripit vilken situation de alla faktiskt befann sig i. Kungen hade tagit ära och redlighet av sin farfars far, helt enkelt för att det sannolikt tjänade det gemensammas intressen bäst.

Återstod ettans reaktion.

– Kom, Celestine, sa Holger 1. Låt oss ta en promenad till bryggan. Vi behöver prata.

Ettan och Celestine slog sig ner på bänken på bryggan vid Vätösund. Det var en bit efter midnatt, mörkt i den korta svenska sommarnatten, men inte speciellt kallt. Celestine tog Holgers händer i sina, tittade honom i ögonen och började med att fråga om han kunde förlåta henne för att hon var nästan adlig.

Holger mumlade att det kunde han, det var såvitt han förstod inte hennes fel att mormor Gertruds pappa varit friherre vid sidan om sitt mer hedervärda värv som förfalskare av bankväxlar. Men visst kändes det. Om det nu ens var sant, historien tycktes halta en del. Och så var det ju en förmildrande omständighet att farfar Gustaf Mannerheim på ålderns höst kommit på bättre tankar och blivit president. En tsartrogen ädling som tog över i en republik, förresten. Usch, vad rörigt det var med allt.

Celestine höll med. Hon hade känt sig misslyckad genom hela sin uppväxt. Ända tills Holger stod där en dag och visade sig vara den och det hon sökt. Och som sedan hoppade från en helikopter på sexhundra meters höjd för att rädda hennes liv. Och att de tillsammans kidnappat den svenske kungen för att få honom att abdikera, alternativt flyga i luften tillsammans med alla sina medaljer och dem själva.

För en stund tycktes Celestines liv ha varit både begripligt och fyllt av mening.

Men så kom då det här med nackandet av hönsen. Och hur kungen efter kaffet varit behjälplig i lagandet av mormoderns traktor. Nu hade han inte bara blod på skjortan utan också motorolja.

Detta samtidigt som Celestine fått se sin mormor leva upp. Kommit att känna skam över hur hon en gång bara gett sig av, utan att ens säga adjö – för att mormor råkat ha fel farfar.

Skam? Det var en ny känsla.

Holger sa att han förstått att Celestine tagit intryck av mormoderns kväll och att han själv var vilsen. Det som skulle utrotas var inte bara kungen och hans monarki, det var ju allt det monarkin representerade. Då kan den ju inte börja representera något annat framför deras ögon. Kungen hade till och med svurit en gång. Fan vet om han inte dessutom var och smygrökte tillsammans med Gertrud.

Nej, det trodde inte Celestine. De var ute en sväng tillsammans, det är sant, men det var nog för det där med traktorn.

Holger 1 suckade. Om kungen bara inte vänt Gustaf V ryggen på det vis han just gjort.

Celestine frågade om de skulle ta dit honom för att hitta en kompromiss och kom på sig själv med att aldrig ha använt det ordet förut.

– Du menar smälla av bomben bara lite grand? sa Holger 1. Eller att kungen avgår på deltid?

Fast att ta honom till bryggan och prata igenom situationen fredligt och ordentligt kunde ju inte skada. Bara kungen, Holger 1 och Celestine. Inte tvåan, inte Gertrud, inte statsministern och absolut inte giftormen Nombeko eller för den delen den sovande agenten från Israel.

Riktigt var samtalet skulle börja och vart det var tänkt att leda visste inte Holger, än mindre Celestine. Men om orden föll rätt fanns kanske möjligheten trots allt?

Kungen bröt ogärna upp från sin grevinna, men kunde förstås tänka sig ett nattligt samtal med fröken Celestine och han som inte fick kallas för idioten om det nu var något de önskade och om det kunde leda sakerna i rätt riktning.

Holger 1 inledde bryggsamtalet med att säga att kungen borde skämmas för att han inte kunde bete sig som en kung.

– Vi har alla våra brister, sa kungen.

Ettan fortsatte med att erkänna att hans käresta, Celestine, tillåtit sig att glädjas åt den... livfulla relation kungen etablerat med Gertrud.

– Grevinnan, rättade kungen.

Nå, oavsett vad hon kallades i olika läger var hon ett skäl till att det inte längre var självklart att spränga kung och delar av fosterlandet i luften även om majestätet skulle avstå från att avgå.

– Det var bra det, sa kungen. Då väljer jag nog att göra det.

– Avgå?

– Nej, att avstå från att avgå, eftersom det ju inte längre får de dramatiska konsekvenser ni tidigare gett uttryck för.

Holger 1 förbannade sig själv. Han hade börjat i helt fel ände, inlett med att saka det enda trumfkort han haft på hand – hotet med bomben. Tänk att det alltid måste bli fel med allt, oavsett vad han tog sig för. Det stod alltmer klart för honom att han var det han kallades för.

Kungen såg att Holger 1 led av inre slitningar och tillade att herr idioten inte skulle vara alltför ledsen över sakernas utveckling. Historien visar nämligen att det inte räcker med att jaga bort en kung från tronen. Det räcker inte ens med att en hel kungaätt tar slut.

– Gör det inte? sa Holger 1.

* * *

Medan det ljusnade i Roslagen kom kungen sig för att berätta den sedelärande historien om Gustav IV Adolf som det inte gått speciellt bra för och vad det ledde till.

Det började med att hans pappa blev skjuten på Operan. Sonen fick två veckor på sig att vänja sig vid sin nya roll medan pappa låg och dog. Det visade sig vara alldeles för lite. Dessutom hade fadern hunnit slå i pojken att den svenske kungen hade sin post av Guds nåde, att kungen och Gud arbetade i lag.

För den som känner Herren vaka vid sin sida är det förstås en smal sak att gå ut i krig och besegra såväl kejsare Napoleon som tsar Alexander – på en gång. Tyvärr hävdade även kejsaren och tsaren gudomligt beskydd och agerade därefter. För den händelse att alla tre hade rätt hade Gud lovat lite för mycket åt för många håll samtidigt. Det enda för Herren att göra i det läget var väl att låta de faktiska styrkeförhållandena avgöra.

Kanske var det därför Sverige åkte på stryk dubbelt upp, fick Pommern ockuperat och blev av med hela Finland. Gustav själv blev bortjagad från tronen av förgrymmade grevar och bittra generaler. Statskupp, kort sagt.

– Se där, sa Holger 1.

– Jag är inte färdig än, sa kungen.

Den före detta Gustav IV Adolf blev deprimerad och tog till flaskan, vad annat kunde han göra? När han inte längre fick heta det han inte längre var, började han kalla sig överste Gustavsson i stället, där han irrade omkring i Europa, innan han slutade sina dagar ensam, alkoholiserad och utfattig på ett schweiziskt pensionat.

– Det var väl utmärkt, sa Holger 1.

– Om du inte avbröt hela tiden skulle du redan ha förstått att min poäng är en annan, sa kungen. Till exempel att det med en gång sattes en annan kung i hans ställe.

– Jag vet, sa Holger 1. Det är därför det gäller att få bort hela släkten på en gång.

– Men inte ens det hjälper ju, sa kungen och fortsatte:

Sådan far, sådan son heter det och det var inget kuppmakarna ville riskera. Därför deklarerade man att förvisandet av oduglingen Gustav IV Adolf inte bara gällde kungen själv utan också hela hans familj inklusive den då tioårige kronprinsen. Allihop förklarades för all framtid vara den svenska kronan förlustiga.

Den som i stället sattes på tronen var brodern till den en gång mördade Gustav IV Adolfs pappa.

– Nu börjar det bli mycket, sa Holger 1.

– Inte långt kvar till det jag vill ha sagt, sa kungen.

– Det var bra det.

Jo, den nye kungen kallades Karl XIII och allt hade varit frid och fröjd om det inte varit för att hans ende son bara levde i en vecka. Och några nya söner ville det inte bli (eller det ville det kanske, men inte med rätt kvinna). Den kungliga ätten var på väg att dö ut.

– Men det hade han förstås en lösning på? sa Holger.

– Jodå, han adopterade först en furstlig släkting, som också hade den dåliga smaken att dö.

– Och lösningen på det?

– Att adoptera en dansk prins som genast dog han också, i slaganfall.

Holger sa att om han inte vetat bättre skulle han säga att kungens berättelse artade sig väl.

I stället för att svara fortsatte kungen med att man efter fiaskot med den danske prinsen vände sig till Frankrike där det visade sig att kejsare Napoleon hade en marskalk över. När det ena gett det andra var *Jean Baptiste Bernadotte* svensk kronprins.

– Och?

– Han blev den förste i den nya dynastin. Jag är en Bernadotte jag också. Jean Baptiste var farfars far till min farfars far, Gustaf V, du vet.

– Usch, ja.

– Det är hopplöst att försöka ta livet av kungliga dynastier, Holger, sa kungen förbindligt. Så länge folket vill ha monarki blir du inte av med den. Men jag respekterar din uppfattning, vi lever ju i en demokrati, gubevars. Att du inte går med i det största politiska partiet, socialdemokraterna, och försöker påverka dem inifrån? Eller blir medlem i Republikanska föreningen och bildar opinion?

– Eller bygger en staty över dig och låter den trilla över mig så att jag slapp alltihop, mumlade Holger 1.

– Hur sa? sa kungen.

* * *

Solen steg upp innan någon på Sjölida varit i närheten av att gå och lägga sig, mer än agent B som sov en orolig sömn sittande i soffan.

Nombeko och Holger 2 ersatte kungen på bryggan vid Vätösund. Det var första gången Holger och Holger fick tillfälle att byta ord med varandra sedan kidnappningen.

– Du lovade ju att inte röra bomben, sa Holger 2 surt.

– Jag vet, sa Holger 1. Och jag höll mitt löfte i alla år, eller hur? Ända tills den hamnade i skåpet tillsammans med kungen när jag själv satt bakom ratten. Då gick det inte längre.

– Men vad tänkte du? Och vad tänker du nu?

– Jag tänkte inte. Det gör jag sällan, det vet du. Det var pappa som sa till mig att köra.

– Pappa? Han har ju varit död i snart tjugo år!

– Ja, visst är det konstigt?

Holger 2 suckade.

– Konstigast av allt är nog att vi är bröder, sa han.

– Var inte dum mot min älskling! sa Celestine.

– Håll käften på dig, sa Holger 2.

Nombeko såg att ettan och Celestine börjat vackla i övertygelsen om att det bästa för nationen var att utplåna dem själva tillsammans med en hel landsända.

– Hur tänker ni nu? frågade hon.

– Det var ett jävla tjat om att tänka, sa Holger 1.

– Jag tänker att vi inte kan ha ihjäl någon som får min mormor att skratta, sa Celestine. Hon har inte skrattat i hela sitt liv.

– Och hur tänker du, idioten, om du trots allt skulle försöka?

– Var inte dum mot min älskling sa jag ju, sa Celestine.

– Jag har inte börjat än, sa Nombeko.

Holger 1 var tyst i några sekunder, sedan sa han:

– I den utsträckning jag tänker så tänker jag att det varit lättare med Gustaf V. Han hade silverkäpp och monokel, inte hönsblod på skjortan.

– Och motorolja, sa Celestine.

– Ni vill alltså ta er ur det här på bästa möjliga sätt, har jag förstått er rätt? sa Nombeko.

– Ja, sa Holger 1 tyst utan att våga se henne i ögonen.

– Börja då med att lämna ifrån dig bilnycklarna och pistolen.

Holger räckte först över nycklarna innan han lyckades tappa pistolen i bryggan varpå ett skott brann av.

– Aj som fan, sa Holger 2 och föll ihop.

Kapitel 22

Om att städa färdigt
och att bryta upp

K LOCKAN VAR NÄRMARE tre på morgonen när stats-
ministern kom tillbaka till Sjölida efter en tur till lands-
vägen på grevinnan Virtanens moped. Där ute hade
mobiltelefonen täckning, på det att statsministern i några korta
samtal kunde meddela sin och kungens stab samt världens mest
lättade säkerhetspolischef att läget var under kontroll, att han
räknade med att vara på regeringskansliet någon gång under
morgontimmarna samt att han då önskade att assistenten stod
redo med kostym och nya skor.

Dramats mest akuta fas tycktes vara över utan att någon
kommit till skada, förutom Holger 2 som vådaskjutits av sin
bror i ena armen och nu låg i sovrummet innanför grevinnans
kök och svor. Köttsåret var rejält, men med hjälp av marskalk
Mannerheims snaps (som desinfektion och bedövning i kombi-
nation) och bandage fanns det anledning att tro att tvåan skulle
bli återställd på några veckor. Nombeko noterade kärleksfullt
att Holger 2 inte åmat sig ett dugg. Tvärtom låg han i sängen
och övade sig med hjälp av en kudde i konsten att strypa en
människa med bara en hand.

Det tänkta offret fanns dock på säkert avstånd. Han och
Celestine hade lagt sig att sova under en filt på bryggan. Detta
medan den för någon minut så hotfulle agent B i sin tur fortsatt
gjorde detsamma i köket. För säkerhets skull hade Nombeko

lirkat hans pistol ur hölstret innanför kavajen. Utan någon ny olyckshändelse.

Kungen, grevinnan Virtanen, Nombeko och statsministern samlades i köket med den sovande agenten. Kungen undrade glatt vad som därnäst stod på agendan. Statsministern var för trött för att bli mer irriterad på honom än han redan var. I stället vände han sig till Nombeko och anhöll om enskilt samtal.

– Ska vi slå oss ner i hytten till potatisbilen? sa hon.

Statsministern nickade.

Den svenske regeringschefen visade sig vara lika klok som han var bra på att torka disk. Han erkände först att han allra helst ville polisanmäla allihop på Sjölida, inklusive kungen för hans sorglöshet.

Men vid närmare eftertanke såg statsministern mer pragmatiskt på saken. För det första gick ju kungar inte att åtala. Och det vore kanske inte helt rättvist att försöka få Holger 2 och Nombeko inspärrade, de hade ju snarare gjort sitt bästa för att reda ordning i kaoset. Och grevinnan var väl i allt väsentligt inte skyldig till något hon heller, resonerade statsministern. Speciellt om man avstod från att kontrollera giltig vapenlicens för den älgstudsare hon tidigare viftat med.

Återstod agenten från främmande nations säkerhetstjänst. Och förstås idioten och hans flickvän. De två sistnämnda förtjänade nog några hundra år var på en så sluten anstalt som möjligt, men eventuellt var det både lugnast och bäst om nationen avstod från denna välsmakande vendetta. Varje åtal krävde ju att åklagare ställde frågor, och svaren riskerade i det här fallet att ge tiotusentals medborgare livslånga trauman, oavsett hur de formulerades. En atombomb på rymmen. Mitt i Sverige. I tjugo års tid.

Statsministern rös till innan han fortsatte sitt resonemang.

Han hade nämligen funnit ännu ett skäl till att avstå legala åtgärder. När han var ute med mopeden vid landsvägen hade han ringt först till Säpochefen för att lugna och därpå till sin assistent med ett praktiskt spörsmål.

Men han hade inte slagit larm.

En nitisk åklagare, påhejad av oppositionen, skulle mycket väl kunna få det till att han själv förlängt dramatiken och bidragit till något olagligt.

– Mm, sa Nombeko eftertänksamt. Som till exempel framkallande av fara för annan, enligt tredje kapitlet nionde paragrafen i brottsbalken.

– Två år? frågade statsministern som börjat ana att Nombeko visste just allting.

– Ja, sa Nombeko. Med tanke på den potentiella förödelsen ska han nog inte hoppas på en enda dag mindre än det. Dessutom körde han ju moped utan hjälm. Känner jag Sverige rätt kan det nog ge femton år till.

Statsministern tänkte framåt. Han hoppades tillträda som EU-ordförande sommaren 2009. Att sitta på anstalt fram till dess vore inte att förbereda sig på bästa sätt. Alldeles bortsett från att han dessutom skulle få sparken som både statsminister och partiledare.

Därför bad han kloka Nombeko om synpunkter på hur de kunde ta sig ur alltihop, givet att målet var att skicka så mycket som möjligt av så mycket som möjligt från det senaste dygnet in i evig glömska.

Nombeko sa att hon inte visste någon som städar lika bra som statsministern. Köket var ju skinande rent efter kycklinggryta, öl, snaps, kaffe och allt. Det enda som återstod… var väl att städa bort den sovande agenten?

Statsministern rynkade pannan.

Parallellt med det tyckte Nombeko att det mest omedelbara

var att separera idioten och hans flickvän från bomben. Och att sedan låsa in den i något bergrum.

Statsministern var trött, det hade blivit så sent att det var riktigare att kalla det tidigt. Han erkände att han hade svårt att formulera tankar och ord. Men det där med bergrum hade han själv hunnit tänka medan hjärnan ännu fungerade. Att där låta desarmera bomben eller åtminstone mura in den och förtränga minnet av dess existens.

Nu är det ju som så att tiden inte är snällare mot statsministrar än den är mot andra. Ibland är det snarare tvärtom. Det som stod närmast på Fredrik Reinfeldts officiella agenda var ett möte med president Hu på regeringskansliet med start klockan tio, därefter lunch i Sagerska huset. Dessförinnan ville han ta sig en dusch för att slippa lukta potatisland, och byta till kläder och skor som inte var fulla av lera.

Om gruppen lyckades pallra sig iväg inom kort kunde det gå. Svårare att längs vägen dessutom hinna lokalisera ett djupt och avlägset bergrum att gömma och glömma atombomben i. Den saken fick – hur viktig den än var – vänta till eftermiddagen.

Statsministern var till vardags en lyssnande man, pratade sällan för mycket. Nu förvånade han sig själv med hur öppenhjärtig han var med Nombeko Mayeki. Fast det var kanske inte så konstigt ändå. Vi behöver alla någon att dela vårt innersta med, och vem stod till buds förutom den sydafrikanska kvinnan och möjligen hennes pojkvän i det tremegatonsproblem som nu tyngde dem?

Statsministern förstod att han behövde utöka antalet personer som kände till denna den största av hemligheter. Han tänkte börja med överbefälhavaren, ytterst ansvarig för det där bergrummet, var det nu kunde ligga. Eftersom ÖB sannolikt varken kunde desarmera bomben eller mura igen ingången efter sig på egen hand behövdes ytterligare en eller ett par inblandade. Därmed skulle åtminstone följande personer veta det de inte borde: 1) överbefälhavaren, 2) desarmerare A, 3) murare B, 4) den illegala invandraren Nombeko Mayeki, 5) den ickeexisterande Holger Qvist, 6) hans alltför existerande bror, 7) broderns koleriska flickvän, 8) en före detta potatisodlare, numera grevinna, 9) Hans sorglösa majestät konungen samt 10) en pensionerad Mossadagent.

– Det här kan aldrig sluta väl, sa statsminister Reinfeldt.

– Det kan det visst, sa Nombeko. De flesta av dem han just räknade upp har alla skäl i världen att hålla tyst om det de vet. Några av dem är dessutom så förvirrade att ingen skulle tro dem om de berättade.

– Tänker hon på kungen nu? sa statsministern.

Lunchen i Sagerska huset skulle statsministern och Hu Jintao avnjuta i sällskap av några av Sveriges viktigaste näringslivsdirektörer. Därefter skulle president Hu åka raka vägen till Arlanda flygplats där den egna Boeing 767:an väntade för vidare transport till Peking. Först därpå skulle överbefälhavaren kunna kallas in till kansliet.

– Vågar man i så fall anförtro fröken Nombeko bomben under timmarna med Hu och den stund det sedan skulle ta att sätta in ÖB i saken?

– Tja, vad statsministern vågar och inte vågar vet han nog bäst själv, men jag har haft medansvar för den där pjäsen i tjugo år redan utan att den för den skull har flugit i luften. Ett par timmar till tror jag nog att jag ska klara.

I det ögonblicket såg Nombeko hur kungen och grevinnan lämnade köket och var på väg ner mot bryggan. Eventuellt var det tokerier på gång. Nombeko tänkte snabbt.

– Bäste herr statsministern. Gå nu till köket och hantera Mossadagenten i enlighet med det förstånd jag har förstått att han besitter. Under tiden tar jag mig till bryggan och ser till att kungen och hans grevinna inte hittar på något dumt.

Fredrik Reinfeldt förstod vad Nombeko avsåg. Hela hans väsen sa honom att man inte kunde göra på det viset.

Så suckade han – och gick in för att göra på det viset.

– Vakna!

Statsministern ruskade i agent B tills denne slagit upp ögonen och till all förfäran kommit ihåg var han befann sig.

När Fredrik Reinfeldt såg att agenten var mottaglig för budskap, tittade han honom i ögonen och sa:

– Jag ser att agentens bil står här utanför. Jag föreslår – för förbrödringen mellan Sveriges och Israels folks skull – att ni omedelbart hoppar in i den, ger er av härifrån och genast lämnar landet. Jag föreslår vidare att ni aldrig varit här och att ni aldrig kommer tillbaka.

Den rättrådige statsministern mådde fysiskt illa av tanken på att han inom loppet av några timmar inte bara agerat potatistjuv utan nu också var på väg att skicka ut en berusad man i trafiken. Plus allt det andra.

– Men premiärminister Olmert? sa agent B.

– Har jag inget att tala med om, eftersom ni aldrig varit här. Eller hur?

Agent B var visserligen inte nykter. Därtill var han nyvaken. Men han begrep att han just fått sitt liv tillbaka.

Och att det var bråttom, innan den svenske regeringschefen ändrade sig.

Fredrik Reinfeldt var en av Sveriges hederligaste människor, en sådan som betalat tevelicens ända sedan sitt allra första studenthem. Som redan som barn erbjudit kvitto när han sålt ett knippe purjolök för tjugofem öre till sin granne.

Inte undra på att han nu mådde som han mådde när han låtit agent B löpa. Och beslutat sig för att allt det andra skulle tystas ner. Begravas. Bomben också. I ett bergrum. Om det bara gick.

Nombeko återvände med en åra under ena armen och berättade att hon just hindrat grevinnan och kungen från att ro ut för tjuvfiske. När statsministern inte svarade, samtidigt som Nombeko kunde se bakljusen på Mossadagent B:s hyrbil försvinna bort från Sjölida, tillade hon:

— Ibland går det inte att göra rätt, statsministern. Bara mer eller mindre fel. Slutstädningen av grevinnans kök låg i nationens intresse. För det ska han inte ha dåligt samvete.

Statsministern var tyst i ännu några sekunder. Sedan sa han:

— Tack, fröken Nombeko.

Nombeko och statsministern gick ner till bryggan för att tala allvar med Holger 1 och hans Celestine. Båda hade somnat under sin filt, och intill dem på rad låg sedan några minuter kungen och grevinnan i samma ärende.

— Stig upp nu, idioten, annars sparkar jag ner dig i vattnet, sa Nombeko och knuffade på honom med fötterna (hon bar på en inre frustration som inte kunde förlösas på annat sätt än att hon minst fick vrida om hans näsa).

De båda före detta kidnapparna satte sig upp på bryggan, medan resten av det utslagna följet vaknade till liv. Statsministern inledde med att säga att han tänkte avstå från att göra polissak av kidnappningen, hoten och allt, givet att Holger och Celestine framgent samarbetade till fullo.

Båda nickade.

— Vad händer nu, Nombeko? sa Holger 1. Vi har ju ingenstans att bo. Min etta i Blackeberg duger inte, för Celestine vill ta med sig sin mormor härifrån om mormor vill detsamma.

— Skulle vi inte tjuvfiska? sa den nyvakna grevinnan.

— Nej, först och främst ska vi överleva natten, sa statsministern.

— Bra ambition, sa kungen. Lite defensiv, men bra.

Och så tillade han att det kanske var lika så gott att han och grevinnan aldrig kom iväg i den där ekan. "Kungen fast för tjuvfiske" vore nog en rubrik illvilliga journalister inte kunnat låta bli.

Statsministern tänkte att ingen journalist på jorden, illvillig eller inte, frivilligt avstod från den rubriken så länge den hade bärighet. I stället sa han att han skulle uppskatta om Hans majestät slog alla tankar på kriminella handlingar ur hågen, för mängden begångna brott innevarande natt kunde redan fylla en hel tingsrätt.

Kungen tänkte att han i egenskap av sig själv kunde tjuvfiska hur mycket han ville, men hade med tämligen god marginal omdöme nog att inte påtala det för sin statsminister.

Därför kunde Fredrik Reinfeldt fortsätta det allmänna räddandet av situation och nation. Han vände sig till grevinnan Virtanen och vädjade till henne att ge ett kort och redigt svar på frågan om hon ville lämna Sjölida tillsammans med barnbarnet och hennes pojkvän.

Jo, grevinnan märkte att hon fått livslusten tillbaka. Det berodde nog på att hon fått vara med sin älskade Celestine så länge, och på kungen som visat sig vara så bildad i finlandssvensk historia och dess traditioner. Potatislandet var ju redan sålt och att vara direktör på tidning var ärligt talat rätt tråkigt så kort det nu varade.

— Jag är förresten trött på att vara singel också. Känner inte kungen någon begagnad baron att presentera mig för? Han behöver inte vara vacker.

Kungen sa att just baroner var en bristvara, men han kom inte längre innan statsministern avbröt med att det inte var tid att diskutera förekomsten av begagnade baroner, fula eller inte, för nu var det dags att de alla gav sig av. Grevinnan avsåg alltså att följa med?

Jo, det gjorde hon. Men var skulle de bo? Gamla tanter gick väl att hysa in i vilket torp som helst, men grevinnor hade sitt rykte att ta hänsyn till.

Nombeko tänkte att här gick det undan. Nå, det fanns ju en hel del pengar kvar från potatisodlingen, tillräckligt för att det skulle räcka till värdigt boende åt grevinnan och hennes hov. Och mer därtill.

– I väntan på tillgängligt slott får vi väl checka in er på respektabelt etablissemang. En svit på Grand Hôtel i Stockholm, kan det duga?

– Ja, under en övergångsperiod, sa grevinnan medan den före detta KPML(r)-rebellen Celestine kramade sin grimaserande pojkvans hand hårt.

* * *

Klockan hade hunnit bli sex på morgonen innan potatisbil med atombomb åter rullade ut på vägarna. Bakom ratten satt statsministern, den ende av allihop som både hade körkort och var nykter nog att köra. Till höger Nombeko och i mitten Holger 2 med armen i mitella.

Bak i skåpet höll kungen och grevinnan Virtanen fortsatt igång. Kungen hade en rad tips om hennes kommande boende. Det klassicistiska slottet Pöckstein nära österrikiska Straßburg var visst till salu och kunde eventuellt vara grevinnan värdigt. Sorgligt långt till Drottningholm, bara, för eftermiddagste. Bättre då med Södertuna slott, inte långt från Gnesta faktiskt. Med medeltida anor. Kanske i enklaste laget för grevinnan?

Det kunde grevinnan inte säkert säga, de fick väl besiktiga alla tillgängliga härbärgen och känna efter vad som var för enkelt och inte.

Kungen undrade om han och drottningen fick följa med på

någon av de tänkta visningarna. Inte minst drottningen skulle kunna vara behjälplig med råd kring vad som krävs av en slottsträdgård värd namnet.

Jo, för all del, det ginge väl bra om de så önskade. Det kunde vara trevligt att få träffa drottningen i en annan miljö än medan man uträttade sina behov på ett torrdass.

Klockan halv åtta på morgonen släpptes först kungen av utanför Drottningholms slott, ringde på klockan och fick argumentera en stund om att han var den han sa sig vara innan han av en skamsen vaktchef till sist blev insläppt. Och som när kungen passerade såg att han hade mörkröda fläckar på skjortan.

– Är Ers majestät skadad? undrade vakten efter sin kung.

– Nej, det är hönsblod, sa kungen. Och lite motorolja.

Nästa anhalt var Grand Hôtel. Men nu blev det krångligt med logistiken. Holger 2 hade feber efter broderns vådaskott. Tvåan borde bäddas ner och tilldelas värktabletter eftersom flaskan med Mannerheims snaps var slut.

– Så du inbillar dig att jag tänker checka in på hotell och låta mig pysslas om av den dåre som just nästan haft ihjäl mig? sa Holger 2. Då ligger jag hellre på en parkbänk och förblöder.

Men Nombeko lirkade med honom, lovade att han skulle få strypa sin bror, eller åtminstone vrida om näsan på honom (om hon själv inte hann först), men att det inte kunde ske innan armen var frisk igen. Att tvärtom lägga sig och förblöda just den dag de var på väg att bli av med bomben, det vore väl ändå en ironi av extraordinärt slag?

Holger 2 var för trött för att säga emot.

Vid pass tjugo i nio var tvåan nerbäddad och serverad dubbla Treo mot feber och värk. Han svepte glaset och somnade på femton sekunder. Holger 1 lade sig i soffan i salongen för att göra detsamma, allt medan grevinnan Virtanen satte igång att utforska minibaren i svitens sängkammare.

– Gå ni, jag klarar mig själv.

Statsministern, Nombeko och Celestine stod utanför entrén till hotellet för att göra upp detaljerna kring vad som krävdes för de närmaste timmarna.

Reinfeldt skulle ge sig iväg för att träffa Hu Jintao. Nombeko och Celestine var under tiden förmodade att cirkulera så försiktigt som möjligt med bomben i centrala Stockholm.

Celestine bakom ratten, någon annan chaufför fanns inte att tillgå. Holger 2 hade ju skjutits och bäddats ner, och statsministern själv kunde inte fortsätta köra omkring med djävulsvapnet samtidigt som han sammanträdde med Kinas president.

Återstod den oberäkneliga, före detta unga, eventuellt lika arga. Övervakad av Nombeko, men ändå.

Medan trion stod kvar utanför entrén till hotellet ringde statsministerns assistent för att meddela att kostym och nya skor väntade honom på regeringskansliet. Men det var också som så att man hört av sig från den kinesiske presidentens stab med ett bekymmer. Presidentens tolk hade kvällen innan klämt sig illa och låg nyopererad på Karolinska sjukhuset med fyra brutna fingrar och en krossad tumme. Presidenten hade låtit hälsa via sina medarbetare att statsministern kanske satt inne med lämplig tolklösning för förmiddagens möte och den kommande lunchen? Assistenten anade att han med det avsåg den svarta kvinna hon träffat kort utanför slottet, kunde det stämma? Visste i så fall statsministern var hon höll hus?

Jo, det visste statsministern. Han bad assistenten vänta ett ögonblick och så vände han sig till Nombeko.

– Skulle fröken Nombeko kunna tänka sig att närvara vid förmiddagens möte mellan mig och Folkrepubliken Kinas president? Presidentens tolk ligger nämligen på sjukhus.

– Och beklagar sig över att han strax ska dö? sa Nombeko.

Innan statsministern hann fråga vad hon menade med det, tillade hon:

– Absolut. Visst kan jag det. Men hur gör vi med bilen, bomben och Celestine under tiden?

Att låta Celestine vara ensam med bil och bomb i flera timmar kändes... inte bra. Nombekos första idé på lösning hade varit att ta hennes handfängsel och låsa henne vid ratten. Men nästa idé var bättre. Hon återvände till sviten och var strax tillbaka.

– Nu är din pojkvän fastkedjad i den soffa han snarkar så vackert i. Om du hittar på några dumheter med bil och bomb medan jag och statsministern träffar Kinas president lovar jag att jag kastar nyckeln till handklovarna i Nybroviken.

Celestine fnyste till svar.

Statsminister Reinfeldt ringde in två av sina livvakter, bad dem komma till Grand och hämta Nombeko och honom själv i en bil med så mörka rutor som möjligt. Ordern till Celestine blev att leta rätt på första bästa parkeringsplats och stanna där tills han själv eller Nombeko hörde av sig. Några timmar bara, lovade statsministern och längtade så att han kunde spricka efter att den gårdag som fortfarande pågick äntligen skulle ta slut.

Kapitel 23

Om en arg överbefälhavare och
en skönsjungande kvinna

FREDRIK REINFELDT SLOG sig ner med smörgås och
tredubbel espresso i ena fåtöljen på sitt tjänsterum. Han
hade just genomgått renovering i form av dusch, nya klä-
der och skor utan lera. I den andra fåtöljen satt redan hans
sydafrikanska, kinesiska tolk med en kopp svenskt te i hand.
I samma kläder som dagen innan. Hon hade dock inte varit i
något potatisland och vänt.

– Jaså, det var så han såg ut innan han grisade ner sig, sa
Nombeko.

– Hur mycket är klockan? sa statsministern.

Den var tjugo minuter i tio. Det fanns tid till att förbereda
tolken.

Statsministern berättade att han planerade att bjuda in Hu
Jintao till klimatmötet i Köpenhamn 2009, samtidigt som han
själv skulle vara ordförande i EU.

– Det blir nog en del prat om miljö och om olika satsningar
inom det området, sa han. Jag vill att Kina blir en del av det
kommande klimatavtalet.

– Där ser man, sa Nombeko.

Bland det kontroversiella var att statsministern också avsåg
att förmedla Sveriges syn på demokrati och mänskliga rättig-
heter. Det var i de delarna extra viktigt att Nombeko översatte
ordagrant, inte hittade på egna formuleringar.

– Något annat? sa Nombeko.

Jo, men det skulle förstås diskuteras affärer också. Import och export. Kina var på väg att bli allt viktigare för Sverige även som exportland.

– Vi exporterar svenska varor för tjugotvå miljarder kronor på årsbasis, sa statsministern.

– Tjugo komma åtta, sa Nombeko.

Statsministern tömde sin espresso och bekräftade för sig själv att han med närmast oändlig marginal upplevde det märkligaste dygnet i sitt liv.

– Vad har tolken mer att tillägga? sa han.

Han sa det utan ironi.

Nombeko tyckte det var bra att mötet skulle handla om demokrati och mänskliga rättigheter, för då kunde ju statsministern i efterhand säga att mötet handlat om demokrati och mänskliga rättigheter.

Cynisk var hon också, i all sin briljans, tänkte Fredrik Reinfeldt.

* * *

– Statsministern. En ära att få träffa er, nu under mer ordnade former, log president Hu och sträckte fram sin hand. Och er, fröken Nombeko, våra vägar korsas igen och igen. Synnerligen angenämt, måste jag säga.

Nombeko hälsade att hon tyckte detsamma, men att de fick fortsatt vänta med att prata safariminnen för annars skulle nog statsministern bli otålig.

– Han tänker förresten rivstarta med ett och annat om demokrati och mänskliga rättigheter som han tycker att ni inte är så bra på. Och i det är han väl i så fall inte helt ute och seglar. Fast herr presidenten ska inte vara orolig, jag tror han trippar fram rätt försiktigt. Om ni är redo så kör vi?

Hu Jintao grimaserade åt det som komma skulle, men tappade ändå inte humöret. Därtill var den sydafrikanska kvinnan alltför charmig. Det här var dessutom första gången han arbetade med en tolk som översatte det som sades redan innan det hunnit sägas. Eller andra. Samma sak hade hänt en gång i Sydafrika många år tidigare.

Statsministern gick mycket riktigt varsamt fram. Han beskrev den svenska demokratiska synen, strök under svenska värderingar avseende det fria ordet, erbjöd vännerna i folkrepubliken stöd i att utveckla liknande traditioner. Och så krävde han lågmält att landets politiska fångar skulle släppas.

Nombeko översatte, men innan Hu Jintao hann svara lade hon på eget bevåg till att vad statsministern egentligen försökte säga var att de inte kunde låsa in författare och journalister bara för att de skrev misshagliga saker. Och tvångsförflytta folk, censurera internet...

– Vad säger du nu? sa statsministern.

Han märkte att översättningen blev dubbelt så lång som den rimligen borde ha blivit.

– Jag förmedlade bara det statsministern sa och förtydligade sedan vad han menat för att få upp farten i samtalet. Vi är väl båda lite för trötta för att sitta här hela dagen, inte sant?

– Förtydligade vad jag menat? Var jag inte tydlig nog med dig innan? Det här är diplomati på högsta nivå, då kan inte tolken sitta och hitta på!

För all del. Nombeko lovade att försöka hitta på så lite som möjligt framöver, och vände sig till president Hu för att säga att statsministern inte var nöjd med att hon lagt sig i samtalet.

– Jag kan förstå det, sa Hu Jintao. Men översätt nu och säg att jag tagit till mig statsministerns och fröken Nombekos ord samt att jag har politiskt omdöme nog att skilja dem åt.

Därpå gick Hu Jintao i ett längre svaromål, inkluderande

Guantánamobasen på Kuba där det satt fångar sedan fem år och väntade på att få veta vad de var anklagade för. Presidenten var olyckligtvis också fullt insatt i den tråkiga händelsen 2002 då Sverige lydigt gjort som CIA sagt och utvisat två egyptier till fängelse och tortyr, varpå det visade sig att minst en av dem råkade vara oskyldig.

President och statsminister bytte så ord och meningar med varandra ett par vändor till innan Fredrik Reinfeldt tyckte att det räckte. I stället gick han över till miljön. Den delen av samtalet flöt smidigare.

En stund senare serverades det te och kaka, även till tolken. I den informella stämning som lätt uppstår runt ett fikabord passade presidenten på att leverera en diskret förhoppning om att dramatiken från gårdagen nu löst sig på bästa sätt.

Jo, tack, det sa statsministern att den gjort, utan att se helt övertygande ut. Nombeko såg på Hu Jintao att han gärna ville veta mer och tillade av ren artighet över huvudet på Reinfeldt att det lutade åt att bomben låstes in i ett bergrum och att man därpå murade igen ingången för gott. Så tänkte hon att hon nog inte borde ha sagt det hon just sa, men att det i alla fall inte var något hittepå.

Hu Jintao hade som yngre arbetat en del med kärnvapenrelaterade frågor (det började med resan till Sydafrika) och han var för sitt lands räkning nyfiken på bomben ifråga. Den var visserligen ett par decennier gammal och som bomb betraktat behövde inte Kina den, det fanns megaton så det räckte i den kinesiska krigsmakten. Men om alla underrättelseuppgifter stämde skulle den i nedmonterat skick kunna ge Kina en unik inblick i sydafrikansk, det vill säga israelisk kärnvapenteknologi. Och det kunde i sin tur bli en viktig pusselbit i analysen av relation och styrkeförhållande mellan Israel och Iran. Iranierna var för övrigt goda vänner till Kina. Eller halvgoda. Olja och naturgas flödade från

Iran riktning österut, samtidigt som Kina aldrig haft några krångligare bundsförvanter än dem i Teheran (Pyongyang undantaget). Bland mycket annat var de hopplöst svårlästa. Höll de på att bygga egna kärnvapen? Eller skramlade de bara med retorik och de konventionella vapen de redan hade?

Nombeko avbröt Hu Jintaos funderingar:

— Jag tycker mig se att herr presidenten är spekulant på bomben. Ska jag fråga statsministern om han är beredd att ge den till er? Som en gåva för att befästa freden och vänskapen mellan era länder?

Medan president Hu tänkte att det kanske fanns mer passande fredsgåvor än en atombomb på tre megaton, fortsatte Nombeko med argumentet att Kina redan hade så många bomber av det slaget att en mer eller mindre knappast kunde göra skada. Hur som helst var hon säker på att Reinfeldt gärna såg att bomben försvann till andra sidan jordklotet. Eller ännu längre om det bara var möjligt.

Hu Jintao svarade att det förvisso låg i atombombers natur att göra just skada, även om det förstås inte var önskvärt. Men även om fröken Nombeko läst honom rätt avseende intresset för den svenska bomben, var det knappast passande att be statsministern om en tjänst i den riktningen. Han bad därför Nombeko återgå till tolkandet innan statsministern hade skäl att bli irriterad på nytt.

Det var dock redan försent:

— Vad pratar ni om, för i helvete! sa statsministern argt. Du skulle ju tolka och inget annat!

— Ja, förlåt, herr statsministern, jag försökte bara lösa ett problem åt honom, sa Nombeko. Men det gick inte så bra. Så prata på ni. Miljö och mänskliga rättigheter och sådant.

Statsministern fick tillbaka sin återkommande känsla avseende det senaste dygnet. Det som rimligen inte kunde hända den här gången var att hans egen tolk gått över från att kidnappa folk till att kidnappa samtal med annat lands statschef.

Under lunchen fick Nombeko göra skäl för det arvode hon varken begärt eller blivit erbjuden. Hon höll igång ett livligt samtal mellan president Hu och svenske statsministern, Volvochefen, Electroluxchefen och Ericssonchefen – faktiskt utan att lägga sig i nästan alls. Det var bara vid ett par tillfällen som tungan råkat slinta lite. Som när president Hu för andra gången tackat Volvochefen för den fantastiska gåvan från häromdagen med tillägget att kineserna själva inte kunde bygga lika fina bilar, och Nombeko i stället för att översätta samma sak ännu en gång föreslog att han och hans land väl kunde köpa hela Volvo, så slapp de ju vara avundsjuka längre.

Eller som när Electroluxchefen berättade om satsningarna i Kina för bolagets olika produkter och Nombeko sålde in idén till Hu att han i egenskap av sekreterare i Kinas kommunistiska parti väl kunde överväga en liten Electroluxuppmuntran till alla de lojala medlemmarna i partiet?

Det tyckte Hu var en så vacker tanke att han vid sittande bord frågade vad Electroluxchefen kunde tänka sig för rabatt om han fick en beställning på sextioåtta miljoner sjuhundrafyrtiotvåtusen tekokare.

– Hur många? sa Electroluxchefen.

* * *

Överbefälhavaren befann sig på semester i Ligurien när statsministern, via sin assistent, kallade på honom. Han skulle helt enkelt hem, saken formulerades inte som en önskan från regeringskansliet utan en order. Det rörde nationens säkerhet. ÖB skulle vara beredd att föredra "aktuell status avseende militära bergrum" i Sverige.

ÖB bekräftade att ordern tagits emot, funderade i tio minuter på vad det var i sak statsministern kunde tänkas vilja, innan han gav upp och beställde transport i ett Jas 39 Gripen för att bli hemflugen i den fart statsministern indirekt bestämt (det vill säga två gånger ljudets hastighet).

Men svenska flygvapnet landar och lyfter inte på vilken åker det vill i norra Italien, utan var hänvisat till Christofer Columbus-flygplatsen i Genua dit ÖB själv hade minst två timmar i den trafik som alltid och utan undantag rådde längs A10 och den italienska Rivieran. Före klockan halv fem på eftermiddagen skulle han inte hinna vara på regeringskansliet hur många ljudvallar han än sprängde på vägen.

* * *

Lunchen i Sagerska huset var över. Det var ännu flera timmar till mötet med överbefälhavaren. Statsministern kände att han borde vara med bomben, men bestämde sig för att lita på Nombeko och på den opålitliga Celestine ett tag till. Han var nämligen alldeles fasansfullt trött efter att ha varit med om precis allting utan någon sömn på över trettio timmar. Han bestämde sig för en tupplur på kansliet.

Nombeko och Celestine följde hans exempel, men i hytten till lastbilen på en parkeringsplats i Tallkrogen.

* * *

Under tiden var det dags för hemfärd för den kinesiske presidenten och hans följe. Hu Jintao var nöjd med besöket, men inte ens hälften så nöjd som presidentfrun Liu Yongqing. Medan maken ägnat söndagen åt politik och kokt torsk med smörsås hade hon och några kvinnor i delegationen hunnit med två fantastiska studiebesök. Först ett på Bondens egen marknad i Västerås, därefter på stuteri i Knivsta.

I Västerås hade presidentfrun först glatt sig åt spännande, genuint svenskt hantverk, innan hon kom till ett stånd med blandat, importerat tingeltangel. Och mitt i det – presidentfrun trodde inte sina ögon! – en äkta gås i lergods från Handynastin.

När Liu Yongqing frågat tre gånger på sin begränsade engelska om försäljaren verkligen menade det pris han sa, trodde han att hon prutade och blev arg:

– Jo, säger jag! Jag *ska* ha tjugo kronor för pjäsen, inte ett öre mindre!

Gåsen hade en gång ingått i några lådor med bråte han köpt av ett dödsbo i Sörmland (den numera döde hade i sin tur köpt gåsen för trettionio kronor av en konstig amerikan på Malma Marknad, men det kunde ju inte den nuvarande försäljaren veta). Egentligen var han trött på pjäsen, men den utländska kvinnan hade varit så kantig i sättet och kacklat med sina väninnor på ett språk ingen människa kunde begripa. Därför hade det satta priset blivit en principsak. Tjugo kronor eller ingen affär, så enkelt var det.

Till slut hade kärringen ändå betalat – fem dollar! Inte kunde hon räkna heller.

Försäljaren var nöjd, presidentfrun lycklig. Och skulle bli än mer så när hon blev fullkomligt blixtförälskad i den svarta, treåriga kaspiska hingsten Morfeus på stuteriet i Knivsta. Hästen hade alla drag av en fullvuxen, normalstor häst – men var inte mer än en meter över manken och skulle likt kaspiska hästar i gemen aldrig bli större än så.

– Måste ha! sa Liu Yongqing, som sedan hon blivit presidentfru utvecklat en enastående förmåga att få sin vilja igenom.

Men på grund av allt det följet skulle ha med sig tillbaka till Peking hade det uppstått krav på pappersexercis bortom alla gränser vid Cargo City på Arlanda flygplats. Där hade man inte bara alla praktiska redskap för i- och urlastning, utan också full kunskap om vilka stämplar som krävdes i vilka sammanhang.

Den värdefulla Handynastigåsen slank igenom. Värre var det med hästen.

Presidenten satt redan i sin presidentfåtölj i presidentplanet och frågade sin sekreterare varför avresan dröjde. Till svar fick han att det lilla problemet var att transporten med presidentens Volvobil från Torslanda fortfarande hade några mil kvar innan den var framme, men att det var värre med hästen som presidentfrun köpt. De var så konstiga på flygplatsen, tycktes leva efter idén om att regler var till för att följas och att det inte var relevant att det var den kinesiske presidentens plan det gällde.

Sekreteraren erkände att samtalen varit knöliga att föra, tolken låg ju fortfarande på sjukhus och skulle inte hinna bli frisk nog till avfärd. Detaljerna kring allt var förstås inget sekreteraren tänkte tynga sin president med, men det långa med det korta var att delegationen gärna skulle anlita den där sydafrikanska kvinnan en sista gång, om presidenten ansåg det lämpligt? Hade de i så fall presidentens tillåtelse att fråga henne?

Så kom det sig att Nombeko och Celestine väcktes av ett telefonsamtal där de låg skavfötters i hytten på en parkeringsplats, och gav sig av med potatisbil, bomb och allt till Cargo City på Arlanda för att ge hjälp med diverse tullklarering åt Kinas president och hans delegation.

* * *

Om du inte tycker att du har tillräckligt med problem, skaffa dig då ett däggdjur i Sverige timmarna innan du ska flyga hem till andra sidan jordklotet och insistera sedan på att djuret ska följa med i bagaget.

389

Det Nombeko skulle vara behjälplig med var bland annat att få Jordbruksverket att utfärda ett giltigt exportcertifikat för den kaspiska häst som några timmar tidigare tittat presidentfrun Liu Yongqing djupt i ögonen.

Hästen måste också uppvisa vaccinationsintyg inför rätt myndighetsrepresentant på flygplatsen. Eftersom Morfeus var kaspisk och målet med resan Peking tillkom enligt generella regler från kinesiska jordbruksverket ett Coggins test, för att fastslå att den häst som var född och uppvuxen i Knivsta, hundra mil söder om norra polcirkeln, inte led av träskfeber.

Vidare måste det i planet finnas lugnande medel, sprutor och kanyler att injicera om djuret fick panik i luften. Liksom slaktmask för den händelse att saker och häst skulle skena bortom alla gränser.

Sist men inte minst hade Jordbruksverkets distriktsveterinär att besiktiga djuret och vara med och identifiera det på flygplatsen. Det var när chefen på distriktsveterinärklinikerna för Stockholms län visade sig vara på tjänsteresa till Reykjavik som Nombeko gav upp.

– Jag märker att det här problemet kräver en alternativ lösning, sa hon.

– Hur tänker du då? sa Celestine.

När Nombeko löst hästproblemet åt Hu Jintaos hustru hade hon skäl att hasta tillbaka till regeringskansliet för att lämna rapport. Det var viktigt att hon kom fram innan överbefälhavaren gjorde detsamma och hon valde därför att hoppa in i en taxi efter att ha gett Celestine stränga förmaningar om att inte göra väsen av sig själv eller potatisbilen i trafiken. Det lovade Celestine att inte göra och hon hade säkert hållit sitt löfte om bara inte radion råkat spela Billy Idol.

Det som hände ett par mil norr om Stockholm var nämligen

att det blev trafikstockning på grund av en olycka. Nombeko och taxin hann passera, men Celestine med potatisbil fastnade i de snabbt växande köerna. Enligt den uppfattning hon senare gav uttryck för är det fysiskt omöjligt att stå still med ett fordon medan radion spelar "Dancing with Myself". Alltså valde hon att fortsätta framåt i bussfilen.

Så kom det sig att en närmast headbangande kvinna i en potatisbil med falska registreringsplåtar körde om en köande, civil polisbil på fel sida strax norr om Rotebro – och således genast blev infångad för uppläxning.

Medan polisinspektören kontrollerade registreringsnumret och fick besked om att det tillhörde en röd Fiat Ritmo med rapporterat stulna plåtar sedan många år, gick hans polisaspirantkollega fram till Celestine, som vevat ner rutan.

– Du får inte köra i bussfilen, trafikolycka eller inte, sa polisaspiranten. Kan jag få se körkortet, tack.

– Nej, det kan du inte, snutjävel, sa Celestine.

Ett par tumultartade minuter senare var hon instuvad i polisbilens baksäte, med handfängsel, inte helt olikt hennes eget. Allt medan folk i de stillastående bilarna runt omkring fotograferade för fullt.

Polisinspektören hade många och långa tjänsteår bakom sig, och han förklarade med lugn röst för fröken att det var lika bra att hon talade om vem hon var, vem som ägde lastbilen och varför hon körde omkring med falska nummerplåtar. Under tiden undersökte aspiranten bilens skåp. Där fanns en stor låda och om man böjde på rätt ställe på ena kanten kunde man nog få upp… ja, det gick.

– Vad i hela friden? sa aspiranten och kallade genast på sin inspektör för att visa.

Strax var poliserna tillbaka hos den handfängslade Celestine för att ställa nya frågor, den här gången kring innehållet i lådan. Men nu hade hon hunnit ikapp sig själv.

– Hur var det nu, ville ni veta vad jag heter? sa hon.

– Hemskt gärna, sa den fortsatt lugne polisinspektören.

– Édith Piaf, sa Celestine.

Och så började hon sjunga:

Non, rien de rien

Non, je ne regrette rien

Ni le bien qu'on m'a fait

Ni le mal; tout ça m'est bien égal!

Fortsatt sjungande fördes hon av polisinspektören till polishuset i Stockholm. Inspektören tänkte under resan att säga vad man ville om jobbet som polis, men det var omväxlande.

Aspiranten fick uppdraget att försiktigt ta lastbilen till samma ställe.

* * *

Klockan 16.30 söndagen den 10 juni 2007 lyfte det kinesiska statsplanet från Stockholm Arlanda, riktning Peking.

Ungefär samtidigt var Nombeko tillbaka vid regeringskansliet. Hon lyckades prata sig in i det allra heligaste genom att få tag i statsministerns assistent och förklara att hon hade viktig president Hu-relaterad information till hennes chef.

Nombeko blev insläppt på statsministerns kontor några minuter innan det var dags för överbefälhavaren att göra entré. Fredrik Reinfeldt såg betydligt piggare ut, han hade fått sova i nästan en och en halv timme medan Nombeko varit ute på Arlanda och trollat med papper, hästar och annat. Nu undrade han vad hon hade på hjärtat. Han hade föreställt sig att de inte skulle höras av igen förrän efter att ÖB var informerad och det var dags för... så att säga... slutförvaring.

Jo, förstod statsministern, omständigheterna hade just gjort mötet med överbefälhavaren överflödigt. Däremot skulle det nog vara passande att snarast slå president Hu en signal.

Nombeko fortsatte med att berätta om den ponnyhöga kaspiska hästen och den närmast oändliga mängd byråkrati som krävdes för att djuret inte skulle bli kvar på marken, i så fall till allmän irritation för presidentfrun och hennes man. I stället hade Nombeko kommit på den okonventionella lösningen att låta hästen dela utrymme med den redan prydligt klarerade Volvon som ju presidenten fått av Volvo Torslandaverken på fredagen.

– Vill jag verkligen veta det här? avbröt statsministern.

– Jag är rädd för att det trots allt vore bäst, sa Nombeko.

För saken var den att hästen inte fick plats tillsammans med Volvon i den där lådan. Om man däremot band fast och stängde in djuret i lådan med atombomben och flyttade över all dokumentation från den ena lådan till den andra, blev Sverige av med både kaspisk häst och bomb i en enda resa.

– Menar du att..., sa statsministern och stannade mitt i meningen.

– Jag är säker på att president Hu blir förtjust över att ha fått ta över bomben, den kan säkert ge hans tekniker alla möjliga svar. Och Kina är ju redan fullt av medel- och långdistansrobotar, en tremegatonsbomb mer eller mindre kan väl kvitta? Och tänk vilken lycka för presidentfrun att få med sig hästen! Otur bara att Volvon blev kvar i Sverige. Vi har den i skåpet till potatisbilen. Statsministern kanske kunde sätta någon att skeppa över den till Kina så fort som möjligt. Eller vad tror han?

Fredrik Reinfeldt svimmade inte av den information han just fått, för det hade han inte tid till. Nu knackade assistenten på dörren för att meddela att överbefälhavaren anlänt och väntade utanför.

* * *

Bara några timmar tidigare hade ÖB suttit och ätit sen frukost vid hamnen i ljuvliga San Remo med sin kära hustru och deras tre barn. Efter larmet från regeringskansliet hade han hastat in i en taxi för färd hela vägen till Genua, där han blivit upplockad av ett skolexemplar av det svenska flygvapnets stolthet, Jas 39 Gripen, som i dubbel överljudsfart och till en kostnad av trehundratjugotusen kronor tog honom till Sverige och militärflygplatsen Uppsala-Ärna. Därifrån fick han skjuts i bil och blev några minuter försenad eftersom det skett en olycka längs E4. Medan trafiken stod still hade ÖB kunnat bevittna lite vardagsdramatik vid vägkanten. Polisen hade stoppat en kvinnlig lastbilschaufför framför överbefälhavarens ögon. Kvinnan hade först handfängslats och därpå börjat sjunga något på franska. Märklig händelse.

Mötet med statsministern hade därpå blivit ännu konstigare. ÖB fruktade att det rådde närmast krigstillstånd eftersom regeringschefen kallat hem honom med sådant eftertryck. Nu satt statsministern bara där och ville ha säkerställt att de svenska bergrummen var fungerande och tjänade sina syften.

ÖB svarade att de såvitt han visste fyllde sin funktion allihop och att det helt säkert fanns lediga kubik både här och där, lite beroende på vad statsministern tänkte sig skulle förvaras, förstås?

– Så bra, sa statsministern. Då ska inte jag besvära överbefälhavaren mer, han har ju semester och allt har jag förstått.

När ÖB grubblat färdigt över vad som hänt och bestämt sig för att det inte gick att förstå, övergick förvirringen i irritation. Att han inte kunnat få ha sin semester i fred! Till slut ringde han piloten på det Jas 39 Gripen-skolplan som hämtat honom tidigare under dagen och som fortfarande befann sig på den militära flygplatsen norr om Uppsala.

– Hej, ÖB här. Hör du, är du hygglig och flyger ner mig till Italien igen?

Där rök trehundratjugotusen kronor till. Plus åttatusen, eftersom ÖB bestämde sig för att anlita helikoptertaxi till flygplatsen. Färden företogs för övrigt i en tretton år gammal Sikorsky S-76:a, en gång inhandlad för försäkringspengarna från en stulen maskin av samma sort.

Med en kvarts marginal hann ÖB ner till kvällens skaldjursmiddag med familjen i San Remo.

– Hur var mötet med statsministern, älskling? sa hans fru.

– Jag funderar på att byta parti till nästa val, svarade överbefälhavaren.

* * *

President Hu tog emot samtalet från den svenske statsministern medan han fortfarande var i luften. Egentligen använde han sig aldrig av sin begränsade engelska i internationella, politiska samtal, men den här gången gjorde han ett undantag. Han var alldeles för nyfiken på vad statsminister Reinfeldt kunde vilja. Och det tog inte många sekunder in i samtalet innan han blev alldeles full i skratt. Fröken Nombeko var verkligen något alldeles extra, tyckte inte statsministern det?

Volvon hade visserligen varit fin, men det presidenten tilldelats i stället var absolut ett strå vassare. Plus att hans älskade hustru var så nöjd över att hon fått med hästen.

– Jag ska se till att bilen skeppas till presidenten så snart som möjligt, lovade Fredrik Reinfeldt och torkade sig i pannan.

– Ja, eller så kan väl min tolk köra hem den, funderade Hu Jintao. Om han blir frisk någon gång. Nej, förresten! Ge den till fröken Nombeko, det tycker jag hon förtjänar.

På det lovade president Hu att inte använda sig av bomben i

befintligt skick. Den skulle tvärtom omedelbart plockas i små-
bitar och därmed upphöra att existera. Det presidentens atom-
tekniker lärde sig på vägen ville kanske statsminister Reinfeldt
själv få ta del av?

Nej, det ville inte statsminister Reinfeldt. Det var en kunskap
hans nation (eller kungens) klarade sig utan.

Sa Fredrik Reinfeldt och tackade än en gång president Hu för
besöket.

* * *

Nombeko återvände till sviten på Grand Hôtel och låste upp
handfängslet på den alltjämt sovande Holger 1. Därefter pus-
sade hon den lika sovande Holger 2 på pannan och lade en filt
över grevinnan som somnat på heltäckningsmattan intill mini-
baren i sovrummet. Så återvände hon till sin tvåa, lade sig vid
hans sida, slöt ögonen – och hann faktiskt undra vart Celestine
tagit vägen innan hon slocknade själv.

Hon vaknade kvart över tolv dagen därpå av att ettan, tvåan
och grevinnan meddelade att lunchen var serverad. Gertrud var
den som sovit obekvämast på golvet intill sin minibar och därför
kommit på benen först. I brist på annat att göra hade hon börjat
bläddra i hotellets informationsblad – och upptäckt något fan-
tastiskt. Hotellet hade ordnat det som så att man först tänkte ut
vad man ville ha, sedan lyfte telefonluren och talade om det för
en person i andra änden som i sin tur tackade för att man ringt
och därpå utan onödigt dröjsmål levererade det man önskat.

Roomservice kallades det visst. För grevinnan Virtanen fick
det heta vad det ville på vilket språk det ville, men kunde det
verkligen fungera i praktiken?

Hon hade börjat med att beställa en flaska av marskalk Man-
nerheims snaps som test – och den hade kommit, även om det

tog en timme för hotellet att få fram den. Då beställde hon kläder till sig själv och de övriga och höftade så gott det gick med storlekarna. Den gången tog det två timmar. Och nu en treRätters lunch till allesammans, utom till lilla Celestine. Hon var ju inte där. Visste Nombeko var hon kunde hålla hus?

Det visste inte den nyvakna Nombeko. Men att något hänt var uppenbart.

– Är hon försvunnen med bomben? sa Holger 2 och kände febern stiga av bara tanken.

– Nej, bomben är vi av med en gång för alla, min kära, sa Nombeko. Det här är första dagen av återstoden av våra liv. Jag ska förklara senare, men nu äter vi, sedan vill jag nog duscha och byta kläder för första gången på ett par dygn innan vi letar rätt på Celestine. Mycket bra initiativ med kläderna, grevinnan!

Lunchen skulle ha smakat utmärkt om det inte varit för att Holger 1 satt och ojade sig över sin försvunna flickvän. Tänk om hon smällt av bomben utan att han fick vara med?

Nombeko sa mellan tuggorna att Holger nog fått vara med oavsett om han ville eller inte om Celestine gjort det han just gissat, men att så inte skett eftersom de satt där och åt tryffelpasta allihop i stället för att vara döda. Dessutom befann sig det som plågat dem i ett par decennier numera på en annan kontinent.

– Är Celestine på en annan kontinent? sa Holger 1.

– Ät nu din mat, sa Nombeko.

Efter lunchen duschade hon, tog på sig sina nya kläder och gick ner till receptionen för att styra upp med restriktioner kring framtida beställningar från grevinnan Virtanen. Hon tycktes ha fått lite för god smak på sitt nya, adliga liv och det var annars en tidsfråga innan hon började ringa in både jetplan och privatföreställning av Harry Belafonte.

Nere i receptionen lyste kvällstidningarna henne i ansiktet.

Rubriken i Expressen, med bild på Celestine i bråk med två poliser, sa:

HÄR GRIPS
SJUNGANDE
KVINNAN

En kvinna i yngre medelåldern hade föregående dag gripits av polisen för en trafikförseelse längs E4:an norr om Stockholm. I stället för att uppvisa legitimation hade hon hävdat att hon var Édith Piaf och inte gjort annat än sjungit "Non, je ne regrette rien". Och fortsatt att sjunga ända tills hon somnat i sin cell.

Polisen ville inte gå ut med bild, men det ville Expressen som köpt in ett antal förträffliga foton tagna av privatpersoner. Var det någon som kände igen henne? Hon var uppenbarligen svensk. Enligt flera fotograferande vittnen hade hon förolämpat poliserna på svenska innan hon gått över till sången.

– Jag tror jag vet vad förolämpningen gick ut på, mumlade Nombeko, glömde att prata med receptionen om roomservice-restriktioner och återvände till sviten med ett exemplar av tidningen.

Det var de närmaste grannarna till de hårt prövade Gunnar och Kristina Hedlund i Gnesta som upptäckte bilden på deras dotter på Expressens förstasida. Två timmar senare återförenades Celestine med sin mamma och pappa i cellen på polishuset i centrala Stockholm. Celestine märkte att hon inte längre var arg på dem och sa att hon ville ut från det förbannade häktet så att hon kunde få visa upp sin pojkvän.

Polisen ville inget hellre än att bli av med den besvärliga kvinnan, men det fanns ett och annat att reda ut först. Potatis-bilen var falskregistrerad, men – visade det sig – inte stulen.

Ägaren var Celestine Hedlunds mormor, en lite snurrig dam på åttio år. Hon kallade sig grevinna och menade att hon i den egenskapen borde stå över varje misstanke. Hon kunde inte förklara hur de falska nummerplåtarna hamnat på bilen, men tänkte att det kanske skett någon gång på nittiotalet då hon vid flera tillfällen lånat ut den till potatisplockande ungdomar från Norrtälje. Att Norrtäljeungdomarna inte gick att lita på hade grevinnan vetat sedan sommaren 1945.

I och med att Celestine Hedlund var identifierad fanns inte längre skäl att hålla henne anhållen eller begära henne häktad. Hon hade böter att vänta för olovlig körning, det var allt. Att stjäla andras nummerplåtar var förstås ett brott, men oavsett vem tjuven var hade tillgreppet skett tjugo år tidigare, det var alltså preskriberat. Att köra omkring med falska plåtar var i tillägg till det ett pågående brott, men polisbefälet var så trött på att lyssna på "Non je ne regrette rien" att han valde att se det som att det inte förelåg något uppsåt. Befälet råkade dessutom ha stuga strax utanför Norrtälje och hade sommaren innan fått sin hammock i trädgården stulen. Grevinnan kunde alltså ha en poäng i det där om Norrtäljeungdomarnas vandel.

Återstod den splitternya Volvon i potatisbilens skåp. En första kontakt med fabriken i Torslanda hade gett vid handen att bilen helt sensationellt tillhörde Kinas president Hu Jintao. Men efter att Volvoledningen varit i kontakt med presidentens stab i Peking ringde man tillbaka och sa att presidenten visst skänkt bilen till en kvinna han inte ville uppge namnet på. Celestine Hedlund, fick man förmoda. Plötsligt hade det bisarra ärendet blivit internationell storpolitik. Det ansvariga befälet sa till sig själv att han inte ville veta mer. Och ansvarig åklagare höll med. Därför släpptes Celestine Hedlund: hon och hennes föräldrar rullade iväg i Volvon.

Polisbefälet aktade sig noga för att lägga märke till vem av dem som satt bakom ratten.

DEL 7

Inget varar för evigt i vår onda värld.
Inte ens våra bekymmer.

CHARLIE CHAPLIN

Kapitel 24

Om att få finnas på riktigt
och om en omvriden näsa

OLGER 1, CELESTINE och grevinnan Virtanen, som
bestämt sig för att byta till Mannerheim, lärde sig
snabbt att trivas i sviten på Grand Hôtel. Att hitta
lämpligt slott att flytta in i brådskade därför inte.

Inte minst var det här med rumsbetjäningen helt fantastiskt.
Gertrud fick till och med ettan och Celestine att prova. Efter ett
par dagar var de fast.

Varje lördag bjöd grevinnan till fest i salongen, med Gunnar
och Kristina Hedlund som hedersgäster. Då och då dök också
kungen och drottningen upp.

Nombeko lät dem hållas. Räkningen från hotellet var å ena
sidan jättelik, å andra sidan fanns fortfarande betydande mäng-
der potatispengar kvar.

Själv hade hon sett till att skaffa eget boende tillsammans
med tvåan, på tryggt avstånd från grevinnan och hennes båda
supportrar. Nombeko var född och uppvuxen i ett plåtskjul,
Holger hade växt upp i ett dragigt torp. Båda delade därefter till-
varo i en rivningskåk följt av tretton år i ett rum innanför ett
lantkök i ett hus bortom vägs ände i Roslagen.

Mot bakgrund av det var en tvåochenhalvrummare på Öster-
malm i Stockholm en lyx som inte stod grevinnans eventuella
slott efter.

Men för att kunna köpa lägenheten krävdes att Holger 2 och Nombeko först tog tag i det där med att ingen av dem riktigt fanns.

För Nombekos del gick det på en eftermiddag. Statsministern ringde migrationsministern som ringde chefen för Migrationsverket som ringde sin bästa medarbetare som hittade en notering om Nombeko Mayeki från 1987, beslutade att fröken Mayeki varit i Sverige sedan dess och omedelbart upphöjde henne till medborgare i konungariket Sverige.

Holger 2 klev å sin sida in på Skatteverkets lokaler på Södermalm i Stockholm och berättade att han inte fanns, men att han väldigt gärna skulle vilja göra det. Efter ett omfattande spring i korridorerna och hänvisande från dörr till dörr skickades han till Skatteverkets kontor i Karlstad och till en Per-Henrik Persson, landets ledande expert på komplicerade folkbokföringsfrågor.

Per-Henrik Persson var förvisso byråkrat, men en pragmatisk sådan. När Holger var klar med sin berättelse sträckte byråkraten fram sin ena hand och klämde Holger på armen. Därpå sa han att det föreföll honom tydligt att Holger faktiskt fanns, att var och en som hävdade motsatsen skulle ha fel i sak. Dessutom, menade Per-Henrik Persson, var det minst två ting som tydde på att Holger var svensk och inget annat. Det ena var den berättelse han just avgett. Den var enligt Per-Henrik Perssons omfattande erfarenhet omöjlig att hitta på (då hade han ändå sluppit alla delar som inkluderade bomben).

Det andra var inte det att Holger både såg svensk ut och lät svensk på talet – utan det faktum att han frågat om han skulle ta av sig skorna när han steg in på Per-Henrik Perssons mattförsedda kontor.

För formalitetens skull önskade dock Persson att Holger kunde ordna med ett vittne eller två, ett par oförvitliga medbor-

gare som så att säga gick i god för honom och hans levnads-
berättelse.

— Ett vittne eller två? sa Holger 2. Ja, det tror jag att jag kan
hitta. Skulle det duga med statsministern och kungen?

Per-Henrik Persson sa att en av dem nog räckte.

* * *

Medan grevinnan Mannerheim och hennes båda assistenter
bestämde sig för att bygga nytt i stället för att leta rätt på ett
gammalt slott som ändå inte gick att hitta, satte Holger 2 och
Nombeko igång att leva. Tvåan firade sin nyvunna existens med
att förklara tillräckligt mycket av sin historik för professor Ber-
ner på Stockholms universitet för att denne skulle besluta om att
ge honom en ny tid för disputation. Under tiden roade sig Nom-
beko med att tentera av hundraåttio poäng matematik på tolv
veckor, samtidigt som hon arbetade heltid som Kinakännare i
regeringskansliet.

På kvällar och helger gick Holger och Nombeko på intres-
santa föredrag eller på teater, på Operan ibland, på restaurang
och umgicks med nya vänner. Det var uteslutande sådana som
objektivt sett kunde betraktas som normala. Hemma i lägen-
heten njöt de varje gång det singlade in en räkning genom brev-
inkastet. Bara den som verkligen finns går ju att fakturera.

Holger och Nombeko införde också en ritual där hemma;
strax före läggdags varje kväll hällde Holger upp ett glas portvin
till dem båda varpå de skålade över ännu en dag utan Holger 1,
Celestine och bomben.

* * *

I maj 2008 stod den västmanländska herrgården på tolv rum klar. Runt omkring fanns femtio hektar skogsmark. Holger 1 hade dessutom spräckt Nombekos budget genom att köpa en intilliggande sjö med motiveringen att grevinnan hade fortsatt behov av att då och då fiska gädda. Av praktiska skäl blev det också helikopterplatta med tillhörande helikopter som Holger tjuvflög till och från Drottningholm varje gång grevinnan skulle på te eller middag hos sina bästa vänner. Ibland hände det att de blev medbjudna själva, inte minst sedan de startat den ideella föreningen Bevara monarkin och till den donerat två miljoner kronor.

— Två miljoner till att bevara monarkin? sa Holger 2 där han och Nombeko stod utanför den nybyggda herrgården med inflyttningsblomma i hand.

Nombeko sa ingenting.

— Du tycker det verkar som att jag ändrat uppfattning om ett och annat? sa Holger 1 medan han bjöd brodern och hans flickvän att stiga in.

— Det är väl det minsta man kan säga, sa Holger 2 medan Nombeko var fortsatt tyst.

Nja, det höll Holger 1 inte riktigt med om. Pappas kamp hade ju utgått från en annan monark i en annan tid. Sedan dess hade samhället utvecklats på alla sätt och nya tider kräver nya lösningar, eller hur?

Holger 2 sa att Holger 1 just nu pratade mer smörja än någonsin och att brodern nog inte ens kunde förstå hur mycket det ville säga.

— Men fortsätt gärna, jag är nyfiken på resten.

Jo, på 2000-talet gick allt så rasande fort: bilar, flyg, internet, allt! Då behövde folk något stadigt, beständigt och tryggt.

— Typ en kung?

Ja, typ en kung, menade Holger 1. Monarkin var ju en tusenårig tradition medan bredband funnits i ett knappt decennium.

– Vad har bredband med saken att göra? undrade Holger 2 utan att få svar.

Holger 1 fortsatte med att varje nation gjorde bäst i att samlas kring egna symboler i dessa internationaliseringens tidevarv. Han menade att republikanerna tvärtom ville sälja ut vårt land, byta bort vår identitet mot euron och spotta på den svenska flaggan.

Det var ungefär där Nombeko inte kunde hejda sig längre. Hon gick fram till Holger 1, greppade hans näsa mellan pekfinger och långfinger – och vred om.

– Aj! skrek Holger 1.

– Gud, vad skönt, sa Nombeko.

Celestine befann sig i det åttio kvadratmeter stora köket intill. Hon hörde Holgers skrik och kom till undsättning.

– Vad gör du med min älskling? skrek hon.

– Kom hit med näsan så ska jag visa, sa Nombeko.

Men så dum var inte Celestine. I stället fyllde hon på där Holger blivit avbruten.

– De svenska traditionerna är allvarligt hotade. Vi kan inte bara sitta på våra feta rövar och titta på medan det sker. Två miljoner kronor är i sammanhanget *ingenting*, det är oerhörda värden som står på spel, fattar ni inte det?

Sa Celestine.

Nombeko tittade intensivt på hennes näsa. Men Holger 2 hann före. Han tog sin flickvän under armen, tackade för titten och gick därifrån.

* * *

Den före detta agenten B satt på en bänk i Getsemane och letade efter den frid i själen denna bibliska trädgård alltid skänkt honom.

Men den här gången gick det inte. Agenten förstod att han

hade en sak till att göra. Bara en sak. Därefter kunde han lämna sitt tidigare liv bakom sig.

Han gick hem till sin lägenhet, satte sig framför datorn, loggade in via en server på Gibraltar – och sände ett anonymt, okrypterat meddelande rakt in i det israeliska regeringskansliet. Meddelandet sa:

Fråga statsminister Reinfeldt om antilopköttet.

Bara det.

Premiärminister Olmert skulle misstänka varifrån meddelandet kom. Men han skulle aldrig kunna spåra det. Han skulle för övrigt inte bry sig om att försöka. B hade inte stått högt i kurs under de sista åren av sin karriär. Men hans lojalitet med nationen hade aldrig ifrågasatts.

* * *

Under den stora Irakkonferensen i Stockholm den 29 maj 2008 hände det sig att den israeliska utrikesministern Tzipi Livni tog den svenske statsministern Reinfeldt åt sidan, letade i någon sekund efter orden innan hon sa:

– Statsministern vet ju hur det är i våra positioner. Ömsom känner man till det man inte borde, ömsom är det tvärtom.

Statsministern nickade. Han anade vart utrikesministern eventuellt var på väg.

– Den fråga som strax kommer kan kanske kännas konstig, det är väl tyvärr rent av troligt att den gör det, men jag och premiärminister Olmert har efter moget övervägande ändå bestämt oss för att ställa den.

– Hälsa premiärministern så gott från mig. Och fråga på, sa statsminister Reinfeldt. Jag ska svara så gott jag förmår.

Utrikesminister Livni var tyst i ännu några sekunder, och så sa hon:

– Är det möjligen som så att statsministern har kännedom om tio kilo antilopkött i vilka staten Israel haft intresse? Återigen, jag ber om ursäkt om frågan upplevs som konstig.

Statsminister Reinfeldt log stelt. Och så sa han att antilopköttet var honom väl bekant, att det inte smakat gott – antilopkött tillhörde inte statsministerns favoriter – och att det nu var ombesörjt att ingen annan skulle kunna smaka på det framgent.

– Om fru utrikesministern har ytterligare frågor är jag rädd att jag får bli henne svaret skyldig, avslutade statsminister Reinfeldt.

Nej, utrikesminister Livni behövde inte fråga mer. Hon delade inte statsministerns aversion mot antilopkött (så vegetarian hon ändå var), men det viktiga för Israel var ändå vetskapen om att köttet inte hamnat hos sådana som saknade respekt för internationella regler avseende in- och utförsel av animaliska produkter.

– Bra att höra att de goda relationerna våra folk emellan tycks bestå, sa statsminister Reinfeldt.

– Det gör de, sa utrikesminister Livni.

* * *

Om Gud trots allt finns har han sannolikt humor.

Nombeko hade längtat efter barn tillsammans med Holger 2 i tjugo års tid, hon hade gett upp hoppet sedan fem år och hon hade själv hunnit fylla fyrtiosju när det i juli 2008 gick upp för henne att hon faktiskt var gravid (samma dag som George W Bush i Washington bestämde att fredspristagaren och expresidenten Nelson Mandela nog kunde strykas från USA:s lista över terrorister).

Men nu stannar inte komiken där. För strax visade det sig att detsamma gällde den i och för sig något yngre Celestine.

Holger 2 sa till Nombeko att en avkomma efter Celestine och

hans bror inte var något världen förtjänade oavsett vad man tyckte om världen. Nombeko höll med i sak, men insisterade på att de även fortsatt fokuserade på sig själva, sin egen lycka och lät dårarna och den ena dårens mormor sköta sitt.

Så fick det bli.

I april 2009 fick först Holger 2 och Nombeko en dotter, 2 860 gram, vacker som en dag. Nombeko insisterade på att flickan skulle heta Henrietta efter farmor.

Två dagar senare födde Celestine tvillingar i ett planerat kejsarsnitt på privatklinik i Lausanne.

Två närmast identiskt lika små bebisar.

Pojkarna Carl och Gustaf.

* * *

I och med Henriettas födelse lämnade Nombeko tjänsten som Kinakännare. Hon hade tyckt om sitt jobb, men kände att det inte fanns mer att göra på området. Folkrepubliken Kinas president kunde till exempel inte vara mer tillfreds med konungariket Sverige än han var. Han ångrade inte för en sekund att han skänkt den fina Volvon till Nombeko, men eftersom han ändå tyckt om bilen så pass som han gjort, ringde han sin gode vän Li Shufu på Zhejiang Geely Holding Group och föreslog att Geely skulle köpa hela företaget. Idén hade faktiskt varit fröken Nombekos från början, när presidenten tänkte efter.

— Jag ska se vad jag kan göra, herr president, sa Li Shufu.

— Om ni därefter kunde ordna med ett bra pris på ett bepansrat exemplar till er president skulle jag bli mer än tacksam, sa Hu Jintao.

— Jag ska se vad jag kan göra, herr president, sa Li Shufu.

* * *

Statsministern var uppe på BB för att gratulera Nombeko och Holger med en blomsterkvast. Och för att tacka den förstnämnda för enastående insatser i rollen som Kinakännare. Ta bara en sådan sak som att hon fått med president Hu på att Sverige finansierade en professur i mänskliga rättigheter på Pekings universitet. Hur hon åstadkommit det övergick statsministerns förstånd. Och för den delen EU-kommissionens ordförande José Manuel Barroso som ringt Reinfeldt med frågan "How the hell did you do that?".

— Lycka till nu med lilla Henrietta, sa statsministern. Och slå mig en signal när du vill börja jobba igen. Jag är säker på att vi hittar något till dig. Helt säker.

— Jag lovar, sa Nombeko. Jag ringer nog snart för jag har världens finaste nationalekonom, statsvetare och hemmapappa vid min sida. Men nu får statsministern pallra sig härifrån. Det är dags för Henrietta att äta.

* * *

Den 6 februari 2010 landade Folkrepubliken Kinas president Hu Jintao på Oliver Tambo International utanför Johannesburg för statsbesök.

Han togs emot av utrikesminister Nkoana-Mashabane och en rad övriga potentater. President Hu valde att säga några officiella ord på flygplatsen. Han talade om Kinas och Sydafrikas gemensamma framtid, om att han med tillförsikt såg fram emot stärkta ömsesidiga band länderna emellan, om fred och utveckling i världen och en del annat som den som ville kunde tro på.

När det var gjort väntade ett digert tvådagarsprogram innan presidenten skulle resa vidare till nästa land på sin Afrikaturné, Moçambique.

Det som skilde besöket i Sydafrika från motsvarande i Kamerun, Liberia, Sudan, Zambia och Namibia dagarna innan var att presidenten insisterade på att få tillbringa kvällen i Pretoria helt privat.

Det var förstås inget värdlandet kunde säga nej till. Därför tog statsbesöket paus strax före klockan sju på kvällen och återupptogs igen till frukost dagen därpå.

På klockslaget nitton blev presidenten upplockad utanför sitt hotell av en svart limousin som förde honom till Waterkloof Ridge och till den svenska ambassadörens residens.

Det var ambassadören själv som tog emot i dörren, tillsammans med make och bebis.

– Välkommen, herr president, sa Nombeko.

– Tack, snälla fru ambassadör, sa president Hu. Nu vore det väl tusan om vi inte skulle få tid att prata safariminnen med varandra.

– Och lite mänskliga rättigheter, sa Nombeko.

– Usch, sa Hu Jintao och kysste fru ambassadörens hand.

Epilog

D ET VAR INTE längre lika roligt på Johannesburgs kommuns sanitetsavdelning som det en gång varit. Sedan länge kvoterades *svarta* in i organisationen och det förstod ju var och en vad det gjorde med jargongen på jobbet. Analfabeterna i Soweto kunde till exempel inte längre kallas för det de var, oavsett om de var det eller inte.

Terroristen Mandela hade till sist släppts ut ur sitt fängelse och det hade väl varit illa nog. Men därpå röstade svartingarna fram honom till president, varpå Mandela satte igång att förstöra landet med sin förbannade jämlikhet för alla.

Piet du Toit hade under sina drygt trettio år på avdelningen hunnit klättra hela vägen till posten som vicechef.

Fast nu väntade honom ett nytt liv. Hans despotiske pappa hade dött och lämnat över sitt livsverk till ende sonen (modern var död sedan länge). Pappan var konstsamlare och det hade väl varit bra om han bara inte varit så förbannat konservativ. Och att han konsekvent vägrade lyssna på sin son. Där fanns Renoir, Rembrandt och en och annan Picasso. Där fanns Monet och Manet. Där fanns Dalí och Leonardo da Vinci.

Där fanns en del annat också – allt med det gemensamt att värdestegringen var minimal. Åtminstone i relation till hur det hade kunnat vara om pappan inte varit så envis. Dessutom hade gubben varit direkt oprofessionell i det att han haft skiten hängande på väggarna där hemma i stället för i ett luftkonditionerat kassavalv.

Piet du Toit fick vänta i en evighet innan han kunde ta över och ställa allt tillrätta eftersom pappan inte bara lät bli att lyssna, han vägrade dessutom dö. Det var först på hans nittio-andra födelsedag, då en äppelklyfta fastnade i halsen, som det äntligen blev sonens tur.

Arvtagaren inväntade begravningen, men inte mer, innan han i rask takt avyttrade faderns alla tavlor. Kapitalet var sedan några minuter återinvesterat på ett sätt som skulle ha gjort fadern stolt om han bara haft förstånd därtill. Sonen befann sig på bank Julius Bär på Bahnhofstrasse i Zürich och hade just fått bekräf-telse på att den samlade familjeförmögenheten på motsvarande åtta miljoner tvåhundrafemtiosextusen schweizerfranc nu var överförda till en herr Cheng Tãos privata konto i Shanghai.

Det sonen investerat i var framtiden. För i och med den snabba utvecklingen i Kina, i skapandet av en medelklass och en allt större grupp överklass, skulle värdet på traditionell kinesisk konst mångdubblas på bara några år.

Via det fantastiska internet hade Piet du Toit hittat det han sökte, varpå han gav sig iväg till schweiziska Basel där han kom överens med Cheng Tão och hans tre systerdöttrar om att köpa hela deras exklusiva lager av lergods från Handynastin. Äkthets-intygen fanns där, Piet du Toit hade gått igenom dem med lupp, allt var i sin ordning. De dumma kineserna begrep inte vilken guldgruva de satt på. Skulle visst flytta hem till Kina allihop till-sammans med systerdöttrarnas mamma. Flytta hem till Kina? I stället för att njuta av livet i Schweiz. Det var här Piet du Toit själv kände att han hörde hemma, att slippa omges av illitterata infödingar dagarna i ända. Att i stället få vara med likasinnade, människor av rätt ras, bildning och klass. Inte som den kutryggige gulingen Cheng och hans anhang. De gjorde förresten rätt i att bege sig till det gudsförgätna hörn av världen där de hörde hemma. De hade visst redan gett sig av och det var väl bra. Då slapp de förstå hur lurade de blivit.

Piet du Toit hade låtit skicka en av de hundratals pjäserna till Sotheby's i London för värdering. Det schweiziska försäkringsbolaget ville ha det så, nöjde sig inte med äkthetsintygen allena. Schweizarna kunde vara byråkratiska när de satte den sidan till, men man fick ta seden dit man kom. Piet du Toit visste ju ändå det han visste. Hade med all sin erfarenhet försäkrat sig om pjäsernas äkthet. Och sedan slagit till utan att släppa in konkurrenter som bara skulle driva upp priset. Det var så man gjorde affärer.

Nu ringde telefonen. Det var värderaren från Sotheby's. Samtalet kom på sekunden när det skulle. Folk med klass höll tiden.

— Ja, det är Piet du Toit han talar med, fast jag föredrar *konsthandlare* du Toit. Vasa? Om jag sitter ner? Hur fan så?

VÄLDIGT MYCKET TACK till agenten Carina, förläggaren Sofia och redaktören Anna för att ni är så bra på jobbet.

Lika mycket tack till bonuslektörerna Maria, Maud och morbror Hans. Och till Rixon, förstås.

Tack också till professorerna Lindkvist och Carlsson samt polisinspektören Loeffel i Växjö för givande av fakta jag därpå förvanskat efter eget huvud. Och till vännen och Afrikakorrespondenten Selander av samma skäl.

Hultman i Zürich kan gott få ett tack han också. Och Brissman, trots att han är djurgårdare.

Sist men inte minst vill jag tacka mamma, pappa, Östers IF och Gotland, bara för att ni finns.

JONAS JONASSON

LÄS
MER

*Extramaterial
om boken och
författaren*

LÄS MER

Pressröster om *Analfabeten som kunde räkna*

"Kan en författare som debuterat med en roman vilken sålt i miljontals exemplar världen över sedan skriva en lika bra bok nästa gång hen skrider till verket? Nu har jag svaret. Ja, det kan hen! Jonas Jonasson har gjort det igen. Och kanske till och med överträffat sin debut. ... Väldigt underhållande. Mycket begåvad. Politiskt insiktsfull. Otyglat lögnaktig. Och vansinnigt rolig."
Östgöta Correspondenten

"Jag sträckläste boken med stort nöje."
Ölandsbladet

"Komiken är en viktig, till och med avgörande del. Den är uppskattad och gör Jonassons berättelser helt egna."
Aftonbladet

"Humorn är lika direkt och dråplig som i *Hundraåringen* och den kritik som Jonasson tar upp mot exempelvis maktfullkomlighet och rasism är vass och träffsäker. ... Här kommer Jonas Jonassons torra humor bäst till sin rätt, med poängen släpande och inprickad sådär lite i förbifarten. Författarens känsla för tajming gör att man gång på gång skrattar högt."
Tidningen Ångermanland

"Jag beundrar Jonasson för hans driv, för hur han utnyttjar sin kunskap och allmänbildning och in i en så att säga konkret ram fogar in en helt och hållet påhittad historia. Detta är tvеklöst både artisteri och begåvning. Därtill har han definitivt humor och en stark känsla för situationskomik."
Växjöbladet/Kronobergaren

"Härligt dråplig fullträff. Igen."
Metro

"Fortsatt litterär akrobatik i burlesk stil. ... en osannolik skröna att skratta åt."
Gotlands Allehanda

"Jonas Jonasson har ånyo tagit på sig skrönbyxorna, och han bär dem bra. Han vet hur han ska sno ihop en riktigt knäpp soppa, och de allra finaste kryddorna han har att tillgå är hans språk (jag älskar hans sätt att yxa meningar av knastertorr, tillbakahållen humor)."
Norra Skåne

"Från första sidan är det intressant och ett härligt språk. ... Det här är en skruvad, fantasifull och överraskande historia i Jonas Jonassons anda."
Smålänningen

"Jonasson växlar från vassaste ironi till fartfylld slapstick i ett hisnande tempo."
Nerikes Allehanda

"Det rör sig här om en feel good-roman av första graden. ... intressant och lätt crazy."
Sydsvenskan

Piratförlagets författare i pocket

henne är som att springa uppför en sommaräng utan att bli det minsta trött

Skugge, Linda & Sigrid Tollgård: 1989 – leva eller överleva

Syvertsen, Jan-Sverre: Sekten

Tursten, Helene: En man med litet ansikte

Tursten, Helene: Det lömska nätet

Tursten, Helene: Den som vakar i mörkret

Tursten, Helene: I skydd av skuggorna

af Ugglas, Caroline & UKON: Hjälp, vem är jag?

Vingård, Björn: Drömfabiken

Wahlöö, Per: Hövdingen

Wahlöö, Per: Det växer inga rosor på Odenplan

Wahlöö, Per: Stålsprånget

Wahlöö, Per: Lastbilen

Wahlöö, Per: Uppdraget

Wahlöö, Per: Generalerna

Wahlöö, Per: Vinden och regnet

Wattin, Danny: Stockholmssägner

Wattin, Danny: Vi ses i öknen

Wattin, Danny: Ursäkta, men din själ dog nyss

Wollin, Malin: Malin från Skaftnäs

Östergren, Petra: Berättelsen om Esmara

Läs mer om Piratförlagets böcker och författare på
www.piratforlaget.se